HERDEIRO DE ASGARD

HERDEIRO DE ASGARD

Vinícius Sarchi

TALENTOS DA LITERATURA BRASILEIRA

SÃO PAULO, 2019

AQUISIÇÕES
Cleber Vasconcelos

EDITORIAL
Bruna Casaroti • Jacob Paes • João Paulo Putini
Nair Ferraz • Renata de Mello do Vale • Vitor Donofrio

PREPARAÇÃO: Jadson Gomes
PROJ. GRÁFICO, CAPA E DIAGRAMAÇÃO: Equipe Novo Século
REVISÃO: Daniela Georgeto

Texto de acordo com as normas do Novo Acordo Ortográfico da Língua Portuguesa (1990), em vigor desde 1º de janeiro de 2009.

Dados Internacionais de Catalogação na Publicação (CIP)

Sarchi, Vinícius
Herdeiro de Asgard
Vinícius Sarchi.
Barueri, SP: Novo Século Editora, 2019.
(Coleção Talentos da Literatura Brasileira)

1. Ficção brasileira I. Título

19-1824 CDD-869.3

Índice para catálogo sistemático:
1. Ficção : Literatura brasileira 869.3

TALENTOS DA LITERATURA BRASILEIRA
Uma marca do Grupo Novo Século

Alameda Araguaia, 2190 – Bloco A – 11º andar – Conjunto 1111
CEP 06455-000 – Alphaville Industrial, Barueri – SP – Brasil
Tel.: (11) 3699-7107 | Fax: (11) 3699-7323
www.gruponovoseculo.com.br | atendimento@gruponovoseculo.com.br

Para a garota dos olhos cor de âmbar,
Natália.

PRÓLOGO ✗ A LENDA DO RAGNARÖK: DO INÍCIO AO FIM DO MUNDO

Muitos ciclos antes da existência da Terra, havia apenas dois mundos em todo o universo: Niflheim, o mundo das névoas, um lugar escuro e sem vida; e Muspelheim, o mundo do fogo e dos vulcões. Além desses dois mundos, havia somente o vazio, chamado de Ginnungagap. No meio de Niflheim corre uma cascata de onde saem onze rios chamados de Elivagar. Conforme estes se afastavam de sua fonte em direção às bordas do Ginnungagap, o frio ia congelando suas águas e vapores, transformando-os em gelo e neve. Quando as labaredas de Muspelheim encontraram-se com os rios que formavam Elivagar, o calor derreteu o gelo e formou o primeiro gigante de gelo, Ymir. Enquanto este dormia, o suor de seu corpo formou os primeiros gigantes de sua prole de gelo.

Tempos mais tarde, o derretimento do gelo criou uma vaca chamada Audhumla; e de seu úbere corriam quatro rios de leite, do qual se alimentavam Ymir e seus filhos. Para se alimentar, a vaca lambia as pedras de gelo salgado e, após três dias, enquanto se alimentava, descobriu no gelo um homem forte e esbelto chamado Buri. Esse homem, posteriormente, casou-se com uma das filhas de Ymir e teve um filho chamado Borr, que teve três filhos com outra donzela gelada, chamados Odin, Vili e Ve, os primeiros seres que seriam conhecidos como aesires.

Quando os gigantes de gelo descobriram a existência dos homens, imediatamente entraram em um sangrento conflito, que terminou quando três deuses mataram o gigante Ymir, fazendo com que seu sangue afogasse quase toda a sua prole. Os sobreviventes habitam em Niflheim até hoje.

Odin e seus irmãos carregaram o corpo de Ymir para fora do Ginnungagap e fizeram de seu corpo um grande terreno, formado por rios, lagos, mares, planícies, montanhas, planaltos e toda forma de relevo. Eles deram a esse lugar o nome Midgard. Assim, surgiu o que hoje é conhecido por nós como planeta Terra.

Depois disso, Odin e seus irmãos se retiraram e criaram Asgard, a terra dos deuses, e os aesires, para povoá-la. Asgard era o lugar mais belo do universo, tinha gigantescos castelos feitos de ouro puro, praças repletas das mais belas árvores e campos de batalha onde os aesires treinavam para futuros conflitos. Vários aesires também tinham outras funções, como o deus Heimdall, que, por sua sabedoria e visão melhor que a de todos os outros, foi incumbido da missão de vigiar os portões do mundo dos deuses.

Depois de um tempo, novos deuses surgiram do casamento entre si e entre gigantes, os chamados jotuns, que habitavam Jotunheim. O próprio Odin casou-se com uma jotun chamada Jord, união que deu à luz Thor, o deus do trovão. Thor foi presenteado com o martelo Mjölnir, a arma mais poderosa de todos os nove mundos. Capaz de controlar raios e trovões, e incapaz de errar um alvo quando arremessado, também retornando para a mão do deus do trovão, além de lhe conferir a capacidade do voar quando o estivesse segurando. Um feitiço foi colocado durante sua criação para que fossem capazes de erguê-lo apenas aqueles que o martelo julgasse terem um coração digno de seu uso. Odin também adotou Loki, deus do fogo e da trapaça, filho do gigante Laufey, para viver entre os deuses como irmão de Thor.

Logo após o surgimento dos aesires, surgiram também os vanires, uma raça diferente de deuses de origem desconhecida. Se os aesires eram deuses da guerra e do destino, os vanires eram deuses da prosperidade e da fertilidade. Habitavam o mundo chamado de Vanaheim, uma terra próxima a Asgard. Quando se encontraram, as duas raças entraram em guerra, mas, após um período, alcançaram a paz e tornaram-se grandes aliados.

Ao estabelecer controle sobre Asgard, Odin criou o primeiro homem, Ask, e a primeira mulher, Embla, e deu a cada um dos dois um espírito. Assim nasciam os primeiros seres humanos em Midgard. O homem se reproduziu e suas crias povoaram a Terra por completo, espalhando-se pelos quatro cantos do mundo.

A partir daí surgiram novos mundos, além de Vanaheim, Muspelheim, Niflheim, Jotunheim e Midgard: Ljusalfheim, mundo dos elfos de luz; Svartalfheim, reino dos elfos escuros e dos anões; e Helheim, reino dos mortos. A junção desses nove mundos se dá por uma árvore gigantesca chamada Yggdrasil, em que Niflheim está na raiz, os outros mundos estão nos galhos, Asgard está no topo, alcançando o céu, e Midgard é o tronco. Por isso que, de seu trono mágico, Hlidskialf, Odin é capaz de enxergar tudo o que acontece nos nove mundos de Yggdrasil.

Esse foi o começo do universo, de acordo com as antigas histórias. Além disso, os volvas, uma raça de profetas, previram e descreveram o fim do mundo, que ficou conhecido como "crepúsculo dos deuses" ou Ragnarök. Loki, ao descobrir que não era um aesir, traiu os deuses e casou-se com a jotun Angerboda, que deu à luz três criaturas horrendas: Fenrir, um lobo gigante com poder para destruir todos os aesires e destinado a ser o algoz de Odin – sendo, por essa razão, trancafiado e preso por Týr, o deus da bravura, com a ajuda dos anões, que construíram uma corrente inquebrável para prender o lobo, sob o custo da mão direita do deus da bravura; Jormungandr, de Midgard, uma serpente que rodeia a Terra e tem comprimento suficiente para dar a volta no planeta e encontrar sua própria cauda; e Hela, uma jovem com metade do corpo decomposto que se tornou a controladora de Helheim, o mundo dos mortos. Fenrir teve dois filhos, Skoll e Hati, respectivamente, caçadores dos irmãos Sunna, a deusa sol, e Máni, o deus lua, até o Ragnarök. Essas cinco criaturas foram os principais responsáveis pelo crepúsculo dos deuses.

Ao soar do Ragnarök, Skoll e Hati atingem seus objetivos e noite e dia mergulham em profunda escuridão sem o brilho do sol ou da lua. Loki, aprisionado pelos aesires após sua traição, escapa e lidera um exército de mortos de Helheim, ao lado de Hela, contra Asgard. Ao mesmo tempo em que os gigantes de gelo de Niflheim e os monstros de fogo, liderados pelo poderoso Surtr, o governador das chamas de Muspelheim, entram em guerra. Em Midgard, o Ragnarök é sentido de sua maneira. Bombas são disparadas por Israel na faixa de Gaza, a Coreia do Norte prepara um arsenal gigante de bombas nucleares e os Estados Unidos orquestram uma retaliação, apenas esperando uma investida para bombardear seus inimigos. No Brasil, são feitos ataques por países vizinhos em busca das águas abundantes no país. O mundo entra em estado de alerta e, embora a ONU se esforce para evitar o conflito iminente, todas as tentativas de paz são frustradas. Nas ruas, as pessoas estão mais cautelosas e mais agressivas. Um olhar cruzado é capaz de iniciar uma briga generalizada. O ódio trazido pela guerra nos planos maiores atingiu Midgard e o caos se instaurou. É o começo da Terceira Guerra Mundial e do Ragnarök.

Enquanto isso, em Asgard, Odin sai em batalha contra Fenrir e é devorado; Fenrir, então, é morto por Vidar, filho de Odin e deus da vingança. O exército de Loki e Hela é bravamente combatido pelos guerreiros do Valhalla, o hall de honra para onde todos os guerreiros que morreram em batalha durante as eras são levados e preparados para o combate final, junto com as Valkyrias, filhas de Odin e exímias guerreiras. Thor desce a Midgard para proteger o planeta da gigante Jormungandr, e é aqui que a história tem outro rumo, pois, segundo as antigas profecias, Thor derrotaria Jormungandr, mas sucumbiria a seu veneno alguns segundos depois. Entretanto, o deus das tempestades derrotou a serpente, sobrevivendo ao combate. Por isso, todo o destino se embaralhou e Thor volta a Asgard para liderar os exércitos restantes na árdua missão de impedir que Surtr derrame suas chamas sobre Yggdrasil e a destrua.

A batalha contra Surtr leva oito dias para culminar com Thor finalmente golpeando em cheio o rosto do demônio com o Mjölnir, destruindo a face do gigante e, consequentemente, congelando-o e atirando-o nos confins de Niflheim. Assim se dá o fim do Ragnarök, um fim completamente diferente do que qualquer profecia poderia ter imaginado. Loki foi morto, Odin foi morto, Týr foi morto, porém Thor foi capaz de escapar da destruição e salvar o universo. A paz voltou a reinar também em Midgard, mas as mortes no planeta Terra foram igualmente numerosas. Os jornais de todos os cantos do mundo mostravam em suas capas grandes metrópoles, como Nova Iorque, Shangai, Tóquio, Dubai, Londres, Moscou, Rio de Janeiro e Zurique, em ruínas, após diversos bombardeios nucleares. A faixa de Gaza agora era um grande deserto, a Crimeia, disputada por Ucrânia e Rússia, também sofreu violentos bombardeios e tornou-se mais uma área morta, assim como tantas outras no mundo. Em muitos lugares não se tinha mais esperança, e em alguns outros foi como se a paz e a felicidade tivessem se extinguido. Alguns lugares menores e menos influentes mantiveram-se inteiros e ainda tiveram os que sofreram por estarem próximos de lugares importantes, como foi o caso da cidade de Lancashire, na Inglaterra, que foi atingida por uma ogiva nuclear direcionada a Manchester, e ainda nas cidades mais próximas ao reator nuclear de Chernobyl, que foi bombardeado e liberou mais radiação, estragando um trabalho de décadas de limpeza e tornando ainda mais cidades vizinhas inabitáveis.

Em Asgard, as perdas foram igualmente grandes: milhares de aesires mortos, a aliança com os vanires estremecida e a morte do sábio pai, Odin. O palácio de Valhalla foi completamente destruído e o palácio dos deuses foi severamente avariado, necessitando de semanas de conserto mesmo com o auxílio de magia e das técnicas secretas dos anões. Não se teve notícias dos gigantes de gelo e Muspelheim tornou-se mais uma terra morta sem Surtr para acender suas chamas. Sol e Lua não mais existiam e, embora Nott, deusa da noite, tenha conseguido recriar o dia e a noite, estes não tinham mais seus astros principais, nem as outras estrelas, sendo apenas o céu escuro, já que tudo isso provinha de Muspelheim.

O comando de Asgard estava vago com a morte de Odin; assim, após muita discussão, Thor foi eleito o comandante desse mundo e o sucessor do trono Hlidskialf, mesmo que ainda abalado pela morte de seus pais e de sua esposa, Syf, e sem o Mjölnir.

O remorso de Thor por não ter conseguido salvar sua família o levou a uma profunda depressão. Ele preferia ter morrido no combate contra Jormungandr e que o Ragnarök tivesse seguido seu curso natural; dessa forma, todos teriam morrido e não haveria sofrimento. O deus do trovão também sofria pela destruição em Midgard, já que ele era o protetor da Terra, outra função que não conseguira desempenhar. Além disso, o poderoso martelo Mjölnir havia desaparecido durante o combate com Surtr – muitos achavam que a arma fora afundada no rosto do gigante e vagava pelo vazio, de onde jamais poderia ser recuperado. Embora todos os aesires o apoiassem por seus feitos no Ragnarök, tendo vencido Jormungandr e Surtr, os vanires achavam que Thor havia fracassado em proteger sua casa e seus mundos e o consideravam fraco de espírito. Por isso, quando Thor assumiu o governo, os vanires encerraram sua aliança com Asgard, porém, como ambos os povos estavam fragilizados pela guerra, optaram por não voltarem a ser inimigos. Os volvas, os antigos profetas, também haviam sido mortos e agora os deuses estavam à sua própria sorte, sem saber o que o futuro os reservava.

Ainda no início do Ragnarök, uma notícia surgiu para trazer felicidade à morada dos deuses novamente.

A deusa guerreira Syf, dos cabelos cor de trigo e esposa de Thor, anunciou, ao irromper do Ragnarök, que estava esperando um filho, e foi decidido que, mesmo com a presença da serpente, Midgard era o melhor lugar para abrigar a deusa e a criança, pois seria mais seguro estar no tronco da Yggdrasil, a área mais firme da árvore; ali as chances de sobrevivência eram maiores.

Portanto, no início da batalha, Syf foi encaminhada por uma esquadra de guerreiros do Valhalla para a Terra, e então não houve notícias nem da deusa, nem de seus protetores, nem do filho que ela esperava até uma semana após o término do Ragnarök, quando foi encontrado em Midgard o filho de Thor, que sobreviveu ao exílio na Terra e aos impactos da guerra.

Nenhum dos deuses sabia explicar como o corpo de Syf foi encontrado. Uma expedição de aesires foi enviada a Midgard para recolher o bebê e buscar informações sobre o paradeiro da deusa; eles retornaram com um menino saudável, mas sem nenhuma informação sobre Syf. Thor deu ao seu filho o nome de Hunter, e a presença do garoto mexeu com todos os aesires, preenchendo o coração dos deuses com a esperança de um futuro feliz. Com a ajuda dos anões e dos elfos, um sol e uma lua, feitos de pura mágica e alquimia, não mais de seres viventes, foram recriados e colocados no céu. A vontade de viver voltou aos corações das criaturas de toda a Yggdrasil e os mundos foram aos poucos se reconstruindo. Com o tempo, Hunter se mostrou um verdadeiro aesir. Aos cinco anos, ele já era um grande guerreiro e caçador, tendo sido treinado desde muito jovem por seu pai, que, embora distante emocionalmente e pouco amoroso, era muito rígido e atencioso com seu treinamento.

Apesar de a aparência serena de Hunter, com seus olhos verdes, cabelos loiros e longos, na altura dos ombros, sorriso galante e voz suave, não se assemelhar à de seu pai, ruivo, com uma densa barba e músculos imensos, quase dois metros de altura e voz forte como um trovão, ambos tinham o mesmo espírito de guerreiros de Asgard: incapazes de fugir de um desafio.

A rotina de Hunter costumava ser a de sair para caçar com seu pai durante as manhãs, comer sua caça à tarde e passar a noite ouvindo as histórias sobre as maravilhas do mundo antes da guerra, seus avós, Odin e Jord, e sua mãe, Syf, além das histórias sobre o Ragnarök, as quais Hunter conheceu através de outros aesires, pois Thor nunca lhe contava sobre a batalha, cortando sempre o assunto com a mesma desculpa esfarrapada:

– Tudo bem, agora já está ficando tarde e é hora de você dormir.

Quando Hunter completou sete anos, Thor já havia provado ser um líder confiável, e por isso os vanires reataram sua velha aliança com os aesires. Como presente pela aliança, os vanires deram a Hunter uma lança com uma bifurcação na extremidade, que a dividia em duas pontas curvadas para dentro, como os ferrões de um besouro, sendo uma maior que a outra, e uma lâmina afiada na outra extremidade do cabo, similar a uma adaga. Entre os ferrões, brilhava um orbe esmeralda. A lança, criada pelos anões de Alfheim, nas forjas de Nidavellir, foi batizada por eles de Heir, a lança do herdeiro. O anão que a entregou a Hunter, Shoru, disse ao jovem que a arma tinha poderes especiais que seriam ativados ao entrar em contato com o elemento interior de Hunter, assim que este se manifestasse. O que não aconteceu, mesmo após muitas tentativas.

Por ser filho de Thor e neto de Odin, todos acreditavam que Hunter tivesse o poder dos trovões. Assim, várias foram as tentativas de conectar Hunter aos trovões, fazendo com que Thor, inclusive, disparasse uma rajada gigante de raios contra Hunter e a lança Heir, o que rendeu várias queimaduras por todo o corpo do garoto, além de uma cicatriz no supercílio esquerdo, mas nenhuma mudança na arma.

O tempo passou e, aos dezoito anos, Hunter havia mudado completamente. Com uma barba rala, que ele jamais permitia que crescesse, e um cabelo que descia liso até sua cintura, seu rosto, outrora de menino, dava lugar a um rosto de homem, com uma expressão firme e imponente que só se transformava diante do calor da batalha, quando o rosto de Hunter involuntariamente se abria em um sorriso apaixonado e um olhar incandescente. Não havia nada que Hunter gostasse mais do que o calor do combate, ainda mais quando acompanhado, em raras ocasiões, por seu pai, Thor.

Em todos os seus anos de vida, não se pode dizer que Hunter teve uma vida de regalias. Ele foi criado entre as outras crianças, brincando e aprendendo junto a elas, porém era óbvio que o garoto era diferente, e isso não o agradava em nada. Por onde passava, as pessoas o cumprimentavam e ele, por educação, respondia, mas percebia que isso não acontecia com os outros jovens e se perguntava o porquê, para logo a seguir se lembrar da resposta: ele era filho de Thor, o governante dos nove mundos e salvador de Asgard. Ainda assim, o garoto não gostava de toda a atenção e preferia fazer as coisas do seu jeito, sem que as pessoas o favorecessem. Por isso, ele passava longos períodos na floresta do lado de fora dos portões de Asgard. Ali, por árvores, plantas e animais não terem consciência de quem ele ou seu pai eram, ele não teria nenhum tratamento especial, e a natureza apenas seguiria sua função no mundo.

Hunter também acreditava que suas saídas às escondidas não eram vistas por ninguém, que não era do conhecimento das pessoas onde ele estava. Mais tarde, quando ficou mais velho, descobriu que seu pai tudo podia ver do Hlidskialf e, por isso, sempre percebia quando o filho fugia e também para onde ia, mas achava por bem manter o segredo, pois sabia o quanto aquilo fazia bem ao garoto. Apesar disso, sempre vigiava a distância para, caso precisasse, impedir que o filho arrumasse confusão ou fosse atacado por alguma fera selvagem.

Hunter havia sido instruído por Thor a sempre carregar Heir consigo, pois não teria como saber quando seu elemento iria se manifestar, porém, quando Hunter empunhava a lança em combate, por não estar ativada e também por seu formato incomum, era quase impossível usá-la com eficácia. Assim, o rapaz carregava consigo a espada Daggry, que significa "alvorecer". A lâmina, dada a ele pelo próprio Thor com o discurso de que carregava consigo o poder do antigo sol, fora forjada em Asgard e era capaz de perfurar as mais densas armaduras. Daggry e Hunter tinham uma ligação especial; ele a manuseava com tanta facilidade que a lâmina parecia uma extensão de seu corpo, como se o rapaz já tivesse nascido com a espada em mãos. Com o tempo, Hunter começou a usar Daggry apenas em batalhas, deixando de empunhar Heir, que carregava nas costas. Uma vez, a lança impediu-o de ser atingido por uma flecha, a qual acertou uma das pontas de Heir e se dividiu em duas partes, sem deixar nem mesmo um arranhão na arma de Hunter.

Para que Hunter pudesse treinar sem que fosse castigado pelo peso da Heir, que só se tornava pesada quando empunhada, uma arma de madeira com o formato e tamanho exatos da original foi confeccionada, mas, embora tivesse aprendido com a réplica a usar Heir com precisão, ainda não chegava à habilidade que Daggry lhe conferia, uma vez que o peso da outra arma ainda lhe atrapalhava.

Certa vez, em um combate contra alguns caçadores que tentavam roubar coisas de valor em Asgard, Hunter, por considerar os adversários fáceis, deixou Daggry no palácio e levou apenas Heir para o combate, o que quase lhe custou a vida. O filho de Thor não tinha velocidade nos movimentos e os adversários facilmente se desviavam de seus ataques; também não conseguia se proteger e quase perdeu sua cabeça com uma espadada que veio por trás e cortou seu longo cabelo, deixando-o rente à nuca, exceto por um pequeno tufo que estava na frente do rosto no momento.

O garoto, então, foi salvo por um colega de combate, Tyfar, nome dado em homenagem ao deus Týr. O colega era um brutamontes de mais de dois metros de altura e músculos anormais, resultado de seu estilo de combate: usava armas pesadas, como martelos, maças, machados de batalhas, espadas longas e clavas, mas era também versado na luta corporal. Seus cabelos negros como a noite estavam sempre raspados e na cabeça lisa se destacava uma pintura de combate que descia até a bochecha esquerda, contornando o olho, pintada em rubro e azul-marinho. Ele vestia uma roupa de peles por cima da armadura prateada com os signos e emblemas de Asgard. Tyfar matou o adversário e ainda deu a Hunter um de seus machados menores para que ele pudesse se defender, mas, devido à falta de treino com a arma, Hunter não foi útil na luta, tendo que se retirar para não atrapalhar a estratégia de combate de seus parceiros, o que o deixou muito frustrado. Após isso, Hunter optou por manter o tufo de cabelo maior, agora trançado, como uma lembrança a si mesmo do combate em que sua arrogância quase lhe custou a vida, um lembrete para nunca mais desprezar um adversário.

Certo dia, Hunter decidiu partir em direção a Nidavellir, no mundo dos anões, para encontrar-se com Shoru, o anão que havia lhe entregado Heir anos atrás, e questionar o porquê de uma arma tão inútil. Ao chegar, foi recebido pelos anões com muita cordialidade e levado a Shoru. O garoto iniciou a conversa de forma tímida e gentil, como era de seu costume:

– É um prazer revê-lo, velho amigo.

– Igualmente, meu jovem. Vejo que está crescido agora, seu cabelo era bem maior da última vez que nos vimos... Bela trança... – brincou o anão, sem saber a real razão do comprimento do cabelo de Hunter.

– Sim, com certeza, muito tempo se passou. E você não mudou nada em todos esses anos.

– Sim... Mas, me diga, o que o traz aqui hoje, meu jovem?

Hunter sacou Heir de suas costas e a entregou a Shoru.

– É Heir. Eu não consigo empunhá-la em batalha, pois ela se torna extremamente pesada e não consigo ativar seu elemento mesmo depois de todos esses anos. Meu pai chegou até a disparar raios em mim para ativar o elemento dos relâmpagos em Heir, mas...

Nesse momento, Shoru fez menção para que Hunter se calasse e respondeu calmamente:

– Ninguém pode ativar o poder em Heir, além de seu dono.

– E por que eu não consigo ativá-lo?!

– Você não consegue ativá-lo porque ainda não sabe qual é o seu elemento interior. Enquanto você não fizer contato com seu elemento, não será capaz de ativar nem o verdadeiro poder de Heir nem o seu verdadeiro poder...

– Então me ensine a fazer isso!

– Isso eu não posso fazer. Ninguém pode. Quando você estiver pronto, estabelecerá uma conexão com Heir e ela lhe dirá o que fazer.

Hunter encerrou a conversa e voltou para Asgard, onde foi informado que Thor o enviaria em missão. Isso fez com que ele praticamente corresse até o palácio para saber aonde iria e quem combateria. Foi quando Thor lhe informou da volta dos perigosos gigantes conhecidos como jotuns:

– Mas como? Eles não haviam sido destruídos durante o Ragnarök?

– Sim, eles foram, mas alguns sobreviveram e agora três deles ameaçam a segurança e o bem-estar de Asgard. Eu preciso que você os impeça. Forme seu esquadrão e parta imediatamente.

– Sim, meu pai, partiremos pela manhã.

Hunter selecionou cuidadosamente seus soldados, a maioria amigos de infância, outros que vieram depois, mas todos muito habilidosos em combate. Eles prepararam os cavalos durante a tarde e festejaram pela noite, antes de entrar em combate; era um costume entre os aesires, pois não sabiam se voltariam vivos da batalha. Durante a celebração, Hunter foi eleito por Thor o novo líder da guarda de Asgard. Por ordem de Hunter, a festa acabou mais cedo. Os jotuns não eram parecidos com nada que os aesires da era pós-Ragnarök tivessem enfrentado antes e, por isso, Hunter queria que seus soldados estivessem descansados e atentos na manhã seguinte, quando interceptariam os gigantes.

Na manhã seguinte, a equipe de Hunter, formada por onze guerreiros, além dele, partiu contra os três jotuns avistados por Heimdall. Thor, por experiência, sabia que quatro soldados habilidosos bastavam para um jotun, assim não mandou homens a mais. Os soldados chegaram cedo ao campo de batalha, uma grande planície que seguia até o horizonte com uma grande cadeia de montanhas ao lado direito era repleta das mais diferentes árvores, e então repassaram as estratégias, que consistia em se dividir em três quartetos perfeitamente balanceados, em que cada um contava com um guerreiro de longa distância, um guerreiro de curta distância, um especialista em armas pesadas e um capitão, que coordenaria o ataque e seria o responsável por pensar em rápidas viradas e novas estratégias, caso o plano original não funcionasse. A estratégia pensada consistia em uma versão menor da usada por Thor para derrotar Surtr durante o Ragnarök, que contava com mais de seis mil soldados, além de seu capitão.

Depois de algum tempo, os primeiros tremores foram sentidos e a conversa cessou. Os jotuns se aproximavam. Os soldados, então, tomaram suas posições. Nove dos guerreiros ficaram onde estavam, com suas armas empunhadas enquanto os três combatentes de longa distância mergulharam nas grandes árvores das montanhas ao lado direito da planície e sumiram entre as folhagens. Ninguém falou por alguns momentos, o silêncio era tão grande que era possível ouvir o vento que passava e balançava o cabelo dos aesires. Os corações palpitavam em um ritmo desenfreado e incontrolável. Nenhum deles conseguia conter suas emoções; sentiam um misto de adrenalina em entrar em combate e entusiasmo de enfrentar algo que nunca tinham enfrentado antes, além de uma pequena sensação que não chegava a ser medo, mas nervosismo com a possibilidade de não ser capaz de derrotar o novo inimigo. Uma coisa que certamente não passava pela mente dos guerreiros, entretanto, era o medo da morte. Todos eles estavam prontos para morrer em combate, como fizeram seus ancestrais, como fizera Odin...

Quando os tremores finalmente cessaram, os guerreiros ainda não viam seus adversários.

– Tem algo errado! – bradou Tyfar. – Esses malditos são gigantes, eles já estariam em nossa visão se estivessem tão próximos a ponto de fazer o chão tremer perto de nós!

– Paciência, Tyfar! – Um grito se fez ouvir por entre as árvores, era Myglor, o melhor atirador de flechas dos nove mundos. Os guerreiros foram capazes de distingui-lo entre as árvores pelas chamas saindo da ponta de sua flecha, pronto para disparar assim que surgisse um inimigo. O seu olho esquerdo estava coberto pelo denso cabelo ruivo e o rosto perfeitamente barbeado, trajava uma armadura verde-musgo que se camuflava entre as árvores e, assim como muitos aesires, dispensava o capacete no combate. Atrás de Myglor estava sua mochila, com as mais variadas flechas: flechas duplas, flechas com bombas, flechas amarradas a cabos, flechas inflamáveis, flechas maiores, para um maior estrago, flechas esculpidas, para maior alcance e velocidade. Todas feitas pelo próprio Myglor em seu tempo livre, e ele sempre sabia a hora certa de usar cada uma delas. Além disso, o guerreiro também carregava uma adaga de tamanho médio, com a qual era surpreendentemente habilidoso, para o caso de ser encontrado ou emboscado durante a batalha. Myglor tinha treinado a um alto nível a habilidade de matar um inimigo a curta distância, pois sabia que, se ficasse incapaz de disparar suas flechas por mais que alguns segundos, comprometeria toda a estratégia do time. Porém, nesse dia, ele não estava preocupado com essa possibilidade, afinal, se um gigante se aproximasse de sua árvore, seria fácil de ver, ele pensava.

– Você é paciente, eu não vejo a hora de esmagar alguma coisa! – reclamou Tyfar, como uma criança que faz birra para conseguir o que quer.

– Por que você não esmaga sua própria cabeça, seu grande idiota? – de outra árvore gritou Shodi, irmão de Tyfar, porém completamente diferente, tanto na aparência quanto na personalidade. Shodi era ligeiramente mais baixo que o irmão e muito menor em questão de músculos, e carregava consigo arpões com a palavra "terra" escrita no cabo. Também empunhava uma grande besta, com a qual atirava os arpões. Tinha cabelos negros curtos, totalmente despenteados, pele branca e a mesma pintura que o irmão tinha no olho esquerdo, porém a dele ficava no olho direito. Também exibia um arranhão imenso na bochecha direita, resultado de uma espada que passou perto de perfurar seu rosto, sendo salvo por uma flecha de Myglor na ocasião. Shodi vestia a mesma armadura verde-musgo, um item padrão entre os que dependiam de camuflagem para seu estilo de combate, e o capacete que vestia cobria toda a cabeça e os lados do rosto, deixando para fora apenas os olhos e a boca. – Você podia pelo menos uma vez se portar e manter a concentração, você está atrapalhando todos nós...

– Cale-se, Shodi, você sabe bem que na hora H eu arranco muito mais cabeças que você!

– Vocês dois não vão começar com toda essa besteira agora, não é? – interrompeu Kjor, um dos capitães de quarteto que, armado com duas espadas e mais uma espada reserva nas costas, trajava uma armadura prateada, assim como Tyfar. Seus longos cabelos loiros mesclavam-se com uma única mecha ruiva que ele dizia ser de nascença, embora muitos acreditassem que o cabelo dele ficou assim ao ser banhado repetidamente com o sangue dos oponentes de seu pai, que, por ser viúvo e morar em um ponto isolado de Asgard, levava o filho nas costas durante os combates por não ter com quem deixá-lo quando pequeno. Kjor também sofria de heterocromia, uma anomalia genética que fazia com que seus olhos tivessem cores diferentes, sendo um verde e um castanho. – Olha só, com ou sem inimigo, estamos no campo de batalha, vocês não deveriam ficar brigando aqui. Somos uma maldita equipe, oras!

– Kjor tem razão – disse Myglor. – Calem a boca e concentrem-se.

Tyfar se preparou para contra-argumentar, mas, nesse momento, a terra toda tremeu. Todo o time reergueu a guarda e então cada um voltou a se concentrar apenas na batalha. Hunter, que havia se mantido quieto até então, estava com os olhos fixos no horizonte, ajustando os fechos de sua armadura dourada, presente reservado ao capitão da guarda de Asgard. Ele estava alheio à conversa furada atrás dele, como se nem ao menos estivesse ouvindo, e bradou um comando:

– Todos vocês, em guarda! – E, enquanto aguardavam o inimigo, fez seu último pronunciamento: – Foi um prazer combater ao lado de todos vocês; hoje, honraremos nossos ancestrais, lutaremos contra os velhos inimigos de nosso povo. Nós somos os defensores de Asgard agora e nosso povo conta com nossa bravura, as lendas deverão contar sobre nossa vontade de ferro. Hoje, celebramos nossa vitória, seja com nossos parentes em Asgard, seja com nossos ancestrais no além! Lutem com força e não se rendam até que a última gota de sangue tenha escorrido de seus corpos. E se o destino quiser nossa morte... que assim seja. Morremos com honra, levando-os conosco. Vocês estão comigo?

Os guerreiros urraram e, enquanto o céu era coberto por uma silhueta gigante à frente, eles gritaram em coro:

– Por Asgard!

Dos três gigantes que surgiram do horizonte, um deles era mais baixo, porém compensava sua altura em largura, mais parecendo uma montanha, com uma cabeça pequena e um jeito desajeitado de andar. Myglor viu nesse gigante o começo de seu combate. O outro era o de altura média entre os outros dois, tinha ombros largos e sua silhueta lembrava a de Tyfar, seu corpo era mais forte e seus músculos mais definidos. O terceiro era o mais alto dos três, era igualmente forte e carregava um porrete. Os guerreiros se mantiveram firmes na posição, concentrados em não cair com os tremores causados pelos passos descoordenados dos gigantes. Myglor então fez o primeiro movimento, disparou duas cordas e uma terceira ele fincou no tronco da árvore. Assim que o gigante deu um passo, seu pé prendeu na corda e ele caiu de forma desengonçada no chão. O tremor foi sentido em Asgard, e a árvore em que Myglor estava curvou-se, obrigando o arqueiro a procurar uma nova cobertura. Então os três soldados que completavam seu esquadrão partiram imediatamente em direção ao gigante. O soldado de armas pesadas, Akerth, saltou na direção do rosto do gigante e arremessou uma clava em um movimento de meia-lua, acertando em cheio o antebraço do gigante enquanto este tentava se levantar. Akerth era um soldado imenso de pele bronzeada e cabelos castanhos curtos, trajando a mesma armadura de prata, mas sem o capacete e o peitoral, coberto por pinturas de guerra e carregando uma enorme clava com espinhos. Na hora, ouviu-se um estalo que denunciava que o ataque havia quebrado o osso do monstro, que urrou de dor.

Numa pequena fração de segundos, Myglor acertou mais três flechas dentro da boca do inimigo, as quais pouco depois explodiram num clarão. Após a poeira baixar, o gigante tinha metade do rosto queimado e a pele ao redor da boca havia rasgado, deixando a mandíbula pendurada. Enquanto isso, do outro lado, o esquadrão de Kjor havia começado seu ataque contra o gigante mais alto e esguio de forma diferente. O especialista em armas pesadas, Taleb, era um soldado de estatura mediana, o menor dos três especialistas em armas pesadas, mas ainda assim muito forte fisicamente, de longos cabelos negros e olhar de fogo. Ele, com sua espada longa, maior que a lança Heir, correu por baixo do gigante e cortou seus dois tendões com um giro de sua espada. Então, com um impulso de Kjor, ele pulou até a altura da panturrilha esquerda do gigante e cravou sua espada com força. O gigante desequilibrou-se e gritou, porém não caiu. Taleb segurou no cabo da espada e lançou-a para cima, em seguida fez sinal para seu besteiro, Shodi, que atirou um arpão bem acima de sua cabeça. Apoiando-se no arpão, Taleb escalou e chegou à altura do joelho do gigante, tirou das costas sua segunda espada – menor que a primeira, mas maior que uma espada comum – e fez alguns cortes nos ligamentos, sendo coberto pelo sangue da fera e fazendo com que o maior gigante de todos despencasse com tanto impacto que os soldados no chão pularam e Shodi quase caiu de sua árvore.

O besteiro, então, se recompôs e voltou para sua posição de ataque, disparando mais dois arpões com sua besta, um deles acertando o olho direito do gigante. Enquanto isso, o quarteto de Hunter fazia seu movimento. Tyfar abriu sua pesada mochila e tirou um imenso machado com uma lâmina que descia por quase toda a extensão do cabo, girou duas voltas completas no lugar e arremessou o machado para cima. O objeto acertou em cheio a coxa do gigante, que derrubou o porrete. Quando ele se abaixou para pegar a arma de volta, Hunter e o especialista em combate a curta distância, Het, um soldado com uma grande barba loira, que portava um machado de mão e uma espada um pouco menor que Daggry, subiram pela mão do gigante e, usando suas espadas como espetos, escalaram seu braço. O monstro tentava arrancá-los com a outra mão, mas era impedido por um ataque nos pés por Tyfar e por flechas incendiárias certeiras de Nyffr, o arqueiro do time, um galante cavaleiro de armadura verde-musgo completa e uma capa da mesma cor, o que ajudava ainda mais na camuflagem. Ele tinha cabelos ruivos na altura dos ombros, olhos cor de mel e era conhecido por ser um dos guerreiros preferidos das virgens solteiras de Asgard por sua beleza e imponência.

Ao chegarem até o ombro do gigante, Hunter cravou Daggry no pescoço do gigante e pulou para a frente segurando o cabo da espada, que deslizou pela garganta, jorrando sangue por toda a planície. Logo após, Het arremessou uma adaga para o colega, que a cravou no corpo do gigante para poder arrancar Daggry sem cair. O capitão saltou de volta para o ombro e, junto com Het, pulou para longe do monstro, enquanto este despencava e ficava de joelhos com o ferimento fatal. Os dois caíram em cima do adversário do time de Myglor e aproveitaram para desferir alguns golpes. Hunter, em movimento similar ao feito na garganta do outro gigante, deslizou com sua espada pelas costelas da fera até chegar ao chão, sendo seguido por Het.

O capitão do esquadrão, Rokheus, o mais velho dos soldados, de pele bronzeada e longos cabelos grisalhos, com uma barba grisalha completa rente ao rosto e uma pintura de guerra que cortava sua face na diagonal, passando pelo olho esquerdo, empunhava uma lança e trajava também a armadura prateada, mas um pouco mais gasta pelos anos de combate e com um diferencial: da braçadeira esquerda saía um grande espinho afiado, banhado em aço e fundido à braçadeira, feito a partir do dente de uma fera selvagem do exército de Hela, retirado durante o Ragnarök, resultante do encontro entre duas lâminas diagonais. A peça servia tanto como uma lâmina de espada para movimentos diagonais ou de meia-lua, quanto como uma ponta de lança para estocadas rápidas, e foi com ela que Rokheus, após cravar sua lança no meio dos olhos do gigante, rasgou a pele dele com seu espinho, girando o seu próprio braço esquerdo. No mesmo momento, gritou por Raseri, o soldado especialista em combate a curta distância do esquadrão e o mais jovem entre eles, bastante robusto fisicamente, de cabelos curtos loiros e barba rente ao rosto, que carregava consigo uma única espada que havia pertencido a seu pai, a infame espada Kadotus, responsável por perfurar cinco generais do exército de Hela antes que seu portador fosse morto pelo próprio Loki. Acreditava-se que Kadotus tinha um dos ataques mais dolorosos de toda Asgard, pois carregava a dor e o desespero das dezenas de soldados que foram mortos em batalha devido ao caos causado pela falta de seus comandantes.

Raseri pulou e, em um corte certeiro enquanto caía, rasgou ao meio o olho esquerdo do gigante, que se contorceu e gritou de dor. Enquanto se contorcia, o osso esmigalhado de seu pulso se deslocou e agora ameaçava rasgar a pele e causar uma fratura exposta. Nesse momento, o adversário do grupo de Hunter virou-se na direção do grito e, ainda atordoado pelo corte em sua garganta, ergueu seu porrete e o desceu novamente numa tentativa desesperada de esmagar os bravos soldados, porém estes foram mais rápidos. Ainda com o outro gigante, Rokheus puxou a lança, que estava entre os olhos, e todos os soldados fugiram para uma distância segura do porrete. O gigante caído, porém, teve sua cabeça completamente esmagada pelo golpe e morreu imediatamente. Nesse momento, a noite caía sobre a planície e isso dava aos soldados uma vantagem imensa, pois no escuro era mais difícil de serem vistos.

O esquadrão de Kjor entrou na fase final de sua investida: Myros, o soldado responsável pelo combate a curta distância, um homem com cara de garoto, aparentava ter dezoito anos, embora ostentasse vinte e seis primaveras, fato que era obrigado a repetir aonde quer que fosse para corrigir mal-entendidos. Seus curtos cabelos loiros eram quase brancos, e tinha uma barba igualmente loira, que deixava a contragosto, pois, segundo ele, sem a barba davam-lhe quinze anos. O soldado partiu na direção do gigante e, após um empurrão de Hunter, Tyfar e Het, saltou na direção do arpão atirado por Shodi, equilibrando-se em cima dele. O besteiro então disparou seus arpões finais, fazendo uma escada para Myros. Após isso, Shodi tirou de sua mochila um pequeno gatilho e o pressionou. Nesse momento, a gravura "terra" em seus arpões se acendeu e, a partir do furo causado pela arma, a pele do gigante começou a enegrecer. Em poucos segundos, sua perna estava completamente negra e o monstro não conseguia mais movimentá-la; uma casca grossa formou-se em sua pele, fazendo com que a perna do gigante se transformasse em um tronco de árvore que, devido ao peso, rachou ao meio. Ainda assim, foi tempo suficiente para Myros escalar pelo tronco até a bacia do gigante e cravar sua arma, uma espada embebida em um veneno mortal que causa paralisia nos órgãos internos. Em poucos segundos o gigante estava no chão.

Com apenas um último gigante de pé, os doze soldados dirigiram suas atenções para a fera, porém, esse momento de distração do esquadrão de Hunter foi suficiente para o monstro se recompor e agora dirigir o seu porrete na direção dos soldados, que não tinham mais tempo para fugir. Então, guiado pelo instinto, Hunter jogou Daggry no chão e puxou Heir de suas costas. Ao colocar a mão em Heir, Hunter sentiu algo diferente: ao puxá-la, a lança não pesou nada. Hunter então sentiu o que devia fazer a seguir:

– Eu convoco o meu elemento interior! Venham a mim, poderosos trovões!

Porém, nenhum trovão surgiu no céu. Em vez disso, Heir brilhou com uma coloração verde e começou a vibrar. Hunter não tinha certeza do que era aquilo, mas sabia que era sua única esperança. Por isso, fechou os olhos e apontou para o porrete que se aproximava. Nesse momento, do chão surgiram gigantescos troncos de árvores que se fecharam na frente dos soldados, formando uma cúpula de proteção que absorveu o impacto. Quando abriu os olhos, Tyfar estava sorrindo para ele e cochichou:

– Trovão droga nenhuma, seu elemento é a terra, a natureza e as plantas, seu imbecil!

E então tudo fez sentido. Foi como se a cabeça de Hunter finalmente se iluminasse, ele realmente sempre teve uma ligação especial com as plantas, sempre as entendeu e sentia que elas o entendiam também. Ele gostava de passar tempo junto a elas e Heir sempre o acompanhava. Hunter conversava com as árvores e gostava de fingir que elas o respondiam e, após tantos anos, elas finalmente responderam. Os troncos se espalharam e se dividiram, formando ainda mais troncos, que enrolaram por completo o corpo do gigante e voltaram para debaixo da terra, derrubando o gigante com um baque. O monstro ficou preso no chão, asfixiado pelos troncos que apertavam seu pescoço, até que tudo ficou em silêncio. Era o fim da batalha, e a cena presenciada foi tão incrível que nenhum som saiu da boca dos guerreiros. Eles jamais tinham visto uma manifestação da natureza tão poderosa, apenas Hunter, quando foi atingido pelos raios de seu pai, e Rokheus, que havia visto Odin, Thor e Surtr combatendo a plenas forças, no Ragnarök, e foi ele a quebrar o silêncio com um grito que ecoou por toda a planície:

– Aesir, a vitória é nossa!

Em seguida, um grande clamor surgiu. Todos os guerreiros levantavam suas armas aos céus e comemoravam a vitória perfeita, sem nenhuma perda de soldados, como Thor havia previsto. Hunter entendeu que ele acabara de se tornar o deus das florestas.

Naquela noite, todos os aesires se reuniram no Salão Principal do palácio central de Asgard e celebraram com um grande banquete a volta dos heróis que protegeram bravamente a cidade dourada de Asgard da ameaça dos jotuns. Até mesmo Thor, que geralmente exibia um semblante triste, não poderia estar mais feliz e orgulhoso. Antes do banquete, ele chamou a atenção de todos os aesires, levantou seu cálice dourado e proclamou:

– Nós, aesires, sobrevivemos a incontáveis batalhas nos mais variados lugares do universo contra os mais diversos inimigos. Eu enfrentei os jotuns diversas vezes e sei bem a dificuldade de derrubar um deles. No dia de hoje, esses doze bravos guerreiros derrubaram três deles sem nenhuma perda. Hoje, esses jovens lutaram como verdadeiros aesires. – Virando-se para os soldados com um sorriso no rosto, ele completou: – Odin está orgulhoso de vocês onde quer que ele esteja. Lembrem-se: ele estará sempre guiando-os de dentro de seus corações. Vocês são aesires, portanto, sempre que estiverem em dúvida sobre o que virá a seguir, não cometam o mesmo erro que nós cometemos. Nós buscamos as profecias e nos conformamos com o que nos foi dito. Veja quanto sofrimento trouxe para nós... Todos nós sabemos da dificuldade que foi reconstruir Asgard quando as profecias diziam que esta cidade voltaria de suas cinzas em ciclo. As profecias fizeram de nós deuses preguiçosos, conformados e, por isso, não buscamos mudar nosso futuro. Se nós tivéssemos na época o espírito que temos hoje... quem sabe quantos ainda estariam entre nós...

Thor suspirou e baixou a cabeça. Todos entenderam o que o gesto realmente significava: o deus do trovão lutava bravamente para impedir que uma lágrima escorresse por seu rosto e todo o salão se calou e aguardou que o governante se erguesse novamente, o que demorou algum tempo. Ao erguer seu rosto, Thor ostentava um sorriso sincero, mas de seu olho direito corria uma gota que havia vencido o pequeno embate e conseguido esvair-se por entre os cílios ruivos. Continuando, o deus do trovão ergueu seu cálice para os céus e gritou a plenos pulmões:

– Hoje celebramos a nova geração dos heróis de Asgard! Hoje celebramos a volta dos nossos guerreiros, que foram para o combate como meros soldados e voltaram como deuses! Vamos festejar a vitória dos aesires!

A celebração seguiu madrugada adentro com muita música e cantorias. Tyfar e seu irmão Shodi dançavam e bebiam juntos, Myglor bebia em um canto enquanto limpava suas flechas e cortejava uma bela dama de olhos cinzentos e cabelos ruivos. Para Myglor, a garota era a mais bela que seus olhos já haviam visto. Os outros soldados se divertiam bebendo e cantando juntos. Nyffr, o mais galante guerreiro de Asgard, divertia-se em contar vantagem sobre como suas poderosas flechas foram cruciais para a vitória contra os jotuns. O galante soldado conversava com jovens garotas que sonhavam em ter um relacionamento com alguém tão belo e forte como ele. Akerth e Taleb disputavam um acirradíssimo braço de ferro pela recompensa de uma jovem dama, de nome Selyna, uma moça pequena, com um corpo perfeitamente desenhado pelos deuses, lindos olhos azuis e lábios sedutores. O jogo demorou cerca de vinte minutos e acabou com a surpreendente vitória de Taleb, em razão de a jovem jogar um beijo para Akerth, o que fez com que o gigante se distraísse e afrouxasse o braço, permitindo que o azarão de cabelos negros vencesse. Akerth não se irritou, a moça havia feito sua escolha e o grandalhão estava feliz pelo rapaz. Rokheus, que preferia manter-se sóbrio após o Ragnarök, bebendo no máximo dois copos de hidromel, ria sozinho com a situação. Ele estava acompanhado da esposa, Karone, uma dama de cabelos pretos ondulados e olhos negros como a noite, mais velha que as jovens que conversavam com os outros heróis.

Durante a celebração, Thor se retirou para a varanda, onde ficou por algum tempo sozinho com seus pensamentos, mas não tardou para que Hunter se aproximasse de seu pai. Após um momento de silêncio observando o céu, Thor começou a falar:

– Me entristece muito saber que você jamais verá o brilho de uma estrela.

– Sim, eu soube que elas sumiram após a queda de Surtr no Ragnarök.

– O que você sabe sobre o Ragnarök?

– Pouquíssimo. Apenas alguns pequenos fragmentos.

– Você sabe sobre Hela?

– Sim, a governante dos exércitos dos mortos.

– Conhece Loki?

– Ouvi falar, porém não sei de quem se trata.

– E sobre sua mãe?

– Não sei nada além de seu nome, Syf.

– Você tem o jeito calmo dela. E, para ser sincero, sua mãe também era ligada à natureza. Não tanto quanto você, mas também era apaixonada pelas árvores. Ela dizia que o vento lhe trazia notícias. Isso acontece com você também?

– Não sei, acabei de descobrir meu elemento e ainda estou aprendendo aos poucos a lidar com ele. O que sinto é que estou ligado, de alguma forma, a todos os seres do planeta. Do mais gigante dos carvalhos até a menor das folhas, tudo está conectado a mim.

– E o que essa ligação te traz?

– Sinto uma paz imensa. A tranquilidade e a calmaria das árvores fazem parte de mim.

– Queria poder ter um pouco de calma... Os trovões são agitados, inquietos. Não me fazem bem algum, apenas fazem com que eu quebre coisas com mais facilidade, e só se mostram com força total na minha personalidade durante as batalhas... A última vez que senti a força completa deles foi durante o Ragnarök.

– Meu pai, eu preciso pedir uma coisa. Eu já não sou mais apenas um garoto, já é hora de saber a verdade. Conte-me sobre o Ragnarök.

Thor então suspirou e calmamente iniciou a história. Contou sobre os volvas e suas profecias, a traição de Loki e seus filhos, a derrota de Hela, a batalha contra Jormungandr, na qual o destino virou, a fuga desesperada de Syf para Midgard durante a gravidez e seu posterior sumiço, a queda de Odin diante do lobo Fenrir e, por fim, a batalha final contra Surtr e como Hunter foi encontrado à deriva em Midgard após o fim do combate. Hunter ouviu atentamente cada palavra sem interrompê-lo em momento algum, sem nem mesmo desviar o olhar dos olhos castanhos de Thor. Ao encerrar a história, disse com a voz mais suave possível:

– E agora eu conto com você, meu filho, para continuar o legado de seu avô, de seu pai e construir o seu próprio, pois um dia você será o líder de Asgard. Assim é o desejo do meu coração. Eu estou muito orgulhoso que você tenha encontrado seu elemento. Esse é o primeiro passo de uma longa jornada e eu vou estar aqui para apoiar você por quanto tempo me for permitido. Eu me orgulho de você.

Hunter abraçou calorosamente o pai e percebeu que havia muito tempo não fazia isso – na verdade, nem sequer era capaz de dizer quando fora a última vez que o fizera, e sentiu-se bem em fazê-lo novamente. Os dois voltaram para o salão e festejaram noite adentro e, por toda a Asgard, a festa se estendeu, todos felizes como há muito tempo não se sentiam. Tão felizes que nem mesmo perceberam que no céu uma pequena estrela começou a brilhar...

1 FOGO NOS CÉUS

O dia seguinte à batalha começou de forma diferente em Asgard. A festa virou a noite e todos os deuses e guerreiros encontravam-se no salão festejando ou caídos de cansaço ou embriaguez em algum canto da cidade. Como heróis da noite e motivo de celebração pela primeira vez, todos os guerreiros ainda estavam no salão comemorando, até mesmo Rokheus, já acostumado às grandes celebrações e até um tanto farto delas em razão de ser mais velho e já ter participado de muitas. Ele só estava no salão com os mais jovens pois sabia que há muito tempo Asgard precisava de uma injeção de paz e alegria como a ocasião estava lhes proporcionando. Asgard é uma cidade de guerreiros orgulhosos por serem os melhores combatentes dos nove mundos, porém a forma como o Ragnarök dizimou incontáveis soldados, além de derrubar alguns de seus maiores líderes, como Týr, Baldr e Odin, fez com que esse orgulho fosse abalado e alguns aesires não tinham certeza se ainda eram os melhores guerreiros, mas a vitória perfeita contra os perigosos jotuns trouxe autoconfiança novamente para o povo, que necessitava tão desesperadamente de algo que lhes mostrasse que ainda valia a pena lutar.

A comemoração da vitória dos aesires contra os jotuns acabou quando a última caixa de hidromel foi esvaziada. Após isso, os homens ainda ficaram mais um pouco a conversar e se divertir, mas logo foram embora para descansar. A vitória trouxe grande felicidade, mas Asgard ainda precisava do esforço de cada um para se reconstruir após o Ragnarök. Naquele dia, terminaram o monumento erguido para homenagear a todos aqueles que haviam morrido no campo de batalha. O monumento era uma grande coluna com alguns metros de raio entalhado e trazia os nomes dos guerreiros da base até meia altura, seguidos dos nomes dos deuses e, no topo, uma escultura de Odin com seus longos cabelos grisalhos descendo por suas costas e alguns fios escorridos em frente ao rosto. Ele fora esculpido com uma expressão calma, pacífica, porém vigilante, como se ainda observasse os nove reinos. A sua armadura dourada tinha as runas entalhadas em baixo relevo. Montava Sleipnir e, na mão esquerda, brandia Gungnir. A sua barba era densa e grisalha, um pouco maior que a de Thor, mas não passava do peitoral nem escondia as runas esculpidas na armadura. A escultura era gigantesca, tinha cerca de oito metros no total.

Hunter passou o dia descansando. Seu corpo estava imóvel na cama, mas sua cabeça viajava de volta ao momento da batalha sem parar. Ele via as imagens das raízes de árvores saindo do chão e salvando sua vida e a de seus companheiros, depois contra-atacando o jotun e derrotando-o imediatamente. Então, lembrou-se de como tudo fez sentido no momento em que Heir brilhou em uma coloração verde e tornou-se leve. Ele se perguntou como não havia pensado nisso antes... Era óbvio que Hunter não teria os poderes do trovão, ou não teria se ferido quando fora atingido pelo relâmpago de Thor. Ele não poderia adivinhar que seu elemento era terra, mas poderia ter buscado outros elementos e talvez tivesse descoberto mais rapidamente sua ligação com a natureza. O garoto então começou a divagar sobre de onde teria saído esse poder; afinal, seu pai e seu avô eram do elemento trovão. Então, em um raro momento, Hunter começou a imaginar sua mãe e sua conexão com a natureza.

Hunter se levantou e saiu em busca de seu pai para conversar com ele sobre sua mãe. Começava a anoitecer em Asgard quando o jovem chegou à sala do trono apenas para encontrar uma cadeira vazia, no centro da sala, pela primeira vez em sua vida. Sempre que estava no palácio, ele sabia que podia encontrar seu pai no trono, porém, desta vez, não aconteceu como o esperado. É claro que Thor poderia simplesmente ter saído para dar uma volta pelos jardins ou ter ido a algum lugar encontrar alguém, mas a intuição de Hunter dizia que não era simplesmente isso. Ao se aproximar do trono, teve a sensação de que havia um motivo muito importante para Thor não estar lá; ele não conseguiu explicar a si o seu sentimento e concluiu que deveria ser algum poder de seu elemento.

O rapaz olhou tudo à sua volta, examinou de perto cada um dos troféus expostos na sala e paredes. Hunter nem ao menos sabia o que estava procurando, mas sabia que deveria procurar. Então inspecionou o trono de Thor, que havia pertencido a Odin. Hlidskialf não era simplesmente um trono, mais parecia uma montanha em miniatura; encontrava-se acima de uma pequena plataforma feita de ouro maciço com símbolos de Asgard e runas entalhadas. Uma pequena escada levava a ele, e Hunter, pela primeira vez na vida, subiu e observou de perto o trono, coisa que ninguém em nenhum dos nove mundos, nem mesmo ele, tinha permissão de fazer.

Ao observar o trono, o rapaz percebeu que o ouro que subia e formava os apoios para os braços escondia, na parte interna, uma minúscula alavanca. Com um pequeno clique, ele puxou a alavanca e um alçapão secreto se abriu no chão em frente ao trono, revelando uma escada que saía do trono e ia em direção à parede e aos limites do palácio dourado. Hunter observou pasmo quando a porta se fechou após alguns segundos e a pequena alavanca retornou para sua posição original. O filho de Thor, então, puxou a alavanca novamente e o alçapão surgiu mais uma vez, mas, desta vez, ele correu em direção à abertura e viu quando a porta se fechou sobre si logo depois.

A escadaria que se revelou a sua frente era escura, iluminada apenas por pequenas tochas, e descia íngreme. Hunter desceu cuidadosamente até sair em uma pequena sala redonda com paredes de mármore cobertas por musgos. Um grande prato dourado pendia do teto até a altura da cintura de Hunter. Acima dele, no meio da sala, estava uma fogueira ardente, que iluminava todo o ambiente e estava refletida em diversas peças douradas fixadas nas paredes, do mesmo formato do prato. Também havia meias colunas, que saíam da parede e davam relevo à sala, e entre elas havia pequenos balcões de mármore onde estavam expostos os mais bizarros e irreconhecíveis objetos que Hunter já havia visto.

Foi quando ele decidiu olhar mais de perto e seguiu até a pequena fogueira no meio da sala, retirando um pedaço de lenha com a ponta em chamas para usar como tocha. Porém, quando se virou para observar o primeiro objeto, ouviu um chacoalhar de correntes atrás de si e, ao virar-se novamente, notou que o prato suspenso agora subia e, abaixo dele, um círculo se abria no chão. A câmara era pequena, por isso o garoto teve de dar dois passos para trás para não ser engolido pelo buraco, encostando-se na parede.

Hunter não podia acreditar no que estava vendo. Do buraco do chão, subia uma coluna de mármore e, sobre essa estrutura, encontrava-se nada menos que o martelo supremo do deus do trovão, que, acreditava-se, havia se perdido para sempre durante o Ragnarök, segundo seu dono. O poderoso Mjölnir estava ali, bem diante de seus olhos, após mais de dezoito anos sem ser visto.

Após o surgimento do martelo, todos os outros objetos da sala foram instantaneamente esquecidos por Hunter, que olhava fixamente para a poderosa arma que ele jamais havia visto, mas tanto ouvira falar. Mesmo ciente de que todos diziam que Thor era o único capaz de empunhá-lo, Hunter não resistiu à tentação de tocar na poderosa arma. Passou seus dedos pelo martelo, muito parecido com um aríete, com um grande bloco de um minério místico em uma das pontas, entalhado no centro com as runas de Asgard, e com o cabo negro feito de outro minério raro, conhecido apenas pelos anões, exímios na arte da siderurgia e responsáveis por forjar as mais poderosas armas de Asgard: o martelo Mjölnir, a lança Gungnir e a lança bifurcada Heir. Hunter deslizou seus dedos pelo cabo e fez menção de erguê-lo, porém o martelo nem mesmo se movimentou. O aesir tentou novamente e, desta vez, usou a força, mas novamente o martelo não tomou conhecimento de seu esforço. Indignado, ele subiu na pedra que servia de base para a arma e, com as duas mãos cravadas no cabo, começou a puxar com toda a força, chegando a ficar com o rosto vermelho. Hunter, assim como o pai e o avô, dispunha de uma força descomunal, porém nem toda a sua força, junto ao impulso de seus pés, foi suficiente para sequer mudar o Mjölnir de posição. Em vez disso, todo o esforço e impulso se voltaram contra o guerreiro quando suas mãos escorregaram do cabo do martelo, o que fez com que ele fosse arremessado para trás, batendo de costas na parede da câmara secreta.

Foi então que, com um clique, a parede deslizou para o lado, revelando uma passagem para uma segunda sala. Hunter desistiu de tentar erguer o martelo e decidiu seguir e descobrir o que haveria atrás da porta.

A nova sala era maior que a anterior e muito mais iluminada pelas incontáveis velas que a rodeavam. Diferente do ambiente anterior, que tinha pequenos balcões em toda a sua volta, ali não havia nada além de duas grandes criptas fechadas encostadas nas paredes laterais à porta, uma de frente para a outra. Hunter preferiu ir pelo meio da cripta, tomando muito cuidado para não ativar mais nenhum mecanismo ou armadilha que entregasse que ele estava lá ou até mesmo o matasse. Cautelosamente, ele se aproximou da urna, contando mentalmente cada um de seus passos e olhando bem onde pisava antes de colocar o pé no chão.

Ao chegar ao meio da sala, o garoto percebeu que, do outro lado, sob um altar de velas, havia uma inscrição na parede, onde se lia:

"No começo nada havia.
Somente a luz e as trevas.
E da junção destes surgiu vida.
E um dia, quando necessário, há de surgir de novo."

Hunter não entendeu a inscrição, mas imaginou que era apenas um conto de fadas, já que não acreditava nessas besteiras antigas. Ele voltou sua atenção para a cripta à esquerda e se aproximou. Ela parecia ser feita de um mármore diferente do resto, mais escuro, frio e denso, e continha uma alça no meio da tampa, onde se podiam ler os dizeres:

"Quente como a luz.
Herdeira do poder.
Criada com um propósito.
A verdade defender."

Agora, curioso, o garoto nem mesmo pensou em abrir a cripta, girou o corpo e dirigiu-se para o outro lado da sala, onde repousava a segunda cripta, igualmente escura e fria, com a mesma alça no meio e os dizeres:

"Rei da noite.
Arauto da morte.
Quando se luta contra o tempo.
Não se deve contar com a sorte."

As dúvidas corriam livres pela mente de Hunter: do que se tratavam aquelas criptas? E esses dizeres? E o dizer na parede? E quanto ao Mjölnir na sala anterior? E todos aqueles estranhos objetos? E, afinal, por que existia essa sala de que ninguém jamais ouviu falar? Desde quando essa sala existia? Teria Thor criado ela? Ou ela datava dos tempos primórdios, tendo sida criada pelo próprio Odin? O fato de a alavanca ser facilmente visível a quem se sentasse no trono provava que um ou talvez os dois líderes de Asgard soubessem sobre essa sala, mas por que guardar segredo?

Talvez as respostas estejam dentro das criptas, ele pensou. *Além do mais, o que de pior pode estar contido dentro dessas criptas? Asgard não conhece nenhum mal que não possamos derrotar, somos os melhores guerreiros dos nove mundos... E se houvesse realmente alguma coisa perigosa aí dentro, não estaria bem abaixo do palácio dourado, e sim exilado em algum mundo distante...*

Hunter então agarrou com as duas mãos a alça da cripta e estava para usar de toda a sua força para puxar de uma única vez a tampa, quando ouviu uma voz atrás de si... Uma voz que fez com que todo o seu corpo se arrepiasse e seu rosto congelasse em uma fixa expressão de pavor.

– O que você pensa que faz aqui? – A voz de Thor ecoou na sala como um trovão e Hunter sentiu-se nauseado pelo susto que levara. – Quem lhe deu permissão para mexer no meu trono? Como você ousa invadir este lugar? Hunter, responda!

Hunter saiu do transe em que ficou por alguns segundos. Era como se todo o seu corpo houvesse congelado do nada e ele não conseguisse soltar a alça nem pronunciar uma palavra sequer.

– Pai... eu estava procurando você, mas não o encontrei no seu trono. Eu senti que algo estava errado, como se estivesse sendo chamado para este lugar...

Thor então respirou fundo e disse calmamente:

– Tudo bem, filho. Agora, tire as suas mãos dessa cripta...

Hunter obedeceu e se sentiu melhor ao tirar as mãos do mármore.

– Filho, escute com atenção. Já que você encontrou esta câmara, vou contar a você um pouco do que é este lugar. Eu pretendia falar quando você tivesse um conhecimento maior de nossa história, mas como já estamos aqui...

Nesse momento, um grande estouro se fez ouvir do lado de fora. Hunter e Thor, sem dizer nenhuma palavra um ao outro, correram escadaria acima. Ao saírem do alçapão, os dois correram em direção à sacada e deram de cara com uma visão inimaginável: o céu noturno de Asgard cheio de estrelas reluzentes de ponta a ponta, todas extremamente brilhantes, muito mais do que o comum. De repente, uma delas começou a crescer e aumentar de tamanho até cair em forma de meteoro no meio da cidade. Os aesires não sabiam o que fazer, não podiam lutar contra o céu e não imaginavam o que estava acontecendo. Desde o Ragnarök não havia estrelas devido a Muspelheim ter se apagado com a queda de Surtr pelas mãos do deus do trovão.

Por toda parte viam-se casas e prédios em chamas ou destruídos pela queda das estrelas. Alguns soldados ainda tentavam disparar flechas contra o céu, mas não obtiveram sucesso; outros preparavam as catapultas para arremessar pedras contra os meteoritos e destruí-los antes que eles aterrissassem, porém um trio de estrelas caiu ao mesmo tempo sobre as catapultas. Nesse momento, os soldados perceberam que não se tratava de um desastre natural, mas sim de um ataque ordenado por alguém que ainda não havia se revelado; foi quando o plano mudou.

Os soldados assumiram posições defensivas e se protegeram como puderam da chuva de estrelas que caiu incessantemente por vários segundos, sem que houvesse resposta alguma dos aesires, que estavam protegidos, esperando que o adversário mostrasse seu rosto.

Thor então sentou-se em seu trono e recebeu dele a habilidade de olhar por todos os nove mundos de Yggdrasil. Onde quer que o adversário estivesse, Thor o encontraria. O rei de Asgard buscou mundo por mundo, até chegar a Niflheim, o mundo do gelo e do vazio. E, nesse momento, sua expressão tornou-se de puro espanto.

No mundo congelado, o deus do trovão viu vulcões se abrindo, a terra esquentando e derretendo e, das fissuras criadas, surgiam bolas de fogo que subiam aos céus em direção a Asgard. Thor foi despertado do transe por Hunter, que voltava de seu quarto com Daggry em uma mão e Heir em outra, o garoto trajava sua armadura completa, uma peça majestosa feita de ouro puro, ajustada ao corpo e entalhada de símbolos de Asgard em baixo relevo, no peitoral esquerdo o símbolo de Asgard se destacava: os três triângulos entrelaçados que formavam o Valknut, rodeados por um círculo de runas. Hunter pulou na sacada e se preparava para saltar para o combate quando foi chamado por Thor:

– O que foi, pai? Vamos! Precisamos nos unir aos nossos irmãos e lutar!

– Lutar será impossível...

– Como assim impossível? Somos aesires, o povo mais poderoso de todos. Não há nada que não possamos vencer.

– Não seja tolo, há muitas coisas mais poderosas que nós...

Nesse momento, a chuva de meteoros parou e o céu, ainda cheio de estrelas, abriu caminho para uma imensa bola de fogo que muito se parecia com o sol, porém muito mais intensa. A bola cresceu a ponto de iluminar todo o céu, fazendo a noite tornar-se dia. Thor correu para a sacada novamente para ver o que estava para acontecer. E, de dentro da bola de fogo, surgiu um gigante de pele vermelha, com barba e cabelos cinza e olhos alaranjados como fogo. Quando ele falou, sua voz trovejou pelos céus e pôde ser ouvida em todos os mundos.

– Eu voltei!

Thor tomou a palavra.

– Eu imaginei que você pudesse voltar um dia, Surtr.

– Olhem só quem fala... É o garotinho Thor. Como vai o seu pai? – O gigante gargalhou, fazendo com que a terra tremesse. – Diga-me, filho de Odin, quem é o pirralho ao seu lado?

Hunter tomou a palavra antes que Thor pudesse responder:

– Eu sou Hunter, filho de Thor, neto de Odin, comandante das tropas aesires e deus das florestas!

– Ah, é mesmo? Sabe o que acontece quando o fogo toca em uma árvore, bebezinho?

– Vamos descobrir.

Hunter então invocou os poderes ocultos de Heir e um grande tronco de madeira surgiu por trás de Surtr, enrolou-se em seu pescoço e sufocou-o. Porém, sem que Surtr fizesse movimento algum, o tronco começou a arder em chamas e se desfez. O gigante então invocou uma grande bola de fogo e preparou-se para arremessar em direção ao palácio dourado. A bola era tão imensa que seu contato com o solo poderia facilmente causar a destruição de Asgard por completo. Hunter olhou para trás, mas não viu mais seu pai, os guerreiros de Asgard disparavam todo tipo de armas contra o gigante, mas nada conseguia feri-lo, queimando até virar cinzas antes de alcançar a pele do gigante. Surtr arremessou a grande bola de fogo e Hunter entendeu que aquele era o fim de tudo; Yggdrasil seria incendiada, todos os nove mundos se perderiam nas chamas e não haveria um sobrevivente sequer...

E nesse momento tudo parou.

Hunter olhou em volta. Surtr estava imóvel, a bola de fogo parada no meio do ar, nenhum aesir fazia o mínimo movimento e nem mesmo o vento se fazia sentir naquele momento; era como se todo o universo tivesse simplesmente estagnado, congelado em uma única posição. Ele se perguntava por que tudo estava parado, menos ele, e, como um pensamento em voz alta, Hunter expressou:

– Estou morto?

– Definitivamente não, meu filho. – A voz de Thor novamente se fez ouvir pelo grande salão, forte como o trovão. – Pelo menos ainda não...

– O que está acontecendo? – Hunter se atentou ao objeto de formato bizarro que Thor segurava, o mesmo que ele havia visto mais cedo na sala secreta abaixo do trono. – O que é isso?

– Isso é o motivo de tudo isso, este é um dos artefatos mágicos de Midgard.

– Midgard? Mas eu achei que a magia de Midgard havia sido extinta...

– Quase. Antes que toda a magia fosse extinta pelo homem, existia em Midgard um grupo de poderosos feiticeiros, sacerdotes e alquimistas capazes de criar chamas e manipular os céus. Esses feiticeiros tinham poderes suficientes para reinar sobre a natureza, e assim o faziam. Entretanto, o poder desses magos surgiu de dois deuses antigos: um deles era puro e feito de luz; o outro, maligno e forjado nas trevas primevas, antes mesmo do surgimento do universo. Quando esse deus maligno começou a causar o caos em Midgard, uma ordem de magos adeptos da magia branca, defensores do bem e da natureza, criou cinco artefatos místicos cujo poder trespassava o poder das trevas. Eram eles: a Espada da Força, uma arma que daria àquele que a carregasse força absoluta e sabedoria em combate; o Arco da Visão, que poderia acertar um alvo em qualquer lugar de Midgard, contanto que o arqueiro visualizasse, em mente, o rosto de seu adversário; a Harpa da Verdade, um objeto cuja música faz com que um indivíduo seja incapaz de mentir, sendo completamente verdadeiro em cada uma de suas respostas; o Cajado do Tempo, que é este que está em minha mão, capaz de reduzir ou aumentar a velocidade do tempo, fazendo com que segundos durem semanas ou meses durem horas; e o Colar da Luz, o único desses artefatos que não se encontra em Asgard. Por não o termos adquirido, não sabemos a verdadeira extensão de seus poderes, mas escritos antigos de Midgard dizem que esse é o amuleto mais poderoso dos cinco. Ele não pode ser encontrado por ninguém, aquele que está destinado a ser seu portador é que é encontrado por ele. A lenda também diz que a pessoa que possuir o Colar da Luz será capaz de virar qualquer sorte, vencer qualquer batalha, derrotar qualquer inimigo, destruir qualquer construção. De alguma forma mágica, não há nada que não se possa fazer quando se tem o Colar da Luz.

– Então devemos encontrar esse colar! Precisamos dele para destruir Surtr!

– Você estava prestando atenção? Não ouviu o que eu acabei de dizer? É impossível encontrá-lo.

– Mas por quê?

– A lenda diz que o Colar da Luz é o elo entre o mundo dos homens e o plano dos deuses, não os nossos deuses, mas os deuses da magia, em um plano de existência distante anos-luz de onde estamos, além da Yggdrasil, para onde a Bifrost, a ponte do arco-íris, não pode nos levar. Os deuses da magia controlam a sorte do universo. Eles observam cada fato de cada mundo, e quando julgam que, para o bem do universo, uma pessoa que está prestes a cair, a ser derrotada ou a morrer deve evitar tal destino, eles enviam o Colar da Luz para essa pessoa.

– Mas esses deuses só atendem aos magos de Midgard...

– Exato, por isso não teremos a ajuda desse colar.

– Mas tem que haver outro jeito! Não podemos simplesmente deixar que Asgard seja destruída! Além do mais, se Surtr destruísse Asgard, atearia fogo na Yggdrasil e todos os nove mundos seriam perdidos. Tem que haver um jeito!

– Na verdade, há um jeito...

– Diga-me, pai!

– Mas eu não posso dizer se é verdade ou se é apenas uma lenda... Segundo as profecias, após o fim do Ragnarök, surgiriam duas crianças em Midgard, dois irmãos que, após a destruição dos nove mundos, reconstruiriam Midgard, cujos frutos fariam ressurgir a Yggdrasil. Essas duas crianças, separadas pelo destino, quando unidas, mandariam todo o resquício do Ragnarök de volta para o esquecimento e recriariam a paz e a harmonia no universo.

– E o que isso tem a ver com a nossa situação atual?

– Se isso for verdade e os dois irmãos forem trazidos para Asgard, será possível usá-los para expulsar Surtr e mandá-lo de volta para o vazio. Mas é claro que é só uma lenda, e eu não posso dizer se é real ou não...

– Pois, para mim, é real o suficiente. Eu vou até Midgard e encontrarei os dois irmãos ou o tal Colar da Luz. Eu não permitirei que Asgard seja destruída.

Thor não concordava com a ideia de Hunter, sabia o quão grande Midgard era, pois era seu deus protetor. O deus do trovão sabia que as buscas poderiam não resultar em nada, porém Asgard estava há segundos da destruição total e, no momento, essa era a melhor opção, então apenas consentiu, dizendo:

– Prepare suas coisas sem pressa, nos encontramos em meia hora nos portões da Bifrost.

Hunter consentiu e foi para o seu quarto, arrumou rapidamente sua mala, prendeu Heir às costas e Daggry à cintura e partiu em direção à ponte do arco-íris, Bifrost. Antes disso, foi mais uma vez até a sacada do palácio dourado, olhou novamente para a figura gigante de pele vermelha e olhos alaranjados e afirmou:

– Eu vou dar um jeito de derrotar você, do mesmo jeito que meu pai fez, mas quando eu acabar com você, irei garantir que nunca mais volte.

Também olhou para os soldados no chão, congelados em uma expressão mista de bravura e pavor:

– Quanto a vocês, meus irmãos, aguardem. Eu irei salvá-los.

Então o jovem guerreiro se dirigiu aos limites da cidade, onde se encontrava o portão que levava à ponte Bifrost. No portão estava Thor, ainda com o Cajado do Tempo nas mãos. Sua expressão denunciava sua extrema preocupação, mas Hunter não conseguia determinar o motivo exato: seria sua missão? A iminente destruição de Asgard? A volta de Surtr? Preocupação com o filho que pela primeira vez sairia sozinho dos domínios dos aesires para outro mundo? Ou talvez sua preocupação estivesse relacionada às duas criptas na sala secreta? Hunter percebeu que sua mente também corria por milhares de pensamentos e sensações ao mesmo tempo, sendo impossível para ele definir como se sentia no momento.

– Muito bem, meu filho, chegou a hora. Eu não posso acompanhá-lo, preciso manter o Cajado do Tempo funcionando, você vai estar sozinho...

– Eu não vou decepcioná-lo, meu pai.

– Eu sei que não, mas escute com atenção: o Cajado do Tempo não para o tempo, apenas o atrasa. Em um determinado momento, a bola de fogo vai atingir Asgard e tudo será destruído. Você tem pouco tempo para encontrar os dois gêmeos ou o Colar da Luz e trazê-los para Asgard, ou será o fim do nosso mundo. Os nove mundos de Yggdrasil dependem unicamente de você.

– Eu não irei falhar.

– Então vá! O tempo é curto! Boa sorte, meu filho...

Thor então se virou para abrir o portão e também para esconder a lágrima que escorria de seu olho direito e deslizava por seu rosto antes de perder-se em sua barba ruiva. O portão abriu com um estalo e à frente nada se via além de luz. Hunter acenou para seu pai e caminhou na direção da luz, até que desapareceu em um clarão branco que iluminou toda a cidade por uma fração de segundos, forçando Thor a desviar o olhar. Hunter havia partido de Asgard na missão que definiria se o universo seria salvo ou engolido pelas chamas...

Midgard

O final dos anos 2010 foi bem conturbado no planeta Terra. Em 2018, a guerra entre Israel e Palestina chegou a níveis alarmantes. Por dia, eram arremessadas de duas a dez bombas na faixa de Gaza, matando milhares de civis. Embora a Organização das Nações Unidas tentasse desesperadamente conseguir um acordo de paz entre os países, não havia tréguas. Em 2019, um novo conflito surgiu na região da Crimeia, uma região da divisa entre Ucrânia e Rússia; tropas russas invadiram o território ucraniano, contrariando pedidos da ONU e provocando uma guerra entre as duas nações, num conflito incessante que terminou apenas um ano depois com a rendição total da Ucrânia, que teve absolutamente todo o seu território incorporado ao território russo. Enquanto isso, a guerra na faixa de Gaza seguia brutal e sem indícios de que terminaria.

Enquanto isso, um conflito irrompeu na América do Sul, quando a falta de água nos países do continente levou a um ataque em massa ao Brasil, o único país que ainda tinha reservas abundantes. O governo tentou negociar uma divisão da água, mas o acordo foi considerado injusto e os países reuniram uma força armada para tentar invadir o país pelas regiões oeste e sul. O confronto foi sangrento e todo o exército brasileiro teve que ser movido para as fronteiras, auxiliado pelos exércitos da China e da Índia, países aliados do grupo conhecido como Brics.

As tropas russas não ajudaram, pois estavam guerreando na Crimeia, e as tropas sul-africanas estavam ocupadas com as guerras civis e o rápido avanço de um novo vírus mortal em solo africano. Porém, o grupo preferiu não aceitar ajuda para evitar o risco de transmissão do vírus, numa atitude que não foi muito bem vista pelos africanos. O fato de praticamente cem por cento das tropas brasileiras estarem reunidas no limite do país provou-se um deslize grave. Brasília foi invadida por manifestantes que tinham por objetivo derrubar o governo atual.

Em menção à Revolução Francesa, foi instalada na rampa do Palácio do Planalto uma guilhotina, usada para decapitar todos os membros do Congresso e até o presidente. Todos os membros do Senado que não foram mortos durante a invasão foram executados publicamente. O país então se tornou um estado anárquico, sem um governo definido por nenhuma figura de autoridade. Em um ato simbólico, o Prédio dos Poderes foi demolido e em seu lugar foi construído um cemitério no qual foram enterrados os membros do antigo governo, com crânios fixados em cima das lápides para simbolizar a decapitação.

Enquanto isso, a Coreia do Norte e os Estados Unidos trocam ameaças de bombas nucleares; pouco depois, em 2020, a Coreia dispara a primeira bomba, acertando a Califórnia e matando centenas de milhares de civis. Os Estados Unidos retaliam disparando nada menos que sete bombas com o triplo da potência das bombas *Fat Boy* e *Little Boy*, que atingiram Hiroshima e Nagasaki em 1945. As bombas atingiram grande parte do território norte-coreano, inclusive a capital Pyongyang, resultando na morte do líder do país, após ser infectado pela radiação. As negociações de paz após o ataque foram rápidas, a Coreia do Norte fora estrategicamente destruída e não tinha opção além da rendição absoluta. Aproveitando-se da destruição, o presidente da Coreia do Sul tomou o território devastado e proclamou uma única grande Coreia, que imediatamente declarou aliança à Rússia, na expectativa de proteção contra os Estados Unidos.

Após a vitória na Crimeia, o presidente russo encarou uma onda de reprovação da ONU e sabia que cedo ou tarde haveria retaliação, então se armou e esperou o pior. O ataque veio em março de 2021 e atingiu Moscou, derrubando o Kremlin. Os russos esperavam um ataque americano e estavam prontos para interceptar uma bomba dos EUA, porém a bomba veio de Londres e pegou todos de surpresa. O combate estava tomando forma. De um lado, os EUA tinham o apoio de grande parte da Europa e de alguns países da América do Sul, além do Canadá. Do outro lado, a Rússia tinha apoio de toda a Ásia, inclusive o numeroso exército chinês, além do apoio africano, que queria se vingar dos países que recusaram seu povo por tanto tempo. O Brasil, agora um estado anárquico, uniu-se à Rússia por ser contra o capitalismo americano. Estavam delineados os lados confrontantes que dariam início à Terceira Guerra Mundial.

Pela primeira vez, os países em guerra fizeram uso de armas biológicas como forma de ataque; vírus poderosos foram dissipados, causando um grande caos. Além do bombardeio biológico, armas nucleares foram usadas, causando danos irreparáveis ao ar terrestre. A guerra foi rápida, devido à potência do armamento. E, em aproximadamente três anos, as cidades de Washington, Nova York, Moscou, Pequim, Rio de Janeiro e Shangai foram completamente destruídas, deixando milhões de feridos, sendo sessenta por cento dos mortos civis desarmados e inocentes pegos no meio do fogo cruzado. O confronto teve um fim caótico quando, num ataque desesperado no meio da madrugada, agentes americanos conseguiram emboscar o presidente russo e assassiná-lo. Uma foto do cadáver imediatamente estampava as capas dos jornais e sites de notícias do mundo todo; horas depois, durante o pronunciamento oficial do governo americano, o presidente dos Estados Unidos foi assassinado por um atirador de elite diante das câmeras, que exibia ao vivo o pronunciamento para todo o mundo. Os líderes das duas lideranças bélicas haviam sido assassinados no mesmo dia. Isso desestruturou os dois lados do combate e uma trégua, assinada em setembro de 2024, simbolizou o fim do conflito mais sangrento de todos os tempos, superando o número somado de mortes da Primeira e da Segunda

Guerra Mundial. Foi assim que se sucedeu o Ragnarök em Midgard. O que restou foi um planeta devastado, com alguns poucos lugares ainda inteiros e toda uma nova geografia: surgiram novos desertos, novas crateras, novas ruínas. Entretanto, alguns países e até mesmo regiões inteiras escaparam do combate com poucos danos. Foi o caso da região da Escandinávia, uma região geográfica da Europa que abrange Dinamarca, Noruega, Finlândia, Ilhas Faroé, Suécia e Islândia, e a região que nos tempos antigos fora povoada pelos antigos Vikings, que não foi atingida pela guerra por não ser aliada de nenhum dos lados nem ser uma região de interesse.

Isso não foi por acaso, pois a profecia dizia que seria em algum lugar deserto próximo à Escandinávia que o deus Thor desceria para combater a serpente de Midgard, Jormungandr, no confronto que deveria ceifar a vida de ambos os combatentes.

Devido aos maremotos causados pelos movimentos da serpente e às tempestades causadas pelo martelo Mjölnir, a gigantesca área da batalha ficou submersa e perdida para sempre em milhares de metros abaixo do mar. Ao mergulhar seu filho na Bifrost, Thor não tinha certeza de onde exatamente ele seria deixado, pois não sabia ao certo como começar a busca. As antigas lendas diziam que o Colar da Luz não pode ser encontrado e o deus sentia que a missão de Hunter seria um fracasso, mas, dada a situação da iminente derrota de Asgard, não havia outra opção senão acreditar que essa missão era a última esperança dos nove mundos.

Hunter jamais havia viajado pela Bifrost e, durante a viagem, desejou que nunca tivesse que fazê-la de novo. A viagem dimensional movimentava todo o corpo – músculos, ossos, sistema nervoso e os órgãos internos – em uma velocidade extrema, o que causava uma dormência por todo o corpo, passando a impressão de que o viajante estava morto. Dentro da Bifrost, tudo o que Hunter podia ver era um clarão à sua frente e todas as cores do universo ao seu redor, que ele deduziu que se devia ao fato de estar passando pela fenda cósmica entre as duas dimensões em uma velocidade que tornava impossível de se perceber as formas, só sendo possível ver as cores. E isso explicaria o apelido que a ponte Bifrost carrega: Ponte do arco-íris.

Por alguns longos minutos, Hunter ficou dentro do túnel, tempo o suficiente para que toda a fascinação da viagem e a dormência passassem e as dores causadas tornassem o momento irritante e entediante. Aos poucos tudo isso passou, e o deus das florestas pôde ver no clarão novas cores que surgiam fracas e iam se abrindo como uma porta, conforme se aproximava.

Quando o clarão sumiu, Hunter conseguiu enxergar os tijolos de uma pequena casa em uma clareira. Depois viu o chão de pequenos cascalhos e grama. As cores ao seu redor se apagaram quase por completo, tornando-se um único preto escuro, era como se Hunter estivesse à deriva no próprio vazio. Seu corpo agora respondia aos seus movimentos e a dor e a dormência haviam desaparecido.

Heir e Daggry continuavam firmes em suas costas e cintura, respectivamente. Seu corpo flutuava no vazio, e em todo canto que ele olhava via apenas a penumbra escura. Em sua frente a imagem continuava fixa como o único ponto de luz na escuridão infinita, como uma vela acesa no escuro. Ele então se aproximou da imagem, que mais parecia um quadro, estendeu sua mão direita e tocou na paisagem. Então o círculo o puxou e Hunter desapareceu no vácuo da Bifrost.

2 ✠ A GAROTA DOS OLHOS COR DE ÂMBAR

Midgard, Finlândia

A tempestade se formava no horizonte, fortes chuvas estavam a caminho, mas, na pequena abadia de Iltatähti – "estrela vespertina" em finlandês –, era sabido que não apenas as nuvens carregavam más notícias... Há apenas duas semanas, a Terceira Guerra Mundial havia começado de fato, e muitas mortes tinham sido registradas por todo o planeta. Iltatähti ficava localizada em uma pequena ilha abaixo do litoral do sudeste do país e da capital Helsinque, banhada pelo mar do norte. A pequena organização de frades luteranos tinha uma vida simples, devota à religião, e por muito tempo fora assim, mas, com a chegada da guerra, o dia a dia da pequena organização mudou completamente.

O conflito afetou de diferentes formas a Finlândia, mas em momento algum o país foi atacado diretamente, ao menos até o final da guerra, quando, no final de agosto de 2024, numa tarde de tempestade, o pequeno país foi vítima de uma bomba destinada à Rússia que perdeu a direção após fortes ventos e atingiu a parte norte de Helsinque, numa explosão que foi vista com horror pelos frades de Iltatähti. Após a explosão, um momento de silêncio instaurou-se na abadia. Todos os frades ficaram perplexos e tentaram entender o porquê de uma bomba ter sido disparada contra a Finlândia, um país neutro no combate. Foi nesse momento que uma forte batida na porta rompeu o silêncio e trouxe os presentes de volta do estado de choque.

Ao abrir a porta, uma linda jovem de olhos rubros e cabelos loiros como a luz do sol, completamente encharcados pela chuva forte, estava parada diante da entrada. Ela trajava um vestido branco que deixava em evidência seus volumosos seios. A parte de baixo de seu vestido estava manchada de sangue, sugerindo que a moça estava ferida, e ela carregava nas mãos um pequeno envolto de panos que, sem dizer uma palavra, foi entregue ao frade Ferrer, líder da abadia, um homem que aparentava ter 30 anos e que tinha um olhar austero e sereno. Seu rosto era rígido, porém agradável, e ostentava uma cabeleira castanha ligada a uma barba que preenchia todo o seu rosto.

Ao desenrolar os panos, o frade Ferrer encontrou uma bebê recém--nascida, uma criança saudável de olhos dourados como o ouro. A mulher então suspirou ofegante e, como se fizesse um grande esforço para isso, falou:

– Preciso... encontrar... o outro... a luz... o fim... cuide dela.

As pernas da jovem fraquejaram e ela caiu de joelhos. Imediatamente, os frades se prontificaram a ajudá-la. Levantaram-na, porém, quando tentaram levá-la para o interior do mosteiro, a garota os empurrou e soltou-se. Novamente de pé, ela falou, com o olhar rubro fixo nos olhos castanhos do Padre Ferrer, deixando-o inquieto:

– Seu nome... é Aylin. Cuide dela... Eu preciso... encontrar... a luz.

Nesse momento, um forte trovão fez-se ouvir, e um clarão iluminou até mesmo o interior do mosteiro, significando que havia sido muito próximo. A bebê se assustou e começou a chorar, rapidamente sendo amparada pelos frades, que, por um instante, até se esqueceram da moça em frente a eles. Ao voltarem suas atenções à porta, ela havia sumido.

Anos depois, a guerra chegou ao fim. Midgard voltou a ter paz, e Aylin tinha um lugar seguro para crescer. A garota havia se tornado uma linda criança, com cabelos castanhos, ligeiramente dourados pela luz do sol, mas ainda lembrando os cabelos loiros daquela que a havia entregado naquela fatídica noite de tempestade. Os lábios da garota eram brancos, quase pálidos, e tinha a pele clara como as nuvens. Seus olhos eram fundos, expressivos, verdadeiras janelas da alma, as íris eram cor de âmbar e reluziam como duas pedras do mais puro ouro, combinando sempre com os vestidos costurados com esmero pelos frades para a menina. Os frades sempre foram muito gentis com ela, por isso Aylin teve uma infância boa, sendo guiada pelos mais velhos e ensinada a conviver em harmonia com a natureza. Ela era uma aventureira e, consequentemente, muito inquieta, por isso, sempre que conseguia, saía do mosteiro para ir à floresta. Adorava brincar com os animais e deitar sob as árvores para olhar as folhas, que ela achava que eram tão altas quanto o céu.

Para os frades, Aylin era considerada a mascote por sua energia positiva e pela felicidade que trazia para a abadia, por isso deram-lhe o apelido de "estrela vespertina", mesmo nome da comunidade cristã, pois diziam que ela era fruto do mosteiro. Não tiveram notícias da jovem de vestes brancas e cabelos dourados desde o dia em que Aylin fora deixada lá e, sete anos depois, nem a garota nem os frades sequer pensavam nela.

Mesmo aquela figura não tendo grande importância na vida da garota, um deles, o frade Ferrer, ainda pensava na silhueta quase agonizante à sua porta naquela noite e fazia preces por sua alma todas as noites antes de dormir, sempre repetindo ao final:

– Que ela tenha encontrado o que quer que estivesse procurando, e que então tenha encontrado paz...

Aylin via em Ferrer uma figura paterna, embora não soubesse ao certo o que era um pai. Essa era apenas uma palavra que constava nos livros lidos por ela. A figura materna não existia para Aylin, não havia mulheres no mosteiro e isso interferiu na personalidade da garota. Embora os frades fossem doces, ela jamais aprendeu a ser uma dama; vivia se aventurando pelas terras finlandesas, tendo sido atacada por animais selvagens diversas vezes. Pensando na sua segurança, quando a garota completou treze anos, o frade Dillon, um ferreiro, forjou para ela duas pequenas adagas e disse que ela deveria usá-las apenas para se proteger. Porém, Aylin foi além: passava o dia todo praticando até que alcançou a maestria, aos quinze anos.

A garota sempre foi bastante curiosa e encontrou na biblioteca do mosteiro livros que descreviam o manejo de diversas armas brancas. Aylin, que já havia aprendido com Dillon a arte da forja, fez para si uma espada e um bastão, com os quais também alcançou a maestria, depois fez um porrete de madeira, mas teve dificuldade para aprender a usá-lo. Certo dia, o frade Wander, o mais jovem deles, com apenas dezenove anos, aproximou-se da garota e disse:

– Aylin, minha cara, você se esforça tanto em aprender as técnicas das mais variadas armas, mas esquece de treinar a arma mais forte de todas.

– Que arma é essa?

– Ora, seu corpo. Os velhos não vão te ensinar isso, mas eu não vejo problemas em fazê-lo. Já ouviu falar em kung fu?

– Li a respeito em alguns livros, por quê?

– Eu vou te ensinar...

Aylin então passou três anos treinando kung fu diariamente com o frade Wander e teve uma evolução muito mais rápida do que qualquer um poderia imaginar, alcançando o nível de Wander rapidamente e até chegando a superá-lo. Munida de conhecimento tanto de combate armado quanto desarmado, a jovem, aos dezoito anos, já se permitia viajar para distâncias cada vez mais longas. Certa vez, ao viajar para o noroeste de barco, Aylin encontrou algo que jamais poderia imaginar em sua limitada mente de quem crescera em uma pequena abadia em uma ilha deserta: Helsinque, a capital finlandesa.

A cidade, mesmo dezoito anos depois, ainda não havia se recuperado por completo da bomba lançada pelos EUA, os prédios e casas haviam sido reconstruídos, os parques rearborizados, o horror de uma arma de morte caindo do céu já não passava de uma lembrança dolorosa, mas ainda se via no rosto de todos os cidadãos uma estranha desconfiança que parecia estar encravada nas camadas mais fundas do ser de cada um dos que passavam por Aylin. A aparência da garota também causava certo espanto. Agora crescida, ela trocara os vestidinhos de infância por roupas que ela mesma costurava com o couro que tirava dos animais caçados, sempre tomando como base os ensinamentos dos livros que constavam na biblioteca da abadia. Por essa razão, inclusive, seu visual aparentava ter sido tirado de um livro de contos medievais. Ela vestia um corpete que fora tingido com a coloração âmbar como forma de reconhecimento aos cuidados dos frades, e a calça marrom era muito justa ao corpo por também ser de couro. As botas masculinas marrons de cano alto não haviam sido feitas por ela, apenas foram encontradas na abadia e lhe calçaram bem. Nas costas, Aylin carregava sua espada; na cintura, presas a um cinto, estavam as duas adagas, e presos às coxas estavam os porretes, agora forjados em aço, assim como as outras armas.

Os longos cabelos castanhos de Aylin eram tão brilhosos que, quando estavam ao sol, mais pareciam ruivos. Eles estavam presos em uma longa trança com algumas mechas soltas, que caíam sob o rosto e formavam uma franja que terminava pouco acima dos olhos cor de âmbar, que no fraco sol finlandês tornavam-se verdadeiros focos de luz. Seus olhos eram donos de lindos contornos que pareciam ter sido desenhados a mão pelos deuses. A moça tinha um olhar profundo, um pouco intimidador e sempre muito imponente. A pele clara naquele momento adquirira a cor avermelhada, fruto de um misto de contentamento e constrangimento em conhecer novas pessoas e ver a forma estranha como a encaravam, um misto de medo e escárnio à aparência e à expressão de inocência da garota, como uma criança presa em um corpo de mulher, completamente leiga ao mundo que a cercava. E era exatamente isso o que ocorria: apesar de já ter dezoito anos de idade, a garota jamais havia visto outras pessoas, senão os frades da abadia Iltatähti.

Aylin destacava-se não só por suas roupas ultrapassadas e as armas que carregava, mas também pela beleza de seu rosto quase perfeitamente simétrico e seu corpo volumoso, quase escultural. Mesmo estando apenas no início da vida adulta, seu corpo era mais desenvolvido que o de muitas mulheres mais velhas. Os frades associavam isso ao rigoroso treinamento que a garota seguia. A magia de Aylin, que cativou a atenção de todos os estranhos naquela rua, era a de ter ao mesmo tempo o corpo e as feições de uma linda mulher e olhos que transmitiam a insegurança e a inocência de uma criança; sua expressão abobalhada lhe conferia uma aura toda única em meio ao mar de pessoas em trajes formais, falando ao celular ou segurando firme a mão de seus filhos.

Dentre essas pessoas, havia um homem de meia-idade calvo que andava pela rua, desatento, com a mão dentro de uma pasta, procurando algo enquanto falava no celular. Aylin estava fascinada com a grandeza dos prédios, a beleza dos carros e todos os outros pequenos detalhes que a cidade tinha a oferecer, por isso não percebeu a aproximação do homem, que trombou com a garota e a jogou no chão, desculpou-se sem nem ao menos olhar para a moça e seguiu apressado seu caminho. Por um segundo, Aylin teve vontade de brigar com o homem; afinal, por ter sido criada apenas com homens, a garota não tinha a gentileza de uma dama. Porém, seus pensamentos foram interrompidos por uma voz suave, um timbre feminino, coisa que Aylin jamais havia ouvido além da própria voz:

– Esse povo simplesmente não olha por onde anda. Você está bem, moça?

Aylin então se virou em direção à voz e, por um momento, sua expressão congelou. A voz vinha de uma loira de pele clara, olhos azuis e lábios vermelhos, que vestia uma camisa social azul e uma saia azul-marinho e sorria para ela enquanto lhe estendia a mão. Seu cabelo era muito liso e Aylin se encantou com a cor. A moça era muito magra e suas roupas demarcavam todas as linhas de seu corpo, vestia meia-calça e salto alto e carregava uma bolsa também na cor azul. Era a primeira vez que Aylin via uma figura feminina na vida, até então só conhecia os frades da abadia. Deu a mão para a moça e disse:

– Sim, estou bem. – Então, mediu a moça e exclamou sorridente: – Seu peitoral é parecido com o meu!

O comentário deselegante fez a moça corar imediatamente, Aylin então se retratou:

– Me desculpe, eu não quis ofender. É que eu nunca tinha visto ninguém... bem, nenhuma mulher antes.

– Como assim nunca viu nenhuma mulher antes? – A moça percebeu que a inocência que Aylin passava era real. – E sua mãe? Uma tia? Cadê sua família?

– Eu nunca conheci minha mãe. Morei por toda a minha vida em uma abadia ao sudeste desse lugar. Não sei nada a respeito daqui. Você poderia me ajudar?

– Claro! A propósito, meu nome é Rachel.

– O meu é Aylin.

– Aylin? Que nome diferente. É grego?

– Eu não sei.

– Bem, você está na cidade de Helsinque, capital da Finlândia.

– Sim! Sim! – Aylin soava como uma criança aprendendo o alfabeto. – Já ouvi falar da Finlândia...

Rachel percebeu que ensinar algo para Aylin levaria tempo, então aproveitou que acabara de sair do serviço e a convidou para tomar café, convite que a jovem prontamente aceitou. Foi uma tarde agradável para ambas: Rachel ensinou a Aylin como tudo funcionava, explicou sobre as cidades, os horários, a vida corrida, as responsabilidades, os deveres, os direitos, o dinheiro, falou sobre a guerra e a bomba e como isso ainda assustava os moradores; falou também sobre si e ficou pasma com a história de vida de Aylin. Rachel também passou pela estranha situação de ter todos os olhares do café voltados para si quando a garota começou a colocar suas armas na mesa, fazendo um som de aço tilintando, o que chamou a atenção de todos e causou certo espanto por se tratarem de armas perigosas, impensáveis de se estar carregando em pleno século XXI. Rachel também foi forçada a intervir rapidamente quando a garota empunhou suas adagas contra um pobre garçom que se aproximou sorrateiramente e assustou a garota sem querer.

Quando a noite começou a cair, Aylin disse que precisava ir embora e pediu que fosse levada até o litoral da cidade, para o pequeno barco que a levaria de volta para a ilha do mosteiro. Rachel a levou de carro e Aylin ficou fascinada com o automóvel, principalmente com os vidros elétricos, que, segundo a jovem, subiam e desciam por magia. Rachel se divertia com as asneiras que Aylin falava, mas não podia deixar de sentir pena da garota, por ela não ter conhecido seus pais e ter tido seu primeiro contato com uma pessoa do mesmo sexo apenas após a puberdade. Por mais que os frades fossem gentis e cuidadosos como Aylin dizia, eles jamais entenderiam, por exemplo, o que se passava dentro de seu corpo durante o período de menstruação.

Ao chegar ao limite da cidade, Aylin saltou do carro, agradeceu a generosidade de Rachel em passar todo o dia com ela, agradeceu também pelas informações e seguiu seu caminho pelo pequeno barco a motor. Rachel observava em silêncio enquanto a jovem se distanciava pelo horizonte até desaparecer, sendo vista apenas pelo reluzir de sua espada. Em sua mente, informações e dúvidas se chocavam enquanto ela tentava entender como poderia viver em Helsinque a vida toda e jamais ter ouvido falar desse mosteiro ou dos frades. Também não entendia como uma garota na idade de Aylin não conhecia nada na cidade nem nunca tinha visto uma mulher na vida. Imaginou que, se não fosse ela a ter estendido a mão para a garota quando esta caíra no chão... quem sabe? Aylin poderia ter sido enganada por algum charlatão, roubada ou até mesmo sequestrada, ela não conhecia a malícia humana. Nesse momento, Rachel a invejou e pensou: *Queria poder não conhecer a maldade humana também. Espero que você nunca venha a conhecer, Aylin*.

O brilho da espada desapareceu e agora Aylin havia sumido completamente no horizonte. Rachel olhava fixamente para o horizonte e tentava entender o porquê de aquele dia ter sido tão incrível para ela; afinal, ela não fez nada além de conversar com uma moça com uma história peculiar. Não era motivo para se orgulhar ou se felicitar a respeito, embora ela reconhecesse que também não era algo comum. A verdade é que Rachel não conseguia pensar em nenhuma outra coisa, a não ser se teria a oportunidade de ver mais uma vez a garota de olhos cor de âmbar.

Na semana seguinte, Rachel não tinha recebido notícias de Aylin, então decidiu ir até a abadia para descobrir mais a respeito da garota. Ela foi até o porto mais próximo e alugou um pequeno barco com o qual seguiu para o sudeste. Mesmo não tendo certeza do que iria encontrar quando aportasse na ilha, foi até lá. Por algum motivo que nem mesmo ela entendia, precisava ver Aylin novamente. Talvez fosse por ter gostado da companhia da moça; talvez por pena da história dela; talvez fosse apenas uma busca inconsciente pela mulher que se resguardava por baixo da lâmina de sua espada; ou fosse simplesmente pela oportunidade de olhar mais uma vez para aqueles maravilhosos olhos cor de âmbar que reluziam como pedras preciosas.

O fato é que algo em Aylin atraía Rachel de uma forma que ela não conseguia explicar. Ao aportar na pequena ilha, deparou-se com uma densa floresta e no mesmo momento agradeceu por estar calçando seu par mais confortável de tênis, pagou o motorista do barco e o dispensou, pensando em voltar de barco com Aylin. Rachel queria levá-la para Helsinque novamente, para comprar-lhe roupas novas como forma de agradecer pelo ótimo dia que tiveram juntas e por ela ser uma jovem que jamais fora a um shopping, o que Rachel considerava um absurdo.

Foram duas longas horas de caminhada quando Rachel sentiu pela primeira vez o cheiro de comida vindo em sua direção, quase a provocando a seguir em frente quando seu corpo já implorava por descanso. Não levou mais de quarenta minutos para que estivesse fora da floresta e em frente a uma pequena clareira, onde se erguia no centro a simpática Abadia da Estrela Vespertina, ou Iltatähti. A abadia era uma pequena edificação de tijolos com uma torre ao centro, sem sino ou relógio. A construção se alongava para as laterais e tinha em comprimento tudo o que deixava a desejar em altura; mais se parecia com uma casa comum, mas a grande cruz cristã pintada na torre deixava claro tratar-se de um lugar religioso.

Rachel se aproximou e bateu na pequena porta de madeira três vezes. Quando a porta se abriu, revelou um rosto bastante afetado pelos efeitos do tempo. A pessoa que a abriu tinha cabelos castanhos na altura dos ombros que se ligavam a uma barba perfeitamente aparada, vestia trajes típicos e segurava uma bíblia e um terço, indicando que estava fazendo preces no momento:

– Ora essa, uma visitante? Pelo amor de Deus, garota, você deve estar faminta e cansada. Entre! O jantar já vai ser servido.

– Obrigada – respondeu Rachel, entrando e observando atentamente quem estava do outro lado da porta.

– Por nada. Meu nome é Ferrer, sou o frade chefe desta pequena abadia.

– Sou Rachel.

– Mas diga, Rachel, o que a traz até aqui? Está perdida?

– Não, senhor, eu vim até aqui porque preciso falar com Aylin – falou Rachel, observando qual seria a reação do frade Ferrer.

– Ah, então você é a moça de quem Aylin estava comentando no outro dia. Eu fico muito agradecido por você ter cuidado dela enquanto estava em Helsinque. Eu vivo pedindo para que ela não saia da ilha, mas é muito teimosa.

– Eu posso falar com ela?

– Infelizmente, minha querida, Aylin não está aqui no momento. Ela saiu para uma ilha vizinha, foi caçar borboletas. Ela adora fazer isso.

– Ela caça... borboletas?

– Ela não as caça realmente, apenas as captura com sua rede e depois as solta, e faz isso apenas por diversão.

– Aylin é uma boa garota.

– Pode apostar que sim – disse frade Ferrer, retribuindo com um sorriso.

– Se me permite perguntar, frade Ferrer, como Aylin veio parar aqui?

– Ora, essa é uma história da qual não se fala há muito tempo por aqui. Tudo começou no dia em que a bomba caiu em Helsinque...

Nesse momento, um barulho foi ouvido quando a porta se abriu e a primeira coisa vista do outro lado foi o par de olhos cor de âmbar de Aylin.

– Essa história eu nunca ouvi, meu bom frade. E devo dizer que parece muito interessante... posso ouvir também?

Embora tenha soado gentil, a fala de Aylin fez com que Ferrer fosse tomado por um calafrio. O frade entendia que, a partir do momento em que a história fosse revelada, Aylin deixaria de ser uma garotinha tola e se tornaria a dona do próprio destino. Quando a história fosse contada, ela poderia muito bem decidir ir atrás daquela que a havia deixado aos seus cuidados, e ele nada poderia fazer a respeito. Ao mesmo tempo, entendia que um dia teria que contar a verdade. Se fosse para Aylin deixar a ilha, preferia deixar Rachel a par da situação para que pudesse auxiliar Aylin no mundo real, pois teve a sensação de que a moça que surgira na abadia era de bom coração.

– Sim, claro, minha querida. Sente-se.

Então, pelo resto da noite, o frade Ferrer contou o episódio da chegada de Aylin sem poupar detalhes. Ele falou sobre como a moça que a trouxe era bela, como parecia ferida, como era determinada, como alguns frades até hoje achavam que ela havia enlouquecido, pois ouviram repetidas vezes que ela precisava encontrar "o outro". Ele não escondeu nada, falando, inclusive, como ela sumiu antes que eles pudessem ajudá-la. Aylin e Rachel ouviam atentamente com os olhos fixos no frade Ferrer, como se a compreensão da história dependesse vitalmente do contato visual. Quanto mais Ferrer falava, mais achava que estava conversando com duas estátuas. A única confirmação de que havia vida do outro lado foi quando uma lágrima escorreu dos olhos de Rachel; Aylin, por outro lado, mantinha-se rígida, absorvendo cada palavra como uma esponja e tentando construir a imagem mental de quem acreditava ser sua mãe.

Embora Ferrer tenha deixado muito claro que não foi dada nenhuma certeza de que a moça era realmente mãe de Aylin, algo dentro dela dizia que a moça que bateu à porta da abadia há dezoito anos era, de fato, sua mãe. Ela não sabia explicar como tinha essa certeza. Também não conseguia imaginar o que seria esse "outro" do qual ela tanto falava. E Rachel estava impressionada com a história. Ela jamais acreditou em conto de fadas e, ao ouvir essa história tão excêntrica, pensou até que o frade estivesse inventando tudo para encobrir uma história muito pior, porém, ao analisar as reações de Ferrer, teve certeza de que o homem falava a verdade.

Quando ele terminou, Aylin levantou-se da mesa, agradeceu ao frade por contar a história e pediu licença, então saiu pela porta sem dizer mais nada. Rachel fez menção de ir atrás da garota, mas Ferrer fez sinal para que não fosse:

– Agora ela precisa de um tempo sozinha para entender e aceitar toda a história. Deixe-a ir. Ela voltará quando estiver pronta.

Embora sua voz passasse segurança, o frade não tinha certeza do que acabara de dizer. Nesse momento, a vela na mesa se apagou subitamente, mesmo ainda estando pela metade. Ferrer levantou-se calmamente, reacendeu-a e logo se virou para Rachel com sua expressão paternal, dizendo:

– Já é tarde. Você é minha convidada para passar a noite aqui. Eu lhe mostro seus aposentos, venha comigo.

Rachel aceitou passar a noite na abadia, afinal, não havia condições de sair à noite e voltar para Helsinque sem a ajuda de Aylin. Então eles subiram para o primeiro andar, onde ficavam os quartos. Quando chegaram ao último degrau, a vela na mesa do salão de entrada, que o frade acabara de reacender, apagou-se novamente, deixando a sala na escuridão.

Aylin não dormiu naquela noite. Ela se afundou na mata e ficou entre as árvores, próxima ao mar, o mais longe que conseguiu ir da abadia a pé. Meditou por toda a noite tentando entender por que se sentia tão diferente após conhecer essa história. Não entendia ao certo como aquilo havia afetado sua vida. A garota havia vivido dezoito anos sem sua mãe e jamais teve interesse em saber a respeito, mas agora, de repente, ela tinha uma mãe em algum lugar... Ou não, talvez sua genitora já estivesse morta a essa altura. E o que era o "outro" que ela repetiu tantas vezes para os frades? E por que ninguém contou essa história antes? E seu pai? Aylin sempre considerou o frade Ferrer como um pai e, apesar de saber que ele não era, isso em momento algum foi escondido dela. Então por que ela jamais teve interesse em conhecer o pai? Ou mesmo a mãe? Será que ela era uma má pessoa por não querer conhecê-los até hoje? Talvez Deus pudesse ajudá-la, mas Aylin já não era mais religiosa como na infância, e a prova disso era o terço que havia ganhado de Ferrer jogado na gaveta há muitos anos.

Para ela, estava claro que essa era uma questão que ela deveria resolver sozinha. Aylin então olhou para o céu e viu algo que jamais tinha visto antes: sob o manto negro da noite, pequenos pontos luminosos brilhavam junto com a lua, formando o céu que Aylin lia nos livros. Ela sabia que aqueles pontos chamavam-se "estrelas", mas jamais havia imaginado que elas eram tão belas. Uma delas brilhava cada vez mais forte e maior, ficando com quase o triplo do tamanho das outras ao seu redor.

– Essa deve ser a tal estrela vespertina. Ela é linda. Todas são.

De repente, Aylin se esqueceu de todos os dilemas em sua cabeça e apenas observou aqueles astros luminosos numa noite que parecia estar durando por toda a eternidade. Ver as estrelas fez com que a moça se sentisse novamente como uma criança: seu corpo parecia leve, a sensação era a de que, se pulasse, o vento a levaria para longe, como faria com uma folha. Ela então entendeu o sentido do apelido que lhe havia sido dado: as estrelas eram brilhosas como seus olhos e se destacavam no céu, deixando-o mais belo; sem elas, ele era apenas uma tela preta sem vida. Da mesma forma, ela pensou, os frades a viam dentro da abadia: ela era a estrela que destoava do lugar, era a única ali que não era frade, era a única que não era homem, era a única que dependia deles. Aylin percebeu então o porquê de jamais ter buscado sua mãe ou seu pai: os frades de Iltatähti sempre foram mais que suficientes para cuidar da garota, com carinho e cuidado e até com rigidez, quando necessário, mas sempre gentis e amorosos. Porém, agora que Aylin já não era mais nenhuma garotinha, não tinha a necessidade de continuar sendo cuidada por eles. Ela havia crescido, conhecido a cidade e se apaixonado pela experiência, finalmente havia conhecido de verdade tudo o que apenas lia nos livros. O que mais poderia acontecer se ela voltasse para lá? Talvez pudesse até mesmo encontrar um amor, igual a Julieta; ou arrumar sete amigos divertidos, como fez Branca de Neve. Talvez encontrar uma bruxa malvada, e então a derrotaria com sua espada. As possibilidades eram infinitas e Aylin divertia-se pensando nelas por toda a noite.

Quando o sol nasceu, Aylin já havia tomado sua decisão. Ela voltaria para a abadia e conversaria com o frade Ferrer sobre o que faria a seguir. O caminho era longo, o que acabou sendo uma coisa boa, já que deu a Aylin tempo suficiente para preparar o discurso: ela desejava sair da abadia, conhecer o mundo que a cercava e, quem sabe, encontrar sua mãe ou seu pai. Entretanto, ao chegar ao seu destino, qualquer discurso preparado simplesmente desapareceu no profundo do desespero que tomou o corpo e a alma da garota. Ela congelou, seu rosto paralisou em uma expressão de mais absoluto horror, seus olhos pareciam mentir para ela. Sentiu-se nauseada e levou um longo momento até que convencesse a si mesma de que o que ela estava vendo era de fato real e não um sonho.

Diante de seus olhos, a abadia estava completamente destruída. Apenas algumas ruínas restavam da edificação. Por toda a clareira jaziam os corpos sem vida dos frades; entre os corpos, estava o delicado corpo de Rachel, parcialmente carbonizado. Alguns frades ainda agonizavam e Aylin correu de um em um perguntando o que havia acontecido, mas todos diziam não saber. Nesse momento, a garota ouviu uma voz familiar, porém muito fraca, chamando seu nome. Era o frade Ferrer, vítima de um corte profundo que começava em seu rosto e descia até os rins. Ele tentava se erguer para vê-la uma última vez:

– Aylin, os espectros voltaram... É o fim da Terra... a menos que você...

– O que houve? Quem são os espectros? Como assim o fim? O que eu devo fazer? Fale comigo! Não morra!

Ferrer apoiou-se no colo de Aylin e respirou fundo.

– Chegou a hora de você saber, minha querida. Há muitos anos, havia um grupo de feiticeiros poderosos, os espectros. Eles tinham o poder de dominar e até destruir o mundo, mas uma ordem de magos do bem conseguiu derrotá-los. Essa ordem tinha a mim como membro...

– Isso quer dizer que...

– Sim, eu sou o responsável por proteger o selo das sombras, um feitiço de poder inimaginável que foi criado por mim em uma batalha com o intuito de selar os espectros há muitos anos. Sob o solo sagrado dessa clareira, em um alçapão na cozinha, encontra-se a passagem para o subterrâneo... Todas as informações estão lá...

– Ferrer! Diga-me mais! Eu sou uma maga, então? Sou sua sucessora?

– Não, minha querida. Você foi enviada a este lugar para algo muito maior. Encontre... o Colar da Luz. Siga... seu destino.

– Colar da Luz? O que é isso?

– É a última esperança da Terra. Você... deve salvar a todos... Esse é seu destino...

– Mas há tanta coisa que eu preciso saber!

– Meu tempo é limitado, Aylin. Eu sinto a magia negra corrompendo meu corpo...

– Minha mãe... aquela moça era minha mãe?

– Eu nunca tive dúvidas disso...

– Por que esses tais espectros ressurgiram agora?

Ferrer então apontou para o corpo de Rachel que jazia estendido na relva a apenas alguns metros de distância.

– Aylin, cada um de nós tem um destino... Algo que não podemos evitar ou do qual fugir. Era meu destino cuidar da salvadora da humanidade... Era o destino de sua mãe colocá-la no mundo... E era o destino de Rachel levantar-se durante a noite para explorar e sem querer libertar os espectros de sua prisão...

– Isso não é justo! Isso poderia ser evitado! – disse Aylin, com os olhos marejados. Ela sabia que perderia o frade Ferrer.

– Pelo contrário, minha querida. Eu cumpri meu dever, e Rachel cumpriu o dela... Agora é a sua vez de cumprir o seu... O destino lhe fez o chamado. Vá e encontre o Colar da Luz. Em algum lugar de Helsinque, procure por Aamu, o lendário, ele irá ajudá-la em sua busca. Salve o mundo... Agora eu preciso encontrar uma pessoa... Eu te amo, minha querida. Eu aguardarei você do outro lado...

Foi nesse momento que a vida nos olhos do frade se esvaiu e o peso de seu corpo caiu sobre o colo de Aylin. Frade Ferrer estava morto, assim como todos os outros frades, assim como a própria abadia. Pelos olhos cor de âmbar de Aylin as lágrimas corriam descontroladamente. Enquanto ela beijava o rosto da pessoa que considerava seu pai e colocava sua cabeça na relva, percebia que estava sozinha no mundo...

Raciocinar era difícil, mas ela tentou lembrar-se de cada palavra dita pelo frade a fim de encontrar um rumo para sua jornada. Ela nem imaginava como poderia salvar o mundo e acabar com os espectros, principalmente porque nem ao menos sabia o que eles eram. Lembrou-se da entrada na cozinha e seguiu pelas ruínas até o lugar onde antes ela se situava, e lá estava a porta do alçapão, debaixo de onde antes ficava uma pesada estante. Aylin desceu pelo túnel e encontrou um corredor iluminado por grandes candelabros nas paredes, onde também havia várias inscrições contando a história da ordem de Iltatähti: como eles surgiram como uma ordem de poderosos feiticeiros para enfrentar os espectros; os cinco amuletos místicos conhecidos como Peças de Luz que venceram os espectros negros; a vitória dos magos de luz contra os magos das trevas; o sacrifício de um dos magos de luz, que entregou sua alma ao universo para tornar-se a última peça de luz, o Colar da Luz. Nas paredes, os escritos explicavam como o espírito do mago sacrificado ainda habitava o colar e decidia quando e para quem aparecer, assim como relatavam que o mago concentrou toda a sabedoria do universo no Colar da Luz e, por isso, quem o usasse seria capaz de ver através dos planos da existência e de derrotar qualquer inimigo. No final do corredor, encontrava-se um baú aberto e vazio; acima dele, na parede, liam-se os versos:

"Ora em céu, ora em terra cavalgue.
Grite aos céus seu nome nove vezes
E não seja enganado.
No céu reinam não um, mas vários deuses.

No começo eram trevas.
E as trevas o mundo recebeu.
E das trevas nasceu a luz.
E a luz, as trevas venceu.

Seja em corpo, seja em alma não tema.
Da junção de deus e deusa, como manda a lenda,
Surge o que traz de volta a paz
E proclama 'guerra não mais'.

Siga o céu, siga o vento,
Siga o destino, siga desatento,
E sangue irmão sempre cairá.
Para cada gota um novo oceano se formará
E então um será maior que dois...
Assim é o destino..."

O texto não fazia sentido para Aylin, mas ela supôs que era importante entender o que estava escrito ali, então voltou até as ruínas, onde ficava seu quarto, e tirou de seu pequeno esconderijo secreto, que por sorte não havia sido queimado, um livro de poesias suas que ela tinha desde pequena, mas, por vergonha, jamais havia contado a ninguém sobre sua habilidade com a escrita. O interior da casa não fora tão destruído, muitos móveis ainda estavam inteiros; no caso do quarto de Aylin, apenas a cama estava destruída – seu guarda-roupa e sua estante, contendo seus pertences, estavam intactos. Voltou à passagem e copiou o texto sem perder nem uma vírgula sequer, depois analisou o baú e viu que em sua tampa brilhava uma grande gema branca que havia sido partida ao meio. Ao lado do baú, estavam um cadeado e uma corrente, ambos estourados, indicando que alguém abrira o baú à força. Aylin continuou buscando por alguma outra coisa nas paredes e encontrou um desenho que muito se assemelhava à abadia. Próximo a este também viu um desenho que mostrava a abadia destruída, e um raio caindo do céu na clareira onde estavam agora em ruínas. Abaixo do desenho, liam-se os escritos:

"Quando as trevas subirem,
A luz descerá.
Acaso ou destino?
A terra envia seu herdeiro,
para com um herdeiro cooperar."

Mais uma vez, Aylin tomou nota do texto e então subiu pela escada, saindo do local secreto e chegando à cozinha, de onde voltou ao seu quarto e reuniu tudo o que sobrou, guardando dentro de sua mochila. Foi até o quarto de hóspedes onde estava Rachel e encontrou na bolsa da moça o cartão de crédito dela. Aylin tinha visto Rachel usá-lo quando tomaram café juntas, e lembrou que havia espiado, e até mesmo decorado, a senha, entusiasmada com a novidade. Saindo pela porta da frente, respirou fundo e pensou no que faria a seguir. Ao olhar para o céu e ver uma luz, em um movimento de puro reflexo, saltou para o lado bem a tempo de escapar de ser atingida por um raio. Entretanto, diferente de um raio comum, o raio simplesmente não parava de cair, apenas crescia, ficava maior e mais barulhento.

Aylin observava pasma a ferocidade com que os relâmpagos cortavam o céu, como se a pior das tempestades se aproximasse. Dentro do raio, uma forma surgia. Aylin desembainhou suas adagas e pôs-se em guarda, enquanto observava o cintilar de algo dourado.

Aos poucos, os relâmpagos cessaram e a forma dentro deles tornava-se mais nítida. A primeira coisa que Aylin pôde ver com clareza foram as duas íris esverdeadas que se acendiam, fixas na jovem. Subitamente, os raios desapareceram no ar e foi possível ver perfeitamente o que surgiu entre aqueles relâmpagos: um humano. Sua pele era clara e destoava muito do dourado de sua armadura, que cintilava como raio, toda entalhada em baixo relevo com alguma linguagem que ela jamais vira antes. Sua expressão era fechada e seus lábios brancos indicavam que o homem não estava em seu melhor dia. De sua cintura, pendia uma tira de tecido rubro que cobria a parte de trás da placa de armadura que protegia sua cintura e coxas e descia até a altura dos joelhos, onde começavam as placas que desciam até os pés, protegidos por botas.

O desconhecido carregava na cintura uma espada brilhante que parecia extremamente afiada e, nas costas, uma estranha lança com uma bifurcação em uma extremidade e uma lâmina em outra. Seus cabelos loiros ficavam na altura do ombro, e apenas alguns fios insistiam em cair sobre sua testa; além disso, ostentava uma fina e comprida trança do lado direito do rosto. Aylin, ainda incapaz de raciocinar direito, imaginou que aquela figura fosse a causa da destruição, por isso, com um brado, atacou sem nem mesmo estudar o seu adversário. Ela estava possessa, porém suas adagas foram repelidas por uma esquivada rápida do galante adversário, que desembainhou sua espada e contra-atacou com a mesma ferocidade, em uma rápida estocada que teria acertado em cheio o estômago de Aylin não fosse a destreza da moça de se esquivar no último segundo e evitar o golpe fatal.

Surpreendida pela rapidez com que o estranho repelia as suas adagas, ela se viu obrigada a sacar sua espada e batalhar de igual para igual. Os dois tomaram distância e saltaram num encontro que causou um som estridente do tilintar das lâminas. Enquanto a espada de Aylin percorria o fio de Daggry, o som foi acompanhado de uma chuva de faíscas. Após uma terceira pancada forte, Aylin percebeu que a espada do estranho não cederia à sua, e pensou que devia encerrar rapidamente o combate ou corria o risco de ter sua arma partida em duas e ser derrotada, ou até morta, pelo desconhecido.

Então tomou a atitude que lhe parecia mais correta: recuou e embainhou novamente sua espada. O homem entendeu o ato e também embainhou sua espada, aceitando o fim pacífico do conflito. Em seguida, recolheu do chão as duas adagas e as devolveu para Aylin, com seus olhos verdes fixos nos olhos cor de âmbar dela. Por fim, ele disse:

– Você tem um estilo diferente de usar a espada.

– Você também não é tão ruim...

Hunter ignorou o disparate:

– Que seja. Não tenho tempo para perder com uma reles mortal como você, saia do meu caminho.

– Mais devagar! Eu quero que você me diga o que aconteceu aqui. Minha casa foi destruída, minha família foi morta e, logo depois, você chegou do céu dentro desses raios bizarros. Eu exijo que você me diga quem é de verdade e o que sabe.

Hunter deu de ombros, virou as costas e partiu. Em um movimento ágil, Aylin conseguiu imobilizá-lo e colocar uma adaga próximo a sua garganta.

– Agora me diga o que aconteceu aqui ou eu arrancarei sua cabeça.

– Garota tola! Você não vê que eu tenho assuntos mais importantes a tratar? Quem você pensa que é para ameaçar um aesir? Eu devia matá-la aqui mesmo como punição por ousar me desafiar.

Aylin apertou a lâmina contra a pele pálida do guerreiro, que evitava se debater para não causar um corte acidental.

– Fale logo tudo o que sabe ou eu que irei matá-lo.

– Você acha mesmo que pode matar um deus assim tão fácil? Eu vou mostrar a você o porquê foi idiota de sua parte ter me ameaçado.

Hunter então levou seu braço até o ombro e encostou a ponta dos dedos em Heir, que estava em suas costas como sempre. A lança brilhou com uma coloração verde e, nesse momento, raízes saíram do chão e agarraram os tornozelos de Aylin. Um galho subiu até a altura do pescoço de Hunter, agarrou a adaga e a lançou para longe; depois, enroscou-se no braço de Aylin e voltou para dentro da terra, puxando-a para o chão. Semelhante ao que foi feito ao jotun, galhos grossos surgiram do chão e se entrelaçaram no corpo da garota, prendendo-a ao solo e deixando-a completamente indefesa.

Hunter então desembainhou Daggry novamente e aproximou o fio da lâmina do rosto da jovem, que tinha uma expressão congelada de pura incredulidade diante do que havia acabado de acontecer.

– Eu devia matá-la agora mesmo por ter desafiado a força de um deus, mas a vida ao seu redor, os galhos e raízes dizem que você não é minha inimiga. Vou acreditar neles por enquanto... Diga-me, por que me atacou?

Aylin manteve-se em silêncio por um momento. O estresse de tudo o que havia ocorrido desde que ela retornou à clareira foi demais e sua mente desligou como um computador sobrecarregado.

– ME RESPONDA! POR QUE ME ATACOU?

O grito de Hunter trouxe a garota de volta de onde quer que sua mente estivesse, e ela desabou, as lágrimas corriam incontroláveis por seu rosto e escorriam pelas raízes que prendiam seu corpo ao solo. Então, aos prantos, ela começou a contar sua história. Hunter ouviu atentamente a história de Aylin, desde quando fora deixada no mosteiro por uma garota de cabelos loiros que estava em busca do "outro" até quando encontrou o mosteiro destruído e o homem que desceu do céu. Enquanto falava, a garota sentia que aos poucos os troncos se afrouxavam e, assim, foi recuperando seus movimentos até que ficou completamente livre. Quando terminou de ouvir a história, Hunter sentou-se na grama ao lado de Aylin e contou também a sua história, desde a criação do mundo por seu avô Odin até o ataque de Surtr a Asgard, e terminou dizendo o porquê de ter viajado a Midgard e o que procurava na Terra. Aylin ouviu atentamente, tentando memorizar os nomes mais importantes, mas mil dúvidas surgiram em sua mente enquanto ouvia a história.

Quando Hunter concluiu, Aylin percebeu que ambos buscavam coisas diferentes, mas estavam envolvidos com o tal Colar da Luz. Então, sugeriu:

– Olha, poderíamos procurar juntos. Eu procuro esse tal Aamu, o lendário, enquanto você procura esses gêmeos, e nós dois procuramos juntos o Colar da Luz.

– Definitivamente não. Eu não quero uma filha de Midgard se intrometendo nos assuntos dos deuses.

– Você já pensou em ser menos egocêntrico?

– Não. Você já pensou em ser menos intrometida?

– Para falar a verdade, não... Para que lado você vai? Vou com você!

– Não me obrigue a cruzar espadas com você novamente.

– A propósito, meu nome é Aylin.

– Bom para você.

– E o seu?

– Meu o quê?

– Seu nome, senhor deus.

– Isso não é da sua conta.

– Nós vamos passar algum tempo juntos... É bom que eu saiba seu nome – insistiu.

– Nós não vamos passar nem mais um segundo juntos, garota.

– Sabe, um livro que eu li há muito tempo dizia que as fadas controlavam as florestas. Você é uma fada?

– Não!

– Onde estão suas asinhas de fada? – provocou Aylin.

– Já disse que não sou uma maldita fada!

– Você mora numa árvore com outras fadinhas?

– Cale-se!

– Vamos, fada madrinha, realize meu desejo, diga seu nome.

– Hunter... Meu nome é Hunter – disse, por fim.

– Viu? Não foi tão difícil, foi? Muito bem, Hunter, eu vou com você.

– Você é teimosa! Escute bem: Midgard esconde magias que você nem sonha em conhecer. Você não é forte o suficiente para os perigos que eu vou enfrentar aqui. Então, por favor, apenas saia do caminho se não quiser se machucar...

Aylin se irritou, agarrou Hunter pelo peitoral da armadura, empurrou-o contra uma árvore, fitou seus olhos verdes e gritou:

– Olha aqui, seu pirralho mimado, eu passei toda a minha vida nesta abadia, isso é tudo o que eu conheço e agora se foi. Eu finalmente vou ter que começar a viver a vida real. Você não pode simplesmente pedir que eu deixe tudo isso ficar como está. Além do mais, sinto que de alguma forma nossas buscas estão entrelaçadas. Eu sinto que posso ajudar você, e você pode me ajudar, mas sozinhos nesse mundo imenso nem eu nem você vamos conseguir o que queremos. Eu não saberei o que houve com a minha família e você não salvará Asgard. Então você quer ter alguma chance de salvar seu mundo? Deixe-me ajudá-lo, droga!

Hunter não prestou muita atenção no que a garota dizia, mas a intensidade em seus olhos âmbar era algo impossível de ignorar. Ele se viu coagido a aceitar a companhia sem nem ao menos saber o porquê.

– Ok! Se é isso que deseja...

– Sim, é isso que eu quero.

– Muito bem. Então vamos começar a busca pelo que quer que estejamos procurando. Eu não sei ao certo por que a Bifrost me lançou exatamente aqui, tem alguma ideia?

– Não! O frade Ferrer disse que eu devia encontrar alguém chamado Aamu, o lendário, mas eu não faço ideia de onde ele esteja ou quem seja. Encontrei esse texto em um corredor secreto que falava sobre um enviado dos céus. – Aylin mostrou os versos que encontrou na parede do esconderijo do mosteiro, copiados em seu caderno. – Acha que tem algo a ver com você?

– Eu não sei dizer. O destino de meu povo sempre esteve escrito, mas, após o Ragnarök, isso mudou. Não sei ao certo, mas há algo que talvez possa ser feito.

Ele tirou das costas a lança Heir. Assim que o aesir colocou a mão em seu cabo, toda a lança reluziu em um verde vivo.

– Heir, minha companheira, chame todas as árvores, todas as raízes, todas as folhas, unam-se aos ventos e mostrem para mim o caminho. Encontrem a magia de Midgard.

Dito isso, Hunter cravou a ponta da lâmina no solo e a terra tremeu. As árvores começaram a chacoalhar e se mover, todas apontando seus galhos na mesma direção. Aylin ficou maravilhada, nunca havia visto nada como aquilo. As árvores respondiam aos comandos da espada como se fosse algo natural. Quando o caminho ficou claro, Hunter virou-se para a garota e, com um olhar zombeteiro, perguntou:

– Tem certeza de que ainda quer me acompanhar?

Aylin relutou por um momento, sabia que desse ponto em diante não haveria mais volta, mas também não tinha outra opção:

– Cale-se e vamos, ok?

3 ✕ Aamu, o lendário

Hunter ainda não estava totalmente conformado com o fato de ter de levar Aylin em sua jornada. Nunca teve nenhum contato com os humanos e não sabia se podia confiar neles. Entretanto, o aesir cruzara espadas com a garota e sabia que ela seria um reforço bastante útil para um possível confronto.

Não tão útil como seria Tyfar, mas, ainda assim, eu posso precisar de mais uma lâmina, pensou ele.

Pouco depois, Hunter, levado pela soberba típica dos guerreiros de Asgard, torcia para que não houvesse combates, assim não precisaria se preocupar em salvar não só a si mesmo, mas também a garota, que guiava o caminho até o barco, o único meio de sair da ilha. Enquanto caminhavam pela floresta, Hunter percebeu-se a avaliar os dotes físicos de Aylin.

Embora a garota apresentasse um rosto delicado e gentil, seu corpo era como o de uma Valquíria, ornamentado para o combate, dotado de uma musculatura bem desenvolvida, mas sem perder a sensualidade das filhas de Odin. Também observou que a silhueta dela lhe conferia um ar de imponência, seus cabelos castanhos, agora soltos, escorriam por suas costas e dançavam ao movimento de seu andar tão feminino. Observando-a com mais atenção, viu que em seu ombro esquerdo havia uma pequena cicatriz, resultado de um corte de lâmina. Para os aesires, cicatrizes eram sinais da mais alta honra e prova de que seu portador havia entrado em combate e retornado apenas com marcas na pele, enquanto seus inimigos haviam sido derrotados. Foi nesse momento que Hunter passou a respeitar um pouco mais a garota que caminhava a sua frente com plena convicção dos caminhos da floresta, enquanto nem mesmo ele, o deus das florestas, conseguia encontrar uma saída do labirinto de troncos, folhas, galhos e raízes que se estendiam até onde alcançava sua vista.

Nenhum dos dois sabia exatamente para onde estavam indo, mas ambos concordavam que não havia por que ficar na ilha nem mais um segundo sequer. Assim que saíram da floresta, Hunter avistou o pequeno barquinho amarrado por uma grossa corda. Ambos embarcaram e Aylin guiou-os para a cidade de Helsinque, onde começariam sua busca por Aamu, o lendário. Conversando mentalmente consigo mesma, a garota concluiu que o tal Aamu não poderia estar muito longe, afinal, os frades jamais saíam para muito longe do mosteiro.

Ao chegar a Helsinque, o impacto foi imediato. A armadura dourada de Hunter reluzia como o próprio sol, chamando a atenção de todas as pessoas a metros de distância e, não bastasse o brilho, a enorme e incomum lança Heir cintilava presa às costas do guerreiro. Da mesma forma que Aylin ficou em sua primeira visita a Helsinque, Hunter via-se fascinado com os edifícios, os carros e o grande número de pessoas, focava sua atenção em cada um dos transeuntes que se aproximavam, mas não percebeu quando um homem aproximou-se com uma faca ordenando que lhe entregasse suas "roupas brilhantes, sua espada e o que quer que fosse essa coisa em suas costas".

Antes que Aylin pudesse intervir, Hunter afastou a faca com o protetor de mão de sua armadura ao mesmo tempo que desferiu com a outra mão um soco certeiro no nariz do assaltante. O golpe acertou o desconhecido com a força de uma pedra que rola montanha abaixo e atinge uma pequena árvore no final. O impacto foi tão forte que o lançou para trás e deixou o rosto dele cheio de sangue e com o nariz esmigalhado. O aesir saltou sobre o homem, colocou sua mão na parte de trás da cabeça do assaltante e a conduziu até o chão, afundando seu rosto no concreto com um baque. O sangue começou a escorrer por entre as fendas do asfalto e Aylin percebeu que era hora de sumir. Agarrou Hunter pelo braço e o levou até um beco, onde poderiam se esconder da multidão que logo apareceria. Certificou-se de que não tinham sido seguidos e, ao olhar para Hunter, encontrou o aesir gargalhando como uma criança.

– Qual é o seu problema? Você matou aquele homem! Do que você está rindo?

– Vocês, humanos, são muito fracos! Eu poderia quebrar todos os ossos daquele cara apenas com meus punhos!

– Você acha que matar alguém é engraçado?

– Meu pai deve estar maluco! Ele me disse que haveria perigos aqui. Se esses são seus guerreiros, não haverá perigo nenhum!

Hunter parecia não ouvir Aylin, estava completamente dominado pelo torpor da batalha mais curta e desigual que já havia travado.

– Você não pode fazer essas coisas, Hunter. Existem leis aqui, você pode ser preso!

– Ou eu posso derrotar todos os homens. Quero ver quem vai me prender! Quem vai conseguir fazer algo contra mim?

Aylin irritou-se. O guerreiro não dava a mínima importância ao seu sermão. A garota resolveu deixar o ensandecido guerreiro tagarelar sozinho e voltou à entrada do beco para ver se haviam sido seguidos. Ao retornar, como num passe de mágica, Hunter estava novamente com sua costumeira expressão rígida e olhar sóbrio. Ela reparou que os olhos do guerreiro estavam mais verdes do que nunca e exibiam uma intensidade que ela havia visto durante o pequeno embate entre ambos, mas que havia desaparecido desde então. Por esse detalhe, começou a entender melhor o que os aesires sentiam e o que a batalha representava para esse povo tão misterioso. Com um leve sorriso no canto esquerdo do rosto, Hunter falou com sua voz novamente serena:

– Se você já tiver acabado, eu gostaria de me encontrar com esse tal Aamu, o lendário, agora. Não tenho tempo a perder neste beco imundo.

– Tudo bem, mas prometa que não vai matar mais ninguém.

– Está me negando a glória do combate?

– Escute bem. No meu mundo, na Terra, os combates não são apreciados, são evitados. Nós, humanos, não gostamos de lutas, entendeu? Quanto mais confusão você arrumar, mais difícil nossa missão vai se tornar. Então pare de achar que você está em Asgard com seus amigos guerreiros, porque não está!

– Tudo bem, que seja... Vou respeitar as leis do seu mundo.

– Obrigada.

– Mas agora estou me perguntando uma coisa: por que você carrega tantas armas?

– Isso é... importante pra mim. De qualquer forma, precisamos ir, mas temos um problema: sua armadura chama muito a atenção e alguém pode reconhecer você por causa da briga.

– Sem problemas.

Ele colocou suas armas no chão, desprendeu o peitoral de sua armadura e o retirou. Em seguida, retirou os protetores dos antebraços, revelando uma fina malha de tecido por baixo da armadura dourada, semelhante a uma camisa sem mangas. Por fim, o aesir fincou a lança Heir no chão com força e falou:

– Eu convoco as forças da natureza! Encontrem a fonte de seu chamado e reúnam-se diante de mim.

Do asfalto, surgiram fissuras, de onde cresceram raízes de pequenas plantas que se reuniram em volta da armadura no chão, cobrindo-a por completo. Após alguns segundos, as plantas voltaram ao fundo do asfalto, levando consigo a vestimenta dourada do guerreiro. Aylin tentava compreender o que Hunter acabara de fazer.

– Pronto, garota, as plantas vão guardar a armadura. Agora podemos ir?

– Claro! Se soubéssemos para onde...

– Está me dizendo que não sabe como se faz para encontrar algo neste mundo?

– No seu é diferente? – perguntou ela.

– Claro! Temos profetas e videntes... Eles podem ajudar. Vocês não têm videntes por aqui?

– Não, mas podemos perguntar para alguém, eu suponho...

– Tudo bem! Vamos, então.

Assim que saíram do beco, eles avistaram as luzes da ambulância que checava o corpo sem vida do assaltante e uma pequena multidão, que observava em silêncio a ação dos paramédicos. Aparentemente, os profissionais desistiram de reanimar a vítima ao constatar que seu crânio fora completamente esmigalhado por dentro devido ao impacto do golpe de Hunter. A perícia provavelmente concluiria que o homem havia caído de muito alto, porém um homem entre a multidão defendia fervorosamente que ele fora agredido por um jovem de armadura dourada. Aylin então deu meia-volta e torceu para não terem sido vistos, mas apenas alguns segundos depois gritos romperam o silêncio por trás deles:

– É ele! Foi ele que matou o cara! Foi ele! Foi ele!

Sem dizer uma palavra, Aylin e Hunter puseram-se a correr o mais rápido que conseguiam, dobraram três esquinas e correram por algumas calçadas. Ao atravessar a rua, Hunter rolou por cima do capô de um táxi, amassando-o no processo. Correram por mais um beco longo e deserto até que, chegando ao seu final, pararam em frente à entrada de um pequeno bar bastante maltratado pelo tempo, embora ainda muito charmoso. A fachada era marrom e estava coberta por musgos e ervas que davam cor à monótona parede.

Duas grandes janelas destacavam-se no meio da parede. Além das janelas, uma porta de madeira, que aparentava ter mais de duzentos anos, com uma argola no lugar da maçaneta, dava um ar antiquado àquele estabelecimento.

Todo o bar parecia extremamente velho e maltratado e não combinava com o ambiente da cidade, Hunter e Aylin tiveram certeza de que poderiam perguntar a qualquer cidadão de Helsinque que eles jamais saberiam da existência daquele lugar tão secreto. Acima da porta, um letreiro velho de mogno carregava os dizeres: "Aamu, o lendário. Bebidas exóticas".

Aylin sorriu para Hunter enquanto contemplavam a sorte que o acaso lhes proporcionou. Sem perder muito tempo, ele empurrou a argola de ferro e a porta se abriu com um rangido sofrido, indicando que ela não era aberta há muito tempo. Se por fora o bar parecia ter surgido há séculos, por dentro, parecia ter sido fundado durante a pré-história.

O salão tinha paredes marrons e era iluminado por velas que pendiam das paredes por meio de pequenas gaiolas presas ao concreto. O chão era de madeira escura e envelhecida e, a cada passo dado, um rangido diferente ecoava pelo salão, que era muito maior por dentro do que aparentava por fora. No meio, estavam seis mesas de madeira similar à do chão, com quatro cadeiras ao redor e um candelabro aceso em cada uma delas. No lado oposto do salão, encontrava-se um balcão de madeira, porém com desenhos em alto-relevo que acusavam que a peça seria uma produção da época do Art Nouveau, um movimento artístico francês que teve seu apogeu entre 1890 e 1910. Atrás do bar, dispunham-se três grandes prateleiras que ostentavam um sem-número de garrafas das mais variadas bebidas, além de alguns copos de vidro impecavelmente limpos, destoando completamente do resto do bar. Ao lado das prateleiras, havia uma abertura na parede, coberta por uma cortina de texturas escuras de laranja.

Aylin sentia como se estivesse em um dos livros de velho oeste que lia durante sua infância, mas não imaginou que isso seria tão desconfortável, enquanto Hunter se via novamente nas cabanas débeis de Svartalfheim, o reino dos elfos negros. Uma corrente de ar que vinha de fora cessou assim que a porta bateu atrás dos dois e imediatamente um cheiro desagradável de mobília velha subiu, resultando em um espirro de Aylin. O espirro não ecoou alto como os rangidos da madeira, mas, assim que ocorreu, as cortinas se abriram e surgiu um homem de estatura média, calvo, com apenas alguns poucos cabelos brancos nas laterais de sua cabeça. Ele tinha um cavanhaque grosso e completamente branco, trajava uma túnica preta com alguns pequenos detalhes azulados no peito e botas tão antigas quanto todo o resto do bar. Seus olhos eram negros como a própria escuridão e era impossível destacar a íris de sua retina, seu rosto enrugado denunciava o rosto de um homem que um dia havia sido belo.

Os dois jovens observavam imóveis enquanto o homem dirigiu-se ao bar, pegou um copo, colocou duas pedras de gelo, dirigiu-se às bebidas e, após um pequeno intervalo de tempo, optou por uma garrafa coberta de poeira, tornando impossível a leitura do rótulo. Encheu o copo e bebeu o líquido em um só gole, seguido de uma careta. O homem então exclamou:

– Cruzes, essa é forte! Agora lembrei por que faz tanto tempo que não bebo... E vocês, vão querer o quê? Um velho uísque? Um vinho de luxo? O Colar da Luz? Ou um bom conhaque?

– Você sabe sobre o Colar da Luz? – Hunter logo se aproximou do balcão, onde o desconhecido estava.

– Não leu o nome na porta, guri? Eu sou Aamu, o lendário!

– Você não me parece tão lendário, vovô – disse Aylin, desconfiada.

– E você parece uma garotinha com essa trança. Seu namoradinho não quer que você tire pra ele ter por onde puxar enquanto...

– Cale-se! Mais uma palavra e eu arrancarei sua cabeça aqui e agora, seu velho – irritou-se Hunter.

– Mas se fizer isso, como você e sua linda amiguinha vão encontrar o Colar da Luz? Para virem até mim, vocês devem estar bastante desesperados por isso... E quem pode culpá-los? Afinal, os espectros estão livres novamente, não estão?

Aylin então se aproximou do balcão.

– Sim, senhor Aamu, os espectros estão livres...

– Isso quer dizer que Ferrer...

– Sim, está morto, senhor.

– Aquele idiota nunca me escuta... – Aamu encheu seu copo novamente. – Foi bem feito para ele.

– Não fale assim do frade Ferrer! Ele era um bom homem!

– Ferrer era um tolo, minha querida. – Com mais uma careta, Aamu despejou o conteúdo do copo em sua garganta. – Nunca me ouviu, aquele grande imbecil. Sempre foi assim, desde que morávamos com nossos pais até quando fomos nomeados guardiões; ele sempre se achou o dono da razão...

– Vocês eram irmãos? – Aylin o interrompeu. – Ele nunca me falou sobre você.

– Nem deveria... Afinal, quem são vocês, para início de conversa? Sentem-se e me contem. E enquanto o fazem, saboreiem este vinho, um

Imperial Gran Reserva. A única boa coisa que esses malditos espanhóis deram para o mundo. Vai ser por conta da casa.

Os três então se sentaram à mesa e por mais de duas horas conversaram sobre seus respectivos passados. Aylin contou tudo: desde a história de como chegou à abadia até os detalhes da libertação dos espectros e a morte dos frades. Em seguida, Hunter descreveu em detalhes a história do surgimento dos nove reinos, como seu pai havia lhe contado muitos anos atrás, e explicou tudo o que ocorrera no Ragnarök. Por mais de uma vez, Aamu interrompeu a história para ir até o bar pegar uma nova garrafa de bebida, já que Hunter e ele haviam esvaziado a anterior. Aylin bebeu apenas a primeira taça, sentiu-se péssima e decidiu não beber mais. Não acreditava no quanto de álcool os dois estavam ingerindo, e, embora Aamu já demonstrasse alguns efeitos da bebida, Hunter continuava absolutamente sóbrio enquanto contava sobre sua infância na cidade dourada de Asgard, suas ocasionais fugas para a densa floresta, as inúmeras tentativas falhas de acionar os relâmpagos de Heir e o motivo pelo qual matinha sua trança, que se distinguia completamente do resto de seu cabelo curto.

O lendário estava fissurado na história que ouvia, absorvendo cada detalhe como uma esponja e prestando atenção como se sua vida dependesse daquilo. Quando Hunter divagou sobre os artefatos místicos de Midgard que encontrou na sala secreta de Thor, Aamu pôs-se de pé e exclamou, a voz denunciando a embriaguez:

– Seu bastardo! Eu passei quase duzentos anos procurando essas relíquias! Como vocês as têm? Como as conseguiram?

– Eu não sei... Meu pai não me disse isso.

– Então, pode dizer ao seu pai que ele é um grandessíssimo filho... – A frase foi interrompida por um forte soluço. – Eu preciso de mais uma bebida.

Aamu dirigia-se para o bar quando foi interrompido por Aylin, visivelmente entediada e irritada com o estado de embriaguez do lendário.

– Chega de bebida por hoje, não acha?

– Olha aqui, garota, se você é a garotinha do Ferrer ou não, é problema seu, mas, no meu bar, quem decide quando chega de bebida sou eu!

Aamu então empurrou Aylin para longe de si e ia dirigindo-se ao bar quando, como um vulto, a garota saltou por cima dele e aterrissou no balcão, sacando sua espada e, em um movimento de meia-lua, cortando todas as garrafas de uma prateleira ao meio, o que espalhou cacos de vidro e litros de álcool por todo o chão. Aamu, no ápice da embriaguez, esbravejou:

– Sua cadela! – Seu rosto adquirira uma coloração vermelha e seus olhos negros ardiam em puro ódio. – Olhe o que você fez! Essas bebidas valem mais que você! Tem bebidas aqui que eu trouxe da Pérsia. Da Pérsia! Sabe quanto tempo faz que a Pérsia não existe? Você é uma idiota! Uma imprestável! Dê um jeito nessa bagunça ou eu vou dar um jeito em você, sua piranha desgraçada! Eu deveria...

Nesse momento, uma adaga acertou a parede, a apenas alguns centímetros do olho esquerdo de Aamu. A garota permanecia imóvel em cima do balcão, olhando-o fixamente.

– Agora preste muita atenção, seu velho rabugento. O único motivo pelo qual essa adaga não furou o seu coração é porque eu preciso do seu conhecimento. Você está me entendendo?

– Ora, sua vagabunda maluca... – Uma segunda adaga acertou a parede do lado direito de Aamu.

– Da próxima vez que eu jogar alguma coisa, vai ser exatamente entre essas adagas... e você não quer que isso aconteça, ou quer? Agora, cale essa boca e me escute.

Hunter continuava sentado à mesa, contente em finalmente ver algum espírito de combate na garota, coisa que não sentia desde que lutaram na clareira da abadia.

– É melhor fazer o que ela diz, Aamu. Eu não gostaria que ela matasse nossa única fonte de informação.

– Tudo bem, garota. Diga-me, o que você quer?

– Quero que se sente naquela cadeira e nos conte absolutamente tudo o que você sabe sobre o Colar da Luz e a ordem dos espectros. Quero que me diga onde podemos encontrá-lo e qualquer coisa que souber sobre esses tais gêmeos do Ragnarök. E quero que faça isso imediatamente, entendeu?

– Tudo bem! Tudo bem! Vamos nos sentar, guardar as armas e conversar, pode ser? – disse Aamu, tentando acalmar os ânimos da garota.

– Eu estou de acordo. – Hunter, agora de pé, dirigia-se ao balcão, demonstrando uma serenidade maior que o normal. – Eu acredito que o senhor Aamu de fato está louco para nos revelar todos os detalhes de sua história; afinal, ele já deve ter se atentado ao fato de que não vamos embora enquanto não obtivermos as respostas que estamos procurando. Não é mesmo, senhor Aamu?

Aamu suava frio. Hunter repousou sua mão sobre o ombro do idoso, pressionando-o com uma força magistral, enquanto Aylin permanecia imóvel no balcão, olhando-o atentamente. O lendário então reparou que os olhos de Aylin reluziam em uma tonalidade que jamais vira antes, uma coloração dourada como dois sóis de primavera lado a lado e, mesmo na fraca iluminação das velas, detinham um brilho que era ao mesmo tempo belo e sinistro, deixando-o imaginar que existia uma verdadeira amazona por trás da delicada Aylin.

Aamu sobreolhou a sala como se buscasse por um refúgio. O medo estava estampado em seu rosto e ele nem ao menos sabia o porquê de tamanha inquietação. Naquele momento, o lendário teve certeza de que não estava diante de duas pessoas, mas sim de algo muito maior, o velho sentiu-se diante de dois demônios que decidiam quais punições horríveis lhe seriam aplicadas por toda a eternidade. A sala tornou-se quente como um salão do inferno. Aamu sentiu-se zonzo, imaginou vultos e sentiu a pele ser tocada por chamas que não existiam. Desesperado, cambaleou até a porta, derrubando três mesas. Ao chegar, porém, encontrou uma densa parede de musgos que prendiam a abertura e impediam sua saída. Voltou seu olhar para os dois guerreiros, mas enxergou apenas dois monstros de aparência horrenda. Acima do balcão, encontrava-se um demônio cuja pele jazia apodrecida e em estado de decomposição, com feridas fatais abertas por todo o corpo e algumas tiras de tecido costuradas à própria pele. Uma espada de prata atravessava suas costas na linha da coluna e sua ponta surgia um pouco abaixo do quadril, tinha longos cabelos castanhos e um olhar assustador, com garras nas mãos e presas de víbora no lugar dos dentes. Seus olhos tinham traços femininos deformados, suas escleras eram negras como a noite e suas retinas eram cor de âmbar. Ao seu lado, de pé no chão, encontrava-se um demônio de imenso porte físico, sua pele era branca como a de um cadáver e em seu peitoral e braços descobertos viam-se apenas os músculos, sem pele. Na altura da cintura, encontrava-se a pele que deveria cobrir o peito e os braços pendurada como uma tira de tecido amarrada na cintura da besta. Seu rosto era formado por pedaços de pele costurados e fixados no lugar por grossas peças de ferro. Seu olhar era pavoroso e seus olhos verdes lacrimejavam sangue. De sua cabeça, ao lado de seu olho direito, descia uma serpente que repousava em seu ombro; em suas pernas, via-se um traje negro, como uma armadura das legiões do inferno, com marcas de blasfêmia entalhadas em baixo relevo. O demônio segurava na mão direita um grande cajado feito de ossos e pele humana que continha uma bifurcação na ponta feita com mãos e crânios humanos. No centro da bifurcação, uma forte luz verde iluminava todo o ambiente.

Aamu forçou a porta, tentando fugir dos demônios às suas costas, mas sem sucesso. Tentou gritar, mas sua voz não se fazia ouvir. A sala começou a girar, e o lendário sentiu suas forças se esvaindo de seu corpo... Ao perceber que os demônios se aproximavam, ele desmaiou.

ᛟ ᛟ ᛟ

Ao abrir os olhos novamente, Aamu reconheceu o lugar onde estava. Encontrava-se no pequeno quarto atrás de seu bar, deitado em sua cama.

Droga, minha cabeça. Então tudo aquilo foi um sonho? Droga! Acho que eu bebi demais. Minha cabeça dói, pensou ele.

Aamu sentou-se na cama e fora surpreendido por um tapa absurdamente forte em suas costas. Hunter acabara de entrar no quarto:

– Bom dia, princesa! Não vejo uma ressaca assim desde que Tyfar decidiu tomar um barril de hidromel por cabeça que ele decepou. Eu vou chutar e dizer que você não bebe desse jeito há uns quarenta anos. Você pode se matar assim, vovô.

– Eu estou em casa?

– Você está no bar, se esta é sua casa... Você enlouqueceu ontem depois que a Aylin arremessou aquelas adagas. Começou a suar e saiu correndo pelo bar gritando. Eu selei a porta com minhas plantas e você começou a gritar algo sobre demônios e inferno.

– Agora estou me lembrando. Sim, eu vi dois demônios ontem.

– Não, seu idiota, você viu eu e Aylin apenas. Não tinha demônio nenhum. O álcool te pregou uma bela peça.

– Pode ser... E onde ela está agora? Digo, a garota.

– Está lá fora, louca para rasgar a sua garganta por tê-la chamado daquelas coisas ontem...

– O que eu disse?

– Umas coisas não muito agradáveis de dizer a uma dama. Se eu fosse você, iria até lá me desculpar.

– Vem comigo?

– Por quê?

– Para impedir que ela arranque meus olhos.

– Parece uma boa justificativa. Tudo bem, vamos.

Os dois passaram pela cozinha, sentindo o cheiro do álcool derramado que empesteava todo o ambiente do bar. Aylin encontrava-se na mesa mais distante do balcão, próxima à porta ainda coberta por musgos. Ela repousava preguiçosamente em uma das cadeiras, com os pés em cima da mesa, e, com a ajuda de um pequeno pano úmido, ela limpava sua espada. Hunter adiantou-se e disse:

– Aylin, nosso bom amigo, Aamu, tem algo a dizer.

Aamu deu um passo à frente e, com a sensação de que sua cabeça iria explodir a qualquer instante, pôs-se a falar:

– Aylin, eu gostaria de me desculpar pelo meu comportamento ontem, eu estava completamente embriagado e não quis dizer realmente nada do que disse. Eu sinto muitíssimo.

Aylin fitou os olhos sonolentos de Aamu. O olhar da garota era de total indiferença, mas empunhou sua espada, levando-a em direção ao lendário, o que a fez reluzir, e finalizou o movimento a alguns milímetros de sua garganta.

– Escute com muita atenção, Aamu, pois eu quero que isso fique muito claro pra você: eu vivi em Iltatähti por toda a minha vida. Aquele lugar era tudo o que eu conhecia, e agora se foi. Os tais espectros fizeram aquilo com a minha casa e pretendem fazer isso com o resto do mundo. Em Asgard, esse tal Surtr parece ser uma ameaça ainda maior. Se o que Hunter diz é real, então existem mais oito mundos além da Terra. E todos eles estão em risco. A única pista que nós dois temos é você, e ontem você agiu feito um completo idiota. Se você é realmente irmão do frade Ferrer, então sabe o quão importante o dever dele era, não sabe? E mesmo assim negligenciou seu dever em troca de uma ressaca. Se você não tem interesse em salvar o mundo, nós temos. Você quer mesmo dizer a esse aesir ao seu lado que ele veio de tão longe com uma missão tão nobre apenas para ter que bancar o seu enfermeiro? Eu vou lhe dar apenas uma chance de se sentar nessa mesa e dizer tudo o que precisamos saber sobre o Colar da Luz, os espectros, a ordem dos magos de Iltatähti e os gêmeos de Midgard. E faça isso de forma clara, entendeu?

– Tudo bem. Eu entendo.

Aamu então levantou uma cadeira, espanou com a mão o assento e entregou-a a Hunter, em seguida puxou uma cadeira de outra mesa e sentou-se também.

– Minha história começa há muito tempo. Muitos séculos atrás. No antigo Império Romano...

4 À MODA DE ROMA

Roma – 64 d.C.

Em 64 d.C., só havia uma cidade onde estar: Roma. O império era forte e tinha a maior esquadra de guerra que esse mundo já viu. A potente máquina de guerra romana conseguiu ser melhor que todas as que vieram anteriormente e garantiu que o império expandisse suas fronteiras de forma inimaginável, mas o coração de todo o poder, o centro de tanta magnitude, era a majestosa cidade de Roma. Conhecida pelo apelido de Cidade Eterna, era a grande capital do gigantesco império, lar do imperador Nero e dos principais figurões, senadores, políticos, pensadores, historiadores e nobres.

O exército havia dominado Cartago nas chamadas Guerras Púnicas, no século III a.C., garantindo a supremacia sobre o mar Mediterrâneo, que passou a ser conhecido entre os romanos como *mare nostrum* (nosso mar). Após dominar Cartago, Roma dominou a Macedônia, a Gália, a Germânia, a Trácia, o Egito, a Síria, a Palestina e a Grécia, de onde tirou grandes ensinamentos para a cultura e o modo de vida dos seus habitantes. As teorias gregas sobre educação foram de grande valia na formação da cidadania romana: a ideia grega de Paideia estava ligada a um ideal de formação educacional que buscava desenvolver o homem em todas as suas potencialidades, para que viesse a ser um melhor cidadão. Além disso, Roma também adotou a religião grega, apenas com a alteração das nomenclaturas dos deuses e fundando a religião greco-romana. A forma com que o Império Romano abraçava a cultura de seus dominados, em vez de impor sua cultura dominante, causou uma grande aceitação de suas províncias subordinadas, fazendo com que não houvesse sérias retaliações contra o império. Havia cidades em que o séquito romano era recebido com aplausos e adulação pelos aldeões, que viam os romanos como heróis que lhes permitiam uma vida melhor e de mais regalias. Os impostos eram altos, mas a forma como o governo romano os aplicava era mais do que satisfatória.

Porém, por baixo dessa máscara de bonança e prosperidade havia uma trama pútrida de escândalos, corrupção, abusos de poder, disputas internas, assassinatos secretos, espionagens, traições e tudo de mais horrível que o ser humano tem a oferecer.

Séculos depois, o povo ainda ostentava a mesma sede de sangue que havia possivelmente ceifado a vida de Cristo apenas poucos anos atrás e parecia perfeitamente conformado com isso. A escravidão era uma das engrenagens que mantinham a máquina romana funcionando. Os povos conquistados na África e os bárbaros que tentavam invadir tinham seus guerreiros sobreviventes sequestrados e levados à grande capital para servirem de escravos para os nobres do Império Romano, a fim de realizarem todo o trabalho pesado, assim como povos que tentavam se rebelar contra esse sistema, criminosos romanos e mesmo cidadãos endividados também podiam acabar sendo vendidos ao ar livre no mercado como uma mercadoria qualquer.

Nesse cenário encontra-se um jovem romano chamado Ferrer, um belo rapaz de sorriso cativante, olhos castanho-claros, pele lisa e bronzeada, a barba da mesma cor dos olhos rente ao rosto, cobrindo todo o queixo e o maxilar, cabelos lisos e repartidos ao meio na altura dos ombros, também castanhos. Seu corpo era esguio, media cerca de um metro e setenta e, no auge de seus 21 anos, era um dos solteiros mais belos e cobiçados de toda Roma.

Ele havia nascido em Roma, assim como seu pai e seu avô, e jamais havia saído daquela cidade, mas ansiava por isso; portanto, assim que fez dezoito anos, entrou para as legiões romanas e tornou-se um soldado, seguindo os ensinamentos do pai e do avô sobre o dever de proteger a pátria. Em sua primeira expedição, Ferrer fora enviado para defender um posto de guarda romano de uma invasão de bárbaros no território da Macedônia. O ano era 64 d.C., era sua primeira viagem para a Macedônia, e o jovem legionário não poderia estar mais animado.

No dia da viagem, ele acordou com os primeiros raios de sol e prontamente partiu para o estábulo, para preparar seu cavalo para a viagem. Com o alazão pronto para partir, Ferrer retornou a sua casa para desjejuar com sua família. Sua mãe chamava-se Albina, uma mulher de meia-idade, cabelos negros, olhos castanhos, famosa entre os moradores do vilarejo por seu impecável jardim de margaridas perfeitamente cuidadas, que exibia sempre um sorriso radiante e vivia seus dias com plena felicidade ao lado de seu esposo Baldassare, um antigo legionário que serviu por mais de quarenta anos às legiões imperiais e por isso ostentava cicatrizes por todo o corpo, além de colecionar contos de sua bravura em combate. Ferrer também tinha um irmão conhecido como Aamu, a ovelha negra da família. O irmão era um jovem de corpo magro e muito pálido, olhos levemente esverdeados e cabelos loiros, mas muito menores e rentes à cabeça.

Enquanto Albina, Baldassare e Ferrer apoiavam as legiões com sangue e suor, Aamu era pacifista e não se interessava em confrontos, missões em terras longínquas ou aventuras no campo de batalha. Aamu apenas se interessava pelas artes. Ele escrevia poesia e participava da companhia de teatro de Roma, fato que desagradava Baldassare. O pai jamais havia ido assistir a uma peça de seu filho, porém nunca perdeu nenhuma cerimônia das legiões para as quais Ferrer o convidava. Por isso, Aamu acabou distanciando-se mais de seu pai e do resto de sua família, inclusive de seu irmão. Naquela manhã, os quatro comiam juntos enquanto Baldassare dava conselhos de guerra para Ferrer.

– Escute bem, garoto, você vai enfrentar bárbaros no território da Macedônia. Lá é muito quente, então trate de beber bastante água e ficar na sombra sempre que possível para não acabar desidratado. Além disso, esses bárbaros desgraçados são asquerosos, vão atacar quando você estiver dormindo, descansando, bebendo água ou dando umazinha com...

– Baldassare, pare de colocar ideias bestas na cabeça do garoto – Albina interrompeu. – Escute bem, filho, a Macedônia não é lugar para arrumar garotas. Você é um jovem muito bonito, inteligente, atlético, e é um legionário. Metade de Roma é apaixonada por você, por isso deve se casar com alguém daqui, e não arrumar uma macedônia qualquer. – Albina se retirou da cozinha, visivelmente brava com a sugestão do marido.

– Escute bem, meu filho. Você é um soldado, pouco importa o que sua mãe diz. Quando chegar lá, será recebido de braços abertos pela multidão, aproveite a oportunidade e escolha uma garota mais fogosa... Vá pra cama com ela e faça o que tem que fazer. Mas uma coisa eu te digo: sua mãe tem razão sobre você se casar com uma romana. O que quer que você faça nessas viagens, fica apenas nas viagens, entendido?

– Sim, senhor.

– Que Marte o acompanhe, meu filho. Volte vencedor, como seu velho pai e seu avô.

– Não se preocupe, pai, não o decepcionarei. Nem ao senhor nem a Roma!

– É assim que se fala, garoto. E você, Aamu, diga alguma coisa para o seu irmão!

Aamu se encontrava no canto da mesa comendo calmamente enquanto escrevia em uma folha de papel rabiscada, completamente alheio ao diálogo a seu lado.

– Aamu, eu falei com você. Diga algo para o seu irmão.

Aamu então tirou os olhos da folha por um breve momento e murmurou:

– Tente não morrer...

– Obrigado, meu irmão – disse Ferrer, em tom de escárnio. – Foi o conselho mais útil que você já me deu.

– Quer um bom conselho? Que tal largar as legiões e essa vida de assassino e fazer algo realmente útil para todos nós?

– Como, por exemplo, ficar vestindo máscaras em praças públicas ou escrevendo essas tolices o tempo todo? Como isso é útil para a grande Roma? – indagou Ferrer.

– Isso não é útil apenas para Roma, é útil para todo o mundo, para a história.

– Não, irmão. Isso são futilidades pelas quais ninguém, absolutamente ninguém, se interessa hoje ou vai se interessar no futuro.

– E você acha que seus combates sem sentido terão algum interesse no futuro?

– Eu luto para proteger o Império Romano!

– E eu preferia que o Império Romano queimasse até a ruína!

Ferrer então se levantou e bateu os punhos na mesa, seu rosto estava vermelho e os olhos vívidos de puro ódio.

– Por que não faz você mesmo? Assim me daria justificativa suficiente para enterrar minha espada no seu peito e acabar de vez com sua vidinha miserável!

– E você acha mesmo que minha vida é miserável, assassino de aliados em treinamento?

– Não ouse falar assim comigo, Aamu. Aquilo foi uma fatalidade e o Imperador me concedeu seu perdão.

– E os deuses o fizeram também? Ou não se deu ao trabalho de perguntar a eles? – Ferrer suou frio. Seu pai não poderia saber que ele não acreditava inteiramente nos deuses cultuados por toda a Roma.

– Sim, Aamu, eu o fiz, e eles me perdoaram de muito bom grado. De uma forma que jamais perdoariam as banalidades que acontecem no seu teatro.

– Do que você está falando?

– Acha que não sei sobre o que acontece por detrás do palco? As prostitutas que atuam com você e os charlatões que querem se aproveitar de sua promiscuidade? Não é à toa que vocês cultuam deuses como Baco, o deus das orgias.

– Deus do teatro! – disse Aamu, irritado.

– Das orgias, da promiscuidade e da ebriedade! Aliás, é tudo o que essas suas míseras artes são! Eu tenho é pena de você, irmão. Jamais será um homem como eu e jamais dará orgulho ao nosso pai.

Aamu se levantou de supetão e, com uma mão, jogou a pequena mesa de madeira para longe, removendo a única barreira entre ele e seu irmão. Em seguida, agarrou o legionário pelo peitoral da armadura enquanto Baldassare assistia a tudo em silêncio:

– Sou mais homem do que você jamais será, Ferrer. Jamais fui a praças públicas alegando defender meu lar quando, na verdade, estava caçando sexo barato, como você faz. Acha que não sei de sua vida? Você atrai jovens garotas para sua cama prometendo uma vida de rainha ao lado de um importante general legionário. Mal sabem as pobres coitadas que você não passa de um reles soldado que só agora vai sair dos portões da cidade. Você é ridículo, Ferrer!

O soldado ouvira o suficiente. Ferrer era virgem e sabia que o irmão tinha plena consciência de que tais afrontas eram falsas e apenas queria constrangê-lo na frente do pai. Ele desembainhou sua espada e com a outra mão atingiu um soco no rosto de Aamu, que caiu ao receber o golpe. Ferrer encostou a espada no peito do irmão caído ao chão, mirando no coração, quando sentiu seu braço sendo imobilizado pelas surpreendentemente fortes mãos de Albina:

– Parem vocês dois com essa loucura! Ferrer, você tem que estar na Macedônia ao cair da noite, então vá embora logo. E você, Aamu, pare de dizer idiotices para o seu irmão. Apenas lhe deseje sorte e suma daqui, agora!

Aamu levantou-se do chão limpando o sangue em seu nariz, peitou Ferrer e, com o rosto bem próximo ao dele, disse pausadamente:

– Sabe, Ferrer... do fundo da minha alma, desejo que você tenha seu lindo rostinho do qual tanto se orgulha perfurado por uma lança bárbara antes que tenha tempo sequer de amaldiçoar os deuses aos quais você tanto rejeita.

Aamu cuspiu no chão entre ambos, um antigo sinal bárbaro de desprezo. Nesse momento, foi atingido na cabeça por uma caneca de porcelana, que se espatifou em dezenas de pedaços após o impacto. Era a caneca de Baldassare.

– Agora chega, moleque desprezível. Falar mal de Roma e dos legionários é uma afronta terrível, mas desejar a morte do seu irmão e ainda por cima fazer isso... Não sei no que diabos você se transformou, mas meu filho você não é mais. Suma imediatamente da minha casa. Agora!

Aamu esforçou-se para se levantar. O corte na cabeça sangrava profundamente, sua visão estava turva e a sala girava sem parar. Cambaleou até seu quarto e pegou todas as suas roupas e cadernos de poesia, fez sua mala e saiu de casa ao mesmo tempo em que Ferrer partia com seu cavalo. Albina e Baldassare se despediam de Ferrer com sorrisos e presentes, o pai ignorou completamente a ida de seu outro filho, mas Albina correu aos prantos para falar com o seu filho caçula:

– Meu filho, pelo amor dos deuses, pare com essa loucura de teatro. Volte para casa, eu prometo que vou acalmar seu pai. Você não está em condições de sair de casa e esse corte na sua cabeça precisa de cuidados. Por favor, volte.

– Já chega, mãe. Eu sei que não sou bem-vindo entre vocês e, sinceramente, não me importo. Continuem amando Ferrer e dando toda a atenção do mundo para seu garoto prodígio, eu não tenho o menor interesse em viver entre facínoras fanáticos como vocês.

– A escolha é sua, meu filho, mas saiba que eu não sou como seu pai ou seu irmão. Eu quero o melhor para vocês, pouco me importa se vai ser na legião ou não. Eu amo vocês dois.

– Mãe, isso é mentira e você sabe muito bem disso... Adeus.

Aamu partiu sem saber ao certo para onde ir, precisava de algum lugar para passar a noite e sabia a quem recorrer: Isis, uma velha amiga egípcia, conhecida por ser uma das mais ávidas fãs do teatro de Roma. O jovem sabia que Isis vivia sozinha em uma casa grande próxima da sua, por isso cambaleou até sua porta e se pôs a bater com toda a pouca força que ainda lhe restava. Após alguns momentos, a porta se abriu e por trás dela revelou-se a silhueta de uma jovem de cabelos negros, olhos castanhos como o tronco da mais saudável das árvores, o corpo cheio de curvas acentuadas e um olhar quente, acolhedor.

– Aamu! Pelos deuses, o que aconteceu com você?

– Não tenho... para onde ir. Preciso ficar aqui... por hoje... por favor...

– Por Hórus, entre logo, sente-se, vou arrumar uma toalha para parar esse sangramento.

⸎ ⸎ ⸎

Ferrer cavalgou por aproximadamente duas horas até o ponto de encontro das legiões, onde seriam passados os dados sobre os adversários e a estratégia de combate. As legiões estavam sob o comando do general Tulius, um dos generais mais velhos em atividade e um homem de muito respeito no império. Ele media mais de dois metros e era uma montanha de músculos, era careca e tinha uma barba negra densa junto ao rosto. Sua pele era negra, fruto de sua ascendência africana, e sua história sobre como um neto de escravos africanos se tornou o general das legiões do império jamais fora contada, mas todos supunham que se devia ao simples fato de que Tulius tinha todas as características de um general: liderança, carisma, altruísmo, honra, força, sabedoria, além de ser um excelente estrategista e muito habilidoso com qualquer tipo de arma. Além disso, ele era muito humilde, devido a sua criação, característica que faltava em todos os outros generais romanos.

Ferrer jamais havia trabalhado com Tulius, mas sabia que todos os generais chegavam atrasados a essa reunião inicial; mesmo assim, gostava de chegar antes do horário marcado. Ao chegar ao ponto de encontro, porém, Ferrer encontrou o general Tulius sentado, polindo sua espada.

– Veja só! Um general que chega no horário. Muito prazer, senhor, sou Ferrer.

– E você é um soldado que chega no horário! Sou o general Tulius, muito prazer, Ferrer. Por Júpiter, você é muito novo. O que faz nas legiões?

– É meu sonho desde que eu era um garotinho, senhor.

– Estou velho demais para tanta formalidade, garoto. Chame-me apenas de Tulius.

– General Tulius... Sempre fui educado a chamar um legionário por seu título.

– Que educação forçada você deve ter tido. Seus pais provavelmente eram legionários, não é?

– Minha mãe não, apenas meu pai, Baldassare...

– Espere um pouco, você é filho do general Baldassare Caelius?

– Sim, meu nome completo é Ferrer Caelius.

– E como vai seu velho pai?

– Você o conhece? – perguntou Ferrer, surpreso.

– Garoto, há trinta anos eu estava aí onde você está e o general Baldassare Caelius aqui onde eu estou. Eu servi ao seu pai por muitos e muitos anos. Ele praticamente foi meu tutor, ensinou-me tudo o que eu sei. Devo minha vida a ele.

– Pelos deuses, eu não sabia disso.

– Nem poderia... Embora os generais sejam muito importantes para os soldados, os soldados não são importantes para os generais. E, além do mais, seu pai nunca foi o cara mais amigável de Roma.

– Disso eu sei bem – respondeu Ferrer.

– Deixe-me ver essa espada. É o que eu estou pensando que é?

– Sim, é a espada de meu pai, a infame...

– Terror Romano! – interrompeu-o novamente. – Cansei de ouvir esse nome na minha juventude. Na minha época, todos acreditavam que a espada de seu pai era enfeitiçada, alguns diziam que ela havia sido encantada por uma bruxa; outros, que fora amaldiçoada pelo próprio *diavolo*, o diabo. Mas uma noite seu pai me confessou o motivo pelo qual essa lâmina cortava tantas cabeças. Sabe qual é?

– Não.

– Nenhum. Seu pai não fez absolutamente nada com ela, é uma espada comum. O grande truque era que seu pai é o melhor espadachim que o Império Romano já viu. Quando usava uma espada, era como se ela fosse parte do corpo dele, era magistral, era belíssimo. Seu pai é um grande herói de Roma e um exemplo para todos nós. Não quero te pressionar, mas grandes coisas serão esperadas de você assim que souberem que está aqui, e eu pretendo ajudá-lo a alcançar todo o seu potencial. Devo isso ao seu pai após ele ter feito o mesmo comigo.

– Meu pai ajudou tanto assim?

– Muito mais do que você imagina, garoto. Ninguém queria permitir que um filho de escravos fosse soldado, seu pai foi o único que me deu apoio. Ele me encontrou na prova de admissão da legião, após eu ser reprovado pela terceira vez seguida. Depois, veio até mim dizendo que eu seria um grande general um dia, e me colocou sob sua tutela. Dois anos depois, falou diretamente ao imperador para que me fizesse soldado, quando o imperador se recusou, ele ameaçou se aposentar caso seu pedido não fosse atendido.

– Ele nunca me contou essa história...

– Nós não criamos nenhum vínculo especial nem algo do gênero. Ele treinou vários garotos além de mim, mas eu o respeito muito. Para ser franco, eu o respeito até um pouco mais do que respeito o imperador.

– Meus deuses! Existem tantas coisas sobre o meu pai que eu não sei...

Nesse momento, o som de cavalgada se fez ouvir, mais três soldados chegavam ao ponto de encontro, igualmente espantados por avistarem o general e temerosos por terem-no feito esperar. Se fosse qualquer outro general, haveria uma bronca avassaladora, mas com o gentil general Tulius isso não ocorria. Após serem dados todos os detalhes da missão, os soldados armaram o acampamento e descansaram para no dia seguinte partirem para a batalha.

Na teoria, a defesa da Macedônia era algo simples: os soldados romanos seriam recebidos por uma pequena armada de duzentos macedônios que resistiam aos bárbaros e juntos partiriam para a fronteira da cidade, onde armariam guarda, aguardariam o ataque e surpreenderiam o adversário com arqueiros de uma montanha próxima. Na prática, havia alguns agravantes: o campo de batalha era estreito, fazendo com que a numerosa fronte romana ficasse sufocada, com isso, um arqueiro poderia facilmente acabar acertando fatalmente um companheiro por acidente; além disso, os romanos sabiam que, se os arqueiros assumissem posição imediatamente antes do combate, seriam vistos e o inimigo bateria em retirada, fazendo com que a operação falhasse. O general Tulius sabia disso e fez questão de detalhar tudo a seus soldados. O plano era que os arqueiros subissem para a montanha assim que os bárbaros já estivessem no alcance de suas flechas, mas para isso a fina falange de soldados romanos deveria resistir por algum tempo ao poderoso ataque dos violentos bárbaros. Além disso, a morte de um macedônio sequer, embora fosse nada além de uma baixa de combate, era inadmissível para o general.

– Escutem bem, homens. Nós somos legionários, nosso trabalho é servir ao Imperador e ao povo romano nas frentes de batalha. Os macedônios não são guerreiros, são comerciantes, artesãos, artistas. Não devem e não podem morrer no campo de batalha. Ficarão nas últimas fileiras e nós iremos nos certificar de que não consigam sequer avistar o inimigo sem que a espada de Roma já tenha lhes atravessado o palato. Eu fui claro?

– Sim, senhor!

Era meio-dia quando 1.300 soldados romanos atravessaram os portões da grande cidade da Macedônia sob aplausos da população. Em seus rostos viam-se as marcas do abuso dos combates contra os bárbaros. Ferrer caminhava ao lado do general Tulius e, em certo momento, o que o general lhe disse ao pé da orelha fez com que o garoto imaginasse o que havia se passado:

– Quase todas essas pessoas tiveram algum parente ou amigo morto pelos bárbaros. Sua alegria nada mais é do que desespero disfarçado. Se obtivermos êxito em nossa missão, esses sorrisos em breve se tornarão reais novamente. Mas, se falharmos, eles jamais serão vistos por toda a eternidade. É sua primeira missão e eu não quero colocar pressão sobre você, mas quero que entenda: quando vamos para o combate, é por isso que lutamos. Não é por Roma e muito menos pelo Imperador, lutamos pelo povo.

– Meu pai o repreenderia por dizer isso.

– E é por isso que nunca fui à casa de seu pai para um café...

– Agora entendo por que ele nunca fala de você.

– Seu pai é um grande homem. Lute como ele, seja honrado como ele, mas faça um favor a si mesmo: não pense como ele.

– Com todo o respeito, general, essa decisão cabe apenas a mim.

Tulius não respondeu, entendeu que o garoto, de fato, tinha o gênio do pai, mas percebeu que Ferrer estava no caminho certo. Ele não era uma mera cópia do general Baldassare, não pensava como seu velho tutor; tinha a mesma visão altruísta que fizera do pai um grande general, mas Tulius sabia que só faltava uma oportunidade para que ela se revelasse.

E quando isso acontecer, espero estar bem perto para ver. Especialmente a sua cara, Baldassare, pensou Tulius.

Na realidade, os pensamentos e a índole de Ferrer não importavam para o general naquele momento; Tulius apenas rezava para que o garoto lutasse como o pai. Enquanto isso, apenas um único pensamento ressoava sem parar na cabeça de Ferrer: *Aamu ainda deve estar em Roma... Talvez eu deva encontrá-lo depois da missão. Talvez ele até tenha alguma razão. Assim que voltar, encontrarei Isis e perguntarei sobre ele.*

– Com medo, garoto? – A voz de Tulius acordou Ferrer de seu transe. – Se quiser ir para o fim da linha com os macedônios...

– Eu estou bem – replicou Ferrer imediatamente. – Ficarei na linha de frente e massacrarei esses bárbaros malditos antes que os arqueiros assumam posição.

– Esse é o espírito, novato! – Tulius riu de forma descontraída, o que por um segundo causou certo mal-estar entre as fileiras de soldados às suas costas. – O importante é que você proteja a si mesmo e aos seus companheiros e não permita que alguém morra.

– Pode deixar comigo, general Tulius.

– Você tem o Terror Romano na sua bainha, não vou permitir que vá mal nesta batalha.

– E não irei.

– Evite se distrair. Vamos seguir o plano, esteja preparado.

O plano ao qual Tulius se referia não era o combate, mas sim a armadilha pensada para os bárbaros. Os invasores estavam nas fronteiras aguardando que a cidade baixasse sua guarda para atacar, por isso, naquela tarde, seguindo o plano, haveria uma grande festa que viraria a noite e entraria pela manhã. Quando os bárbaros atacassem, acreditando que todos na cidade se encontravam bêbados e cansados, encontrariam 1.300 soldados romanos preparados para o combate.

A noite chegou e, com ela, a cidade iniciou uma festa em seu salão principal. Durante toda a noite foram servidas comidas e bebidas aos habitantes, mas todos os soldados foram impedidos de aceitar sequer uma taça de vinho por ordens de seu general, sob a promessa de que no dia seguinte à batalha receberiam tudo pelo qual ansiaram na noite anterior. Um dos soldados foi pego bebendo escondido e enviado de volta para Roma imediatamente para ser desterrado das legiões.

Foi em meio a esse misto de diversão e tensão que Ferrer viu algo que fez seu jovem coração disparar. Do outro lado do salão, um sorriso cativante atraía os olhos de jovens aspirantes a pretendentes que deliravam imaginando possuir seus lábios e sua dona com curvas tão convidativas. Sua pele era macia como um pêssego que acabara de desabrochar, ainda imaculado. Antes dos abusos do clima, seu corpo parecia ter sido esculpido a mão por Vulcano, o deus artesão. Os olhos da moça entregavam sua ascendência asiática, seus cabelos eram negros como a noite e ondulados como o mar, sempre com uma pequena mecha a insistir em cobrir seu rosto perfeito. Os olhos eram escuros, quase negros, e seu olhar era rígido como uma rocha que resiste há décadas às pancadas das ondas que quebram na costa, frio e penetrante como nenhum outro jamais fora. Seu caminhar era calmo, sereno e ao mesmo tempo forte e repleto de uma segurança que Ferrer jamais havia visto em nenhuma garota; as nuances de sua pele também eram diferentes das de garotas romanas.

Ferrer não acreditava nos deuses, mas naquele momento tinha dúvidas se presenciava a aparição da deusa Vênus entre os mortais. Logo afastou tais tolices de sua mente e encheu-se de coragem para falar com a moça, mas a cada passo que dava podia ouvir a voz de seu pai a ecoar pelo salão:

– Sua mãe tem razão sobre você se casar com uma romana. O que quer que você faça nessas viagens, fica apenas nas viagens, entendido?

Mais uma vez, o garoto espantou tais pensamentos e seguiu a garota até a varanda. A moça estava sozinha observando um pequeno beija-flor que voava próximo às flores que pendiam da sacada.

– Você não é daqui, é?

A garota levou um pequeno susto, virou-se para Ferrer e sorriu.

– Você é um bom observador. – Sua voz era tão angelical quanto seu olhar. – Meus antepassados são asiáticos, mais exatamente meus trisavôs.

– Ásia? Como você veio parar aqui?

– Meus trisavôs eram camponeses na Ásia, mas vieram para cá em busca da famosa vida romana oferecida pelo império. Meu trisavô tinha um amigo aqui na Macedônia e eles ficaram até conseguirem ouro suficiente para comprar sua própria casa. Desde então minha família vive aqui.

– Nossa! Você tem uma história e tanto.

– E você, garoto romano?

– Eu nasci e vivi em Roma por toda a minha vida, assim como meu pai e meu avô antes dele. Nada muito interessante.

– Ora, garoto, toda história é interessante se for bem contada.

– Então deveria ouvi-la da boca de meu pai. Ele, sim, faz com que nascer em Roma seja a melhor coisa que pode acontecer a alguém.

– Quem sabe um dia... Mas, antes de falar com seu pai, precisarei me contentar com a sua forma de contar.

– Não sou um bom contador de histórias.

– Nem me parece ser – a garota conteve um curto riso –, mas não se trata de nenhum conto heroico, apenas a sua vida. Embora, sendo um soldado legionário, imagino que sua vida seja um conto heroico.

– Eu sou apenas um novato, esta é a primeira vez que saio de Roma.

– Por isso eu não sei seu nome.

– Meu nome é Ferrer.

– Eu sou Allegra.

– Allegra... É um belo nome.

– Tão belo quanto seus olhos castanhos, novato Ferrer.

Ferrer corou imediatamente. A moça deu um sorriso que refletia toda a pureza de sua alma, enchendo a pequena varanda de uma breve sensação de afinidade, como se os dois fossem velhos amigos a se reencontrar.

– Mas me diga, Allegra, como é a vida aqui?

– Bom, eu nunca saí desses portões. Nunca quis sair, na verdade. Sempre gostei de estar aqui.

– Eu sou completamente o oposto de você.

– Você não gosta de Roma?

– Sim, gosto, mas sempre tive vontade de sair. Por isso entrei para a legião.

– Não me diga que você aceitou todos os perigos de ser um legionário unicamente para poder sair de Roma.

– Bem, não apenas por isso, mas foi uma das razões.

– E nunca lhe passou pela cabeça simplesmente pegar um cavalo e sair sem rumo para longe?

– Sim, mas eu não poderia fazer isso.

– Por que não?

– É uma longa história.

– Nós temos tempo.

– É complicado.

– Então me explique – insistiu Allegra.

– Você não entenderia.

– Quer saber? Não quero mais saber também!

– Ótimo, eu não pretendia contar de qualquer forma.

– Então me diga, quais são suas ordens para hoje, senhor Passado Misterioso?

– Preciso ficar alerta para o ataque, pois irei encabeçar a falange no combate ao lado do general Tulius.

– Ótimo! Então nós vamos dar uma volta agora.

– Para onde?

– Você não queria conhecer o mundo fora de Roma? Eu vou te mostrar o mundo.

– Mas o general não me deu permissão...

– Pelos deuses! – ela o interrompeu. – Pare de ser tão bobo. Vamos logo.

Allegra puxou o soldado e, juntos, foram andar pelas ruas da Macedônia. A garota jamais havia saído de lá, mas talvez por isso demonstrava um conhecimento absurdo sobre seu interior, dando uma verdadeira aula de história sobre as origens do lugar. Ferrer prestava atenção e tentava absorver o maior número possível de informações, embora fosse difícil se concentrar com o movimento harmonioso dos cabelos da garota, que liberavam um aroma das mais variadas flores e indicavam que ela passava bastante tempo com a cabeça repousada sobre as muitas árvores do local.

Ela levou-o até uma pequena plantação que ficava longe da área urbanizada da pólis, mais próximo dos limites do território macedônico, no local exato onde as legiões se posicionariam para dar início à defesa da cidade. Ferrer aproveitou a chance para enxergar o lugar ainda imaculado, sabia que não teria tempo para isso mais tarde.

Os dois encontraram uma árvore, deitaram-se juntos e conversaram sobre tudo. Ele ouviu-a contar sobre suas origens, sua vida em território de domínio romano, falou também de como seus pais haviam falecido por doenças e se emocionou ao lembrar-se deles. Ferrer a confortou em seu abraço, oferecendo um sorriso acolhedor, o que fez com que a garota se sentisse muito melhor. Ele, por sua vez, falou sobre o fanatismo de seus pais por Roma, o imperador e, principalmente, as legiões; também contou sobre seu irmão, que era um caso perdido, inclusive mencionando sua briga naquela manhã, motivo pelo qual fora repreendido por Allegra.

– Você não deve agredir seu irmão. Ele é um artista, de alma pura. Você deve respeitá-lo. Além do mais, ele é seu irmão, é o único com quem você realmente vai poder contar quando seus pais se forem.

– Quando meus pais partirem, Aamu virá correndo me implorar moradia. Ele não tem nada.

– E você, o que tem?

– Tenho meu pagamento de soldado e, em breve, terei o prestígio de um general.

– Isso se você não for morto antes...

– Não serei.

– Você é divertido... Como pode ter tanta certeza?

– Fui treinado na arte da espada por meu pai, o grande general Baldassare Caelius, o maior espadachim de toda a Roma. Não serei derrotado tão facilmente!

– E rendido?

– Também não!

– Eu não teria tanta certeza, garoto romano.

Allegra abraçou-o com seu braço direito e, com sua mão, puxou a nuca do guerreiro para si. Os narizes se tocaram e Ferrer fechou os olhos, aguardando pelo beijo, mas, em vez disso, ouviu o cintilar da lâmina de sua espada. Ao abrir os olhos, viu Allegra de pé, a lâmina na mão da garota a centímetros do rosto dele.

– Você acaba de ser rendido por uma simples garota da Macedônia que jamais pegou uma espada antes, Ferrer Caelius, filho do melhor espadachim de Roma.

Ferrer sorriu e Allegra retribuiu o sorriso. Em um movimento que durou menos de dois segundos, Ferrer acertou um tapa no cabo da espada, desarmando a garota e, com as pernas, derrubou Allegra e jogou seu tronco por cima do corpo dela, que ficou imobilizada no chão com o guerreiro a debruçar-se por cima de seu abdômen.

– Tem certeza de que fui rendido, simples garota da Macedônia que jamais pegou em uma espada?

Os dois se entreolharam imóveis por um segundo, um fitando o sorriso do outro. Ferrer lentamente se abaixou, os cabelos castanhos caíam sobre seu rosto e conferiam-lhe um ar mais adulto do que exibia quando estava com os cabelos jogados para trás. Os seus olhos agora fitavam os olhos de Allegra, que permanecia imóvel no chão respirando fundo e com seus olhos negros fixos nos olhos de Ferrer. A garota deslizou sua mão sobre o maxilar do legionário, acompanhando o caminho formado por sua barba até a parte de trás de sua orelha, até a nuca. Ela puxou mais uma vez o rosto do guerreiro para si e, naquela árvore, longe de todos os romanos e macedônios que faziam uma falsa comemoração no salão principal a quilômetros dali, longe dos olhares de curiosos dos repressores, longe dos olhares de Albina e de Baldassare, longe de Aamu para julgar-lhe injustamente, longe de todas as garotas romanas a tentarem conseguir algo dele, longe de tudo e de todos, isolados em um pequeno mundo dentro do mundo, Ferrer e Allegra deram o primeiro beijo.

Nenhum dos dois havia feito isso antes e a sensação foi alucinante. O casal não conseguiu mais parar, ficaram juntos sob a árvore pelo resto do dia, um desbravando o corpo e as sensações do outro. Eles já tinham ouvido falar sobre sexo antes, mas jamais haviam feito nada próximo e jamais poderiam ter imaginado que seria algo tão intenso. Passado algum tempo, os dois enamorados voltaram tranquilamente para o vilarejo onde repousavam os soldados. Ferrer levou Allegra até sua casa, despediu-se com um longo beijo e voltou sorrateiramente ao abrigo dos soldados. O garoto entrou sem ser visto no galpão improvisado de dormitório e dirigiu-se até sua cama. Ele dormiu o melhor dos sonos...

5 ✗ SANGUE, PAIXÃO E LÁGRIMAS

Ferrer foi acordado pelos gritos do general Tulius:

– Todos de pé imediatamente, o ataque começou! De pé, Dino! Levante-se, Arrigo! Vamos, Ferrer! Coloquem essas carcaças de pé e vamos matar alguns malditos bárbaros!

Ferrer saltou da cama ainda sonolento, vestiu a armadura e saiu rapidamente, com Terror Romano em sua bainha; além disso, carregava consigo um escudo e nas costas um arco e a aljava de flechas. Enquanto isso, lá fora, o general Tulius bradava as últimas instruções e palavras de incentivo:

– Hoje nós lutaremos para vencer, mas tenham em mente que, se houver uma única baixa de civis nesse confronto, nossa missão será um fracasso. Temos a vantagem numérica e da surpresa, mas o inimigo é absurdamente forte e bem treinado. Então, estejam preparados para uma luta de igual para igual e, mais uma vez, não permitam que ninguém que não seja romano sequer se fira. Não vamos permitir que os bárbaros passem de nossa famosa falange, entenderam?

– Sim, senhor!

– Centuriões, vocês são responsáveis pelos soldados às suas costas. É uma grande responsabilidade. Então, não façam nada que comprometa a segurança de seus soldados. Centurião Massimus?

Um homem alto, de porte físico invejável, trajando uma armadura completa com capa e um capacete com crina, se adiantou.

– Sim, general?

– Você será responsável por organizar e defender os macedônios.

– Senhor, com todo o respeito, sou o maior centurião disponível, com maior experiência. Deveria estar liderando uma falange romana.

– Eu entendo, centurião, e é exatamente por ser o mais experiente que acredito que só você pode organizar os soldados que não foram treinados em nossas formações.

O centurião Massimus não disse mais nada, pois havia entendido o motivo de o general ter feito essa escolha, e agradeceu aos deuses por ser liderado por alguém com tamanha visão estratégica.

– Agora, vamos lutar! Por Roma! – bradou o general.

– Por Roma! – todos gritaram em resposta.

Os soldados partiram em direção à fronteira, a mesma onde Ferrer estivera há apenas algumas horas com Allegra, um lugar marcado em sua memória pelo desabrochar de uma paixão, o que logo mudaria ao se tornar também um campo de batalha.

Enquanto os soldados marchavam em uníssono, o garoto apenas pensava se sobraria algo daquela árvore após o combate. Nesse momento, os mais nefastos pensamentos começaram a invadir sua mente: e se a falange falhasse? E se os bárbaros adentrassem a cidade? E se os bárbaros vissem Allegra, com toda sua perfeição? Ferrer jurou a si mesmo que não permitiria que os bárbaros passassem, não importava o que tivesse de fazer para isso.

– Você finalmente acordou! Se sente melhor?

A voz de Isis fez doer um pouco mais a cabeça de Aamu, que ainda sofria os impactos da caneca arremessada com impressionante força por Baldassare, considerando-se sua idade avançada.

– Sinto que me sentiria melhor se minha cabeça explodisse de uma vez.

– O que diabos aconteceu, Aamu?

– Eu e meu irmão brigamos.

– De novo?

– Ele é um idiota.

– E foi ele quem fez isso com você?

– O nariz, sim. A cabeça foi meu pai.

– Por Rá! Que absurdo!

– E ele me expulsou de casa – falou, baixando a cabeça.

– Eu te disse que isso ia acabar acontecendo. Você é muito teimoso, Aamu.

– E você é muito chata quando quer bancar a responsável…

– Bom, a chata aqui está te dando um teto. Então, se não quiser dormir debaixo do palco, é bom ficar quieto.

– Sobre o teto…

– Não vamos falar sobre isso agora.

– Pois eu acho que devíamos falar disso agora. Eu e você, Isis... Vamos fugir de Roma, vamos fugir hoje.

– Você sabe que não é tão simples...

– E você sabe que temos que ir logo.

– Sim. Eu sei.

– O que está feito, está feito, Isis. Temos que lidar com as consequências. Logo mais os guardas baterão à sua porta e, se você gosta da sua liberdade, é bom que eles não encontrem nada quando vierem...

– Me dê um tempo. Não estou pronta para voltar ao Egito ainda...

– Eu te daria a eternidade, mas você sabe que o tempo é curto.

– Sim, eu sei...

– Tome uma decisão. E rápido.

– Não tem outra opção? Eu gosto tanto daqui, Aamu.

– Eu temo que não.

Aamu se sentou enquanto Isis ia até a cozinha e voltava com uma xícara de chá com ervas do Egito.

– Beba isso, vai melhorar a sua dor de cabeça.

– Eu não sei o que seria de mim sem você, Isis.

– Um idiota. Com certeza, um romano idiota.

– Se todos os idiotas fossem como eu, Roma seria uma cidade de imperadores.

– Com certeza! Você seria um imperador idiota.

– E criaria um decreto para que você fosse menos irritante.

– A porta é logo à frente, pode sair quando quiser – provocou ela.

– Que tal nunca?

Aamu abraçou a cintura de Isis, deslizando a mão por dentro de sua blusa de linho, passando por toda a pele chamuscada de sol, característica dos egípcios. Abraçou-a e puxou-a para si, o movimento culminando em um longo beijo.

– Você sempre sabe como ganhar discussões, Aamu.

– E você sempre aceita tão bem ter perdido...

– Quem perdeu aqui?

Os dois beijaram-se novamente e o beijo foi evoluindo até que ambos estivessem completamente nus, contemplando um o corpo do outro. Durante o resto da noite, permaneceram juntos na cama sob os olhares atentos dos símbolos de deuses egípcios colocados no quarto de Isis, que lhes davam a benção. Como tantas outras vezes antes, ninguém viu o casal, nem sequer imaginou.

⸎ ⸎ ⸎

O que se viu na fronteira da Macedônia foi uma guerra. O combate, que deveria ser rápido – já que as legiões romanas, embora em apenas uma pequena fração de seus números totais, ainda possuíam uma imensa vantagem numérica contra os adversários bárbaros –, acabou tornando-se uma batalha de proporções épicas, pois os adversários tinham algo ao seu lado que os romanos jamais poderiam imaginar. Em vez de formações de soldados em fileiras de ataque, os bárbaros simplesmente saltavam na direção dos soldados sem nenhuma ordem, sem nenhuma armadura, sem nenhuma arma, apenas com os punhos nus ou pedaços de ferro e madeira, soltando um urro assustador a cada cabeça romana que arrancavam.

Quando Ferrer e Tulius alcançaram o ponto de comando da guarda, cerca de cinquenta soldados romanos já haviam sido mutilados pelos adversários, que ainda não tinham sofrido sua primeira baixa. Era impossível contar as unidades adversárias, já que os bárbaros saltavam pelo campo de batalha como feras ensandecidas, ocultos pela penumbra noturna e pelo solo escuro, atacando com garras e dentes seus adversários bem trajados e armados. Ferrer tentou bradar instruções a um soldado da falange e, no exato momento em que se virou, viu o maxilar de seu companheiro ser estilhaçado por um soco de um adversário que parecia ter saído da terra. Tulius, fazendo valer a experiência, conseguiu organizar seus soldados, assim os romanos finalmente começaram a causar baixas em seus numerosos adversários.

O sol começara a surgir no horizonte e seus primeiros raios iluminaram o campo. Aquele ambiente, lembrava-se Ferrer, era verde; e naquele instante estava coberto pelo vermelho, a cor do sangue de guerreiros dos dois lados. Os poderosos bárbaros tornaram-se mais visíveis, mais fáceis de combater. A gigantesca esquadra romana havia sido reduzida a míseros vinte e três homens, entre eles Ferrer e Tulius, todos combatendo ferozmente contra sete dos bárbaros. Assim que o sol apareceu por completo e seus raios jogaram luz por toda a clareira, os bárbaros restantes imediatamente bateram em retirada, fugindo pelas árvores que cresciam na fronteira e desaparecendo nas entranhas dos bosques.

Ferrer sentou-se sob a mesma árvore em que estivera no dia anterior com Allegra, cujo entorno agora se encontrava repleto de sangue de seus companheiros e adversários. A missão havia sido um sucesso, nenhum bárbaro conseguira furar a falange e invadir o território da Macedônia, mas o preço a se pagar fora muito alto. Tulius sentou-se ao seu lado, as lágrimas correndo incontroláveis por seu rosto, e disse:

– Nós vencemos! Eu não me sinto um vencedor, Ferrer – disse ele, com pesar na voz.

– O que foi isso, general? O que eram aquelas coisas?

– Achei que eles fossem apenas uma lenda... Deveria ter me preparado para isso...

– Isso o quê? Conte-me!

– Bersekers, garoto.

– Bersekers? O que é isso?

– Ouvi falar sobre eles uma vez. São guerreiros que fazem uso de alucinógenos antes dos combates. Eles não sentem dor, nem medo, apenas um frenesi de ódio e vontade de matar. Eu devia saber disso.

– A culpa não é sua, general.

– Não percebe, Ferrer? Eles não precisavam de tantos para vencer alguns macedônios. Eles sabiam que nós estávamos aqui, por isso vieram em tal número.

– E não é só isso, general...

– Você também notou, não é?

– Às vezes – Ferrer vacilou por uns instante – parecia que eu estava matando o mesmo homem... inúmeras vezes.

– Era como se eles voltassem à vida.

– Ou não morressem – sugeriu Ferrer. – O que vamos fazer, general?

– Vamos enviar um mensageiro a Roma pedindo reforços imediatos.

– E quanto a nós?

– Ficaremos aqui e defenderemos o território como nos foi ordenado. Temos uma missão e ainda não acabamos.

– Tem certeza de que é o melhor a se fazer? – questionou Ferrer.

– Não – respondeu com sinceridade o general Tulius. – Mas é o certo.

– Eu estou com você, general.

– Isso é muito bom, Ferrer, fico feliz em saber que você me apoia.

Os dois apertaram as mãos e o general logo percebeu um grande ferimento de mordida no braço direito de Ferrer.

– Você se feriu. Essa mordida está muito profunda...

– Foi apenas uma mordida. Vai cicatrizar em breve e eu ficarei bem.

– Mesmo assim, cubra isso, pode infeccionar.

– Farei isso quando retornarmos à capital.

– Devemos voltar logo. Quanto mais rápido enviarmos o mensageiro, maiores as chances de sairmos daqui com nossas cabeças sobre nossos pescoços.

Ao retornarem à capital, os vinte e três homens foram aplaudidos, mas logo a população percebeu que os homens que ali se apresentavam eram os perdedores do combate. Embora houvessem retornado, a incerteza sobre o número dos adversários e a extensão de suas habilidades colocavam os soldados em uma situação delicada. Se os Bersekers atacassem novamente, não apenas os soldados, mas todos os moradores seriam mortos e a cidade seria saqueada e incendiada. Pensando nessa possibilidade, Tulius designou seu soldado mais rápido para ir a Roma e voltar com uma esquadra de reforços. Enquanto isso, Ferrer correu para a casa de Allegra e encontrou a moça preparando um emplastro de ervas medicinais na varanda. Assim que o viu, ela correu para abraçá-lo, repreendendo-o logo em seguida.

– Achei que tinha dito para você não se machucar.

– Eu tentei avisar, mas os bárbaros não falam latim – respondeu ele, em tom de brincadeira.

– Sua sorte é que eu já imaginava que isso iria acontecer. Vamos enfaixar isso. Coloque o emplastro que eu fiz e descanse, você estará melhor pela manhã.

Naquela noite, Ferrer teve uma série dos mais estranhos sonhos. Sonhou com cinco mesas de pedra formando um círculo, com um pingente negro sobre cada uma delas. No centro desse círculo, ele viu Allegra amarrada, em seguida viu um gigantesco leão pisoteando uma legião de soldados romanos, que o atacava fervorosamente sem causar nenhum dano. Ainda viu a si mesmo atacando soldados romanos e sendo atacado por eles, sem sofrer nenhum dano físico, mas sentindo uma dor lancinante a cada nova pancada. Após algum tempo, ele foi derrubado e a última coisa que viu foi seu coração sendo perfurado por uma lança que liberava uma chama negra. Então ouviu um grito feminino:

– FERRER, ACORDE!

Ferrer saltou da cama transpirando. Allegra continuava imóvel, visivelmente assustada.

– O que foi isso, Ferrer?

– O que aconteceu?

– Você começou a gemer e transpirar, achei que estivesse tendo um pesadelo, mas então você começou a murmurar algumas palavras estranhas. O que você estava dizendo?

– Eu... eu não sei... Eu tive um sonho terrível, mas não consigo me lembrar do que sonhei.

– Isso é comum?

– Não, isso nunca me aconteceu antes.

– Tudo bem, foi apenas um sonho ruim. Volte a dormir.

– É... foi apenas isso... um sonho. Um sonho ruim.

Seguindo o conselho de Allegra, Ferrer deitou-se, envolveu-a com seu braço direito e puxou-a para junto de si. O calor do corpo da garota aquecia o corpo do legionário, que tremia e encolhia-se de um súbito frio que fez com que sua pele se arrepiasse, exceto a região onde o rapaz fora mordido, que ardia como se estivesse em brasas debaixo do emplastro.

Aamu acordou mais tarde do que de costume, virou-se para o lado e não encontrou Isis, apenas um totem do deus egípcio Hórus e, ao seu lado, um de Bastet, deusa egípcia da fertilidade e protetora das mulheres.

– Não vai implicar com Bastet de novo, vai, Aamu? – A voz de Isis invadiu o quarto, sempre muito forte e inquisitiva. – Deixe a deusa aí.

– Não tenho nenhum problema com Bastet, Isis. Só não gosto de transar na frente da deusa da fertilidade.

– Quanta besteira, Aamu.

– Não é besteira. Você sabe bem.

– Que não podemos ter filhos por enquanto? Sim, eu sei, eu sei.

– Você é sempre tão compreensiva, não é mesmo, Isis?

– Me desculpe. Como você sabe, faz pouco tempo que eu estou aqui e os costumes egípcios são muito diferentes. Ainda estou me adaptando.

– Eu entendo, mas tente entender o meu lado também. Nós não temos ouro, eu sou apenas um ator; e você, uma artesã. Precisamos nos estabilizar antes de ter filhos.

– Falando nisso, e você? Não vai se entender com seu pai?

– Jamais! Só quero ouvir falar sobre Baldassare Caelius no dia de seu enterro.

– Não diga bobagens! Daqui a uma semana vocês estarão bem de novo.

Nesse momento, ouviram batidas na porta.

– Quem sabe não é o velho que veio para se desculpar? – Aamu zombou. – Eu abro.

Ele vestiu-se e desceu as escadas. Ao abrir a porta, deparou-se com seis soldados legionários.

– Com licença, senhor, estamos procurando a senhorita Isis. Nós temos motivos para acreditar que ela vive aqui.

– Sim, ela vive.

– Temos ordens diretas do imperador Nero para levá-la conosco.

– Por quê?

– Assunto de segurança.

– Qual assunto de segurança?

O guarda inclinou-se numa tentativa de intimidar Aamu.

– Algo relacionado ao pai dela.

– Tudo bem. Se é tão importante assim... pedirei para que ela desça...

– Iremos buscá-la – interrompeu o guarda.

– A senhorita Isis não está em condições de deixar o quarto no momento, se é que me entende. Deixe que eu peça para que ela vista algo antes que o senhor suba.

– Tudo bem, você tem um minuto.

Aamu subiu as escadas apressadamente. Um minuto se passou e nenhum dos dois retornou. O guarda, então, subiu em direção ao quarto e encontrou o cômodo completamente vazio, os armários esvaziados, nenhum dos totens de deuses estava ali e na janela aberta pendiam alguns velhos lençóis que, pendurados sobre o parapeito, formavam uma corda.

Seis meses se passaram desde que Ferrer havia lutado na fronteira da Macedônia, uma das batalhas mais estranhas que o Império Romano já havia lutado. Após a noite em que os soldados romanos foram dizimados, os invasores bárbaros jamais retornaram para finalizar o serviço. O reforço romano até chegou após alguns dias, mas não entraram em combate. Assim, os cônsules concluíram que o inimigo havia fugido, declararam-se vencedores do combate e regressaram a Roma.

Allegra havia se mudado para Roma e os dois formavam um dos casais mais conhecidos e invejados de toda a cidade. No começo, Albina e Baldassare se mostraram inconformados com a ideia de o filho namorar uma garota que não fosse romana, principalmente após descobrirem que Allegra era órfã, mas, com o tempo, perceberam o valor da jovem e permitiram que ela fizesse parte da família, até como forma de consolo, uma vez que Aamu jamais fora visto de novo após o dia da discussão com seu irmão.

O Império Romano agora estava maior do que nunca, e o imperador Nero, conhecido por sua tirania, aparentava estar cada vez mais próximo da insanidade. Entretanto, Ferrer não se preocupava com as questões políticas, pois ele havia se tornado um centurião e era responsável por cem homens em combate, uma posição arriscada e que exigia muita atenção e habilidade, já que devia preocupar-se em coordenar seus homens e evitar ser morto. O grande problema da sua nova posição no campo de batalha era que os centuriões eram um dos alvos principais em combate, já que sua morte significava a desordem e o enfraquecimento de sua unidade. Ser um deles conferia a Ferrer certo status entre os romanos e atiçava ainda mais os desejos das romanas, que tentavam de todas as formas ter sua atenção, inclusive com a disseminação de boatos falsos sobre Allegra. Porém, independente do que acontecesse, o casal sempre achava uma forma de continuar unidos em harmonia.

O ocorrido durante a Batalha da Macedônia havia criado um laço infindável entre os dois jovens, mas essa não havia sido a única marca que aquele dia havia deixado em Ferrer: a mordida no braço direito causada pelo berseker deixou uma grande cicatriz que vez ou outra queimava como na primeira noite. Ele também passou a ter pesadelos cada vez mais recorrentes com uma criatura oculta pelo manto da noite, que se movia em quatro apoios e dilacerava seus companheiros, sem que ele pudesse fazer nada. Noite após noite, Ferrer era obrigado a ver seus companheiros e subordinados dilacerados por uma estranha criatura que ele jamais havia visto antes. Porém, não lhe era possível distinguir os rostos e as feições do monstro, já que este se movia rapidamente e estava oculto pela noite. Manhã após manhã, Ferrer era acordado pelos gritos de Allegra, desesperada pela forma como Ferrer urrava e se debatia durante seus pesadelos. Um dia ela o chamou para conversar.

– Isso tem de parar, Ferrer. Você não dorme direito há dias, estou ficando preocupada.

– São apenas sonhos, Allegra, fique calma.

– Não, eu não estou calma, e você também não deveria estar.

– Eu vou ficar bem.

– Não, Ferrer! Você não vai! Tem algo muito errado com você! Toda vez que você sente dor nessa mordida, tem um pesadelo. Não pode ser coincidência.

– Mas é! Será que podemos voltar a dormir agora?

– Isso também não é coincidência... – Allegra agora chorava. – Você fica agressivo quando essa coisa começa a doer...

– E você sempre começa com essa choradeira imbecil! Eu estou ficando cheio disso!

– Ferrer, esse não é você! Pare!

Ferrer levantou-se, foi até seu armário e pegou sua espada. Ao retornar para o quarto com a arma empunhada, seus olhos claros demonstravam uma coloração enegrecida nas íris.

– Eu tento aturar você, Iverna, há milênios, mas nós sempre terminamos exatamente da mesma forma, não é mesmo?

– Ferrer, o que você está fazendo? Quem é Iverna? Largue essa espada, por favor!

– É sempre igual, sempre acaba da mesma forma...

Ferrer aproximou-se dela com sua espada, e Allegra viu-se encurralada pelo corpulento centurião. Ela implorava que Ferrer não a ferisse, repetia freneticamente que o homem à sua frente não era aquele com quem viveu por meses, não era aquele com quem passou uma agradável tarde debaixo de uma árvore na Macedônia.

– Pela última vez, adeus, Iverna! – Ferrer ergueu a espada acima de sua cabeça e Allegra percebeu que a área da mordida no braço de Ferrer estava negra como se estivesse necrosada. O sabre desceu e, nesse momento, o quarto encheu-se de uma nuvem de poeira branca que atingiu em cheio o rosto enraivecido de Ferrer.

Com os sentidos fracos pela nuvem e os olhos pesados, Allegra desmaiou e, enquanto seus olhos se fechavam, ela foi capaz de distinguir duas silhuetas dentro do quarto, uma dirigia-se a ela enquanto a outra agarrava o corpo inconsciente de Ferrer, que caía.

6 ✗ PECADOS PRIMEVOS

A notícia da morte do casal mais querido de Roma abalou a cidade. O incêndio na casa de Allegra e Ferrer tinha sido muito forte e, assim que foi apagado, o que restou foram as cinzas dos móveis e dos dois corpos, completamente carbonizados. O incêndio foi repentino e testemunhas juravam que surgiu do nada, só sabiam informar que no meio da noite uma chama azul tomou conta da casa. Os vizinhos se perguntavam como as chamas não atingiram as casas ao lado e concluíram que aquilo não havia sido um incêndio comum, mas uma retaliação divina por algum pecado que o casal havia cometido. Com o tempo, rumores surgiram, boatos de infidelidade e luxúria, qualquer coisa para explicar o misterioso incêndio na casa do centurião.

Ilha de Gyaros, Grécia

– Quando eu disse para você ir ao inferno, não disse para você voltar, muito menos trazer alguém com você, Ferrer.

Ferrer tentou abrir os olhos, mas viu apenas um clarão e tornou a fechá-los. Sentia náusea e uma dor de cabeça lancinante que confundia o seu raciocínio.

– Onde eu estou?

– Ilha de Gyaros, Grécia. Território romano, Ferrer.

– Quem é Ferrer?

– Você não se lembra?

– Não... – respondeu, meio zonzo.

– Imaginei que isso pudesse acontecer... Beba isso.

Ferrer sentiu um líquido gelado descer pela garganta. A dor de cabeça diminuiu um pouco e os pensamentos tornaram-se mais nítidos.

– E agora, sabe quem é você?

– Sou Ferrer.

– Sabe o nome dos seus pais?

– Baldassare e Allegra – respondeu, ainda confuso.

– Não! Seus pais são Baldassare e Albina. Allegra é sua amada... esposa? Não sei o que vocês são.

– Esposa... eu acho.

– Sabe com quem você está falando?

– Júpiter?

– Não. Reconhece minha voz, Ferrer?

– Aamu?

– Abra os olhos, Ferrer!

Então ele abriu novamente os olhos e o clarão lentamente tomou a forma do sol, revelando o céu azul e as nuvens ao seu redor. Com sua visão mais nítida, ele curvou a cabeça e viu seu irmão Aamu sentado ao seu lado com sua típica expressão de desinteresse.

– Sua memória vai voltar aos poucos. Descanse.

Aamu levantou-se e fazia menção de sair.

– Espere, irmão. Por onde você esteve?

– Isso não é importante. Descanse.

Aamu retirou-se e Ferrer olhou em volta. Viu-se dentro de um quarto com uma grande janela a sua frente e uma porta às costas da cama em que estava deitado. O quarto era pequeno e não exibia nenhuma peça de decoração, além de uma pequena estátua de Hórus no chão em um canto. Tentou se levantar, mas não conseguia sentir o resto de seu corpo. A temperatura era amena, fruto da brisa que invadia o quarto pela janela e circulava pelo ambiente. Ferrer recobrava aos poucos sua consciência e tentava entender como havia chegado até aquele lugar, o movimento em seu corpo ia retornando e, com um grande esforço, o rapaz conseguiu ficar novamente em pé. Cambaleando, foi até a porta e, com um giro da maçaneta, abriu-a. A sua frente, viu sua amada Allegra sentada em uma mesa com Aamu e uma jovem de longos cabelos negros, que foi a primeira a perceber o centurião encostado no batente da porta. Prontamente, a desconhecida deixou sua xícara para ampará-lo:

– Você não deveria ter saído da cama, Ferrer, ainda precisa repousar...

– Eu estou ótimo. Quem é você?

– Você me conhece, meu nome é Isis, sou uma amiga do seu irmão, estou aqui para ajudá-lo.

– Ajudar com o quê?

Aamu então se levantou.

– Na sua missão na Macedônia, você foi atacado por um grupo de homens que mais pareciam sombras, não é verdade, Ferrer?

– Como você sabe disso? Eu nunca contei a ninguém.

– O relatório da missão feito por Tulius dizia que vocês interceptaram um grupo de bersekers.

– Como você teve acesso ao relatório?

– Isso não interessa! – cortou ele. – O importante é saber que um deles mordeu você, não é mesmo?

– Sim.

– E, se eu não estiver enganado, essa marca dói até hoje, certo?

– Isso é verdade.

Aamu e Isis se entreolharam e viraram em direção a Allegra, que ouvia atentamente cada palavra. Aamu perguntou:

– Allegra, poderia nos dizer novamente por qual nome Ferrer lhe chamou na noite em que tentou assassiná-la?

– Iverna.

– Iverna... esse nome é familiar, Ferrer?

– Nunca o ouvi antes.

– Lembra-se de algo antes de acordar?

– Não.

– Então eu lhe direi o que aconteceu, preste muita atenção. O que você enfrentou na Macedônia foi de fato um berseker, mas não um simples berseker. Aquele surto não foi causado por alucinógenos, e sim por magia negra...

– Magia negra? – Allegra não conteve o riso. – Isso não existe.

Aamu ignorou o comentário da moça e seguiu contando tudo o que sabia ao irmão:

– Há alguns meses, uma escavação no Egito acidentalmente descobriu uma antiga e poderosa fonte de poder que ficou conhecida como a Pedra Penumbra Primeva, uma joia mística que faz com que seus usuários adquiram o poder profano da própria noite. Esses homens resgataram a pedra de uma tumba e conseguiram ativar suas energias, mas com isso liberaram duas poderosas entidades: Xylon e Iverna.

– Os deuses primevos, responsáveis pela criação e equilíbrio do mundo em tempos muito anteriores à contagem do tempo, foram os responsáveis por prender essas entidades. – Isis assumiu a fala. – Iverna governava a luz e o espaço e Xylon governava a escuridão e o tempo. Segundo a lenda, eles eram irmãos e juntos criaram homens para viver em sua criação e adorá-los. Os homens não sabiam qual era a origem dos seres, mas sabiam que o poder que deles emanava era enorme, por isso passaram a adorá-los, porém os humanos preferiam a luz do dia à escuridão da noite, além de se queixarem de estarem envelhecendo com o passar do tempo. Isso enfureceu Xylon, que se sentiu traído por Iverna e decidiu que iria matá-la para assumir o controle de suas posses e ser adorado pelos homens como o único ser supremo. Iverna, temendo a fúria de Xylon, juntou um séquito de seguidores para enfrentá-lo.

– E como termina esse conto de fadas, Isis?

– Xylon e Iverna eram igualmente poderosos, por isso ela buscou uma forma de separar Xylon de parte de seu poder. Quando isso aconteceu, um casal de magos, os magos primevos, usou de seu poder para selar Xylon, Iverna e seus poderes místicos dentro da Pedra da Penumbra Primeva. O talismã, criado pela própria deusa da luz, desapareceu e só veio a ser encontrado novamente no Egito, há seis meses...

– Por que estão me contando isso? – Ferrer ainda se via incrédulo em relação à história. – E por que voltaram? E, afinal, para onde foram?

– Eu disse que o amuleto foi encontrado em uma escavação, certo? Ele foi encontrado pelo pai de Isis no templo que pertenceu a seu tataravô, um súdito de alto escalão de um antigo faraó. O talismã estava junto ao livro dos antigos sacerdotes, um tomo que contava a história da pedra e também um guia de como domar sua magia. O pai de Isis não acreditou no conto antigo, mas decidiu que daria a pedra a ela como um presente, na esperança de que ela a guardasse em segurança, longe dos saqueadores de tumbas que existem no Egito. Foi quando tudo deu errado...

– O que aconteceu? – interrompeu Ferrer.

– Quando o pai dela entrou em Roma para visitar a filha, foi parado pelos soldados e obrigado a entregar o amuleto para poder prosseguir. A pedra foi entregue nas mãos do imperador Nero, e o pai de Isis contou sobre o ocorrido, por isso nós decidimos recuperar a pedra roubada. Foi quando eu invadi o palácio de Nero na calada da noite e encontrei o imperador em seu quarto conversando sozinho, como se alguém estivesse lá, enquanto segurava a pedra. Assim que ele dormiu, invadi seu quarto e tentei recuperar a pedra, mas algo sinistro aconteceu...

– E o que de tão absurdo poderia ter acontecido?

– O corpo de Nero começou a levitar e ficar de pé, seus olhos brilhavam em uma coloração roxa e seu corpo enegrecia aos poucos até se tornar uma única sombra negra. Ele veio em minha direção com pisadas fortes. Assim que me aproximei da pedra, uma chama negra saiu do corpo de Nero e ficou em meu caminho, impedindo que eu a alcançasse; o corpo então começou também a queimar e se aproximar. Foi quando desviei das chamas e consegui apenas encostar um dedo na pedra, o que foi o suficiente para a pedra me arremessar para longe, para fora do palácio. No dia seguinte, Nero apareceu em público, com um olhar distante, mas aparentemente normal novamente. Na mesma semana, eu e Isis fugimos da cidade.

– Acreditamos que de alguma forma Nero libertou o poder da pedra. O poder que estava contido escapou e viajou pela terra até encontrar o grupo de bersekers que se aproximava da Macedônia na noite de seu combate. O que você enfrentou foi exatamente a manifestação do poder que Aamu testemunhou, Ferrer, e ele se alojou em você quando você foi mordido por um hospedeiro... desse poder – completou Isis.

– E isso causou seu surto na noite em que te salvamos – finalizou Aamu.

– Isso foi causado por você, Aamu?

– Isso eu não posso ter certeza, mas ainda tem mais... No dia seguinte à invasão do palácio, quando acordei, senti uma energia diferente fluir dentro de mim. Foi quando Isis me deu o livro de magias dos sacerdotes egípcios. Ela me explicou que a família dela sempre mencionava um poder de propriedades similares. Isis acreditava que tal energia pudesse ser a magia contida na pedra.

– E era? – Ferrer ainda não entendia aonde Aamu queria chegar com toda aquela história.

– Sim, era, e com o tempo eu aprendi a controlar a magia.

– Então agora você é um mago? É essa a sua nova história?

Aamu então levantou seu dedo indicador e continuou:

– Se você não acredita, olhe bem para o meu dedo, Ferrer. Posso provar!

Nesse instante, surgiu no dedo de Aamu um pequeno ponto de luz, que cresceu, tornou-se uma luz fortíssima e, de repente, extinguiu-se.

– Isso é uma pequena amostra do que posso fazer...

– Tudo bem, Aamu, e aonde você pretende chegar com isso? – Allegra não havia se impressionado, queria apenas entender o que estava acontecendo. – Você ganhou poderes? É incrível. Agora pode, por favor, me explicar por que diabos Ferrer tentou me matar?

– Claro! Veja bem, o livro conta que, após o aprisionamento de Xylon e Iverna, seus corpos se perderam no espaço-tempo, e tudo que restou foram suas manifestações etéreas, suas formas de deuses. Entretanto, para que essas entidades possam sobreviver no mundo material, precisam de corpos, e por isso reencarnam de tempos em tempos em um casal. Houve muitos casais reencarnados, alguns anônimos, outros famosos... Acredita-se que os magos primevos foram o primeiro casal reencarnado, pois assumiram parte da essência dos deuses dentro de si ao realizarem o selamento. O importante é que você entenda que o poder da noite é fornecido pelo próprio Xylon e, segundo o livro, todo Xylon tem sua Iverna em todas as encarnações. Em todas as encarnações, consumido pelo ódio, Xylon volta para caçar Iverna. É o destino. Se Ferrer foi o escolhido, ele é Xylon e você é Iverna. O destino dele é matá-la e morrer pelo próprio ódio. Dessa forma, os deuses podem concluir o ritual de invadir o corpo de seu reencarnado e eliminá-lo. Assim, a quantia de poder que se esconde no corpo de um reencarnado é fundida ao poder da entidade e, ao se libertar de seu corpo físico que limita e restringe seus poderes, os deuses podem ter acesso ao seu poder total e batalhar em sua verdadeira forma, a forma etérea selada na pedra...

– JÁ CHEGA! – Ferrer irritou-se. – Eu já estou farto das suas tolices, irmão. Se não tem nada melhor para dizer, acho bom que se cale, seja você um mago, um sacerdote ou o próprio Júpiter!

– Você tentou matar Allegra. E vai tentar de novo. Deixe-me ajudá-lo, Ferrer.

– E como você faria isso?

– Temos que pegar a pedra que está no palácio de Nero e destruí-la...

– E como pretende fazer isso? Você mesmo disse que não conseguiu sequer tocá-la sem que fosse arremessado para longe.

– Agora eu e a pedra somos unidos. Eu posso tocá-la; além do mais, o livro de Isis diz que os antigos sacerdotes acreditavam que três magos seriam suficientes para destruir a pedra.

– E você pretende invadir o palácio mais bem guardado de Roma sozinho com seus truques baratos?

– É claro que não. Por sorte, não sou apenas um mago, já somos três.

– Como assim?

– Não é óbvio, Ferrer? Isis também tem a magia fluindo em seu corpo. Depois de fugirmos de Roma, fomos para o Egito, onde ela também foi contaminada, após entrarmos na tumba onde a pedra estava escondida junto com outros amuletos de poder.

– E quanto ao terceiro mago?

– Pois bem, esse é você, Ferrer.

– Eu? Eu não sou um mago.

– Não era até ter sido mordido pelo berseker, agora a magia flui pelo seu corpo também.

– Isso é ridículo.

– É mesmo? Então por que não tenta concentrar toda a queimação e a dor que sente fluir em seu corpo na ponta de seu indicador direito?

Ferrer, disposto a provar que Aamu estava errado, tentou fazer o que ele pediu e, no mesmo instante, uma pequena esfera de luz, semelhante à que seu irmão havia conjurado, surgiu na ponta de seu dedo, desaparecendo rapidamente.

– Você ainda precisa aprender a controlar isso, mas o poder está em você e não pode negar dessa vez – disse Aamu.

Isis então se retirou da sala por alguns instantes e voltou com um grande tomo, que aparentava ter muitos séculos de idade.

– Este é o Livro dos Sacerdotes. Tudo o que você precisa saber está aqui. Sugiro que o leia e pratique. Em uma semana, invadiremos o palácio de Nero. Faremos antes se dominar seus poderes, mas tenha em mente que, quanto mais rápido o fizer, mais rápido atacaremos e as chances de Xylon assumir seu corpo novamente serão menores. Aamu o ajudará a controlar seus poderes.

– Tudo bem. Vamos dizer que eu acredite nessa sua história... O que acontece se eu me recusar a ajudá-los?

– O mesmo que aconteceu todas as vezes que o poder da Penumbra Primeva foi liberado, o mesmo que teria acontecido se nós não o tivéssemos impedido em Roma. Você irá assassinar Allegra e depois irá cometer suicídio. Dessa forma, os espíritos se libertam de seu corpo e podem travar a batalha no plano etéreo, onde podem usar todos os seus poderes.

– Numa batalha que destruiria as concepções de tempo e espaço, luz e trevas. – Isis lia em voz alta um trecho do livro dos Sacerdotes. – Se Xylon e Iverna batalharem sem as limitações de seus corpos humanos, considerando que seus poderes são exatamente iguais e equivalentes, destruirão todas as noções de tempo-espaço e jogariam todo o universo no limbo da inexistência.

– Em outras palavras, se o ritual for completo e Xylon e Iverna se encontrarem no mundo etéreo... todos os seres vivos irão morrer. Simples assim.

Agora me diga, Ferrer, você vai nos ajudar ou vai permitir que suas próprias mãos ceifem a vida de sua amada, de si próprio e de tudo e todos que vivem?

Ferrer pôs-se a pensar. Não queria acreditar que tal risco fosse real, mas não podia negar os fatos. O que ele enfrentou na Macedônia não parecia algo capaz de ser feito por mãos humanas e a magia negra parecia a única explicação. Também se lembrava das sensações repentinas de ódio contra Allegra e de perder completamente o controle de seu corpo. Ainda lembrou de como seu corpo queimava na área da mordida a todo o momento e como a dor às vezes era lancinante, pensou na bola de luz que surgiu magicamente no dedo de seu irmão e como um foco menor de luz surgiu também em seu dedo. Por fim, voltou-se a Allegra, ainda sentada à mesa, ouvindo atentamente a história, e pensou que naquele momento não importava seu irmão, Xylon, Iverna, a Penumbra Primeva ou o destino do mundo, tudo o que lhe importava era garantir a segurança da garota que fazia com que seu coração ainda pulsasse mais forte. Olhou firme em seus olhos e viu sua inocência, que viu tanto tempo atrás na Macedônia, inocência que jamais se perdera e que era a grande marca de sua personalidade; reparou também em seus lábios finos, que pareciam sempre guardar um sorriso no canto da boca; por fim, pensou em quanto amava aquela garota e em quanto desejava mantê-la segura.

Então, voltou o olhar para Aamu, que jazia imóvel, aguardando sua resposta, e, com sua voz firme, responsável por comandar uma centena de homens, indagou:

– Por onde começamos?

7 Em chamas

Embora o plano original fosse que Ferrer treinasse suas novas habilidades por uma semana, foram necessárias duas semanas e meia para que o centurião dominasse completamente sua magia, e mesmo depois desse tempo ainda estava muito abaixo dos poderes de Aamu e Isis. Porém, o guerreiro já conseguia dominar um número considerável de feitiços de ataque e defesa, além de aprender o feitiço que, em conjunto com os poderes de Isis e Aamu, destruiria para sempre a pedra e seu poder. Enquanto Ferrer e Aamu treinavam diariamente o uso da magia, Isis ensinava Allegra sobre suas origens e teorias das entidades e, em pouco tempo, a garota já possuía um vasto conhecimento sobre os diferentes métodos e aplicações de cada um dos feitiços listados por Aamu e Isis, assim como as bases de feitiços ensinadas no Livro dos Sacerdotes. Ao notar o desenvolvimento de Allegra, Aamu ficou surpreso com o quanto ela havia aprendido e vivia a lamentar-se:

– Se ao menos nós pudéssemos fazer você absorver os poderes da pedra...

Alguns dias depois, Ferrer estava pronto para retornar a Roma e ajudar Isis e Aamu a encontrar e destruir a pedra. Os preparativos foram feitos e os quatro partiram de barco para fora de Gyaros em direção à sede do Império, onde não poderiam de forma alguma ser reconhecidos, já que Aamu e Isis eram procurados e Ferrer e Allegra haviam sido dados como mortos. Para isso, Isis conjurou um feitiço de disfarce que deu a todos uma nova aparência. Assim, Ferrer e Aamu agora aparentavam ser homens de meia-idade, com rugas e alguns fios grisalhos entre os cabelos, que se apresentavam razoavelmente maiores; Allegra e Isis mudaram a cor de seus cabelos, o contorno de seus olhos e a cor da pele. Com as novas aparências, elas não tiveram nenhuma dificuldade em se misturar à população de Roma.

O plano era aguardar até o cair da noite, quando a maioria dos cidadãos já teria se recolhido para suas casas e os guardas estariam em menor número, e chegar até os portões do palácio de Nero, um grande casarão ao estilo romano, que refletiam o poder e a importância de seu ilustre morador. Aamu utilizou um feitiço para nocautear os dois soldados que guardavam o portão, os quatro esconderam seus corpos e entraram nas terras do imperador. Isis desfez o feitiço de disfarce e todos voltaram à aparência original.

– Se formos pegos aqui, não vai importar nossa aparência; além disso, Ferrer é um centurião, talvez possa nos ajudar numa emergência. Mesmo assim, evite ser visto. Lembre-se de que você está morto para essas pessoas.

– Droga! Por que esse feitiço de invisibilidade tinha que ser tão difícil de fazer? – Aamu praguejava para si próprio. – Seria muito mais fácil pegar o talismã se eu pudesse nos tornar invisíveis.

– Relaxe, Aamu, nós já temos um plano, só precisamos segui-lo e não vamos precisar de invisibilidade.

– Tudo bem, Isis. Vamos acabar logo com isso.

Aamu juntou a palma de suas mãos e as abriu em forma de concha. À sua frente, surgiu uma pequena esfera verde que flutuava na altura de seu rosto.

– Encontre a fonte – disse ele. A esfera então girou e flutuou na direção do palácio. Os quatro jovens seguiram-na silenciosamente até entrar no ilustre casarão. Antes de segui-la palácio adentro, ele continuou: – Daqui em diante teremos que ser muito cuidadosos ou podemos nos dar muito mal.

Dentro do palácio, a esfera parou em frente a uma porta. Aamu sinalizou para Allegra girar a maçaneta, mas a porta estava trancada, então indicou para Isis a fechadura, e ela murmurou uma série de encantos que fizeram com que a tranca girasse sozinha e a porta abrisse, enquanto Ferrer e Allegra vigiavam o corredor. Dentro do quarto, jazia a gigantesca cama de Nero, com o imperador em sono profundo.

– Como da primeira vez – sussurrou Aamu. – A pedra provavelmente está na mesa ao lado de sua cama. Fiquem aqui, eu vou buscá-la.

Antes de se aproximar da mesa, Aamu tocou a sola de seus pés e uma fina membrana mágica surgiu, fazendo com que seus passos se tornassem inaudíveis. Ele aproximou-se da mesa onde jazia a Pedra da Penumbra Primeva, uma joia de formato hexagonal que tinha uma coloração escura, negra como a própria noite. Quando o feiticeiro estendeu a mão para tocá-la, ouviu uma voz vinda da cama do imperador.

– Você de novo? Será que não foi o suficiente? – Nero estava de pé ao lado da cama com os olhos completamente negros. – Eu vejo... você agora tem o poder da Penumbra Primeva. Acha que isso faz diferença? Eu vou acabar com você da mesma forma que estou acabando com esse porco imundo...

– Liberte Nero, Xylon. Ele não tem nada a ver com sua vingança – gritou Aamu.

– Você tem razão, vou libertá-lo. Mas aposto que você não sabe o que acontece quando minha alma sai de um corpo possuído...

Em um piscar de olhos uma enorme sombra negra saiu de dentro do corpo de Nero e ficou a sua frente. O rosto do Imperador passou de uma expressão agressiva para uma completamente inerte, como se não houvesse mais nada além do corpo físico.

– O que você fez, Xylon?

– Não é óbvio? Um corpo só tem espaço para uma alma. Para eu me hospedar em um corpo, primeiro preciso adormecer a alma que já o habita.

– Você matou a alma de Nero?

– E agora farei o mesmo com você!

O espírito negro de Xylon avançou na direção de Aamu, mas uma barreira de luz fortíssima surgiu entre ambos, girando lateralmente e cercando o deus, além de fechar-se acima de sua cabeça, impedindo a passagem da entidade.

– Muralha de cristal. Acredito que você se lembre desse poder, não é mesmo, Xylon? – A luz da barreira diminuiu e do outro lado a entidade vislumbrou os cabelos negros de Isis, que conjurava a barreira. – Esse poder foi criado pela própria Iverna, você jamais poderá transpassar esse bloqueio.

– Maldição! Eu quebrarei sua barreira!

– Agora, Aamu, pegue a pedra! – Isis gritou.

Aamu dirigiu-se à mesa, mas não encontrou mais a pedra, voltou seu olhar para a cama, onde viu Nero segurando e examinando-a.

– Nero, me entregue essa pedra agora!

– Quem é Nero? – ele perguntou, sem expressão.

– Maldição, me dê logo isso!

– Não! Eu achei! É minha!

Aamu então saltou sobre a cama, arrancou a pedra da mão de Nero e voltou para perto de Isis. Os dois caminhavam para a saída do quarto quando o som de vidro quebrado os fez voltar. Xylon havia quebrado a muralha de cristal.

– Entreguem a minha pedra!

– Tente pegar!

Com um murmúrio e um estalar de dedos, Aamu convocou para dentro do quarto uma grande fogueira de onde saiu uma ave feita de chamas, que entrou em combate contra Xylon enquanto os quatro fugiam com a Pedra da Penumbra Primeva.

Ao alcançarem o Salão Principal do palácio, uma sala grande com uma abóbada no teto sustentada por colunas nas paredes e com um grande círculo aberto ao centro, Ferrer parou e disse:

– Vamos destruir logo isso enquanto ainda temos tempo!

– Tudo bem – Aamu consentiu. – Vamos fazer isso agora.

A pedra então foi colocada no chão e os três magos começaram a conjurar seus feitiços, mas, passados alguns minutos, nada aconteceu.

– Eu não entendo – Isis estava confusa. – Nós três devíamos ser capazes de destruí-la.

– Vocês estão errados...

Do corredor, surgia Nero, novamente em transe, mas desta vez de seus olhos saía uma infindável luz. Ele continuou falando:

– Vocês estão errados. É preciso mais sacerdotes para destruir a pedra.

– Mas isso não faz sentido – Isis respondeu. – O livro dizia que três sacerdotes eram suficientes para destruir a pedra.

– Se os antigos sacerdotes realmente soubessem como destruir essa pedra, não acha que já o teriam feito? A verdade é que a pedra só pode ser destruída por três sacerdotes se as duas entidades que a habitam não oferecerem resistência. Xylon não permite que vocês a destruam, por isso vão precisar de mais poder para sobrepor a vontade do governador das trevas, seus tolos.

– E quanto a Iverna?

– Eu vos permito destruir a pedra...

– Você é... Iverna? – A expressão de surpresa na voz de Isis soou indiferente a Iverna, que apenas exclamou:

– Sejam rápidos!

Iverna cessou seu controle sobre o corpo de Nero, que, novamente sem expressão, voltou para seu quarto, sentou-se próximo à janela e começou a dedilhar sua harpa.

– E agora, Aamu, precisamos de mais magos. O que vamos fazer? – Ferrer esperava desesperadamente que o irmão tivesse uma solução.

– Nós poderíamos dar a pedra a Allegra e tentar fazer isso com quatro magos.

– Vocês estão proibidos de fazer isso! – A voz de Isis mudou para um tom firme. – Eu os proíbo!

– Por quê? O que mais podemos fazer? – Ferrer não conseguia entender o motivo de tamanho desespero de Isis.

– Allegra é a encarnação de Iverna, assim como você é a encarnação de Xylon. Porém, você reprime o ódio de seu antepassado e por isso consegue usar a magia da luz de Iverna. Se Allegra tiver acesso a essa mesma magia, o corpo físico dela e o corpo etéreo de Iverna serão unidos pela magia e você jamais terá sua amada novamente. O corpo físico pode até mesmo desaparecer. É muito arriscado. Se você quer salvar sua esposa, deixe-a o mais longe possível do poder de Iverna.

– Então Allegra não pode nos ajudar a destruir a pedra? – Aamu parecia desapontado. – Isso é uma pena...

– Se a fusão acontecesse, eu seria capaz de destruir a pedra, Isis? Se esse for o único jeito...

– Se a fusão ocorresse, você poderia derrotar até mesmo o próprio Xylon, já que ele não está conseguindo contato com seu corpo físico. Mas o preço por isso seria muito caro, Allegra.

– Bom, então vamos ter que pensar em outro jeito de fazer isso.

– Não se preocupe, Allegra, vamos encontrar um jeito.

Nesse momento, a sala foi tomada por uma grande escuridão, chamas negras subiam pelas paredes, cercando os magos. As chamas tomaram a forma de um rosto terrível, depois vieram braços, mãos e garras, e eles perceberam que agora Xylon havia surgido em sua forma original, um terrível demônio de chamas.

– Irmão, e agora?

– Agora eu e você lutaremos!

Ferrer e Aamu se colocaram em batalha contra Xylon, em um combate que ambos sabiam que não poderiam vencer. Enquanto isso, Isis disparava os mais diversos tipos de feitiços em uma tentativa desesperada de impedir o espectro das trevas de destruir tudo a seu redor.

– Aamu! – Isis gritou de súbito – Acho que sei como vencê-lo!

– Ótimo, faça!

Isis pegou a Pedra da Penumbra Primeva e, com o olhar fixo no centro da joia, começou a falar:

– Deusa Iverna, se estiver me ouvindo, preciso que saia de dentro da pedra e nos atenda. Queremos ajudar você a se livrar de seu irmão para sempre, apareça e nos ajude!

Com um estalo, a pedra caiu novamente no chão e um brilho muito forte surgiu. A joia assumiu uma coloração dourada e trepidou enquanto uma silhueta de luz surgia de dentro do amuleto, clareando todo o ambiente por alguns segundos até que seu brilho começou a diminuir, revelando uma frágil jovem de cabelos loiros claros e olhos cinzentos e misteriosos. Seu corpo era magro, sem curvas, e sob sua pele albina destacavam-se veias reluzentes, fruto da magia de luz que corria em abundância. Ela trajava uma fina túnica prateada de linho com emblemas jamais antes vistos, suas pernas eram finas e curtas, seus pés descalços eram pequenos, seus lábios eram igualmente brancos, pequenos e de traços milimetricamente desenhados e de sua orelha esquerda pendia um amuleto com o formato do sol.

– Muito bem, magos. – A voz da deusa era suave e delicada, assim como sua aparência. – Qual de vocês me convocou a esse plano da existência?

– Fui eu, deusa Iverna. – Isis deu um passo à frente. Ela era muito mais alta e mais encorpada que a frágil deusa, mas parecia intimidada pela delicada presença e por seu olhar profundo.

– Vocês têm um plano para derrotar meu irmão, mortais?

– Sim, mas preciso da sua magia.

Nesse momento, Xylon explodiu o teto da sala, espalhando suas chamas por toda a cidade em forma de um incêndio gigantesco.

– Iverna? Não! Eu... não serei... derrotado!

O deus da escuridão invocou um par de asas de chamas negras das quais surgiam rajadas dos mais obscuros poderes. Seu fogo consumia toda Roma e destruía o legado histórico da cidade. Ferrer e Aamu disparavam feitiços de luz e água de maneira frenética para tentar conter as chamas e as trevas lançadas por Xylon. Nesse momento Isis os chamou:

– Rápido, formem o círculo novamente!

Os quatro magos formaram o círculo: Aamu, Isis, Ferrer e Iverna. E, da união de suas magias, quatro Artefatos de Luz surgiram, a Espada da Força, o Arco da Visão, a Harpa da Verdade e o Cajado do Tempo. Com as novas armas, o combate tornou-se mais equilibrado, mas ainda assim o poder de Xylon era implacável. Foi então que, em um golpe ágil, o deus da escuridão removeu o espírito de Iverna de seu corpo físico, arremessando o frágil corpo para longe. Num embate, os dois espíritos agora apresentavam seu aspecto etéreo: Xylon como uma grande chama negra na forma de um horrendo demônio, e Iverna, com a mesma aparência de antes, porém gigantesca e feita exclusivamente de magia, reluzindo um brilho fortíssimo. O combate etéreo estava prestes a começar, e os magos haviam falhado em sua missão.

Do fundo da sala, surgiu uma forte luz, mais forte até que o corpo celeste de Iverna. Era Allegra. Iverna desceu dos céus e entrou em seu corpo, a deusa e sua encarnação finalmente estavam unidas. Com a Pedra da Penumbra Primeva em suas mãos, o poder fluía pelas veias de Allegra, fazendo com que seus cabelos se tornassem dourados e seus olhos completamente cinzentos, reluzindo em um aspecto prateado.

– Allegra! – Ferrer entendeu imediatamente o que estava prestes a acontecer e gritou: – Não!

Iverna desceu dos céus e penetrou no corpo de Allegra, deusa e sua encarnação finalmente unidas. O corpo reluzente de Allegra se aproximou de Ferrer, lágrimas douradas escorriam de seus olhos quando ela finalmente alcançou os braços de seu amado.

– Isso é o fim, Ferrer.

– Não precisava ser assim, Allegra.

– Você sabe que precisava, Ferrer. É nosso destino. Não temos como mudar isso. Eu te amo.

– Eu também amo você. Você é a coisa mais importante que já me aconteceu.

– Eu digo o mesmo, meu amor. E é por você que eu farei isso, para que você siga sua vida e cumpra sua tarefa como mago da luz... Lembre-se sempre de mim e eu aguardarei você do outro lado.

Allegra abraçou seu amado e, depois de um longo beijo de despedida, elevou-se ao céu, na altura do rosto demoníaco de Xylon, com um brilho capaz de clarear a noite. Por fim, ela falou, mas desta vez ouviu-se apenas a voz de Iverna:

– Magos, quem vos fala é Iverna, escutem-me com atenção. Pelo serviço à humanidade que prestaram e por sua trajetória até aqui, como deusa primeva eu lhes delegarei uma benção e uma tarefa: vocês jamais serão afetados pelo tempo novamente, envelhecerão, mas jamais morrerão de velhice. Essa imortalidade eu lhes concedo com um único pedido, que protejam a Pedra da Penumbra Primeva, pois temo que ela jamais possa ser destruída.

Jamais permitam que o poder de Xylon e seus artefatos sejam libertos. A morte lhes chegará quando um herdeiro se apresentar para continuar essa tarefa. Assim eu, Iverna, deusa primeva, lhes profetizo.

As chamas de Xylon aumentavam, abrindo-se em mais duas gigantescas asas demoníacas. Ele preparava seu ataque final contra a deusa e os magos.

– Você irá morrer aqui, Iverna!

– Vocês cumpriram com seu dever, magos, agora eu acabarei com isso.

Iverna passou a emitir um brilho ainda mais intenso, fazendo com que a noite se tornasse dia. A luz reduziu as chamas de Xylon, o brilho crescente tornou-se mais forte que o do próprio sol e, por fim, o corpo de Allegra deixou de existir e de suas cinzas surgiu um colar.

– Este é o Colar da Luz. – As vozes de Iverna e Allegra emanavam de dentro do colar. – O colar da onisciência do universo, capaz de ver passado, presente e futuro, de conhecer a tudo que existiu e existirá, capaz de derrotar qualquer inimigo, é o artefato mágico supremo. Esse colar ficará perdido entre o tempo e o espaço e só responderá ao Kairós, o tempo oportuno, para reaparecer...

Xylon então atacou e, com um lampejo do colar, todas as chamas de seu corpo sumiram no ar. Diante dos magos, o gigantesco Xylon simplesmente desapareceu para nunca mais ser visto, levando consigo o Colar da Luz.

Roma ardeu em chamas por três dias. Enquanto a cidade ardia, o corpo inerte e insano de Nero tocava harpa em seu palácio, apenas assistindo calmamente à destruição. Até os dias de hoje, alguns culpam Nero pelo incêndio, ninguém jamais mencionou chamas negras, magos ou uma luz fortíssima que transformou a escuridão da noite na claridade do dia. Ninguém jamais soube do sacrifício de Allegra, nem da existência de dois deuses primevos, ou de uma pedra com poderes mágicos. Tal episódio ficou conhecido como o grande incêndio de Roma.

Dois dias depois, ilha de Gyaros, Grécia

– Isso é meio paradoxal, não acha, Ferrer?

– Como assim, Aamu?

– Nós não podemos morrer, mas temos que encontrar nossos substitutos. Por que precisaríamos de substitutos se não vamos morrer?

– Você não ouviu o que Iverna disse? A morte chegará quando nossos substitutos surgirem.

– Tem razão, eu esqueci desse detalhe. Então já tomei minha decisão!

– Decisão?

– Não vou permitir que meu substituto me encontre.

– Como assim?

– Ferrer, eu adoro esse mundo, jamais quero sair dele.

– É bem a sua cara dizer isso, irmão.

– Quem diria, não é mesmo? Após todos esses anos aqui, estamos nós, nessa ilha longe de tudo, como dois irmãos...

– Muita coisa aconteceu desde aquele dia na nossa cozinha, antes da missão da Macedônia.

– Pois é. Mas me diga, Ferrer, você pretende viver por quanto tempo?

– Sabe, irmão, agora vejo que minha vida só teve real sentido quando conheci Allegra. Eu me achava um grande sábio até que a conheci e depois percebi que eu não sabia de nada.

– E ela sabia?

– Não. Mas algo me disse, desde a primeira vez que coloquei meus olhos nela, que nós dois descobriríamos o mundo juntos.

– E agora ela está planando em algum lugar do tempo-espaço com a onisciência do universo.

– Agora ela sabe tudo.

– E você acha que algum dia ela vai te ensinar isso de alguma forma?

– Ela ainda está aqui dentro de mim, dando-me sabedoria... de alguma forma eu sinto que está.

– Bom, ao menos você sabe onde procurar. Isis voltou para o Egito, para cumprir uma nova missão, ela estava entusiasmada em guardar a pedra e sua magia em seu santuário particular.

– Isso quer dizer que estamos livres da tarefa?

– Isso quer dizer, meu irmão – Aamu abriu um grande sorriso –, que nós temos a imortalidade e um admirável novo mundo a nossa frente para desbravar!

– É... Isso pode ser divertido.

– Mas seu objetivo irremediavelmente é a morte. – Aamu sem querer esboçou certa decepção com a resposta do irmão.

– Eu preciso encontrá-la de novo, Aamu, você sabe disso...

– Bom, a vida é sua...

– Então, isso é um adeus?

– Não diria que é um adeus, mas talvez um até breve...

– Sentirei sua falta, irmão.

– E eu a sua.

– Espero que encontre o que está procurando.

– E eu vejo você do outro lado...

Aamu abraçou seu irmão, deu as costas e partiu em uma jornada sem fim pelo mundo. Durante os anos seguintes, ele veria muitos lugares, provaria muitos sabores, conheceria novos rostos, teria diferentes nomes e viveria diversas paixões. Passaria todo esse tempo ocultando quem era e do que era capaz, escondendo de todos que era um herói. Aamu nunca se arrependeu de nenhuma das decisões que o levaram até aquele momento e, enquanto sentia o sol às suas costas, tinha a plena certeza de que era um homem livre, dono de seu próprio destino, e assim seria enquanto durasse sua eternidade.

Ferrer voltou-se em direção ao sol, seu brilho intenso iluminando o fim de tarde. Ele imaginou o rosto de Allegra e suas últimas palavras, relembrou o vislumbre de sua amada como o mais forte foco de luz que já havia visto, lembrou com orgulho de seu corpo físico transcendendo a existência e imaginou onde estaria sua consciência agora. Por fim, concluiu que jamais saberia enquanto não transcendesse a existência também. Lembrou mais uma vez da inocência no olhar de sua amada, da ternura de suas palavras, da bondade de seus atos, viu-se a lembrar daquela tarde debaixo de uma árvore no limite de uma cidade da Macedônia cujo nome Ferrer já mal conseguia se lembrar. Sentiu mais uma vez em seus lábios o calor do primeiro beijo, o beijo que selaria para sempre o futuro do casal predestinado a morrer pelo ódio, mas que sobreviveu pelo amor. Sentiu a lágrima gelada a correr-lhe pelo rosto quente e disse ao universo:

– Vejo você do outro lado, meu amor.

Finlândia, dias atuais

Aamu colocou o copo vazio sobre a mesa, com o olhar distante, fixo em um ponto qualquer na parede. Recostou-se na cadeira como quem termina uma saborosa refeição, suspirou e permitiu que o silêncio ecoasse pelo bar vazio, o que, de fato, perdurou até que a voz de Aylin quebrou o transe:

– Quer dizer então que o frade Ferrer era muito mais velho do que aparentava?

Aamu soltou uma gargalhada e por muito pouco não caiu da cadeira.

– Você está brincando comigo, não é? Eu acabei de contar a história mais absurdamente ridícula que você provavelmente já ouviu e a coisa que mais chamou sua atenção é a idade daquele inútil? Você é muito infantil, garota.

– Eu não entendi o motivo de tal escárnio. – Hunter agora estava de pé, sua expressão não era amigável. – Será que você poderia me explicar o que há de tão engraçado aqui?

– Esquece, garoto.

– Tudo bem. – Hunter voltou-se para Aylin. – Então agora sabemos o que é o Colar da Luz, porém ainda não sabemos como ou onde encontrá-lo. Devemos ir logo se quisermos encontrá-lo antes do fim do mundo.

– Estou com você, vamos.

– Esperem um pouco, bobalhões. – Aamu também havia se levantado. – Vocês não podem simplesmente procurar pelo Colar.

– E por que não? Meu pai disse que devemos encontrá-lo.

– Me diga uma coisa, garotão, seu pai alguma vez já mencionou os deuses primevos para você?

– Não.

– E sabe por que não? Porque ele não sabe nada sobre tudo o que envolve os deuses primevos; na verdade, ninguém sabe.

– A não ser você...

– Exato! Eu sei tudo sobre eles.

Aylin se colocou na frente de Hunter e disse:

– Então nos diga o que fazer.

– Hunter, Aylin, escutem com atenção, o Colar da Luz não pode ser procurado, não pode ser achado. Ele achará vocês, se julgar necessário.

– Mas precisamos dele! – Aylin já demonstrava irritação novamente. – Quer que fiquemos de braços cruzados esperando?

– Coloquem uma coisa nessas cabecinhas duras e teimosas de vocês: o Colar tem a onisciência do universo. Ele sabe de tudo sobre o espaço e o tempo. Ele sabe tudo o que há para se saber sobre o passado, o presente e o futuro. Se ele decidir que vocês estão errados e o mundo deve acabar, então vocês não irão encontrá-lo e o mundo vai acabar. Simples assim. Será que fui claro agora?

– Você pode ter razão – Hunter sussurrou. Em seguida, elevou sua voz para um tom forte e altivo, típico dos aesires. – Mas eu não ficarei sentado assistindo a Surtr destruir tudo o que eu conheço e acredito. Eu sou um aesir, não conheço a derrota nem temo a morte, e irei lutar até o fim!

Aamu suspirou e balançou a cabeça negativamente, virou-se e dirigiu-se ao quarto, na parte de trás do espaço. Não demorou muito, ele logo voltou com um grande baú.

– Muito bem, seus pirralhos mimados. Vocês querem lutar? Eu lhes digo uma coisa: o mundo vai acabar se falharem.

Ele colocou o baú no chão e abriu-o, tirou uma velha espada enferrujada, diversos livros de magia e uma túnica antiga, além de uma trouxa de panos que aparentava ter séculos de idade.

– Se vocês vão lutar contra forças tão poderosas, acho que podem querer a ajuda de um velho sacerdote. Aamu, o mago lendário, vai partir com vocês nessa missão suicida idiota.

Hunter sorriu e Aylin pela primeira vez estampou uma expressão agradável em seu lindo rosto.

– Tem certeza, velhote? – Hunter zombou. – Não acha que depois do susto de ontem é melhor você ficar em casa tomando seu vinho e trocando suas fraldas?

Aamu conjurou uma grande bola de fogo e disparou em direção a Hunter, que desviou no último segundo, mas não tão rapidamente, queimando a ponta de sua trança. A bola de fogo acertou uma parede e logo depois desapareceu no ar sem deixar uma faísca sequer.

– Eu posso estar velho, mas não existe, seja na Terra ou em Asgard, um ser mais poderoso do que eu.

– Vou aceitar isso como um desafio!

O sangue de Hunter ferveu, seu corpo tremulou sob a perspectiva de uma nova batalha, ele desembainhou Daggry e mostrou-se pronto para a luta. Vendo o garoto disposto a lutar, Aamu fez gestos mágicos e, em sua mão, uma espada feita de pura energia surgiu:

– Vou deixar que você faça o primeiro movimento, novato.

– Primeiro e último, velhote.

Hunter tentou dar um passo à frente, mas suas pernas não respondiam, tentou mexer os braços, mas novamente nada aconteceu. Seu corpo estava completamente paralisado. Aamu calmamente se dirigiu ao corpo imóvel do aesir e disse:

– Um a zero, novato. Você ainda tem muito a aprender.

O mago passou por ele, parando ao lado de Aylin, já na porta do bar, e voltou-se para Hunter, ainda paralisado.

– Você vem?

Imediatamente o corpo de Hunter voltou a responder e o aesir caiu de joelhos, incrédulo com a forma patética como foi vencido. Ele jamais havia imaginado que um simples habitante de Midgard pudesse vencer um aesir, ainda mais o filho do rei dos deuses. Naquele momento, Hunter entendeu que, de fato, ainda tinha muito a aprender e Aamu era o homem certo para ensiná-lo.

8 ✕ UM NORTE

– Me digam mais uma vez... O que diabos estamos fazendo aqui?

Hunter estava impaciente. Fazia quase uma hora que os três haviam chegado ao aeroporto e o aesir não fazia a menor ideia do que era aquele lugar ou o porquê de terem que trocar suas roupas por roupas comuns, que Aamu comprou em uma loja qualquer.

– Isso é ridículo! Um príncipe de Asgard privado de trajar a armadura que lhe confere o status de guerreiro e sendo obrigado a vestir uma mísera camiseta preta e... como se chama essa droga? – Ele apontou para a calça que usava.

– Isso é um jeans. Você precisa ter paciência, fadinha da floresta – Aamu ainda zombava de Hunter. – Mais um tempo e estaremos no lugar certo para começar...

– E será que você poderia dizer onde é isso?

– Egito. Tenho uma velha amiga lá que pode nos ajudar com esse pequeno impasse.

– Chama isso de pequeno?

Mesmo vestindo apenas uma calça jeans e uma blusa regata na cor branca, Aylin ainda conseguia chamar a atenção de todos, sua beleza era estonteante e seus olhos cor de âmbar atraíam a atenção de qualquer um. Ela havia saído para buscar informações sobre a viagem, mas estava voltando com algumas notícias que, pela sua cara, não eram tão boas.

– A atendente disse que não há voos para o Egito para hoje, mas, se estivermos com pressa, podemos pegar um avião para...

– Não se preocupe – Aamu interrompeu a fala de Aylin. – Apenas compre uma passagem para qualquer lugar.

– Mas não tínhamos que ir para o Egito? – questionou ela.

– Já disse: não se preocupe!

– Tudo bem.

Aylin comprou três passagens com destino à Itália. Ela continuava preocupada com isso, mas estava confiante de que Aamu tinha um plano. Assim que a chamada para o voo foi dada, os três dirigiram-se para a área de embarque. No caminho, Hunter avistou uma jaqueta de couro esquecida sobre o braço de uma cadeira e a pegou para si sem que ninguém visse.

– Temos regras neste mundo, novato! Não pode sair por aí pegando as coisas desse jeito.

– Tente me impedir, saco de ossos.

Aamu suspirou e, como ninguém havia visto, permitiu que o aesir ficasse com a jaqueta. Ao embarcarem e se acomodarem no avião, uma garota jovem, sorridente, de olhos escuros, cabelos negros e lisos e pele parda veio até eles e disse:

– Olá, meu nome é Irina e eu serei uma das aeromoças deste voo. Precisam de algo?

Aamu então segurou o pulso da garota – que pareceu assustada num primeiro momento, mas logo voltou a sorrir –, olhando fixamente em seus olhos.

– Eu ficaria muito agradecido se a senhorita nos levasse à cabine do piloto. Temos assuntos a tratar com ele.

– Tudo bem, me sigam.

Ao entrarem na cabine, o piloto, um senhor de cabelos brancos, que aparentava estar na casa dos cinquenta anos, virou-se para eles e bradou:

– Não podem estar aqui, estamos prestes a decolar! Quem deixou vocês entrarem?

Aamu então repousou sua mão sobre o ombro do homem, que imediatamente parou de gritar.

– Escute bem, meu bom homem, houve uma mudança de planos e esse voo agora vai para Cairo, no Egito, está bem?

– Com certeza, senhor. Estaremos em Cairo em algumas horas. Aproveite o voo!

O piloto sorriu para Aamu e, após alguns segundos, voltou sua atenção para o painel de controle. Vendo que o piloto estava agindo de acordo com o pedido de Aamu, eles saíram da cabine e voltaram a seus assentos.

– O que foi aquilo? – Aylin perguntou, intrigada.

– Manipulação tátil, a habilidade de controlar a mente de qualquer um com um toque. É um truque barato, mas sempre funciona.

– Eu achei genial – a garota comentou, animada.

– Se me dão licença, preciso ir até o banheiro. Preciso dar um jeito na cara.

– Nem magia pode ajudar com isso, velhote – Hunter zombou.

– Veremos.

Aamu levantou-se novamente e andou até a pequena cabine do banheiro. Alguns segundos depois, um jovem alto, forte, de longos cabelos castanhos, olhos levemente esverdeados e um belo sorriso emoldurado por uma barba rala saiu do banheiro e sentou-se em seu lugar.

– Com licença – Aylin gentilmente se dirigiu ao rapaz e, ao fazê-lo, não pôde deixar de reparar na beleza do intruso. – Esse assento está ocupado.

– Eu sei, Aylin, estou velho, mas não sou gagá.

– Aamu?

– Não, o Papai Noel.

– Quem é Papai Noel? – Hunter, sentado em uma das pontas do assento triplo, perguntou.

– Ele é... Ah, deixa pra lá...

– O que aconteceu com você? – Aylin ainda admirava a beleza do mago.

– Apenas voltei pra minha forma normal, nada de mais.

– Nada de mais? Você parecia um idoso e agora está jovem.

– Pode chamar isso de metamorfose. Não é nada muito difícil.

– Você realmente é *incrível*...

– Nada mal, velhote – Hunter exclamou com um sorriso sarcástico. – Está menos feio agora.

– Pena que não posso dizer o mesmo de você.

Os três então riram juntos. O avião decolou e eles aproveitaram a viagem para descansar. No dia seguinte, após algumas horas, o avião aterrissou em Cairo. Ao saírem, viram a fila de passageiros irritadíssimos pelo avião com destino a Roma ter aterrissado em Cairo enquanto o próprio piloto tentava compreender o motivo de ter feito aquilo. Os dirigentes da companhia aérea tentavam de todas as formas se desculpar e prometeram diversas formas de compensar os passageiros. Quando um dos dirigentes se aproximou de Aamu para se desculpar, este apenas retrucou:

– As pessoas cometem erros todos os dias, senhor.

Ao saírem do aeroporto, os três dirigiram-se a uma bela picape vermelha, onde uma moça de curvas acentuadas, olhos castanhos e cabelos negros como a noite, aproximadamente vinte e cinco anos e ar de intelectual, aguardava de pé, ao lado da porta, mexendo em seu celular.

– Isis! Há quanto tempo não te vejo! Você não mudou quase nada desde a última vez.

– Metamorfose, como sempre.

Os dois se abraçaram e deram um intenso e longo beijo. Hunter e Aylin, assim como todos os presentes, observavam o indiscreto casal.

– Hunter, Aylin, essa é Isis, uma velha amiga minha. Ela vai nos ajudar. Isis, esses são Hunter e Aylin. Ele é um ET; e ela, uma estranha.

Isis analisou bem os dois, mas focou seu olhar em Hunter, chegando bem próximo e olhando fixamente em seus olhos.

– Incrível! Você se parece demais com um cara que conheci há muito tempo.

– É. O bobalhão certamente lembra alguém.

– E isso incomoda você, não é, Aamu?

– Talvez. Não sei ao certo.

– Eu recebi sua mensagem e acho que sei como ajudá-los. Entrem no carro.

⁂

Durante alguns minutos, que pareceram horas para eles, Hunter e Aylin permaneceram calados no banco de trás da picape. Nenhum dos dois ousava interferir na conversa frenética que ocorria no banco da frente entre Aamu e Isis, que conversavam sobre tudo que havia acontecido desde a Roma antiga. Todos os fones de ouvido quebrados que Isis ganhou em seus inúmeros voos pelo mundo; as mais variadas bebidas que Aamu já havia experimentado; os tecidos persas que Isis havia adquirido de um ladrão; e todas as vezes que Aamu se perdeu em uma selva qualquer. Hunter e Aylin analisavam cada assunto e tentavam entender melhor as duas relíquias da humanidade que fofocavam no banco da frente, mas tudo o que concluíram era que, por mais que seus corpos não aparentassem, suas mentes já eram idosas e vazias. Por um momento, Hunter pensou: *Pelo frio de Niflheim, tudo que eu gostaria agora era abrir essa porta e me jogar deste veículo.*

Nesse instante, a porta ao seu lado se abriu com um baque e seu cinto de segurança soltou-se sozinho.

– Fique à vontade, garoto – Isis exclamou do banco do motorista, com os olhos castanhos encarando Hunter pelo espelho retrovisor. – Se não quer mais ouvir essa conversa gagá, apenas pule e seja feliz.

Hunter ficou surpreso com o que havia acontecido e, sem saber como agir, mas tão inesperadamente como abriu, a porta se fechou novamente e o cinto de segurança cruzou o peito do aesir, afivelando-se novamente.

– Vejo que não estão muito confortáveis com a viagem, não é mesmo? – Aamu virou-se e encarou Aylin. – Mas não se preocupem, já estamos chegando.

– Chegando aonde? – Aylin perguntou, visivelmente incomodada com os olhares de Aamu.

– No santuário de Isis.

– Um santuário? Por que estamos indo a um santuário? – Hunter perguntou.

– Bom, fadinha, é porque todo o conhecimento que temos sobre o poder primevo e o Colar da Luz está em um livro trancado a sete chaves no santuário de Isis.

– Conhecimento bastante escasso, já adianto a vocês. – Havia um tom de desapontamento na voz de Isis. – Mas vamos fazer o máximo com o que temos. Talvez o conhecimento de Hunter possa até vir a ser útil...

– É, a princesa sabe uma coisa ou outra sobre magia que nós não sabemos.

– É melhor tomar cuidado com os termos que usa, velhote – Hunter ameaçou –, ou pode acabar descobrindo...

– Descobrindo o quê? – perguntou Aamu, interrompendo Hunter. – Que você solta plantinhas? Oh, que incrível! João quer me atacar com seu pé de feijão! Me poupe, garoto.

– Eu não faço ideia de quem seja esse João de quem você fala, mas garanto que meu poder é superior ao dele.

Aamu gargalhou.

– Você realmente é um imbecil, garoto, mas tudo bem. Se quiser um combate, assim que chegarmos ao santuário podemos dar uma pausa na missão de salvar o mundo e eu te dou uma lição ou outra sobre como combate um verdadeiro guerreiro... Claro, isso se você tiver coragem depois da lavada que foi no bar...

– Escutem bem vocês dois – Isis interviu –, ninguém vai lutar, entenderam? Estamos aqui para salvar o mundo, não para vocês ficarem brincando de lutinha.

– O verdinho que começou – Aamu bufou. – Eu só ia dar uns tapas na cara dele.

Aylin, que até então se mantinha em silêncio, começou a falar por pensamentos, na esperança de que Isis pudesse lê-los, como havia feito com Hunter antes. E não demorou até que que ela ouvisse a resposta de Isis telepaticamente: *Isso eu não posso fazer, querida, sinto muito.*

ᛟ ᛟ ᛟ

Pelo resto da viagem, o silêncio prevaleceu no carro. Quatro figuras totalmente excêntricas deveriam ter toneladas de perguntas para fazer entre si, mas todos optaram por guardar seus pensamentos. Apesar disso, os três viajantes estavam cientes de que Isis sabia de tudo que se passava na cabeça de cada um, mas a motorista evitava ler os pensamentos de seus passageiros, pois acreditava que o silêncio no carro deveria ser preservado; além do mais, não gostaria de descobrir o que o aesir e a garota pensavam dela.

Uma bruxa? Uma feiticeira? Um demônio? Uma velha gagá? Talvez todos eles... ou nenhum deles.

Depois de mais alguns minutos, Isis anunciou:

– Chegamos! Este é o meu santuário.

Diferente do que habitava a imaginação dos passageiros, o que eles viram foi uma simples casa bastante parecida com as moradias populares da época dos faraós. Era um casebre, de formato cúbico, erguido com tijolos de barro feitos com a lama do rio Nilo e areia misturados e secos sob o forte sol do deserto. A casa tinha portas duplas de madeira na frente e pequenas janelas por onde entrava a luz do sol. O santuário era cercado por um muro de um metro de altura. À primeira vista, não parecia grande coisa, mas o formato e os materiais usados tornavam a pequena construção um patrimônio histórico de uma era que há muito se passara. O santuário de Isis ficava no meio do deserto, no final de uma trilha e, segundo ela, só poderia ser acessado através da uma quebra temporária de feitiços ilusórios. Esses feitiços impediam que visitantes indesejados aparecessem no santuário, além de escondê-lo dos olhos curiosos ou das câmeras; até mesmo as ondas termais emitidas pelas pessoas presentes no santuário eram camufladas pela magia de Isis, uma magia de altíssimo nível que nem mesmo Aamu dominava e que deixou tanto Aylin quanto Hunter completamente embasbacados.

– Temos camuflagem em Asgard, mas isso vai além de tudo o que eu já vi! – Hunter exclamou.

Dentro dos domínios mágicos do santuário era possível enxergar uma fina membrana de cor magenta que saía do chão de areia e subia em forma de abóbada hemisférica até se fechar acima do santuário. A membrana se movia e parecia viva.

– Enquanto estiverem aqui, não saiam da área delimitada pela membrana – Isis falava com bastante seriedade e parecia direcionar o sermão mais para Aamu do que para qualquer outro visitante –, ou ficarão desprovidos da magia e poderão ser vistos, ouvidos, rastreados ou deus sabe mais o que estão fazendo com as pessoas hoje em dia.

– Quer dizer que enquanto estivermos dentro deste círculo mágico não seremos vistos? – perguntou Hunter.

– Não, fadinha – adiantou-se Aamu. – Enquanto estivermos dentro do círculo, será como se não existíssemos.

– Bom, nesse caso... – Hunter levou a mão ao bolso e tirou de dentro um pequeno amuleto verde, parecido com uma esmeralda e do tamanho de uma azeitona, e arremessou a pedra. No lugar onde a pedra caiu surgiu uma grande árvore, de um tronco bastante grosso e coloração viva, com folhas verdes e hidratadas. De seus galhos, em vez de frutos, pendiam uma couraça dourada e todas as outras peças da mesma cor, que formavam a armadura sagrada de Asgard, além da lança Heir e da espada Daggry. Hunter recolheu apenas sua arma principal, a grande lança bifurcada em uma das pontas, que naquele momento estava vazia na parte em que repousava o orbe esmeralda. Assim que a mão de seu dono encostou no cabo, a lança Heir assumiu uma coloração esverdeada e adquiriu um intenso brilho verde que iluminou toda a área por um segundo; em seguida, o círculo vazio no meio da arma virou um pequeno orbe de luz. A mais perfeita criação dos anões de Nidavellir e seu dono uniram-se novamente e, naquele momento, Isis, Aamu e Aylin puderam sentir a aura divina de Hunter, que até então não havia se manifestado. Pela primeira vez, Aamu e Isis perceberam que não eram os seres mais poderosos no universo; afinal, eles acreditavam nisso desde a queda de Xylon e o desaparecimento de Iverna.

Hunter logo despiu-se da jaqueta de couro e da camiseta que Aamu havia lhe dado e, com o peito nu, voltou-se em direção à árvore e retirou de seus galhos uma malha de ferro e a peça do peitoral da armadura dourada, em cuja extensão era possível ver vários símbolos que não pertenciam aos mortais, símbolos da poderosa Asgard, como as runas de Odin, descobertas após ele permanecer pendurado nos galhos da Yggdrasil por sete dias e sete noites, perfurado por sua própria lança, a Gungnir. Até mesmo para Isis, os símbolos não eram compreensíveis e, embora ela os tivesse visto nas escritas dos antigos vikings, não acreditava que os antigos nórdicos compreendessem a extensão de seu significado místico, já que não eram tão versados em magia como os druidas. Naquele momento, o único pensamento na mente de Isis era de que não havia dúvidas de que Hunter era um deus na Terra.

A feiticeira imaginava quais conhecimentos milenares o garoto escondia, além de quais energias mágicas a lança bifurcada poderia conter e, por um momento, desejou que Hunter lhe entregasse a lança por tempo indeterminado para estudos profundos sobre a magia dos aesires. Enquanto os três observavam a aura de Hunter elevar-se a poderes inimagináveis até mesmo para os dois magos, não se ouviu nenhuma palavra. No rosto de Hunter era possível ver uma expressão de felicidade, como um filho que retorna a sua casa. Ali, ficou clara a ligação mística entre o guerreiro e sua arma.

– Olha só, princesa, até que você não é tão fraco quanto eu pensei. Estou surpreso – Aamu quebrou o silêncio.

– Você não me disse que seu amigo tinha todo esse poder, Aamu – Isis resmungou.

– É claro que não, nem eu sabia.

– Tem muitas coisas sobre mim que você não sabe, velhote.

Os galhos da árvore moveram as peças da armadura, encaixando-as em seus devidos lugares e montando o ornamento de batalha do guerreiro. Quando o brilho que emanava da árvore diminuiu, Hunter saiu de perto da árvore, e ela começou a diminuir novamente e regredir até voltar ao formato de uma pequena esfera verde. Então o garoto guardou novamente a esfera no bolso. Aamu e Isis, que olhavam atentamente para o garoto, ainda mensuravam o poder recém-desperto de Hunter quando Aylin, que estava em silêncio desde o carro, finalmente falou:

– E então, Isis, por que estamos aqui?

– Vejam só! – Aamu gritou em tom de escárnio. – A garota fala! Quem diria, hein!?

Aylin não respondeu, apenas encarou friamente o mago com um olhar que fez o lendário se arrepender de seu comentário.

– Muito bem, querida... Sigam-me. –Isis empurrou a porta da casa e convidou o trio para entrar.

Se por fora a casa era comum, seu interior obviamente havia sido magicamente alterado. Um gigantesco salão circular era sustentado por grossas colunas de mármore, repleto de objetos antigos de valor imensurável. Por toda a extensão da sala viam-se escudos medievais, lanças usadas pelos persas, a capa do herói Siegfried, o elmo do general Minos e uma espada da realeza suméria dividindo o espaço com um celular que datava dos primórdios da telefonia móvel e uma vitrola, que repousava ao lado de um home theater. Além disso, antigos elmos espartanos dividiam o espaço de uma estante com uma réplica perfeita do capacete do piloto de corrida Ayrton Senna, um relógio de sol egípcio, uma bússola usada pelos soldados nazistas na Segunda Guerra Mundial, um radar usado nos anos 1980 e um relógio de pulso Rolex dourado. Sob o chão da grande sala, estendia-se um tapete gigante em formato circular cuja borda chegava próximo às paredes do salão. Seu desenho era de dois círculos, em que o maior englobava o menor, sendo o da ponta de fora na cor areia e o outro na cor azul real. No centro do tapete, e consequentemente do salão, estava exposto um Ankh, o símbolo egípcio da vida eterna. Sob o Ankh, estavam gravadas no tapete duas espadas cruzadas em forma de X, com suas lâminas apontadas para baixo.

Do outro lado do salão, uma grande escada feita de prata pura reluzia com o brilho fraco do sol, que entrava pelas pequenas janelas, e seu brilho refletia em todo o salão, criando uma iluminação natural no gigantesco cômodo. Segundo Isis, o santuário foi enfeitiçado para que seu tamanho e aparência exterior fossem diminuídos, assim, caso algum de seus feitiços de camuflagem falhasse e alguém conseguisse enxergar a edificação, não veria nada além de uma pequena casa de camponeses arredios que, aparentemente, desejavam evitar a vida em sociedade a todo custo.

Aylin ficou maravilhada com o que viu, não somente com a extensão do salão, mas com a riqueza cultural que havia ali. A garota não conhecia o mundo moderno, mas era uma amante de história antiga; afinal, ela lia sobre o assunto nos livros da abadia. Alguns itens da coleção de Isis foram reconhecidos imediatamente pela garota, que se maravilhou ao encontrar um escudo em que se via gravado em baixo relevo um touro com uma expressão irritada, o infame brasão das forças babilônicas. Hunter ficou surpreso com o número de armas de diversos formatos que Isis guardava, algumas delas, na análise do hábil guerreiro, estúpidas ou completamente inaptas para serem usadas em combate.

Aamu aproveitou o momento de silêncio e apenas sentiu a energia do lugar. Cada item daquele salão imenso trazia uma lembrança diferente ao lendário, que se considerava um velho observador da história do mundo. O mago percorreu o salão dando uma atenção especial a cada um dos itens históricos, mas parou ao encontrar um amigo não tão distante em uma das prateleiras.

– Meu bom e velho amigo Jack Daniels. Você sempre está do meu lado, não?

Aamu rapidamente serviu-se de um dos copos da bancada, datado da Primeira Revolução Industrial, e o encheu de uísque, bebendo todo o conteúdo com um só gole, o que nem mesmo lhe causou uma careta quando o líquido desceu pela garganta.

– Você tem uma bela coleção aqui, Isis, o que faz com tudo isso?

– Algum dia nosso tempo vai acabar, Aamu, e quando isso acontecer, grande parte da história do mundo vai se perder também. Estou guardando esses objetos para que minha substituta tenha algo, além de um smartphone, para estudar o passado.

– Você ainda fala dessa baboseira de substitutos? Que ridículo! Enfim, ainda não disse o porquê de estarmos aqui.

Isis pressionou um ponto da parede, que deslizou para o lado, revelando um novo salão redondo, com o triplo do tamanho do primeiro. Em suas paredes, em vez de objetos, viam-se apenas livros, centenas de milhares de livros. No centro da sala, havia um pedestal onde repousava um tablet.

– Isso aqui não está combinando com o lugar, se é que me entende... – Aamu referia-se ao tablet. – É o único objeto da sala que não tem setecentos mil anos.

– A magia é maravilhosa, mas a tecnologia tem suas vantagens, querido.

Isis dirigiu-se ao *tablet*, ligou o aparelho e digitou algo, então uma lista de livros surgiu. Ela recitou uma série de feitiços e alguns livros saíram de seus lugares na estante e flutuaram até o chão, pousando ao lado do pedestal na mesma ordem que aparecia no aparelho.

– Esse "moderninho" cataloga todos os meus livros para que eu não tenha que ficar horas procurando por algum título específico. E, sim, eu o enfeiticei para me trazer exatamente os livros que eu colocar na tela.

Com outro clique no aparelho, os livros novamente alçaram voo e voltaram a suas posições na estante.

– Isso é incrível, de verdade. – A tímida voz de Aylin quase não ecoava no imenso salão. – Mas se pudermos ir direto ao assunto...

Aylin não queria soar rude, na verdade. De todos os visitantes, a garota era a única que não tinha conhecimento de magia e, portanto, era a mais impressionada com a série de poderes que Isis exibia desde que chegaram ao santuário. Além disso, também era a mais fascinada pelos objetos históricos, mais até que o próprio Aamu, que havia vivido em várias das épocas retratadas no primeiro salão.

– Claro, me desculpe, querida, eu realmente ainda não disse nada de útil.

– Eu não queria ser grosseira, sinto muito.

– De forma alguma, você tem razão, Aylin. Vou contar o porquê de estarem aqui. – Isis coçou a cabeça e olhou para cima como se tentasse se encontrar no tempo, algo que Aamu também fazia ocasionalmente.

Deve ser coisa de velho, meu pai faz a mesma coisa às vezes, pensou Hunter.

– Eu imagino que Aamu já tenha lhes contado sobre a Pedra da Penumbra Primeva.

– Sim, ele já nos contou a história de Ferrer.

– Que saudades de Ferrer! Na verdade, sinto saudades de Roma... Os prédios, os nobres, toda aquela loucura imperial. Sabiam que uma vez eu...

– Isis – interrompeu Aamu, irritado –, não temos muito tempo para fofocas, se não se importa.

– Ah é, claro. Eu preciso contar o porquê de vocês estarem aqui... Muito bem.

Isis digitou novamente no tablet e um tomo grande e pesado desceu flutuando de uma das prateleiras da sala. Ela pegou o livro e puxou uma cadeira, sentou-se, apoiou o pesado livro no colo e o abriu. Aamu, Hunter e Aylin se sentaram no chão da espaçosa sala circular. O livro que Isis tinha em mãos aparentava ser muito velho, pois suas folhas pareciam papiros, e era um milagre que um livro tão velho não tivesse esfarelado ainda. Em sua capa marrom, gasta pelo tempo, via-se o mesmo Ankh com as espadas cruzadas que estampavam o tapete. Ela abriu o livro em uma página e tomou fôlego, como um jogador de futebol prestes a dar o pontapé inicial de uma final de copa do mundo, falando calmamente:

– A história que vou contar aconteceu 1.200 anos depois do ocorrido em Roma, aqui nesse mesmo santuário...

9 ✕ FORASTEIROS

Alexandria, Egito – 3 de maio de 1270 d.C.

Em 332 a.C., o Egito era fortemente oprimido pelo domínio persa. Entretanto, isso mudou com a chegada de Alexandre, o Grande, da Macedônia, que derrotou o rei persa Dario III e tomou de volta o controle das terras egípcias, sendo aclamado herói pelo povo, que já era familiarizado com os gregos, uma vez que conviviam com diversas colônias gregas em sua terra.

No ano seguinte, foi fundada no delta do Nilo, o rio que banha as terras egípcias, a imponente cidade de Alexandria, erguida sobre um antigo povoado chamado Rakotis, um vilarejo habitado por pescadores. A escolha do local foi muito afortunada, pois se encontrava suficientemente perto do rio para que se pudesse chegar às mercadorias que eram destinadas aos portos através de um canal que unia o rio ao lago Mareotis. Alexandria também era famosa por seu farol, uma torre erguida em 280 a.C. pelo arquiteto e engenheiro grego Sóstrato de Cnido a pedido do rei Ptolomeu II Filadelfo. A edificação de 130 metros de altura servia como marco de entrada da cidade e em seu topo queimava uma tocha, que, com sua luz refletida por uma parede de espelhos, podia ser vista a 50 quilômetros de distância, ajudando muitos marinheiros a encontrarem a cidade. Alexandria havia sido uma grande metrópole e era uma das cidades mais importantes de todo o planeta. Mas isso foi há muito tempo.

Em 1.270 d.C., toda a glória da cidade havia desaparecido e agora, assim como o Egito, Alexandria era apenas parte de uma história esquecida há muito tempo. Portanto, não era ilógico que o infame homem que havia transformado um pequeno rato em um enorme lobo em um bar, no canto sul do reino de Portugal, e discutido com um bêbado sobre a morte de um amado conde local optasse por se esconder na cidade egípcia. Assim como Alexandria, Aamu já havia sido grande, um herói, o grande salvador de Roma, aquele que havia sido abençoado com o dom da imortalidade e o dever sagrado de proteger o mundo de um mal ancestral. Porém, 1.200

anos haviam se passado desde Roma, Aamu agora já percebia os malefícios de jamais morrer.

No reino de Portugal, ele sentiu mais uma vez o gosto da amizade, como havia experimentado com seu irmão Ferrer em seus últimos dias na capital do Império Romano. O conde De Castro, grão-mestre da casa de Alamada e cavaleiro reconhecido pelo rei Dinis I, era um homem honrado e tinha uma boa relação com Aamu desde a primeira vez que se encontraram em uma cavalgada. O cavaleiro era o dono do famoso Enzo, um cavalo puro-sangue de ascendência italiana conseguido quando ainda era um filhote em uma das excursões do conde. O animal era considerado o melhor cavalo de todo o reino de Portugal, e mesmo quando o poderoso De Castro, por causa de Enzo, fora derrotado em uma corrida contra um jovem competidor que dizia ser recém-chegado na cidade, o conde, que era puro de espírito, não sentiu inveja ou vergonha pela perda, em vez disso parabenizou seu adversário e perguntou-lhe seu nome. O cavaleiro recebeu a seguinte resposta:

– Meu nome é Aamu, conde, sou um grande fã seu.

A amizade entre Aamu e o conde De Castro ficou mais forte com o passar das quatro décadas em que viveram juntos. De Castro tomou Aamu como o filho que nunca havia tido, cedeu-lhe um dos muitos quartos de sua casa e ensinou técnicas de batalha tanto em pé quanto a cavalo para o amigo, que retribuiu ensinando-lhe todo seu conhecimento sobre a história do mundo. Os dois eram vistos quase todas as manhãs cavalgando. A única coisa que Aamu gostava mais do que as manhãs com De Castro eram as noites com a esposa do conde, a Miriam De Castro, uma mulher jovem e muito bela, de olhos azuis como o mar e pele branca como a neve. A moça tinha cabelos castanhos que estavam quase sempre presos a uma trança que escorria pelo ombro direito e apontava diretamente para o busto farto, vez ou outra à mostra por algum vestido decotado que fazia jus aos seus seios voluptuosos. Aamu amava o conde como um pai, mas a atração que havia sentido por Miriam fora imediata.

No começo, o mago ainda tentou se conter em respeito ao amigo, mas quando Miriam lhe confidenciara que havia se casado com o conde pelo dinheiro e influência e que sentia uma atração pelo corpo jovem e belo e pelo conhecimento de Aamu, os dois se viram imediatamente no quarto do conde arrancando as roupas um do outro. Aamu sentiu-se culpado no começo, mas Miriam sabia transformar toda a culpa em prazer em questão de segundos, por isso o mago estava cada vez mais viciado nas sensações que a garota de olhos azuis e lábios quentes lhe causava. De Castro estava envelhecendo e, com o tempo, algumas doenças típicas surgiram, e os dois sabiam que, assim que o conde morresse e Miriam se tornasse a dona de todos os bens, os dois seriam ricos para o resto da vida e poderiam passar seus dias cavalgando pela manhã e transando durante a noite. Tal pensamento tornava Aamu e Miriam mais próximos e, por alguns anos, os dois continuaram com a rotina de trocar olhares desejosos sem poder consumar seus intentos durante o dia e transando violentamente durante a noite, indo cada vez mais longe, mais forte, com menos discrição.

Porém, tudo mudou quando o conde, aos 83 anos, acordou com os gemidos de sua esposa, que estava na companhia de seu protegido. Com a espada em punhos, o conde caminhou lentamente, evitando fazer qualquer som. Andou até o quarto de Aamu e, ao abrir a porta e se deparar com os dois juntos, parou por um segundo, olhou para os rostos aterrorizados dos dois amantes e proferiu um grito que parecia ter sido o seu último resquício de força em seu frágil corpo:

– SUA CADELA! EU CONFIEI EM VOCÊS, SEUS PUTOS!

Com a força que ainda lhe restava, De Castro arremessou seu sabre na direção de Aamu, que ainda estava congelado de pânico. O mago fechou os olhos e esperou a pontada lancinante de dor que em breve irromperia de seu peito, mas a dor não veio.

Então Aamu, ainda confuso, abriu os olhos e viu o corpo nu de Miriam em pé a sua frente. E desesperou-se.

Ela estava com os braços abertos e a lâmina do conde havia atravessado seu corpo perfeito, perfurando seu busto e projetando-se da coluna, completamente vermelha e gotejando o sangue da garota, que agora tinha a pele ainda mais branca que o normal.

O lençol branco aos poucos se tornava vermelho.

No umbral, o conde levou sua mão ao peito e agarrou a camisa com força, então deu seu último suspiro e despencou com um baque no chão de orvalho; e, na cama, o corpo inerte de Miriam caiu suavemente no colo de Aamu.

– Eu te amo, Aamu – disse ela.

Em choque, o mago não teve coragem de formular uma resposta.

Ele não queria formular uma resposta.

Não queria formular aquela resposta.

Miriam faleceu em seus braços.

Ele deixou a casa, deixou o reino de Portugal, deixou a Europa e jurou nunca mais voltar àquele lugar.

Precisava de espaço, de ar puro.

Precisava de um lar.

Egito... Egito sempre havia sido um lar.

Após o episódio na casa do conde, Aamu percebeu que não poderia criar laços com os demais seres humanos. A morte de Miriam não o havia afetado como ele inicialmente havia pensado, mas ver seu amigo de décadas envelhecer, definhar e finalmente falecer fora uma experiência muito traumática para Aamu. Após os acontecimentos de Roma, o mago tinha decidido sair da cidade e conhecer o mundo. Ele não presenciou a morte de seus pais, Baldassare e Albina, nem a morte de nenhum de seus amigos da cidade, o mago não via um rosto conhecido há mais de um milênio. Então, surgiu o conde e o mago sentiu mais uma vez o poder dos laços humanos e até o fez se lembrar da sensação de ter uma família. A atração que sentira por Miriam era puramente sexual e não havia absolutamente nenhum amor por parte de Aamu, mas a amizade com o conde havia sido verdadeira por décadas, e o mago sentia falta de seu amigo. Ele sentia-se sozinho no mundo mais uma vez.

Solitário, Aamu decidiu que havia chegado a hora de colocar fim a sua vida infinita, então se dirigiu aos desertos infindáveis do Egito, onde passou dois dias caminhando sob os extremos climas do deserto. Naquele imenso lugar, sem nada além de uma habilidade sensorial fraca devido aos anos sem colocá-la em prática, como uma bússola velha que jamais chega a um consenso consigo mesma, ele só esperava encontrar o seu destino final. O mago não tinha muitos alimentos ou água e seus poderes enferrujados já não mais eram capazes de criar um lago ou uma árvore repleta de frutas. O alimento era pouco e a água havia se acabado quando ele chegou ao santuário de Isis.

O santuário havia sido criado para estar oculto tanto de homens quanto de poderes superiores, portanto, mesmo com todo o conhecimento de Aamu – mágico e geográfico –, havia sido bastante difícil achar a localização do templo, o que fez com que uma viagem curta se transformasse em uma longa peregrinação de dois dias e meio até que o andarilho estivesse diante da porta de madeira da pequena casa enfeitiçada. O mago fez menção de bater na porta, mas, antes que sua mão encostasse na madeira, ela se abriu sozinha, revelando do outro lado uma bela jovem de olhos e cabelos negros como a noite, pele bronzeada pelo forte sol do deserto e com uma sombra negra nos olhos, feita com tinta utilizada para rituais de convocações.

– Aamu? É você?

– Sim, Isis, sou eu.

– O que aconteceu com você? Sua aparência está péssima e sua aura está em pedaços... Nem parece o mago que vi em Roma.

– Mil e duzentos anos podem fazer um estrago em alguém, mas vejo que a regra não se aplicou a você, está ainda melhor que em Roma.

– Eu continuo a mesma coisa.

– Mas sua aura está muito mais forte, e olha para este lugar... é enorme!

– Pertence a minha família há séculos, meu pai construiu um pouco antes de sua morte para guardar melhor a Pedra da Penumbra Primeva.

– Incrível, mas... não vai me convidar para entrar?

– Ah, é claro! Entre. Estou no meio de um ritual mesmo, importa-se de me ajudar com a carga de energia?

– Carga de energia?

– Sim, preciso que canalize seu poder da Penumbra Primeva no portal.

– Não posso fazer isso.

– O quê? – A voz de Isis demonstrava verdadeira surpresa. – Por que não?

– Não uso magia desse nível desde Roma. Não sei mais como se faz.

– Você realmente esqueceu como conjurar seus poderes?

– Foi o que eu disse.

– Isso é ridículo! Um mago poderoso que esquece como usar seus poderes?

– Bom, foi exatamente o que aconteceu, só consigo fazer pequenas transfigurações e ilusões, nada de mais.

– Pois bem, acho que eu posso ajudar com isso...

Isis entrou numa segunda sala e, enquanto isso, Aamu pôs-se a admirar o gigante salão redondo, reparando que a casa parecia muito menor do lado de fora. Correu seus olhos por toda a decoração e conseguiu distinguir desde armas pré-históricas até as típicas malhas de ferro usadas pelos cruzados em excursões recentes pelo Oriente Médio. Não demorou muito para Isis retornar com um imenso tomo em suas mãos. Escolheu uma página e leu em voz alta seus versos, escritos em uma linguagem ainda não conhecida pelo homem. Ao final do verso, uma pequena esfera púrpura surgiu em suas mãos e voou em direção ao coração de Aamu, imediatamente o mago caiu de joelhos e seu corpo começou a queimar e latejar. Um brilho verde surgiu em suas veias e, após alguns segundos de dor extrema, ele sentiu a mesma sensação que havia sentido quando fora tocado pela pedra na primeira vez. Um segundo depois o mago sentia as forças da magia voltando, desta vez mais fortes do que nunca.

– O que você fez comigo, Isis?

– Simples, apenas conjurei o poder da Pedra da Penumbra Primeva e arremessei em você. O poder que eu disparei reagiu com o poder adormecido dentro de você e, consequentemente, acordou-o, agora você tem plenos poderes. Talvez demore um pouco para se acostumar novamente, mas eles estão aí.

Aamu não quis admitir, mas o feito de Isis era realmente incrível. Não somente ela havia dominado por completo o poder da pedra, mas também conseguia extraí-lo e condensá-lo na forma de um orbe de energia que ela poderia manipular à vontade e com facilidade. Isis havia se tornado uma esplêndida feiticeira, e Aamu sentiu-se envergonhado por ter permitido que seus poderes caíssem no esquecimento.

– Pronto? – A voz de Isis acordou o mago do transe. – Agora pode me ajudar?

– Ah, sim.

– Ótimo, estou buscando fazer uma invocação complicada e preciso da sua ajuda. Eu poderia fazer sozinha, mas ficaria sem poder usar magia por algum tempo. Com você aqui, podemos dividir a carga para que nenhum de nós fique muito cansado.

– E o que estamos invocando? Matéria? Energia? Pequenos humanoides? Seres interdimensionais?

– Não, vamos um pouco mais além. Estou tentando invocar deuses.

– Deuses? Como Iverna e Xylon?

– Não, deuses mais jovens, como Zeus, Rá ou Ganesh.

– Você consegue fazer isso?

– Uma vez eu tive um vislumbre de Bastet, mas foi a única vez que isso aconteceu... até onde eu saiba.

– O que quer dizer com isso?

– Deuses não são como simples entidades humanoides, eles têm vontade própria. Quando recebem um chamado, podem optar por atendê-lo ou não, e quando optam por atender, podem escolher quando e onde. Pode ser que daqui a muitos anos um deus apareça em algum lugar para atender meu chamado, assim como pode ser que em algum lugar do mundo tenha algum deus que responda rapidamente ao meu chamado. Não dá para saber.

– Magnífico! Mas qual o intuito dessas invocações?

– Quero ter contato com um deus, fazer perguntas, encontrar sabedoria de seres maiores, talvez até aprender algum encanto com eles.

– Acho pouco provável que os deuses queiram ensinar algo aos mortais.

– Que bom que não somos assim tão mortais, não é mesmo, querido?

– Sobre isso – Aamu suspirou e buscou as palavras certas –, acho que eu não...

– Tudo bem – interrompeu Isis. – Conversamos depois, me ajude com isso antes.

– Ok – Aamu não conseguia esconder o descontentamento na voz, mas tentou se animar e se concentrar no ritual. – Afinal, o que vamos invocar?

– Hoje, vamos tentar o panteão dos deuses nórdicos. O pai dos deuses, Odin, tem toda a sabedoria das antigas runas. Se ele aparecer, poderemos ter uma conversa muito interessante.

Os dois se juntaram no meio da grande sala circular e, com o livro em mãos, Isis começou a conjurar o feitiço.

Palácio Valaskjálf, Asgard

O pai de todos estava inquieto, algo assim jamais havia ocorrido antes. Sua esposa Frigga tentava convencer Odin de que aquilo era um sinal de evolução dos humanos e não um mau agouro, como ele havia achado.

– Minha amada esposa, encontro conforto em suas palavras, de fato, mas como espera que eu acredite que esse chamado não venha a ser mau agouro? O universo vive há muito e jamais os humanos foram capazes de fazer contato conosco. Há algo muito sombrio a respeito desse chamado, eu sinto isso.

– Já tentou falar com Heimdall?

– Já, e isso causou-me ainda mais preocupação.

– Por quê?

– O vigia disse que não consegue enxergar de onde provém o chamado.

Um arrepio correu pela espinha de Frigga. Não havia no universo nada que o vigia não fosse capaz de enxergar. O que quer que estivesse enviando aquele chamado para Odin não queria ser visto, o que fez com que a deusa do amor temesse pela vida de seu esposo, mas ela afastou os pensamentos ruins e evitou demonstrar tal preocupação.

– Ainda assim, meu rei, acredito que haja uma boa explicação para tal chamado tão repentino.

Odin aproximou-se de Frigga com seu ar imponente e sereno, afagou seu rosto e sorriu.

– Minha rainha, sei que estás preocupada, não precisas esconder teus sentimentos do pai de seus filhos. – Ele se afastou e pôs-se a pensar em voz alta: – Enviarei Hugin e Munin para averiguar.

Hugin e Munin, os corvos de Odin, eram responsáveis por realizar longos voos por toda a Midgard, mas sempre retornavam a Asgard, onde pousavam no ombro do pai de todos para contar-lhe tudo que acontecia no reino dos homens. Após o pedido de seu dono, os corvos partiram, mas não demoraram a voltar. No dia seguinte, relataram sobre os rumores de um mago perambulando pelo Egito, sobre o avanço dos soldados turcos que ameaçavam cristãos no Oriente Médio e sobre o desejo do rei francês Luís IX de começar uma nova cruzada, a oitava, para ajudar o povo cristão encurralado e impor a religião de Deus aos seguidores de Maomé. Entretanto, nenhuma notícia fora descoberta a respeito do poder que convocava Odin a Midgard, o que o preocupou ainda mais.

– Se me permite, meu pai, posso ajudar. – A voz de Loki ecoou no grande salão do palácio de prata. – Posso ir a Midgard e buscar a fonte de tal poder.

– Loki, você deseja mesmo ir à terra dos homens em busca do chamado?

– Farei o necessário para proteger a casa de Odin.

– Então, tem a minha benção. Pode partir imediatamente.

– Tudo em nome do pai de todos.

Porto de Aigues-Mortes, França

– Senhores! – o comandante Adrien bradou. – O rei São Luís me pede para informá-los que em breve ele estará entre nós.

Adrien estava acostumado a discursar diante de seus homens, mas sabia bem que desta vez era diferente. A sétima cruzada havia sido um fracasso e o general de olhos claros e cabelos ruivos sabia muito bem disso. O rei São Luís fora capturado pelos muçulmanos e liberado após o pagamento de um avultado resgate. Agora o domínio cristão no Oriente Médio estava novamente ameaçado pelos conflitos entre as ordens religiosas instaladas no lugar. Além disso, uma possível ameaça dos turcos obrigou a coroa a se movimentar novamente, era o início da Oitava Cruzada.

Entretanto, após a derrota sofrida na Sétima Cruzada, o povo já não tinha o mesmo entusiasmo ou confiança em seus líderes e os únicos que realmente estavam empolgados com a viagem eram alguns estrangeiros germânicos que haviam se juntado ao grupo após saberem que uma nova batalha se iniciaria.

Malditos bárbaros! Como podem sorrir diante da morte? Esses selvagens não têm amor à vida, pensou Adrien.

O rei Luís IX, conhecido entre o povo como rei São Luís, surgiu diante de seus soldados ostentando o símbolo da realeza francesa, a *fleur-de-lys*, vestido com sua armadura polida e brilhante, com sua espada prateada refletindo a luz do sol, seu elmo debaixo do braço e seus longos cabelos negros esvoaçando sobre a brisa marítima. Após um breve e nem um pouco inspirador discurso, o rei ordenou que suas tropas fossem para os navios e partissem para o Egito, onde pretendiam convencer o sultão local a se aliar aos cruzados contra os turcos. O grande problema foi que, no meio da viagem, dois dos bárbaros que integravam o grupo desapareceram do navio e ninguém tinha notícias de seu paradeiro...

ᛟ ᛟ ᛟ

– Pode me explicar mais uma vez por que estamos aqui?

Aamu estava inquieto. A ideia de fazer uma tocaia já parecia irritante o suficiente, mas, após três dias, ficar preso dentro de uma casa abandonada em Alexandria estava superando todas as expectativas de tédio do mago.

– Pela vigésima vez, estamos aqui porque eu senti uma perturbação no equilíbrio mágico do universo. – Isis olhava pela minúscula fresta da porta por horas. – Tem algo próximo de nós e chegou há pouco tempo.

– E qual parte dessa perturbação faz com que eu seja obrigado a ficar preso dentro de uma casa velha cheirando a mofo?

– A parte em que essa energia está vindo de Alexandria e nós estamos no Mercado Principal. O que quer que seja, vai passar por aqui em algum momento e, nesta casa, eu preparei diversos rituais que vão me ajudar a sentir qualquer energia diferente que se aproximar.

– Faz três dias! E nada passou por aqui.

– Paciência é uma virtude, Aamu.

⸙ ⸙ ⸙

O comandante Adrien deu a ordem e a âncora foi lançada ao mar, os franceses finalmente haviam chegado ao Egito, os marujos respiraram aliviados após sobreviverem a mais uma perigosa viagem pelo oceano, mas logo eles se preocupariam com as loucuras que o rei os obrigaria a cometer em nome de uma causa perdida. Mesmo entre os mais patriotas, eram poucos os que acreditavam numa vitória dos franceses, e a atitude leviana do rei São Luís não lhes inspirava em nada. O rei parecia distante, desinteressado na batalha, e o único que inspirava os soldados era Adrien, que parecia cada vez mais animado com o prospecto de um combate se aproximando.

⸙ ⸙ ⸙

– Agora chega, Isis, fique com a sua tocaia, eu vou sair daqui. – Aamu se irritou e abriu a porta com um tranco. Isis o agarrou pelo braço, mas o mago estava decidido, jogou-se para fora da casa e trombou com um homem de aparência jovem, olhos azuis e cabelos ruivos, bastante forte, vestindo uma armadura com uma cruz vermelha estampada no peito e um sorriso no rosto.

– Me desculpe, cavalheiro.

– Sem problemas, meu amigo, meu nome é Adrien, comandante das forças armadas francesas.

– Francês? Você está bem longe de casa, não é?

– É, pode-se dizer que sim.

– De qualquer forma, meu nome é Aamu e essa mocinha assustada aqui se chama Isis.

– Como a deusa, não?

– Isso – Isis foi tomada por um ataque de timidez, algo no militar havia mexido com a feiticeira. – Como a deusa...

– Interessante.

Nesse momento, surgiu por trás do comandante a silhueta esguia do rei Luís IX.

– Adrien, o que houve?

– Nada, meu rei, esse rapaz apenas tropeçou em mim.

– Você não parece ser egípcio, é diferente de todo esse povo. – O rei olhou Aamu da cabeça aos pés. E continuou, com um tom curioso: – Não, você parece europeu.

– Não, senhor, garanto que sou egípcio, assim como meus pais e meus avós.

– Entendo. – O rei não parecia nada convencido, mas também não fingia se importar. – Vamos, Adrien, temos muito a fazer.

– Sim, senhor. – O comandante saiu às pressas, mas antes se virou para o casal de magos e disse: – Tenho certeza de que nos veremos em breve, Aamu e Isis.

Então se despediu com um sorriso amigável e sumiu entre a multidão.

– Rapaz simpático, bem diferente dos franceses. Já esse rei é um reflexo do povo. Imbecil!

Isis nada disse. Algo sobre aqueles dois lhe era suspeito. No começo, sentiu-se cativada pelo sorriso sincero e o olhar inflamado de Adrien, mas, assim que o rei surgiu, todo o encanto virou uma estranha sensação de temor, sem explicação, lógica ou um motivo aparente. Pela primeira vez em muitos anos, a feiticeira encontrou algo que ela não podia explicar. Algo sobre aqueles dois não parecia certo e as dúvidas se multiplicavam em sua mente: por que apenas ela havia sentido algo? Aamu não percebeu nada? E por que um soldado francês seria tão amigável com um cidadão egípcio? E o que interessaria ao rei da França que um egípcio tivesse ou não a aparência típica do povo? O que um rei fazia em um mercado com apenas um soldado? Se fosse pego em uma armadilha, ambos seriam mortos facilmente, disso ela não tinha dúvidas... E, principalmente, por que as energias vitais daqueles dois eram tão diferentes de tudo que ela já havia sentido?

Aamu tinha razão, a tocaia não havia revelado nada de importante sobre as energias que Isis havia sentido e não havia motivo para continuar na pequena casa no centro de Alexandria. Os dois magos retornaram para o santuário e, após diversas queixas de Aamu, Isis acabou cedendo e desistindo de sua busca. Aamu não se importava com o que quer que Isis estivesse buscando, e ela não conseguia parar de pensar em seu encontro com Adrien e Luís IX. Havia ouvido sobre a nova cruzada que o rei havia proclamado, mas não entendia o porquê de ele ter sido tão observador ou o porquê de Adrien ter sido tão afável com um casal disfarçado de cidadãos egípcios. Ela também se indagava sobre a afirmação de Adrien ao se despedir: "Tenho certeza de que nos veremos em breve".

Isis não entendia o porquê de tanta certeza nas palavras do comandante e, com o tempo, sua curiosidade sobre o guerreiro de cabelos ruivos e olhos claros tornou-se uma obsessão, por isso ela decidiu que deveria encontrá--lo, se ele ainda estivesse no Egito.

No dia seguinte, a feiticeira disse a Aamu que iria ao mercado e partiu em direção ao porto de Alexandria, onde encontrou o grande navio do rei, gravado com sua *fleur-de-lys*, no cais. Sem perder tempo, perguntou aos marinheiros sobre o soldado, mas estes disseram que Adrien e o rei estavam em negociações com o sultão Bibars, um turco que ameaçava o controle cristão nas terras egípcias. Isis retornou ao mercado lotado, onde, após tropeçar em uma roda de carroça, acabou caindo nos braços fortes do comandante Adrien. Ela quase não acreditou quando isso aconteceu, mas agradeceu ao destino.

– Olha só, está chovendo garotas bonitas! Deus seja louvado!

Isis sentiu a pele bronzeada do rosto corar imediatamente.

– O que faz aqui, jovenzinha?

– Vim comprar... – Ela olhou rapidamente ao seu redor, avistando uma quitanda onde estavam à venda grandes maçãs vermelhas. – Vim comprar maçãs!

– Entendo... Se importa se eu a acompanhar?

– Sim! Digo, não.

Adrien sorriu, encaixou em seu braço o de Isis e a levou em direção à quitanda.

– Dê à moça todas as maçãs que ela desejar, por minha conta.

– Isso não é necessário, Adrien.

– As melhores coisas não são...

– Estou falando sério, eu tenho dinheiro, posso pagar.

– Eu sei que pode, querida, mas estou fazendo uma cortesia, não seja teimosa e aceite.

– Tudo bem, tudo bem. Eu aceito.

– Ótimo!

– Mas saiba que não acho isso certo.

– E por que não?

– Porque não preciso de esmolas.

– Ora, então não considere como uma esmola, considere como... um pagamento.

– Pagamento pelo quê?

– Pelo jantar que podemos ter hoje à noite na casa onde estou hospedado.

Isis riu alto, chamando a atenção de todos no mercado, e disse:

– Eu não acredito nisso, você está me convidando para um jantar a dois?

Adrien abaixou a cabeça, desapontado.

– Ora, sim... Achei que vocês gostassem desse tipo de coisa.

Isis se aproximou do rosto de Adrien e sussurrou em seu ouvido as palavras que fariam com que o cruzado abrisse um grande sorriso:

– Eu adoro jantares a dois. Encontro você à noite, no porto. – E saiu, deixando-o só.

O jantar foi muito melhor do que Isis podia imaginar: a casa era pequena e havia sido alugada pela coroa francesa para abrigar seu comandante com um pouco de conforto e privacidade. Os outros soldados dormiam amontoados em abrigos ou até mesmo nos navios, em redes improvisadas com pedaços de tecidos. Adrien cozinhava excepcionalmente bem e comia muito também, era de certa forma rude à mesa, mas Isis achou divertido ver como ele atacava a comida sem dó e nem sequer mastigava direito antes de enfiar outro pedaço de frango ou outra tira de bife na boca.

O coitado deve estar faminto, afinal, ele está em guerra, pensou Isis enquanto via o comandante se alimentar.

Apesar dos maus modos à mesa, Adrien era um perfeito cavalheiro, além de ser bastante inteligente. Durante o jantar, eles conversaram sobre as estrelas, os planetas, as galáxias, conceitos que iam além do simples conhecimento humano, o que deixou Isis ainda mais intrigada. Conversaram sobre a vida das plantas e a consciência dos animais, Adrien falou sobre a França e a feiticeira explicou a ele tudo sobre o Egito. O militar afirmou que acreditava em magia e era fascinado, até lhe contou aos risos de quando tentou fazer magia em casa com uns livros malucos que havia comprado de algum charlatão.

– Juro para você, aquele velho parecia o Merlin, não dava para não acreditar. Mas ele me enganou direitinho. – Adrien riu e se recostou na cadeira, bebendo mais uma taça de vinho em um único gole. – Velho bastardo...

Após o jantar, Adrien e Isis saíram para um passeio noturno pela cidade. Em circunstâncias normais, a feiticeira estaria atenta aos ladrões, mas a presença do francês fazia com que ela se sentisse completamente segura. Adrien, claro, carregava sua espada presa à bainha na cintura e certamente estaria pronto para defendê-la, caso algo acontecesse. Felizmente, tal ato de bravura não foi necessário, já que a noite havia sido perfeita. Os dois caminharam pelo mercado, ainda com alguns vendedores insistentes – ou necessitados – tentando fazer as últimas vendas da noite, depois foram até o porto e por um longo tempo assistiram à Lua fazer seu ciclo no céu.

– Sabe o que meu pai dizia? Que o céu é apenas um portal para outros mundos como o nosso, assim como o mar é um portal para outras terras.

– Seu pai era um homem sábio. – Isis se reconfortou no abraço quente de Adrien. – E um pai maravilhoso, pelo visto.

– Por que diz isso?

– Porque ele criou um filho incrível.

– Não acha que eu fiquei incrível em um passe de mágica? – Adrien brincou.

– Garoto, tudo em você é mágico...

Isis se aproximou do rosto do comandante, que se abaixou lentamente para compensar a baixa estatura da garota. O sorriso do guerreiro parecia ainda mais cintilante à luz do luar, naquele porto deserto, com todos os navios devidamente aportados e com seus guardas já dormindo após ver que aquela seria mais uma noite sem nenhuma ação. Já era tarde e os mercadores haviam recolhido suas mercadorias e voltavam para casa, os ladrões também tinham se retirado para descansar, sabendo que no dia seguinte teriam novos bolsos para assaltar. Antes os marinheiros tivessem ficado acordados e atentos nos conveses, antes os mercadores tivessem acreditado em mais uma venda e permanecido com suas tendas montadas, antes os ladrões tivessem aguardado por mais um bolso cheio de dinheiro e decidido ficar próximos ao porto, talvez até mesmo na esperança de roubar um navio. Antes estivessem todos presentes e atentos, só assim teriam visto o grande beijo de amor entre Isis e Adrien, um beijo mais próximo da utopia do amor verdadeiro do que jamais havia ocorrido entre a garota e Aamu. Foi esse beijo que fez com que a jovem egípcia desejasse contar ao comandante todos os seus segredos e desejos, um beijo que despertou em Isis uma série de sensações jamais antes experimentadas. Um beijo que durou tanto quanto uma volta da Lua no céu, um beijo que começou no porto de Alexandria e acabou na cama de Adrien pela manhã.

Por diversas vezes, Isis pensou em contar a Adrien toda a verdade sobre si, desejou dar a Adrien o poder da Penumbra Primeva e torná-lo imortal também.

Por três vezes, ela considerou fazer de Adrien o substituto de Aamu, livrando-se do mago e tendo o francês para sempre ao seu lado.

Em nenhuma vez, Isis pensou em Aamu como seu amante ou sequer como amigo.

10 ✕ Chuva

A noite anterior havia sido incrível, mas, quando Isis saiu da casa do comandante, a realidade lhe acertou no rosto como uma bofetada. Parado na frente da pequena casa, recostado com claro desconforto em uma pilastra, estava o rei Luís IX, arrogante e imponente. Ele caminhou até a feiticeira com seu andar gracioso, aproximando-se o suficiente para que seus longos cabelos negros roçassem no rosto bronzeado da garota, e sussurrou em seu ouvido:

– Adrien é um cruzado a serviço da coroa. Não me importo que ele tenha aventuras com garotas, mas não ouse interferir em sua missão. Estamos entendidos?

Isis se irritou, queria evaporar o rei São Luís com uma rajada de energia, e o teria feito, não fossem o som da porta batendo às suas costas e a voz reconfortante de Adrien surgindo de trás de si.

– Majestade, que bom vê-lo. Temos um dia cheio hoje, não? Podemos ir andando?

– Não se preocupe, meu caro Adrien. Um dos nossos problemas será resolvido muito em breve, as providências já foram tomadas.

O rei se virou e caminhou em direção ao porto, mas não sem antes lançar a Isis um olhar fulminante, claramente de deboche. Adrien se despediu de sua amada com um beijo e disse, com o mesmo sorriso amigável:

– Tenho certeza de que nos veremos em breve. – Então se virou e seguiu o rei.

A volta para o santuário foi uma nova bofetada no rosto da garota. Ao abrir a porta, deparou-se com Aamu no meio do salão, de costas para a porta, concentrando uma grande quantidade de energia para conjurar uma enorme *fleur-de-lys* formada por chamas verdes.

– Acha que nossos amiguinhos vão gostar, Isis?

– Gostar do quê, Aamu?

– Acho que, já que estamos ficando íntimos dos franceses, devíamos dar a eles um presente. Acha que seu amado Adrien gostaria do poder da Penumbra Primeva?

– Eu não sei do que você está falando, Aamu. Adrien? Meu amado? O quê?

Aamu fez um gesto e o sinal gigantesco de chamas desapareceu no ar. Ele virou-se para Isis, sua expressão era sóbria.

– Escute bem, não precisa mentir para mim. O rei me disse tudo.

– Do que você está falando, Aamu?

– Estou falando de ontem à noite, quando você e o querido Adrien tiveram uma noite maravilhosa, um grande espetáculo ao qual me foi oferecido assistir a tudo de camarote, no navio do rei São Luís. Você deve achar que eu sou um idiota.

– Aamu, escute. – As palavras de repente faltaram à garota. – Eu posso explicar.

– Cale-se, Isis! Não quero uma explicação. Quero que traga Adrien aqui para que eu possa entregar os poderes da Penumbra Primeva para ele.

– O quê? Você faz ideia da loucura que está dizendo? Se fizer isso, você vai envelhecer e morrer.

– A ideia é exatamente essa.

Isis começou a chorar. Embora tivesse negligenciado Aamu na noite anterior, o laço entre os dois era muito forte, construído por mais de um milênio. A feiticeira sentiu-se culpada por não ter sido mais próxima em um momento de necessidade. A verdade é que a garota já havia lido a mente de Aamu durante a tocaia, sabia sobre o conde De Castro, Miriam, os sentimentos do mago durante o luto e o motivo pelo qual ele havia retornado para o Egito. Porém, com a chegada de Adrien, a garota não conseguia se concentrar em seu amigo, muito menos ajudá-lo, e agora ele lhe apresentava a pior das soluções.

Entregar seus poderes significava que Aamu voltaria a ser uma pessoa normal, ou seja, envelheceria, adoeceria e morreria como qualquer outro ser humano, e isso Isis jamais havia desejado.

– Você não pode fazer isso.

– É claro que posso, e você já deve saber o porquê.

– Sim, eu sei, mas não vou deixar que me abandone assim.

– Você tem o Adrien. E vai tê-lo para sempre, não reclame.

Aamu se dirigiu até a porta, mas um grande bloqueio de energia surgiu e o impediu de sair do santuário.

– Muralhas de cristais? Esperava mais de você.

Aamu conjurou uma grande quantidade de energia e a arremessou contra a muralha, que explodiu instantaneamente. Porém, sair dali não seria algo simples, não se Isis não quisesse. Antes de ele chegar à porta, uma bola de fogo roxa zuniu ao lado de sua orelha esquerda. O mago se virou e viu os braços de Isis crepitando em chamas arroxeadas.

– Não permitirei que faça essa loucura. Sinto muito, Aamu.

– De forma alguma, Isis. Eu é que sinto muito.

Grandes asas, formadas pelas mesmas chamas verdes que compunham a *fleur-de-lys*, surgiram das costas de Aamu e ascenderam o mago, fazendo com que ele flutuasse no centro da grande sala circular. Ele murmurou algumas palavras e com as mãos em forma de triângulo apontou para um ponto aleatório no chão, de onde surgiu um grande guerreiro feito de pedra, com texturas em baixo relevo por onde corria magia pura.

O grande Golem feito de pedras do chão e infundido com magia primeva tinha em torno de quatro metros de altura, um terço da altura do gigantesco salão, seus braços eram robustos e seu rosto apresentava uma fixa expressão de raiva. O monstro saltou em direção a Isis que, com alguns gestos, invocou um grande centauro de chamas roxas. Os dois seres místicos se encontraram no centro do salão e a explosão fez com que a sala balançasse, o centauro de chamas explodisse e o Golem de pedras desmoronasse. Aamu pousou sobre as pedras e disparou uma bola de chamas verdes na direção de Isis; ela, por sua vez, desviou no último segundo e uma mecha de seus longos cabelos negros foi atingida, desaparecendo imediatamente.

O mago, agora com os braços crepitando, disparou uma nova rajada de bolas de fogo mágico, enquanto Isis conjurava um escudo para repelir o ataque frenético de Aamu.

– Você enlouqueceu, Aamu? Pare com isso agora!

– Cale-se, Isis! Você não me deixou escolha.

O escudo de Isis começou a rachar, então Aamu concentrou seus poderes em seus braços, que antes crepitavam em chamas verdes, mas naquele momento exibiam chamas negras como a noite.

– Você está indo longe demais, Aamu! Não pode usar a magia negra de Xylon, sabe muito bem disso! Pare agora!

– Você só precisa me deixar ir, Isis.

– Não posso fazer isso, Aamu. Eu te...

– Então, não me deixa escolha – interrompeu Aamu. – Sinto muito Isis, adeus.

Aamu condensou as chamas e as arremessou para cima. Uma grande bola de chamas negras começou a se revirar acima de sua cabeça e foi se modificando até tomar a forma de uma longa lança, carregada com o poder negro do deus primevo Xylon, o mesmo deus que Aamu e Isis haviam combatido mais de mil anos antes ao lado de Allegra e Ferrer, a mesma magia que os dois tinham jurado manter selada para que não pudesse fazer mal à humanidade.

A lança diminuiu ainda mais, tornando-se uma arma poderosa, embora pequena. Isis sabia que, quanto mais Aamu comprimisse a forma de sua arma, mais mortal ela se tornava, já que o poder dentro dela não diminuía. Aamu fez uma série de gestos e a lança foi arremessada em uma velocidade assustadora contra o escudo mágico de Isis, o mais poderoso do universo, já que fora forjado com a magia protetora da deusa Iverna. Quando a arma das trevas e o escudo da luz se chocaram, o tremor foi sentido em todo o planeta.

O escudo de Isis absorveu a maior parte do impacto e impediu que o ataque de Aamu fosse fatal, porém a lança de magia negra era igualmente poderosa e arrebentou o escudo, o que arremessou a garota contra a parede, fazendo com que ela batesse a cabeça e desmaiasse.

⁂

– Isis, acorda! Pelo amor de Deus! Isis, acorda!

A voz era familiar.

– Você precisa acordar agora!

– Ela está morta...

Uma segunda voz.

– Não, não está! Isis, acorda!

– Sim, ela está. Olha o estado dela...

O tom dessa voz era sombrio, diferente do calor da outra voz.

– Ela está se mexendo, vai abrir os olhos!

– Eu preciso ir...

O som da porta batendo.

Silêncio.

Um ar quente no rosto em intervalos regulares. Talvez uma respiração.

Isis abriu os olhos e a primeira coisa que viu foram os olhos claros de Adrien, seus cabelos ruivos amarrados em uma trança que caía ao lado do rosto. A garota olhou em volta e reconheceu seu próprio quarto, tentou se sentar, mas sentiu uma forte dor nas costelas.

– Não tente se mexer, seu corpo está bastante ferido e vai levar um tempo até ficar bom novamente.

– Aamu?

– Não, Isis, sou eu, Adrien.

– Aamu...

Isis desmaiou novamente.

⸎ ⸎ ⸎

A água quente acordou Isis. Um pano encharcado havia sido colocado em sua testa. Ela tentava se levantar, mas não conseguia que seu corpo respondesse aos seus pedidos. Então tentou novamente se erguer, desta vez através de magia, mas ainda não conseguiu. Sentia-se esgotada espiritualmente e não conseguia reunir energia suficiente nem para o mais simples dos feitiços. Tentou gritar, mas sua voz também havia desaparecido.

Ela começou a falar consigo mesma em pensamento: *Calma, Isis, calma! Como foi que eu cheguei aqui? Afinal, onde eu estou? Que lugar é esse? O que aconteceu? Não consigo me lembrar de nada. Tudo bem, a última coisa que lembro é de ter saído da casa de Adrien de manhã e ter me encontrado com Luís, aquele nojento... Depois o que aconteceu? Eu não me lembro. Preciso me lembrar...*

– Ah, vejo que você finalmente acordou! Eu estava ficando preocupado de novo. – Isis reconheceu imediatamente a voz de Adrien. Preocupado com sua amada, ele perguntou: – Como se sente?

Isis não conseguiu responder.

– Aqui, beba isso. É um remédio muito bom.

Adrien colocou na boca de Isis uma bebida com gosto horrível, a feiticeira sorveu o líquido e adormeceu novamente. Acordou no dia seguinte e conseguiu, com muito esforço, sentar-se na cama. Olhou para seu corpo e viu diversas partes de seus braços e pernas cobertas por queimaduras graves.

– São queimaduras mágicas, não é?

– Adrien? – Isis ficou surpresa em ouvir sua própria voz. – É você?

– Sim, sou eu.

– Onde estamos?

– Na sua casa... Bom, no seu santuário.

– O que você está fazendo aqui?

– Seu amigo me trouxe.

– Meu amigo? – perguntou ela, ainda meio grogue.

– Sim, aquele cara do dia em que nos conhecemos. Acredito que seu nome é Aamu, não?

– Aamu. Onde ele está?

– Ele disse que tinha assuntos urgentes a tratar e partiu.

– O que aconteceu?

– Eu sei de tudo, Isis. Aamu me contou. Ele me disse tudo que aconteceu em Roma, que vocês são magos, contou sobre o poder da Penumbra Primeva, sobre Xylon e Iverna e me disse que existe ainda mais um igual a vocês, embora ele não tenha dito nada sobre essa terceira pessoa.

– Você não devia saber disso, Adrien.

– Ele me disse também que vocês enfrentaram um espírito mágico ontem e você se feriu gravemente. Pediu para que eu cuidasse de você enquanto ele ia atrás do espírito que fugiu.

– Ele disse quando vai voltar?

– Ele me disse... – Adrien fez uma pausa, como se estivesse escolhendo suas próximas palavras – me disse que nunca mais voltaria. Disse que sente muito, mas é necessário.

A recuperação de Isis demorou em torno de três meses. Nesse tempo, Adrien se mudou para o santuário para cuidar da garota, sendo sempre bastante atencioso e gentil. Em troca, Isis ensinava ao cruzado tudo sobre a magia da Penumbra Primeva, sem nunca revelar onde a pedra estava escondida. Ele mostrava-se atento a cada um dos ensinamentos de Isis. Durante esses meses juntos, o amor da garota pelo francês revelara-se algo verdadeiro e não um simples desejo passageiro.

Confiando no seu amado, Isis apresentou a Adrien os quatro instrumentos de Iverna: a Espada da Força, uma arma que daria àquele que a carregasse força e sabedoria absolutas em combate; o Arco da Visão, um arco que poderia acertar um alvo em qualquer lugar de Midgard, contanto que o arqueiro visualizasse, em mente, o rosto de seu adversário; a Harpa da Verdade, um objeto cuja música faz com que um indivíduo seja incapaz de mentir e ser completamente verdadeiro em cada uma de suas respostas; e, por fim, o Cajado do Tempo, capaz de reduzir ou aumentar a velocidade do tempo, fazendo com que segundos durem semanas ou meses durem horas. Além deles, a garota ainda falou sobre o Colar da Luz, o último instrumento de Iverna, perdido para sempre no espaço-tempo até que se faça necessário surgir novamente.

Com a recuperação de sua energia, Isis foi capaz de curar suas queimaduras magicamente, sem deixar sequer uma cicatriz. A garota também atestou que seus ferimentos foram causados por magia negra, uma magia que afeta tanto o corpo físico quanto o espírito, e por isso não conseguia falar quando acordou ou conjurar feitiços nos primeiros dias de recuperação. A única coisa que a incomodava era o fato de ela não se lembrar de nada que aconteceu na batalha contra o espírito. Por isso, assim que seus poderes voltaram ao máximo, a garota, com ajuda de Adrien, preparou um ritual antigo e poderoso.

– Para que exatamente serve esse ritual, Isis?

– Aamu disse que eu bati a cabeça com força e fui nocauteada, certo?

– Sim, foi o que ele disse.

– Então a memória foi perdida fisicamente. Esse ritual vai permitir que eu acesse magicamente essa memória, assim posso me lembrar do que aconteceu.

– Entendo. E o que eu faço, então?

– Apenas faça silêncio.

Isis colocou um grande cálice com água no centro do círculo, que havia feito antes de começar o ritual, e murmurou alguns feitiços. Após alguns segundos, a água no cálice levitou e formou uma bola transparente a um metro do chão. Ela murmurou mais alguns feitiços e, dentro da esfera de água, uma imagem começou a surgir. A feiticeira viu a si mesma enfrentando um ser alado que conjurava chamas negras, depois viu seu escudo sendo partido, enxergou Aamu e Adrien conversando. Depois Aamu se aproximava e dizia:

– Sei que de alguma forma vai encontrar isso. Deve passar os poderes da Penumbra Primeva para Adrien, entendeu? Passe os meus...

A imagem desapareceu do globo transparente, que logo em seguida caiu no chão molhando o tapete do grande salão.

– O que aconteceu? – perguntou Adrien.

– Ainda não estou tão forte magicamente, eu acho.

– Mas você não disse que estava bem?

– Pois é. Acho que me enganei.

– De qualquer forma, parece que seu amigo tinha razão, vocês realmente enfrentaram um espírito.

– Sim... – Mas isso não era o que mais chamava a atenção de Isis na mensagem. O pedido de Aamu para que transferisse os poderes da Penumbra

Primeva para Adrien não fazia sentido. Isso significava que Adrien era seu substituto? Isis jamais havia discordado do julgamento do amigo antes e jamais havia se arrependido disso. Se Adrien era seu substituto, então a demanda de Isis como guardiã tinha acabado. Ela esperou por 1.200 anos por esse dia e estava preparada para o que teria que ser feito.

– Adrien, querido, venha comigo.

– Aonde vamos?

– Lembra o que eu disse sobre a Pedra da Penumbra Primeva?

– Sim, claro! Um amuleto poderoso que concede a quem o toca os poderes dos deuses primevos.

– Exato.

– O que tem ele?

– Aamu acredita que você é quem deve carregar seus poderes, deve ser meu substituto e o novo guardião da pedra.

– Incrível, mas eu não sei se estou preparado para essa função.

– Sim, meu querido, você está.

– Como pode ter tanta certeza?

– Ora, eu ensinei tudo que você precisa saber. E, além do mais, para qualquer dúvida que você possa ter, vai encontrar as respostas na biblioteca do santuário.

– Entendo. Bom, vou acreditar em seu julgamento então.

Os dois caminharam para fora do santuário e andaram até chegar próximo do limite mágico da barreira. Lá, a garota murmurou alguns feitiços e um grande bloco de terra se mexeu no chão, derramando uma grande quantidade de areia no que se revelou uma escadaria secreta. Isis se virou para Adrien e exclamou com um sorriso no rosto:

– Daqui em diante, apenas pessoas com o poder da Penumbra Primeva conseguem adentrar. Você vai ter que esperar aqui fora.

– Sem problemas.

– Promete não fugir, querido?

– Sou um cruzado, não fujo de nada. Além do mais, se eu sair daqui sozinho, nunca mais encontro a civilização nesse deserto infernal.

Isis riu e afagou o rosto de Adrien, e o guerreiro pousou sua mão calejada sobre a mão delicada da garota. Os olhares se encontraram e, sob o forte sol do deserto, ficaram por um longo momento apenas admirando um ao outro. Ela o amava e tinha certeza de que Adrien também sentia o mesmo por ela. Os dois se encontravam sozinhos, realmente sozinhos dessa vez, não como no porto, quando Aamu e o rei de França os observavam secretamente. Dessa vez Adrien e Isis tinham todo o sigilo do deserto para si. Os dois rostos se aproximaram lentamente, os lábios finalmente se tocaram e um longo beijo se sucedeu.

Após alguns minutos, Isis afastou o rosto e desceu as escadas. Ao chegar até a base da construção, abriu uma pesada porta de pedra, que revelou uma pequena sala com um altar no meio, onde repousava a pedra. Assim que pisou na sala, quatro tochas nas paredes se acenderam com uma chama esverdeada. O chão ameaçou ceder, mas a feiticeira murmurou uma série de feitiços e neutralizou a armadilha, caminhou até o centro da sala e retirou do altar a Pedra da Penumbra Primeva, o objeto mais poderoso do planeta, capaz de começar ou encerrar guerras, responsável por um dos conflitos mais brutais da história, que culminou com a destruição da cidade de Roma. Ela se direcionou à saída da sala lentamente com a pedra em mãos, imaginando o futuro que viria pela frente ao lado de Adrien, e hesitou ao pensar no fim da vida eterna e de seu dever, mas concluiu que era a coisa certa a fazer, já que a própria deusa Iverna os havia instruído a buscar seus herdeiros.

Ao subir as escadas, a feiticeira viu toda sua vida passando diante de seus olhos, ainda havia alguns anos de vida normal após a passagem do poder, mas, para quem havia vivido por mais de mil anos, algumas décadas pareciam apenas segundos.

Enfim, volto a conhecer a vida em sua forma mais efêmera, disse a si mesma.

Ao chegar ao topo, porém, deparou-se com uma cena horrível. Sangue se espalhava pela areia, próximo ao corpo inerte de Adrien. Seu amado jazia morto com um corte imenso que começava na lombar e terminava próximo à nuca, de onde jorrava uma torrente de sangue. Ela gritou, mas foi silenciada por uma pancada na cabeça e desmaiou.

✠ ✠ ✠

A Oitava Cruzada fora um tremendo fracasso. Os homens morreram de uma misteriosa doença depois de um tempo no Egito. O filho de Luís IX retornou à França e foi coroado rei após seu pai ser dado como morto ainda no Egito.

✠ ✠ ✠

O corpo do rei São Luís jamais foi encontrado.

A Pedra da Penumbra Primeva também desapareceu naquela tarde.

ᛟ ᛟ ᛟ

Isis acordou dois dias depois e, quando isso aconteceu, não encontrou vestígios do corpo de Adrien, nem mesmo uma gota de sangue. Ao voltar para casa, notou que tudo estava exatamente no mesmo lugar, exceto pelos quatro instrumentos de Iverna, que também haviam desaparecido...

ᛟ ᛟ ᛟ

Egito, agora

– Então, após mil e duzentos anos, vocês perderam a pedra na primeira tentativa de roubo? – Hunter estava incrédulo ao final da história. – Como conseguiram ser tão desleixados em sua tarefa?

– Bom, a culpa não foi minha. – Aamu serviu-se de mais um copo de uísque. – Eu já tinha ido embora há muito tempo. Não tinha como saber que a pedra ia ser roubada dessa forma.

– E vocês não descobriram quem roubou a pedra? – Aylin era a que mais prestava atenção na história. – Quer dizer que, depois de todos esses anos, ela continua desaparecida?

– Pois bem, criança, eu descobri quem roubou a pedra – Aamu engoliu a bebida – trezentos anos depois.

Terra de Vera Cruz – 22 de abril de 1500

As naus portuguesas aportaram em terras desconhecidas. Inicialmente, Pedro Álvares Cabral e seus homens acreditavam estar aportando na Índia, o destino original da expedição, e por isso nomeou de índios os nativos curiosos que os receberam na praia. Mais tarde, Cabral e seus homens descobririam que não se tratava da Índia, e sim de uma nova terra ainda não desbravada, que fora nomeada como Terra de Vera Cruz. Dava-se ali o descobrimento do que viria a ser o Brasil.

Assim que aportaram, os homens da expedição partiram para explorar as novas terras, cada um para o lado que mais lhe interessava, tendo marcado de se reencontrar na praia após o pôr do sol. A armada de Cabral era formada por mais de mil homens e, portanto, dificilmente os marinheiros conheciam um ao outro. Foi nesse cenário de anonimato que Aamu encontrou conforto. Tendo vivido nas sombras do mundo desde que abandonou Alexandria em 1.200, o mago agora buscava uma forma de viver seus últimos anos.

Ele não sabia que Isis não havia compreendido corretamente a mensagem que ele tinha implantado em sua mente antes de partir, muito menos que Adrien havia sido assassinado. Por causa disso, acreditava que a qualquer momento seus poderes sumiriam e ele levaria uma vida comum por mais alguns anos, antes que a morte viesse reclamar sua alma. Aamu havia pressentido uma grande energia na direção do mar quando passava novamente pelo reino de Portugal e decidiu que a melhor forma de verificar seria ludibriando uma das missões mar adentro. Durante meses, ele enfeitiçou os tripulantes da caravela, afastando-os da rota para a Índia e guiando a expedição até a direção do poder. Ao encontrar a terra inabitada, o mago sabia que havia chegado ao centro da tal energia.

Ele disparou mata adentro, usando de sua clarividência para buscar a fonte de tais sensações. Não pretendia voltar ao navio; percebeu que a dificuldade em alcançar a nova terra, o esconderijo e o anonimato, além dos recursos naturais, faziam da Terra de Vera Cruz o lugar perfeito para passar seus últimos anos em segredo, distante dos olhos do mundo. Nessa terra afastada das leis e das civilizações, Aamu, que havia se tornado agora um rumor entre os europeus por diversas demonstrações de feitiçaria em pequenos bares ao redor do continente, viveria em silêncio, aguardando o dia em que seus poderes finalmente o abandonassem.

Ele não poderia ficar mais tempo na Europa ou acabaria sendo acusado de bruxaria, também não desejava voltar ao Egito, onde imaginava que Isis e Adrien estavam construindo seu romance. Também não queria voltar ao reino de Portugal, afinal, mesmo que pudesse viver na espaçosa mansão que havia herdado do conde De Castro, ou o que havia sobrado dela após 300 anos de abandono, o lugar seria sempre uma lembrança de seu único amigo em 1500 anos de vida.

Afastando os pensamentos ruins, ele continuou a adentrar a floresta profunda em busca da fonte da energia tão poderosa que fora capaz de atraí-lo a um oceano de distância. Aamu cruzou um bosque de árvores gigantescas, passou por um lago, onde um casal de cobras avançavam contra qualquer coisa que ameaçasse seu ninho, venceu uma subida infindável e levitou sobre um grande precipício até chegar ao topo do monte que Pedro

Álvares Cabral chamou mais tarde de Monte Pascoal, um lugar em que nenhum homem poderia chegar sem o auxílio da magia da Penumbra Primeva.

No topo do monte, havia uma pequena planície e, parado na borda, olhando para o litoral, estava um homem esguio, de estatura média, longos cabelos negros, pele branca e olhos castanhos cintilantes. Seu olhar era profundo e vazio e mirava levianamente as interações entre os marinheiros portugueses e os nativos da nova terra. O desconhecido trajava uma longa túnica esverdeada, marcada por ornamentos dourados que se assemelhavam às runas nórdicas. Em seu peito, estava estampado um brasão de origem desconhecida. A figura se virou e o mago imediatamente o reconheceu. O homem sorriu e fez uma reverência.

– Saudações, meu caro! Seja bem-vindo à Terra de Vera Cruz.

– Rei São Luís?

– Pode-se dizer que sim.

– Como isso é possível?

– Há muitas coisas que você, com seus mil anos de existência, não sabe, Aamu.

– Ah, é? – Aamu ainda estava chocado com a aparição. – Enumere algumas para mim então.

O rei sorriu novamente e sentou-se no relvado.

– Você não sabe, por exemplo, que Adrien está morto; não sabe que jamais vai conseguir sua vida normal como desejava; nem que o rei São Luís morreu muito antes de aportar no Egito. E, com toda a certeza, não sabe que foi enganado pelo maior dos enganadores: eu! Loki, o deus da trapaça!

Aamu sentiu o sangue ferver nas veias, mas, antes que pudesse dizer algo, o deus da trapaça meteu a mão no bolso e tirou de dentro uma pequena gema negra.

– E não sabe que eu tenho a Pedra da Penumbra Primeva, aquela que você jurou proteger e depois negligenciou o dever...

– Seu maldito, como conseguiu isso?

– Ora, Aamu, encontrar seu santuário foi a coisa mais fácil do universo. Não pode enganar um enganador.

Os braços de Aamu começaram a crepitar e o mago lançou uma bola de chamas verdes no deus, porém a esfera de poder apenas atravessou o corpo de Loki, que permaneceu imóvel.

– Eu acabei de dizer, não pode enganar um enganador. E você fez um formidável trabalho sendo enganado por mim, Aamu, mas confesso que, quando plantei todas aquelas ideias de traição na sua cabeça, não esperava que atacasse Isis daquela forma. Foi ainda melhor do que eu esperava.

– Seu bastardo! Eu vou acabar com você agora e recuperar a pedra.

– Se está tão desejoso por lutar comigo, considerando que você é um dos únicos dois seres humanos que poderiam me entreter em combate, farei o que pede... Vamos lutar!

Loki então sacou de seus bolsos duas pequenas adagas, ao que Aamu respondeu conjurando um sabre mágico. Os dois se encararam e correram para um encontro frenético no meio do campo aberto, as três lâminas se encontraram e faíscas reais e mágicas dispararam pelo céu. O sabre mágico poderia estilhaçar qualquer arma mundana, mas as armas divinas do deus da trapaça eram igualmente poderosas e faziam jus à fama de guerreiros dos aesires.

Aamu percebeu que o olhar de Loki havia mudado. Tendo sido criado em Asgard, o deus da trapaça costumava evitar conflitos, mas não podia impedir que um novo ímpeto tomasse conta de si ao engajar-se em batalha. Os dois mediram forças, mas Loki, em um movimento astuto, deslizou por baixo das pernas do mago e desferiu um corte lateral em sua panturrilha esquerda, causando um corte no tendão e, posteriormente, uma sensação de atordoamento.

Aamu conjurou um orbe de cura e o pressionou contra sua perna, cicatrizando rapidamente o ferimento, mas foi incapaz de se recuperar do atordoamento. Foi apenas quando tentou dar um passo que o mago lendário entendeu o que se passava: a lâmina de Loki estava embebida em veneno, que causou uma paralisia em sua perna.

O mago precisava agir antes que o veneno tomasse conta de seu corpo e o paralisasse por completo. Foi nesse momento, entre a tontura do veneno e a pressão de combater um deus, que Aamu bolou uma estratégia: conjurou novamente suas asas de chamas e flutuou, subiu por alguns segundos e mergulhou na direção do deus da trapaça, que saltou para trás num movimento desesperado, imaginando que seu adversário atingiria o solo. Porém, ao chegar próximo do chão, Aamu planou, foi em direção ao deus, agarrou-o pela cintura, subiu o mais alto que suas asas permitiram e mergulhou novamente em direção ao chão. Agora, já muito longe do Monte Pascoal, onde o conflito se iniciou, acertou alguns socos no rosto de Loki, que agora se via apavorado, pensando em uma forma de evitar a queda fatal.

O mago continuava a socar o rosto do deus, que já se encontrava coberto por sangue. Ele tentou usar suas lâminas envenenadas novamente, mas Aamu acertou um soco em seu punho, arrebentando o osso e arremessando para longe a arma. Loki percebeu que Aamu também estava mudado, também havia acendido no mago uma fúria sem igual. Seus olhos transmitiam todo o ódio que sentia e, pela primeira vez em muito tempo, o deus da trapaça sentiu medo.

O chão se aproximava e Loki estava praticamente sem tempo para reagir, optando, naturalmente, pela trapaça: acertou uma joelhada na parte posterior da coxa de Aamu, agitando, assim, o veneno que corria lentamente pelo corpo do mago. A perna do guerreiro foi completamente paralisada e o voo, antes uniforme, começou a se tornar instável. O deus da trapaça mordeu com força o pescoço de Aamu, acertando sua jugular e arrancando um pouco de sangue do guerreiro, que afrouxou sua pegada e permitiu que Loki soltasse seus braços e desferisse uma série de socos no rosto do mago até conseguir se livrar totalmente de Aamu.

Com uma agilidade invejável, Loki saltou para as costas do mago, agarrou suas asas mágicas e as puxou violentamente até arrancá-las. As asas de fogo sumiram no ar e Aamu agora estava em queda livre, o deus da trapaça acertou um chute na nuca do guerreiro, que respondeu com um chute fortíssimo na mandíbula do deus. Os dois foram nocauteados simultaneamente. Alguns segundos depois, caíram no chão com o impacto de um pequeno meteorito, causando uma grande destruição na área. As proteções mágicas de Aamu e o corpo divino de Loki impediram a morte de ambos e permitiram que acordassem logo após a queda. Aamu foi mais rápido, agarrou Loki pela nuca e cintura e o arremessou em uma grande pedra, que partiu ao meio e revelou uma fonte de água no local.

O mago conjurou novas asas e ergueu-se aos céus novamente, fez alguns gestos, invocou uma grande lança de chamas verdes e a arremessou na direção da fonte, onde jazia o corpo de Loki. A lança causou uma grande explosão e mais mudanças no terreno, porém o deus da trapaça se moveu na última hora e escapou do golpe fatal. Aamu conjurou seu Golem de pedra, porém, desta vez, o monstro era muito maior, já que contava com mais pedras para sua formação, assim alcançava os céus e as mais altas montanhas. O gigante avançou na direção de Loki, que respondeu com uma invocação própria: um gigante de gelo transportado diretamente de Niflheim para o campo de batalha.

Os dois monstros se encontraram na planície e começaram um novo combate, com socos e pontapés que causavam o derrubamento de montanhas, o afundamento do solo e algumas erupções de água, que jaziam nos lençóis subterrâneos do planeta. A área começou a inundar e Loki e Aamu logo se viram forçados a assumir posições nos ombros de seus gigantes. O combate seguiu por mais algum tempo até que o deus da trapaça invocou um segundo gigante de gelo por trás do Golem de Aamu. Em desvantagem, não levou muito tempo até que o gigante de pedra fosse completamente destruído.

– Aamu, você lutou bem, mas chegou a hora de admitir a derrota.

– Você acha mesmo que venceu, Loki?

– Não vejo mais como você poderia combater, seu velho fraco!

– É mesmo? Acha mesmo que esse Golem era minha melhor arma? Sabe, Loki, posso até ser velho e fraco, é verdade. Fui enganado por você, também é verdade, mas você... você é tolo. E é pela sua tolice que será derrotado. Acha mesmo que sabe mais do que eu? Acha mesmo que seu precioso status de divindade te faz superior a mim? Eu tenho uma grande novidade para você: eu não sou inferior a você, meus poderes estão no mesmo nível que os seus, nossa única diferença... é que eu sou melhor que você!

Aamu então subiu ainda mais com suas asas crepitantes, parou cobrindo o sol, onde mal se podia ver sua silhueta devido ao brilho forte do astro, e começou a conjurar seu feitiço. Ao terminar, voou para perto de seu adversário e, olhando nos olhos do deus da trapaça, disse:

– Agora, preste muita atenção no que vai acontecer, seu pirralho. Vou mostrar para você qual é a aparência de um verdadeiro deus.

O som de uma grande explosão surgiu e, ao olhar para cima, Loki viu, com o pavor estampado em seu rosto, o sol se abrindo ao meio. De dentro do orbe em chamas surgiu uma figura que Loki jamais esqueceria enquanto vivesse: uma mulher de pele azul, com olhos arregalados e longos cabelos negros e revoltosos. Sua língua pendia para fora da boca, tinha quatro braços e quatro mãos e em uma delas carregava uma adaga. A mulher ostentava um colar de crânios humanos e trajava uma saia feita de braços decepados.

Aamu então anunciou:

– Loki, deus nórdico da trapaça, conheça Kali, a deusa hindu da destruição e da morte.

Loki estava aterrorizado e gritava:

– Não! Não pode ser! Como você conseguiu invocar uma deusa tão poderosa como Kali? E sozinho?

– O que acha que fiz durante 300 anos? Eu pratiquei todo tipo de feitiço, treinei por meses sem descanso, para que jamais fosse fraco novamente. Enquanto meus poderes me servissem, eu decidi usá-los com plenas capacidades, para que, antes de ser liberado de minhas funções, pudesse ao menos, uma única vez, ser o guardião da Pedra da Penumbra Primeva. Agora eu sou, sem dúvida nenhuma, o mago mais poderoso da Terra. E eu sou aquele que trará um fim às suas mentiras e traições.

A deusa Kali falou e sua voz ecoou pelo vale:

– Loki, deus da trapaça, chegou a hora de encontrar sua morte e a de todos aqueles que o seguem.

Kali então se aproximou dos dois gigantes e fez um pequeno corte com sua adaga em ambos. Alguns segundos depois, os dois seres gigantescos derreteram e grandes ondas se formaram, engolindo todo o local onde estavam. Formando um oceano profundo, Loki foi engolido pela água e encontrou terra firme em uma pequena ilha formada por uma montanha maior que não fora completamente submersa pelas ondas.

– Aamu, pare com isso, impeça Kali! Eu lhe devolverei a pedra e voltarei para Asgard para sempre, eu juro.

Aamu falou e a voz de Kali então se fez ouvir, fazendo coro às palavras do mago:

– Tarde demais, Loki, sua hora chegou e agora não há como escapar.

– Por favor, Aamu! Ainda há algo que você precisa saber! Você precisa da minha ajuda. – Loki então bradou seu ultimato: – Sem minha ajuda, você vai morrer!

A deusa Kali subiu aos céus e juntou seus quatro braços acima da cabeça, murmurou alguns dizeres em hindu e apontou para onde estava Loki, completamente rendido. Com um comando da deusa, a terra começou a se abrir e o novo oceano começou a engolir tudo o que estava ali, transformando-se em uma série de quedas d'água. A fissura se aproximava de Loki quando este gritou a plenos pulmões:

– O Ragnarök se aproxima e virá dele seu fim, eu lhe juro! Assim está escrito na profecia dos volvas, Aamu. Eu encontrarei meu caminho novamente, não importa o que aconteça, mas será você o primeiro a aceitar a morte quando nenhuma opção lhe restar!

A fissura finalmente atingiu a ilha onde jazia o deus da trapaça e uma grande explosão se sucedeu. O corpo de Loki havia desaparecido e Aamu imaginou que havia caído no rio ou sido obliterado pela explosão. A Pedra da Penumbra Primeva também desapareceu e, como não podia ser destruída por magia alguma, o mago concluiu que ela se encontrava no fundo das infindáveis águas.

– Estará segura aqui – disse o mago a si mesmo, em voz alta.

Aamu se perdia em pensamentos quando a voz de Kali o interrompeu:

– Seu algoz não está morto. Ele ainda vive em algum lugar muito distante.

– Como pode ter tanta certeza após aquela explosão?

– Eu governo sobre a morte e não sinto a morte de Loki.

– Entendo.

– Meu trabalho aqui acabou, eu devo retornar agora.

– Obrigado, Kali.

A deusa Kali desapareceu e o mago finalmente ficou sozinho. Olhou para a destruição que a batalha havia causado e percebeu que estava muito distante do Monte Pascoal, lugar onde a luta começou. Ele voou para longe e sentou-se no cume de uma montanha próxima. Teorizou sobre como o deus da trapaça havia desaparecido, sem chegar a conclusão alguma. Então, indagou-se sobre a profecia proferida por Loki antes de desaparecer, sobre ser o primeiro a aceitar a própria morte, mas não foi capaz de pensar em nada que explicasse tal profecia. Respirou fundo e olhou ao redor, para o campo da batalha que foi de uma grande planície para um novo oceano e, por fim, uma estonteante série de quedas d'água após o golpe fatal da deusa Kali. Muitos séculos depois, aquelas quedas d'água seriam conhecidas como Cataratas do Iguaçu e seriam visitadas por pessoas do mundo inteiro, sem que ninguém jamais suspeitasse da forma como tal lugar fora criado nem o poder milenar que escondia no fundo de suas águas.

11 ✕ SOMBRAS

Hunter passou a noite em claro sentado na janela de um dos quartos do santuário. Banhada pela luz do luar e suspensa por galhos e raízes que surgiam da ponta inferior da lança Heir, fincada no chão, brilhava a cintilante armadura dourada com seus intrincados adornos em baixo relevo, onde jaziam os símbolos milenares de Asgard. Sob as centenas de milhares de estrelas que enchiam o céu com seu brilho infinito, o deus da floresta refletia sobre as histórias contadas por Aamu e Isis. Quanto mais se esforçava para entender, mais dúvidas surgiam em sua mente; e quanto mais se concentrava em busca de uma resposta, mais seus poderes se faziam mostrar no quarto. A cada minuto eram adicionados ao ambiente mais plantas, raízes, galhos, folhas, flores e ervas.

A Pedra da Penumbra Primeva... Meu pai jamais disse nada sobre esse amuleto, mas o Cajado do Tempo... Aamu e Isis o mencionaram em suas histórias, é claro que Loki roubou os amuletos no dia em que matou Adrien e roubou a pedra, mas como é possível que meu pai saiba tanto a respeito da magia da Terra? E, principalmente, por que eu jamais soube desse poder? Por que ninguém em Asgard soube desse poder? Talvez nem mesmo meu pai saiba muito a respeito... Isso significaria que o único verdadeiro conhecedor dessa magia tenha sido meu avô, Odin. Claro, ele era conhecido por ser o mais sábio de todos os deuses, mas mesmo para ele talvez a magia terrena passasse como um segredo. Mas existia um homem para o qual nada era segredo: Heimdall, o vigia. Talvez ele soubesse tudo sobre ela, pensou Hunter.

Os pensamentos de Hunter perduraram por mais algum tempo até que ele ouviu batidas na porta.

– Hunter, sou eu, Aylin, está acordado?

– Estou sim, pode entrar.

Hunter se virou ao ouvir o som da maçaneta, mas percebeu que o quarto havia sido tomado por uma densa floresta de galhos retorcidos, devido ao espaço limitado pelas paredes, que impediam seu crescimento, tornando impossível que a porta fosse aberta ou sequer vista da janela de onde o aesir repousava. Com o braço direito, ele apontou sua mão em direção à lança Heir, fincada no chão ao lado da cama, e a imensa floresta regrediu para dentro da fenda, onde a ponta da lança havia sido fincada, restando apenas os galhos onde as peças da armadura dourada de Asgard repousavam. Após todos os bloqueios serem removidos, a porta abriu-se, revelando a silhueta forte, porém delicada, de Aylin. Assim que a garota entrou no quarto, seus olhos cor de âmbar foram atingidos pela luz do luar e reluziram como o mais puro ouro. Hunter olhou fundo nos olhos de Aylin e permitiu que uma sensação de paz transmitida por eles o acometesse. A garota perguntou, titubeante:

– Não consigo dormir, estou tendo pesadelos... Posso ficar aqui um pouco?

– Claro. O que incomoda você?

– Escute, eu só queria pedir desculpas por ter te atacado na abadia...

– Não precisa se desculpar, eu entendo. – O aesir moveu seu corpo, dando espaço para a garota sentar-se ao seu lado, no parapeito da janela. – Você havia passado por uma experiência dolorosa, estava assustada...

– Para ser sincera, eu ainda estou um pouco assustada...

– Com o quê exatamente?

– Com toda essa situação. Há alguns dias, eu era só uma garota normal vivendo uma vida normal na abadia, e agora estou presa nessa situação. – Aylin então deixou escapar uma lágrima. – E eu não consigo deixar de pensar que tudo isso é culpa minha.

– Como assim?

– O frade Ferrer me disse que Raquel, a garota que foi até a abadia de Iltatähti para me procurar, foi a responsável por tudo isso, ela que libertou as forças do mal que devemos enfrentar. Se eu não tivesse ousado sair da ilha, isso não teria acontecido.

Hunter abraçou a garota, que agora chorava profundamente, e fez um galho cruzar a parede acima da cabeça dos dois, exibindo em sua extensão diversas rosas brancas belíssimas. E a garota sentiu-se confortada nos braços fortes do aesir.

– Escute, Aylin, meu pai me ensinou que não devemos nos arrepender dos erros do passado, mas que devemos aprender a ver o lado bom deles. Eu não sei ainda o que ele quis dizer exatamente com isso, mas ele me disse uma vez que havia cometido alguns erros no passado, por isso hoje ele é um grande rei; portanto, acho que ele tem razão. Você não deve se preocupar com o que já aconteceu, nem mesmo os deuses têm poder para mudar o passado. Não se puna por isso.

– Talvez você tenha razão, Hunter. Obrigada.

Aylin abraçou-o com força. O aesir, que não estava acostumado com tais demonstrações de afeto, ficou sem reação por alguns segundos, mas logo depois abraçou a cintura da garota, e os dois ficaram imóveis durante algum tempo, sentados no parapeito da janela, com as bochechas coladas enquanto uma grande árvore se formava da fenda da ponta de Heir. Porém, desta vez, no lugar de galhos retorcidos, o que se viam eram dezenas de orquídeas, rosas, tulipas, margaridas e girassóis das mais diversas cores, algumas até desconhecidas aos homens, existentes apenas em outros mundos.

Não demorou muito para que o quarto estivesse repleto de flores, do chão até o teto, parecendo um maravilhoso jardim. Isso perdurou por mais alguns segundos, mas começou a regredir mais uma vez para a fenda da ponta de Heir quando Aylin e Hunter finalmente terminavam seu longo abraço.

– Tente dormir um pouco, temos um longo dia amanhã, garota – Hunter disse com uma voz branda. – Não quer atrasar a viagem porque você dormiu demais, não é mesmo?

Aylin sorriu e dirigiu-se para a porta, mas antes de sair disse ao aesir:

– Obrigada, Hunter.

– Pelo quê?

Aylin pensou um pouco e com um sorriso cativante respondeu:

– Ainda não sei, mas sou grata pelo quer que seja.

– Assim que souber, prometa que vai me dizer.

– Sim, Hunter, eu prometo.

Aylin então saiu e fechou a porta, sussurrando pela fresta:

– Bons sonhos.

Aylin voltou para seu quarto, deitou-se e dormiu maravilhosamente bem pelo resto da noite, já Hunter passou a noite toda em claro, olhando as estrelas enquanto uma nova floresta de galhos retorcidos surgia dentro do quarto, mais uma vez preenchendo paredes e teto com ramos, galhos, raízes, folhas e flores dos mais variados formatos. O aesir tentava novamente encontrar uma lógica entre as histórias que ouvira de Isis e Aamu e as histórias que ouvia de seu pai, em Asgard. Buscava algo que interligasse os fatos, mas tal tarefa tornara-se ainda mais difícil agora que novos pensamentos povoavam sua mente.

No dia seguinte, Aylin e Hunter se encontraram na enorme cozinha do santuário de Isis para o desjejum. Nenhum dos dois mencionou o episódio da noite anterior para Aamu e Isis, mas ambos imaginavam que os magos já sabiam de tudo por meio da telepatia.

Como conseguem conviver pacificamente com mais de dois mil anos de sentimentos entre si? Ainda mais após o ocorrido em 1.200?, pensava Aylin.

Isis, sentada na cabeceira da mesa, tomava uma grande xícara de café enquanto discursava para todos na mesa:

– Muito bem, se queremos impedir o mal que foi liberto na abadia de Iltatähti, temos que recuperar a Pedra da Penumbra Primeva. Se o que Aamu disse está correto, a pedra está nas Cataratas do Iguaçu, no Brasil. Então vamos partir para lá *imediatamente*. Acho que Aamu já mostrou para vocês o velho truque de mudar o destino de um avião, certo?

– Esse é meu truque preferido. – Aamu riu enquanto sorvia um gole de gim. – A cara dos passageiros quando chegam a um destino aleatório só não é mais hilária do que os donos da empresa tentando explicar o que aconteceu.

– Você já está bebendo, Aamu? – Isis arrancou o copo da mão do mago. – Eu não acho tão hilário quando um pobre piloto perde o emprego por essa brincadeirinha, por isso vamos fazer do meu jeito... algo que não termine em demissões...

Os quatro partiram para a cidade de Cairo, a capital egípcia, e seguiram para uma pista de pouso particular, onde um grupo de homens na casa dos 50 anos debatia alegremente sobre seus aviões. Isis sinalizou para Aamu e o mago entrou em ação, juntou-se aos homens e, alguns minutos e taças de vinho depois, voltou com um senhor de cabelos ralos e brancos e de pele bronzeada. Ele tinha uma barba bem aparada com alguns pelos brancos refletindo no rosto, era magro e vestia uma camisa azul e calça social.

– Senhores, conheçam o Ihsan, meu novo amigo. Ele se ofereceu para nos levar em seu avião até o Brasil.

Isis inspecionou o homem de cima a baixo e, com uso de telepatia, perguntou a Aamu:

Esse homem está realmente enfeitiçado?

Não, não está, respondeu Aamu em pensamento, já que sabia que Isis o estava ouvindo.

Então como ele vai nos levar até lá?

Isis, querida, nenhum dos seus feitiços jamais será tão efetivo quanto o meu charme natural...

A viagem levaria em torno de 17 horas. O avião de Ihsan era um Beechcraft Baron 58, um dos modelos mais vendidos na categoria dos bimotores a pistão, com capacidade para um piloto e cinco passageiros. A aeronave não era muito grande, mas acomodou com certo conforto seus passageiros e até mesmo suas armas, que, por desejo dos tripulantes, foram levadas em punho em vez de ficarem no compartimento de cargas. Aamu acompanhou Ihsan na cabine do piloto, enquanto Aylin, Isis e Hunter se acomodaram nos confortáveis bancos de couro da pequena área de passageiros. A lança Heir ocupava grande parte do espaço da pequena cabine.

Após sete horas da decolagem em Cairo, o avião agora sobrevoava o território europeu, Ihsan e Aamu se divertiam na cabine conversando sobre os mais variados assuntos; na cabine dos passageiros, Aylin e Isis dormiam enquanto Hunter observava atentamente as nuvens ao lado e o solo abaixo. O guerreiro ainda não tinha se acostumando completamente com a ideia de voar, muito menos dentro de uma estrutura de metal, algo impensável sem o uso de magia em Asgard. Nesse momento, algo no céu chamou a atenção do aesir: as nuvens começaram a se mover rapidamente em direção a um único ponto e, ao fazerem isso, tornaram-se cinza, como se carregadas com uma tempestade. De dentro das nuvens, uma figura surgiu bastante próxima do avião, parecia trajar um manto negro que cobria toda a sua silhueta, inclusive o rosto. A figura aproximou-se deles pelo ar, fazendo com que, dentro da cabine, a lança Heir começasse a emitir um brilho intenso verde e o instinto de guerreiro de Hunter mandasse que ele agisse.

Sem hesitar, ele puxou a lança Heir e forçou a tranca até ela ceder, abrindo a porta. Uma fortíssima onda de vento atingiu seu rosto e ele teria caído do avião não fosse o cinto de segurança que usava. A figura negra flutuou rapidamente e parou bem em frente a Hunter, que havia soltado o cinto de segurança e ajoelhado no chão da cabine. Ele fazia pontaria com a lança na mão esquerda enquanto agarrava a fuselagem com a mão direita para se estabilizar. Pelo rádio, Aamu e Ihsan perguntavam freneticamente o que estava acontecendo e o porquê de a porta ter sido aberta em pleno voo.

– O que é você? – Hunter perguntou. – Identifique-se.

A sombra colou seu rosto ao de Hunter e, por baixo do capuz, o aesir viu apenas escuridão.

– Eu sou muitas coisas, tenho muitos nomes em muitas eras. Traidor, covarde, infiel, monstro, assombração, demônio. Nenhum desses nomes em particular me agrada; afinal, sou apenas um servo.

– Servo de quem?

A sombra deu um berro horrendo que pareceu ter vindo das profundezas do inferno, um grito tão pavoroso que acordou Isis e Aylin e deixou ambas paralisadas diante da temível aparição.

Hunter, porém, não se intimidou. Com um apertar de pulso, conjurou da lança Heir uma dezena de fortes troncos que agarraram os membros e o pescoço da sombra. A silhueta encapuzada tentou se soltar, mas, após algum esforço, percebeu que era impossível. Então sorriu, um sorriso tão pavoroso quanto o grito anterior, e começou a desaparecer no ar da mesma forma que surgiu, mas, antes de sumir completamente, ele disse:

– Veja só, parece que finalmente encontramos o herdeiro.

A sombra desapareceu, levando junto as nuvens negras. Hunter fechou a porta do avião e se sentou novamente, depois suspirou fundo e olhou para os rostos apavorados de Isis e Aylin, perguntando:

– Alguém faz alguma ideia do que foi isso?

ᛟ ᛟ ᛟ

O resto da viagem foi tranquilo e depois de algumas horas o avião pousou no Brasil. Após apagar a memória de Ihsan sobre o confronto durante o voo, Aamu agradeceu e se despediu do senhor egípcio que havia transportado os quatro por vontade própria. Hunter, Aylin, Aamu e Isis finalmente haviam chegado àquela que um dia havia sido a Terra de Vera Cruz, palco de uma das batalhas mais incríveis que a humanidade jamais viria a conhecer, onde um mago foi capaz de superar um deus.

O avião pousou no Aeroporto Internacional Afonso Pena, no Paraná, e de lá seguiram para um hotel, onde arrumaram dois quartos simples, já que não fariam nada além de passar a noite. Os quartos eram pequenos, com uma cama em cada lado da parede com sua respectiva mesa de cabeceira ao lado. O cômodo dispunha também de um pequeno frigobar, uma televisão velha, onde apenas cinco canais funcionavam, um pequeno banheiro e uma janela com uma vista nada interessante. Os quatro ocuparam os quartos, Aylin e Hunter em um, Isis e Aamu em outro. Hunter fincou sua lança Heir no chão do quarto e, após fazer um gesto, a lança começou a brilhar, e logo surgiram raízes que formaram uma bela cerejeira. O aesir então se virou para a Aylin e perguntou:

– Você se importa se eu mantiver essa árvore? Gosto de dormir ao redor das plantas, me sinto em casa...

Aylin ficou por alguns segundos olhando as flores e sua mente se perdeu, o termo "casa" havia se tornado apenas uma palavra qualquer para a jovem. Sua abadia, o lugar onde passou toda a sua infância, havia sido destruída; os padres, seus amigos, mentores e companheiros, estavam mortos; Ferrer, aquele que havia sido um pai para ela, estava morto. Aylin agora era uma nômade, uma sem-teto, despejada à força do único lugar que ela conheceu como casa.

– De forma alguma, Hunter. Isso até me lembra de casa também.

Era verdade, todas as memórias de Aylin sobre a ilha de Iltatähti passavam por uma maravilhosa clareira repleta das mais belas árvores e flores. Tais memórias de certa forma amenizavam a dor das lembranças da abadia em ruínas, com seus moradores estirados na grama manchada de sangue.

– Onde você morava havia árvores como essa? – Hunter perguntava como se buscasse a aprovação da garota. – Digo, elas eram como essa cerejeira?

– Não, eram um tanto diferentes.

– Sabe me descrever como eram?

– Não exatamente.

– Sem problemas, meu pai uma vez me ensinou um truque que vai funcionar. Apenas preciso que segure o cabo de Heir.

Aylin obedeceu. Logo em seguida, o aesir repousou sua mão em cima da mão da garota e Aylin percebeu que a mão grande e calejada de Hunter fazia um enorme contraste com a sua, que, embora não fosse delicada devido aos anos de treinamento, era consideravelmente menor.

– Tudo bem, Aylin! Agora quero que pense nas árvores do lugar de onde veio. Feche seus olhos e concentre-se em cada detalhe.

A garota fechou os olhos e voltou a viajar pela ilha de Iltatähti, a ilha da estrela vespertina, apelido que a garota herdou por intermédio dos padres. Aylin se concentrou nas flores, depois nas folhas, nos galhos, nos troncos, nas raízes, cada detalhe que ela conseguia lembrar ganhava uma atenção especial. Após alguns segundos, a moça sentiu que a mão de Hunter esquentava mais e mais sobre a sua. Finalmente, Hunter cortou o silêncio:

– Tudo bem, pode abrir os olhos.

Aylin abriu os olhos e sentiu-se dentro de um sonho. Dentro do pequeno quarto, uma série de árvores transformava o ambiente em uma réplica perfeita da floresta da ilha de Iltatähti, cada detalhe era simplesmente idêntico ao lugar onde Aylin cresceu. Ver novamente a floresta fez com que a garota se sentisse como uma criança. Por um momento, a morte e a tragédia que a acompanhavam desde que encontrou a abadia em ruínas desapareceram, e ela descobriu novamente o significado da palavra "casa". Entre lágrimas, ela percebeu que sua mão ainda estava envolta pela mão de Hunter, que observava admirado a paisagem que seus poderes e as lembranças de Aylin haviam criado.

– Isso é realmente incrível! Deve ter sido fantástico crescer em um lugar assim.

– Ora, Hunter, você é o deus das florestas, não cresceu em algum lugar assim?

– Na verdade, não. As plantas mais belas que crio são fruto de minha leitura da cultura botânica de Midgard, porém vivo em um lugar desolado pela guerra, onde as florestas que sobraram não se comparam a essa que você criou. Asgard tem sua beleza, e sempre terá, mas isso é além da imaginação de qualquer aesir do meu tempo.

– Entendo. É uma pena.

– Não se preocupe com isso, assim que derrotar Surtr e reerguer a paz nos nove reinos, irei recriar a beleza de Asgard. – Hunter se jogou na cama com um sorriso infantil estampado no rosto. – E farei a Asgard mais bela que já existiu...

Aylin deteve-se por um momento, observando o aesir enquanto ele admirava o que havia feito naquele ambiente. A garota entendeu que por trás de toda a coragem, a honra e o desejo de combate existia um garoto tão inocente e sonhador quanto ela, e por isso sentiu empatia pelo aesir, algo que já havia acontecido na noite anterior no santuário e se repetia agora. Aylin deitou recostando sua cabeça no travesseiro e, sob o aroma familiar da floresta, adormeceu tranquilamente.

Se Aylin ficasse acordada, teria visto a horrenda cena que se sucedeu quando a maravilhosa floresta se contorceu, agonizou e transformou-se em um emaranhado retorcido de galhos secos e retraídos, com flores mortas e frutos podres. Isso porque Hunter se lembrou do confronto no avião e da enigmática frase proferida pela sombra antes de desaparecer: "Veja só, parece que finalmente encontramos o herdeiro".

Incapaz de olhar por mais tempo o horror que seus pensamentos nefastos criaram em sua floresta mágica, o aesir virou-se para o lado e, com muito pesar, conseguiu embarcar em um sono tenso e repleto de pesadelos.

⸎ ⸎ ⸎

– Você é realmente incrível, Isis – Aamu estava claramente irritado. – Eu entendo que você não queira passar por algumas chateações da vida humana, mas criar um feitiço que a prive de sentir sono? Isso é completamente estúpido.

– Se você gosta de passar a maior parte do seu tempo bêbado, qual é o problema de eu passar a maior parte do tempo estudando?

– Após todos esses anos, eu realmente esperava que você perdesse esse seu maldito hábito de me acusar para se defender.

– Após todos esses anos, eu esperava que você tivesse a decência de me oferecer um pedido de desculpas pelo que fez em Alexandria.

– Você primeiro.

– Isso nunca vai nos levar a nada, sabe disso, não é mesmo?

– Eu sei, Isis, só espero que você esteja contente com o nada em que estamos.

– Que estamos ou que somos?

– A essa altura? Que somos. Não percebe? Nosso tempo acabou há muito, o mundo praticamente se acabou na Terceira Guerra, o que sobrou agora formará uma nova era que não pertence mais a nós. Vimos esse mundo crescer e florescer, passar de império a império, rei após rei, e todos eles sentindo-se como se fossem os donos do mundo. E nós vimos todos eles caírem, vimos feras, cultos, seitas, monstros, demônios, anjos e deuses. Nós somos tudo o que a humanidade é e já foi, mas jamais poderemos ser o que ela será.

– Você também sente, não é, Aamu?

– Sim, Isis, eu sinto...

– Por mais que nos tenham concedido a vida eterna, sentimos a mesma coisa. Nosso tempo está se exaurindo. De alguma forma, mágica ou não, nós sabemos que algo está prestes a acontecer...

– Vivemos nas sombras por tempo demais, Isis, por isso algo dentro de nós insiste em nos dizer que é hora de finalmente sairmos e fazermos algo grande para o mundo.

– E o fato de um deus e uma aprendiz de Ferrer baterem a nossa porta nesse momento não me parece ser mera coincidência.

– De fato, não é.

– Me diga, Aamu, após dois mil anos, no que você acredita?

– No que eu acredito? Eu conheci cinco deuses pessoalmente: Iverna, Xylon, Loki, Kali e Hunter. E, após ter demonstrações de seus poderes, eu sei que, mesmo com os poderes divinos emprestados a nós por Iverna, ainda somos meros peões em um imenso tabuleiro. A questão é que não consigo precisar quem está movendo as peças.

– Chega a ser irônico, não? Somos capazes de entender o sentido de tudo, exceto de nós mesmos.

– Pra ser sincero, prefiro não saber o sentido da minha existência. Gosto de pensar que em algum momento irei descobrir e será uma grande epifania, gosto de me confortar à noite pensando que acordarei no dia seguinte com um propósito: descobrir meu verdadeiro propósito. Tenho dois mil anos, não pode faltar muito tempo para ele surgir.

– Eu até concordo com você, mas não consigo ser tão otimista a respeito disso. Não consigo evitar pensar que recebi uma missão divina e ela não está sendo cumprida.

– Sua missão está sendo cumprida. A pedra está em segurança.

– Não é disso que estou falando.

– Então, o que é?

– Eu sinto que existe um propósito maior nisso tudo, algo que dará sentido a nossa eternidade. Após recebermos a magia de Iverna, em Roma, eu tentei me colocar entre os homens, tive amigos e assisti a todos morrerem de velhice enquanto eu era a única que não poderia partir dessa terra. Usei feitiços de transmutação para simular um envelhecimento e depois tive que forjar minha própria morte para me exilar da sociedade. Eu tentei me reintegrar várias vezes em diversos países, mas sempre encontrava a morte daqueles que eu amava. Então decidi que jamais voltaria a pertencer à sociedade, sabia que em algum lugar do mundo existiam mais duas pessoas na mesma condição horrível que eu, mas não sabia onde você e Ferrer estavam nem estava disposta a procurá-los. – Ela respirou fundo, parecendo cansada. – A verdade é que eu nunca fui amiga de Ferrer e jamais aceitei o fato de você ter me deixado para sair em busca de aventuras como um garotinho. Eu amaldiçoei o meu dom, odiei minha imortalidade e reneguei o meu dever. Perdi os dois homens que amei por causa desse dever. E isso machuca demais. Eu sei que jamais verei Adrien de novo por causa dessa maldita pedra. Tudo o que eu queria depois de tanto tempo e tanta dor é uma resposta. Chega de aventuras, chega de riscos... eu só quero entender.

– O que aconteceu com a velha Isis que eu conhecia? Aquela que gostava de se aventurar, de se arriscar. Você ficou tão irritante, eu mal te reconheço mais.

– Esse é o problema, meu querido. – Isis olhou fundo nos olhos de Aamu com seu olhar penetrante, capaz de intimidar o mago desde a Roma antiga. – Você não me conhece mais, mas eu te reconheço perfeitamente, você continua exatamente o mesmo. O mesmo de Roma, o mesmo de Alexandria... o mesmo de Kholat Syakhl.

– Agora me escute bem, Isis! – Aamu aumentou o seu tom e o ódio se fez perceptível em sua voz. – O que houve naquele dia foi um acidente! Eu jamais poderia imaginar... Ah, esquece.

Aamu bebeu outro gole de uísque e uma lágrima escorreu de seu rosto. Arrependida, Isis foi até o amigo e o abraçou carinhosamente.

– Me desculpe, eu não devia ter tocado nesse assunto. Não sabia que ainda significava tanto para você, mesmo após todos esses anos.

– Ainda significa o mundo para mim, mesmo após todos esses anos.

No dia seguinte, os quatro acordaram cedo e se vestiram depressa. Hunter colocou novamente seu jeans com camiseta e jaqueta de couro, enquanto Aylin optou por voltar a usar seu corpete de couro marrom com calça e botas da mesma cor. Antes de saírem, Aylin e Hunter foram avisados pela camareira do hotel que eram aguardados no quarto de Isis e Aamu. Assim que entraram, Isis, que segurava um enorme tomo de feitiços, disse:

– Tudo bem, até agora vocês conseguiram se comunicar conosco, porque falamos todas as línguas. Mas agora precisam aprender um novo idioma para se comunicarem nesse país. Sentem-se e concentrem-se.

Isis então começou a recitar um feitiço:

– *Enlanomo de sanktamagio Iverna mi vokoslaantikvasageco de la supera lumomagio mi ordonas al vi, ke estas lavorto, kajlavortosinjorokajla verbo mangikaj verbo proklami!*

Um choque tomou subitamente as gargantas de Hunter e Aylin e imediatamente os dois conheciam toda a língua portuguesa, de forma que poderiam se comunicar com qualquer brasileiro como se esse fosse de fato seu idioma nativo. Após saírem do quarto, tomaram café da manhã em uma padaria próxima ao hotel. Tanto os atendentes quanto os outros clientes – além, é claro, de Aylin, Aamu e Isis – ficaram abismados ao ver Hunter comer seu quinquagésimo quarto pão com manteiga e beber seu trigésimo copo de leite. Ao terminar finalmente sua refeição, o aesir jogou o copo e o prato no chão e deixou alegremente a padaria, obrigando Aamu a apagar a memória de todos os presentes para não serem forçados a pagar a conta. Isis aprovou a atitude, afinal não teriam como pagar por todo aquele gasto.

Após o farto café da manhã, eles pegaram uma carona – desta vez com o uso de hipnose – até o Parque Nacional do Iguaçu. Dos quatro, Aamu e Isis eram os únicos que já haviam visto as cataratas antes e compreenderam a expressão maravilhada de Aylin quando chegaram ao local.

– Meu Deus, isso é realmente incrível! – Aylin afirmou. – A deusa Kali deve ser muito poderosa para ter criado tudo isso!

– É, Aylin, acho que podemos deixar esse detalhe de lado, não? – Aamu falou discretamente, ao observar os olhares curiosos de alguns presentes após o comentário da garota. – Não se fala da deusa Kali nesse país, a maioria desses imbecis nem mesmo sabe quem ela é.

– Aamu, não chame as pessoas de imbecis – Isis reclamou. – Eles não têm culpa se você tem dois mil anos de conhecimento a mais que eles.

– Tá, que seja... Vamos fazer logo o que temos que fazer.

– Que é...?

– Encontrar a pedra, é claro. Hunter, o que acha?

Hunter não ouviu a pergunta, sequer havia reparado na beleza das cataratas, pois sua mente vagava distante, ainda no confronto com a sombra no avião e na fala que ecoava em sua mente desde aquele dia.

O aesir ainda tentava entender o que a sombra queria dizer, nem mesmo sabia quem era a figura encapuzada e o que queria com o pequeno avião. Àquela altura, Hunter já havia eliminado qualquer possibilidade de uma coincidência, sabia que a sombra fazia ao menos alguma ideia de que encontraria lá o que quer que estivesse buscando. Seus devaneios foram interrompidos pela voz de Aamu:

– Hunter? Hunter! Está dormindo em pé, garoto?

– Me desculpe! O que foi que disse?

– Disse que temos que encontrar a Pedra no fundo desse abismo, mas não faço ideia de como iremos fazer isso em meio a tanta água e, mais importante, sem sermos vistos.

– Uau! É incrível! – Hunter finalmente tinha reparado na beleza das cataratas e ficou se perguntando até onde iriam os poderes da deusa Kali, responsável por tal maravilha.

– Não pode usar seus poderes sensitivos?

– Não, parece que, depois da batalha contra Loki, a Pedra parou de emitir energias. Parece um efeito colateral dos poderes destrutivos de Kali, já que essas águas foram banhadas com seu poder.

Aamu estava sem ideias e esperava que Hunter pensasse em algo. O aesir, como um bom líder e estrategista, bolou um plano e, após considerar todas as possibilidades de acerto e erro possíveis, decretou:

– Voltaremos durante a noite.

ᛟ ᛟ ᛟ

O parque estava fechado durante a noite, o que tornava muito mais fácil a tarefa de não serem vistos. Os quatro entraram por baixo da cerca após Hunter abrir um buraco no solo com o poder da lança Heir. Para realizar a missão, todos usavam trajes de combate: Hunter fora aconselhado a não usar sua armadura para não emitir brilho, mas vestia sua camisa de malha, com ataduras nos pulsos, e vestia calça e botas leves que ajudavam na movimentação; Aylin mantinha sua roupa de couro própria para combate; e Aamu e Isis trajavam suas armaduras encantadas completas, com o aço enegrecido por magia para não emitir reflexo algum.

Eles seguiram até a borda das cataratas, pularam todas as cercas de proteção e, quando estavam a um passo da queda d'água, Isis usou seu poder para criar plataformas flutuantes feitas de magia pura. Todos subiram a bordo e as plataformas começaram a descer lentamente em direção ao fundo das cataratas. Hunter então ditou seu plano a todos:

– Temos dois jeitos de fazer isso, nenhum dos dois será fácil e os riscos são gigantescos. O primeiro plano é o seguinte: um de nós pula na água e procura a pedra do jeito antigo, o que pode levar muito mais tempo do que temos, e se aquele que pular se afogar lá embaixo... não teremos como saber. Também não sabemos o quão fundo esse buraco realmente é, a pedra pode estar a semanas de descida, jamais conseguiríamos recuperá-la em um único fôlego. O outro plano é que Isis e Aamu usem seus poderes, um de cada lado da cachoeira, para de alguma forma impedirem que a água caia. Assim, o nível da água embaixo vai diminuir e eu vou poder tentar usar meus poderes para fazer com que as plantas submersas, que não estarão sendo oprimidas pela fúria das cachoeiras, encontrem a pedra e a tragam para a superfície. Dessa forma, economizaremos tempo, mas será um esforço mágico enorme para ambos e não posso precisar por quanto tempo terão que segurar as águas. Além disso, se vocês se desgastarem demais segurando as águas e ficarem sem energia, irão desmaiar e cair na água, e será praticamente impossível resgatá-los. E não quero nem pensar na possibilidade de Isis desmaiar e essas plataformas se desmaterializarem. Todos nós cairíamos e toda a água segurada arrebentaria com força sobre nossas cabeças. Morreríamos com certeza. – Ele olhou atentamente cada um dos amigos. – Então, o que vamos fazer?

Hunter havia entregado um dilema para todos. As duas opções pareciam, no mínimo, fadadas ao fracasso, e ainda assim não parecia haver opções melhores. As cataratas criadas pelo poder de Kali eram maravilhosas, mas tão mortais quanto quem as criou, e Aamu se pôs a pensar de que forma Loki havia conseguido sobreviver a tamanho poder.

Foi nesse momento, enquanto os quatro pensavam sobre qual difícil opção escolher, que no céu uma nuvem negra surgiu. Num primeiro momento, parecia ser pequena, mas depois foi crescendo em tamanho e densidade, encobrindo uma parte do céu azul. De dentro da nuvem surgiram quatro sombras de mantos negros com capuzes, o que dificultava ver os seus rostos. Aquelas sombras eram idênticas à que Hunter vira no avião no dia anterior.

Prevendo o perigo, Isis moveu as plataformas de volta para a terra firme e as quatro sombras os seguiram, cercaram-nos e começaram a murmurar algo ininteligível. Em seguida, uma série de labaredas negras surgiu no céu e caiu sobre o grupo, exigindo de Aamu a conjuração de um escudo mágico. Após alguns segundos, as chamas cessaram, e o escudo, trincado, desfez-se.

Uma das sombras aproximou-se do grupo e retirou seu capuz, revelando um rosto obscuro, com horrendas cicatrizes sob os olhos e nas bochechas. Um dos lados da boca parecia ter sido queimado e um pedaço do lábio inferior havia sido arrancado, deixando à mostra os dentes e a gengiva.

– São corajosos em virem até aqui, mas encontrarão apenas sua morte.

Aylin se adiantou e bradou:

– Quem é você, sombra repugnante?!

– Meu nome é Adiemus.

– Então quer dizer que estamos lidando diretamente com o líder – Aamu disse com frieza. – Perfeito, vamos matá-lo aqui mesmo, assim será muito mais fácil derrotar seu pequeno grupinho.

Hunter reconheceu a voz de Adiemus e percebeu que ele era o mesmo que o havia confrontado no avião. O guerreiro aproximou-se da sombra e perguntou:

– Você estava no avião ontem, não é? O que quis dizer com "o herdeiro"?

– Cale-se garoto, isso é muito além de você.

– Hunter – Aamu barrou a passagem do aesir –, fique atrás, me deixe lutar com ele.

Antes que Hunter pudesse responder, Aamu saltou, agarrou Adiemus e caiu com ele na cachoeira. No meio da queda d'água, ele abriu suas asas mágicas e subiu. Adiemus se debateu, mas não conseguiu se soltar, acabando arremessado na direção de uma pedra, quando ainda no ar foi atingido por uma rajada de magia e sumiu. No topo da cachoeira, Hunter, Aylin e Isis preparavam-se para enfrentar as outras três sombras. Isis conjurou um clarão de luz, que afastou o grupo por uns segundos. De dentro do clarão, saltaram Hunter e Aylin com suas lâminas em punho, desferindo golpes fatais em dois dos espectros. Aylin decapitou uma sombra com um corte horizontal de suas adagas, enquanto Hunter fincou as lâminas bifurcadas de Heir no peito de outro espectro. Entretanto, em vez de jorrar sangue, as sombras se dissiparam como névoa, apenas para se materializar novamente como se nada tivesse acontecido.

Hunter acometeu um segundo ataque com a lança Heir, manuseando o pesado objeto com maestria e desferindo uma série de poderosos golpes horizontais, diagonais e verticais, estocando em várias direções, utilizando-se tanto da ponta bifurcada em uma extremidade quanto da lâmina afiada na outra, na velocidade do som. Porém, o espectro era igualmente veloz e conseguiu desviar-se de todos os golpes do aesir. O guerreiro saltou e girou seu corpo para arremessar a lança, mas o projétil atravessou o corpo do adversário, que se desmaterializou no momento do impacto, fazendo com que a lança fincasse em uma pedra distante.

Enquanto Hunter lutava, Aylin usava tanto de suas adagas quanto de seu corpo para agredir seu adversário, tendo em um momento acertado um chute potente no espectro. A seguir ouviu-se um estalo, indicando que um osso havia se partido, porém a lesão parecia não ter diminuído em nada a velocidade do inimigo e sua destreza em esquivar-se. Isis também não estava com muita sorte contra seu adversário. A feiticeira disparava rajadas de fogo, gelo, água, raios e até de magia pura, mas a sombra era capaz de reverter todos os seus ataques com disparos mágicos de poder similar. Parecia claro a Isis que ela não venceria sozinha seu adversário, por isso tentava ganhar tempo para que Hunter, Aylin ou Aamu encerrassem seu combate e a ajudassem. Enquanto os amigos não apareciam, ela tentava surpreendê-lo com algum poder para o qual ele não tivesse um contra-ataque, mas todas as suas tentativas acabavam sendo falhas.

Era exatamente o mesmo pensamento que passava pela cabeça de Aamu naquele momento; incapaz de acertar o espectro Adiemus nas rochas, o mago agora se via sozinho contra o líder do grupo e se arrependeu de não ter praticado mais e ter se entregue ao vício. Era nesses momentos que sentia o peso do álcool e a falta de prática; seus poderes se mostravam absurdamente inferiores se comparados aos de séculos atrás, quando enfrentara Loki. Com um esforço extremo, o mago conseguiu retirar do fundo das águas seu Golem de pedra, o mesmo que usara contra o deus da trapaça e seu gigante de gelo. Porém, agora, sua conjuração era sete metros menor. Aamu esperava que Adiemus usasse de alguma invocação para enfrentar sua conjuração, mas o espectro apenas subiu aos céus e mergulhou como uma bala, acertando o gigante no peito e saindo pelas costas. O ataque atingiu o centro da magia que movia as pedras, derrotando o feitiço com um único golpe. Aamu se viu indefeso novamente e formulava uma nova estratégia quando um segundo espectro atingiu suas costas e o arremessou pelos ares. Inesperadamente, ele foi agarrado pela cintura por um galho que surgiu das rochas. Diversos galhos surgiram e perseguiam o segundo espectro. Hunter havia mergulhado no campo de batalha de Aamu e Adiemus e caçava o espectro que fugia de suas plantas, passando entre o mago e o líder dos adversários e subindo novamente para o outro lado das montanhas. Ao chegar do outro lado, foi recebido com um forte pontapé no rosto e rolou pela grama por alguns metros.

– O mestre Adiemus disse que deveríamos ter cuidado, mas não vejo motivo para isso. Vocês são extremamente fracos – disse o adversário de Hunter, rindo do guerreiro e de seus amigos.

– Como pode dizer que sou fraco se não viu nem sequer metade do meu poder ainda?

– O que está dizendo? Quer me convencer de que tem mais poder que isso? Você deve estar delirando se acha que pode me vencer.

– É mesmo? Então veja só isso.

Hunter fincou a lança Heir no chão e da fenda surgiu uma grande árvore carregando em seus galhos as peças da armadura de Asgard. Os galhos retiraram de Hunter sua jaqueta de couro e a envolveram no corpo do guerreiro, carregando cada peça da armadura para seu devido lugar: duas placas nas canelas e joelhos; duas braçadeiras douradas encravadas com as runas de Týr, a runa da vitória, e Úr, a runa da força; um tasset dourado; e, por fim, a couraça dourada encravada com runas e o brasão de Asgard em baixo relevo. A armadura dourada reluzia e cintilava e, quando estava devidamente trajado, uma aura dourada surgiu em seu corpo.

Além da armadura, a árvore também trouxe o sabre Daggry, a espada do alvorecer, e a fixou à bainha, na cintura. Mesmo com o peso da armadura, Hunter não demonstrava nenhum retardo em seus movimentos. Agora ele estava pronto para mostrar todo o seu poder. Sem perder tempo, ele disparou uma nova série de ataques, porém seus golpes pareciam até mesmo mais rápidos que antes. Em um momento, o espectro errou sua esquiva e foi atingido por um soco certeiro no estômago, tentou recobrar o ar, mas o aesir continuava a socar seu corpo, desferir pontapés nas costelas, joelhadas no peito e uma rajada de socos no rosto com tanta velocidade que a sombra não conseguia tempo suficiente para começar o processo de desmaterialização.

Com um soco certeiro, Hunter arremessou a sombra na direção de um emaranhado de pedras, que estilhaçou com o impacto. O combate estava encerrado, o espectro não poderia ter sobrevivido àquele golpe. Hunter se distanciava quando dos destroços veio uma voz:

– Fascinante. Você realmente é o herdeiro.

Hunter se virou e viu o espectro saindo do buraco visivelmente ferido, porém muito menos do que deveria estar.

– É um tolo se pensa que somente esses golpes vão me derrotar, aesir. Eu não serei morto tão facilmente.

– Eu entendo agora. – Hunter riu. – Vocês são seres de sombra, alimentam-se do poder da noite e da escuridão. Não será possível destruí-los aqui e agora.

– Você finalmente entendeu. Somos fortes na luz, mas na sombra somos indestrutíveis!

– Entretanto...

– O que foi?

– Eu nunca ando nas sombras, sempre carrego comigo uma luz.

Com a mão direita, Hunter alcançou o cabo de Daggry e a desembainhou. A luz da lua refletiu na lâmina e fez o espectro desviar o olhar por um segundo.

– Com essa lâmina – Hunter proclamou –, a lâmina do alvorecer, eu irei retalhar a escuridão, iluminar as trevas e destruir você. Essa espada é a segunda mais poderosa que Asgard já viu, perdendo apenas para o sabre Gram, do herói Siegfried, e com ela seu destino será selado!

Hunter disparou na velocidade da luz na direção do espectro. Não era possível enxergar nada além do rastro dourado que a aura em chamas do guerreiro deixava para trás. Em uma fração de segundo, a sombra sentiu uma pontada no peito e uma dor crescente, a lâmina Daggry havia sido cravada em seu coração e agora se acendia e tornava-se dourada, assim como a armadura de seu espadachim, além de esquentar, quase como o sol.

– Saiba que Daggry não tem esse nome por acaso. Quando os anões forjaram esse sabre a mando de meu pai, colocaram o poder do sol dentro dela. Daggry não é uma simples lâmina, seu corte emite calor, energia e, principalmente, luz.

O espectro gritou. A espada de fato jorrava luz para dentro de seu corpo negro. Após um grande clarão, a sombra explodiu e desapareceu no ar. O espectro finalmente havia sido derrotado; entretanto, o combate não havia acabado. Isis estava próxima de Hunter e aguentava a duras penas uma ofensiva de trevas emitida pelo espectro. Hunter se moveu para ajudá-la, mas viu Aylin sinalizando para ele e, de sua posição, jogou o sabre para a garota, que cravou-a no corpo de um espectro e ergueu-o, fazendo-o desaparecer no ar.

– Sua espada é bem leve, gostei. – Aylin sorriu e devolveu o sabre de Hunter, que ficou boquiaberto com a facilidade com que a garota ativou as propriedades mágicas de sua arma. – Agora somos quatro contra dois, vamos acabar com isso.

Hunter e Aylin partiram em defesa de Isis e, com uma série de movimentos bem sincronizados, não demoraram muito para encurralar seu adversário e perfurá-lo com o sabre Daggry, causando sua explosão. Enquanto isso, Aamu seguia tentando ganhar tempo em seu combate contra Adiemus.

– Desista de uma vez, Aamu, você não tem poder para me enfrentar – Adiemus zombou. – Na verdade, nunca teve.

– Você tem razão, Adiemus, eu não tenho poder para enfrentá-lo. Mas eu o farei mesmo assim.

Aamu conjurou sua lança de chamas douradas e a disparou na direção de seu adversário, que desviou com facilidade. O mago já esperava por isso e, com um cordão de magia atrelado ao cabo da lança, puxou o projétil de volta. Desta vez, a arma passou zunindo ao lado do rosto de Adiemus, que desviou no último milésimo e teve seu rosto tocado pelas chamas douradas, o que lhe rendeu uma nova cicatriz.

– Olhe só para você, Aamu, sempre que nos enfrentamos você inventa um truque novo... Incrível...

– Eu faço o que posso.

– Mas será que pode impedir que o final seja o mesmo da última vez?

– Eu jamais permitiria que o final fosse o mesmo, Adiemus.

– É mesmo? Então é melhor se preparar. Desta vez, será muito pior.

– Não se eu puder evitar! – disse Isis, atrás de Adiemus.

Nesse momento uma bola de chamas arroxeadas acertou o manto de Adiemus e o incendiou. De uma plataforma mágica, surgia Isis com os braços crepitando, a seu lado estava Aylin e, descendo em um galho, via-se o brilho dourado da armadura de Hunter.

– Você está cercado, Adiemus – Isis gritou. – Desista!

O espectro arrancou o manto negro e o jogou nas águas. Não vestia camisa, fazendo com que fosse possível ver em seu corpo inúmeras cicatrizes e diversas marcas irreconhecíveis, que pareciam pertencer a algum culto. As marcas cobriam todo o peito, os braços e até as mãos e paravam no pescoço.

– Vocês venceram meus espectros? Como?

– Vamos mostrar – Hunter levantou a espada Daggry. – Esse é o seu fim!

Adiemus sentiu o desespero tomando conta de seu corpo. Na situação atual, tinha certeza de que seria vencido, então pensou em algo:

– Vou roubar um dos seus truques, Aamu.

Adiemus mergulhou fundo e tocou a superfície da água, depois subiu até os ares novamente. De onde havia tocado, as pedras levantaram-se e juntaram-se para formar uma gigantesca serpente com asas de morcego e patas de leão.

– Conheçam minha quimera. Estive praticando isso por muito tempo, então será um enorme prazer matá-los com ela.

A quimera de Adiemus continuava a crescer. Seu corpo já continha tantas pedras que o nível do solo começou a diminuir e a altura das cataratas crescia a cada segundo. O nível da água diminuiu e, quando a criatura finalmente parou de ascender, as quedas d'água pareciam ter o dobro da altura inicial. Os quatro estavam paralisados e começavam a formular uma estratégia quando, de repente, o enorme monstro simplesmente caiu e se destruiu.

– O que aconteceu? – Hunter estava confuso. – O feitiço de Adiemus falhou?

– Não. – Aamu começava a entender o ocorrido. – O feitiço de Adiemus foi perfeito, mas ele precisa estar próximo para controlar algo tão grande.

– Isso quer dizer que...?

– Quer dizer que Adiemus usou a quimera apenas para nos distrair enquanto fugia.

– Maldito bastardo!

– Bom, não podemos culpá-lo. – Aylin guardava suas armas. – Ele estava em tremenda desvantagem e não sabia como nos vencer, mas nós sabíamos como vencê-lo. Foi uma retirada estratégica.

– Faz sentido! – Isis exclamou.

– Mas, afinal, será que alguém pode me explicar o que foi isso? – Hunter se virou para Aamu. – Quem eram eles? Parecia que vocês se conheciam. E o que foi que ele quis dizer com "o final ser o mesmo da última vez"?

Isis suspirou, e Aamu olhou para o céu, como se buscasse algo bem específico em sua memória.

– Vamos voltar para a terra firme e eu conto a história.

– Que história?

– Do que aconteceu da última vez que os herdeiros vieram à Terra. Em um lugar há muito esquecido e cercado de mistérios, mistérios para os quais temos a resposta, mas jamais poderemos revelar, um lugar chamado Kholat Syakhl...

12 ✕ REUNIÃO

Leningrado, Rússia – 30 de janeiro de 1952

– Minha nossa! – o rapaz de belos cabelos castanhos reclamou, em russo, para a mulher sentada ao seu lado. – É muito mais frio do que eu imaginava.

– Sim, Aamu, meu lar é mais frio que qualquer outro lugar que eu tenha conhecido.

– Pois bem, acho que daqui posso me virar. Obrigado pela ajuda, Anastasiya.

O mago se levantou, mas a loira agarrou seu pulso.

– Não pode. Não duraria um dia sozinho aqui, temos regras, eu preciso acompanhá-lo.

O homem puxou seu braço, soltou-se da mão da garota e se dirigiu à porta.

– Eu sei me cuidar, Anastasiya. Só precisava que me colocasse dentro de Leningrado, nada mais.

Ele desceu e o trem fechou suas portas. Pela janela, Anastasiya chorava e espremia o rosto pela pequena fresta, gritando:

– *Ya lyublyu tebya! Ya lyublyu tebya!*

O rapaz baixou a cabeça enquanto o trem partia e a voz da loira ficava mais distante.

– Eu não te amo, Anastasiya, mas obrigado mesmo assim. A propósito, meu nome não é Aamu, é Ferrer. Não que isso faça diferença, já que você nunca mais vai me ver.

Ferrer respirou fundo e o ar frio penetrou em suas narinas, fazendo-o espirrar. Um feitiço de regulação da temperatura corporal talvez fosse necessário, mas não seria possível; afinal, sua missão o impossibilitava de usar qualquer magia, de qualquer natureza. Ou seja, teria de se aquecer à moda antiga.

Ele dirigiu-se a uma pequena pousada, uma casa de três andares cujo exterior havia sido bastante castigado pelo frio. O interior da casa era humilde, com móveis velhos e simples, e uma idosa de cabelos grisalhos se dirigiu a ele, assim que o jovem cruzou a porta, fazendo soar um charmoso sino fixado em seu batente.

– Você não é daqui, é, rapaz? Posso ver em suas feições que não... Russos são loiros e bonitos, já você é feio como um traseiro de jumento... Cruzes!

Ferrer deu um sorriso cínico e respondeu:

– Você nunca perde a oportunidade de ser idiota, não é mesmo?

A senhora trancou a porta da pousada e um pequeno redemoinho verde surgiu da planta de seus pés, cobrindo todo o seu corpo e desaparecendo em seguida para revelar o rosto sempre jovial e os longos cabelos castanhos de Aamu, o lendário. O mago era um mito por toda a Europa, mas ninguém jamais o havia visto em pessoa sem o feitiço de transmutação – ao menos até onde se lembravam. Ele era famoso por realizar espetáculos majestosos de ilusionismo – apesar de alguns já terem visto frutos de sua magia diante de seus próprios olhos. Aamu tinha se tornado um mágico famoso com seu espetáculo itinerante, que percorreu todos os maiores palcos da Europa: de Roma a Praga; de Lancashire a Istambul. Por qualquer país que passasse, Aamu era reconhecido e ovacionado; portanto, o feitiço de transmutação era o mais usado pelo mago. Ainda assim, Ferrer se incomodou com o fato de o lendário estar utilizando magia tão próximo do alvo de sua missão, e o pior de tudo é que ele sabia que aquele não havia sido o único feitiço que Aamu utilizara, o que poderia comprometer a integridade da missão.

Ferrer reparou no amuleto que repousava sob a bancada, um pergaminho de isolamento, um feitiço poderoso capaz de camuflar completamente o uso de magia em um raio determinado pela força do pergaminho. No caso do artefato usado por Aamu, aproximadamente dez quilômetros. Com a segurança do amuleto, Ferrer conjurou um feitiço de regulação de temperatura corporal para se manter aquecido sob o rigoroso inverno russo. O mago ignorou o comentário do irmão e o silêncio perdurou na sala por alguns segundos até que o lendário falou, timidamente:

– Então... Por que e para que me chamou aqui?

– Aguarde, Aamu, vamos esperar todos chegarem aqui antes de conversarmos.

– Todos? Quem mais vem?

– Quem mais poderia ser?

Aamu suspirou.

– Algum problema, Aamu?

– Nenhum. É só... é complicado.

– Quer falar sobre isso?

– Definitivamente, não.

– Então, tudo bem.

– Sim. Tudo bem.

Nesse momento, ouviram batidas na porta, o que acabou quebrando o clima desconfortável que a conversa havia criado. Do outro lado, a voz de Isis parecia fortemente abalada pelo frio, ela quase sussurrava:

– Ferrer, está aí?

O mago abriu a porta e, quase no mesmo instante, uma bola de fogo zuniu pela sala e arrebentou na parede, apenas alguns centímetros ao lado da orelha de Aamu.

– Seu desgraçado! – Isis gritou. – O que está fazendo aqui?

A feiticeira conjurou uma nova bola de fogo, mas, com um sinal, Aamu desativou o efeito do pergaminho de isolamento. Isis desfez sua bola de fogo e Ferrer, às pressas, foi forçado a desfazer seu feitiço de controle de temperatura também.

– SERÁ QUE VOCÊ CONSEGUE NÃO SER UMA LOUCA POR CINCO SEGUNDOS, ISIS? – Aamu gritou.

– Incrível! – Ferrer examinava a área atingida pela bola de fogo, que estava completamente destruída em diversas camadas da madeira. – Parece que você tinha razão, Aamu, é complicado.

Isis entrou e fechou a porta, Aamu sinalizou novamente e o efeito do pergaminho voltou a funcionar.

– Devia ter me avisado que iria trazê-lo, Ferrer – Isis reclamou.

– Ah, cale-se, Isis! Se Ferrer nos chamou aqui, deve haver uma boa razão. Até porque foi um inferno conseguir passar pela burocracia dessa geladeira sem magia.

– E de fato há, então eu agradeceria se vocês parassem de brigar por qualquer que seja o motivo e me escutassem. – Ferrer pausou, como se fosse fazer um grande anúncio. – Eu encontrei os herdeiros.

Os dois magos arregalaram os olhos. Ambos haviam imaginado diversas situações perigosas, mas nenhuma delas se aproximava do problema que Ferrer acabara de anunciar.

– E tem mais – Ferrer continuou –, os Filhos de Nero também.

Aamu se jogou em uma cadeira, com o olhar perplexo. Sua mente analisava e digeria as informações que havia acabado de receber.

– Está dizendo que os herdeiros de Xylon e Iverna renasceram? E que papo é esse de Filhos de Nero?

– Alguém não anda recebendo suas cartas, Ferrer. – Isis riu com deboche. – Parece que alguém está bastante desligado do mundo.

– Ferrer, do que ela está falando?

– Eu levei muito tempo para conseguir localizar você, Aamu, por isso não consegui comunicá-lo do ocorrido antes. Sempre que o Show do Lendário é apresentado em uma cidade, o mago não é visto nem antes nem depois do espetáculo – Ferrer lamentou. – Por isso que Aamu não sabe o que está acontecendo nem o que está prestes a acontecer – falou Ferrer, dirigindo-se a Isis.

– Então tratem de me explicar.

Ferrer então se sentou, assim como Isis, em volta da pequena mesa de centro na sala. Os três ficaram em silêncio por algum tempo. Isis e Aamu aguardavam ansiosamente Ferrer começar a falar, enquanto ele buscava as palavras certas.

– Escute bem, Aamu, durante a batalha de 62 d.C. contra Xylon, nós esquecemos um detalhe muito importante: o imperador Nero. Ele havia sido afetado pela magia negra e foi à loucura após ter sua mente invadida e seu corpo usado como avatar temporário para a entidade. Após o incêndio, Nero abriu as portas de seu palácio às pessoas que perderam o seu lar. O que nós não sabíamos é que, na verdade, um resquício do poder de Xylon ainda estava em Nero.

– Espera um pouco aí – interrompeu Aamu. – Nós selamos todo o poder de Xylon na pedra, a própria Allegra fez isso.

Aamu se arrependeu de ter mencionado o nome de Allegra quando viu a expressão de Ferrer adquirir um olhar triste. Mesmo após tantos anos, ele ainda sentia a falta de sua amada. Ferrer então retomou a fala:

– O poder de Xylon foi selado, mas uma pequena parte dele se prendeu a Nero e, de alguma forma, espalhou-se pelas pessoas que Nero abrigava. Isso fez com que os filhos dessas pessoas tivessem a essência de Xylon, que foi repassada através do cordão umbilical, da mesma forma que as proteínas e nutrientes são passados normalmente para os bebês. Esse foi o surgimento do que chamamos de Filhos de Nero, um grupo de crianças capazes de controlar, em menor grau, a magia da Pedra da Penumbra Primeva e todas as suas propriedades mágicas. Movido pela cobiça de Xylon, esse grupo original buscou a pedra para reviver seu deus, mas jamais conseguiu encontrá-la no santuário mágico de Isis. Então, o grupo focou seus esforços em outro objetivo, outra forma de reviver seu mestre...

– Os herdeiros...

– Exatamente, Aamu. Sempre temi que, assim como eu e Allegra éramos a reencarnação, os herdeiros do poder de Xylon e Iverna em 62, outros pudessem surgir, mas achei que jamais aconteceria, já que eu ainda estou vivo; entretanto, há aproximadamente noventa anos Isis descobriu que não funciona dessa forma.

– De que forma então?

– É muito simples – Isis tomou a fala. – Ferrer é o herdeiro do poder de Xylon e deveria ter se mesclado a ele para cumprir seu papel de herdeiro na destruição do universo, mas, em vez disso, fundiu-se ao poder de Iverna, o poder da luz, do espaço e da criação. Dessa forma, a essência de Xylon, que residia em Ferrer, foi apagada e lançada mais uma vez ao destino, ficando livre para reencarnar quando o momento oportuno chegasse. Bom, esse momento acaba de chegar.

– Espera um pouco – Aamu estava confuso –, quer dizer então que poderemos acabar tendo que enfrentar Xylon em sua forma suprema?

– Bom, há uma alternativa. – Ferrer parecia relutar em dizer tais palavras. – Duas, na verdade.

– Quais? Me diga.

– Os herdeiros morrem, a essência de Xylon é dissipada e reencarnará novamente em algum momento da história, não poderemos precisar quando nem onde, mas teremos paz por algum tempo...

– E a outra opção?

– Damos aos herdeiros o poder da Penumbra Primeva, passamos a magia ancestral de Iverna para eles e, assim, estaremos liberados de nossos deveres como guardiões. Por fim, poderemos viver uma vida normal e finita até o dia em que a morte finalmente nos alcançará.

– Parece uma escolha fácil para mim – Aamu já estava decidido. – Não vou entregar minha imortalidade.

– Parece? Pois pense de novo, irmão. Os herdeiros são eleitos pelo destino para cumprir seu dever sagrado de causar o fim do mundo e o começo de um novo ciclo da existência. O universo não irá permitir que sejam atrapalhados em sua missão.

– O que isso quer dizer?

– Quer dizer que eles não serão mortos por arma nenhuma, não serão feridos por nenhum esforço do homem, não sucumbirão a nenhuma doença e nenhuma lâmina poderá penetrar a pele deles. A única coisa que pode matar um herdeiro é o cálido corte de uma arma criada pela magia da deusa Iverna em conjunto com o poder obscuro do herdeiro de Xylon.

– Você está se referindo às armas da luz que criamos em Roma?

– Exatamente! Um dos cinco artefatos supremos criados da junção do poder de quatro magos poderosos em conjunto com a deusa da luz. Esses objetos são as únicas armas capazes de ferir os herdeiros.

– E essas armas foram roubadas pelo deus Loki quando ele invadiu o templo sagrado de Isis, então não temos escolha. – Aamu começava a compreender o dilema que enfrentavam. – Nós temos que entregar aos herdeiros nossos poderes e seguir nossa vida.

– Sim! Infelizmente, não há alternativa.

Aamu então se reclinou na cadeira, os pensamentos explodiam em sua mente como fogos de artifício enquanto buscava uma forma de esquivar-se da situação. Pensou em abrir um portal para Asgard e obrigar Loki a devolver as armas roubadas. Havia espancado aquele mauricinho idiota uma vez e com certeza poderia fazer de novo, mas não sabia se Loki estava realmente em Asgard. Pensou em criar novas armas, mas seria impossível sem a ajuda da deusa Iverna e imaginava que ela não o ajudaria a matar o próprio herdeiro. O mago até pensou em tentar coagir Xylon a ajudá-los, mas logo ignorou uma ideia tão absurda. Entre o mar de pensamentos, uma pergunta importante ainda continuava sem resposta.

– Afinal, Ferrer, por que estamos aqui exatamente? – Aamu perguntou.

– Estamos aqui porque os herdeiros estão aqui.

Aamu saltou da cadeira com um susto.

– Como assim aqui? Os dois? Agora?

– Sim. Assim como Allegra e eu, os herdeiros dessa época já fizeram contato entre si e isso desencadeou uma série de pulsações mágicas que me atraíram imediatamente para esse lugar. Eu estava a caminho daqui quando fui interceptado pelos Filhos de Nero, eles me disseram que estavam de posse dos herdeiros e iriam executar seu plano quando o momento fosse oportuno, até lá me deixariam viver para presenciar sua ascensão com a condição de que eu ficasse longe de Leningrado. Foi esse o motivo de ter dito a vocês que viessem aqui sem uso de magia, ou eles nos sentiriam e poderiam fazer algo conosco ou com os herdeiros.

– Você encontrou os Filhos de Nero? – Isis perguntou, curiosa e assustada. – Como são? Quantos são?

– Não consigo dizer seu número exato, mas são muitos, centenas. Não vi seus rostos, pois usavam capuzes. Sinto muito, não sei muito sobre eles.

– Entendo.

– Tudo bem, Ferrer. Só nos diga: o que vamos fazer?

– Eu consegui entrar aqui algumas vezes, da mesma forma que entrei agora. Conheci uma garota chamada Anastasiya. Ela trabalha para o governo de Leningrado e tem contatos importantes. Foi assim que consegui passar pelos guardas e ter acesso a alguns documentos públicos. Depois de algum tempo observando e rastreando as energias mágicas do lugar, consegui encontrar os herdeiros: o herdeiro de Xylon se chama Alexander Sergeievich Kolevatov e a herdeira de Iverna se chama Lyudmila Dubinina. Os dois são exploradores experientes e esquiadores também, estão organizando uma viagem para a montanha chamada Kholat Syakhl, "Montanha Morta" no dialeto local, o mansi. A expedição está sendo liderada por Igor Dyatlov, outro explorador experiente. Eles pretendem passar por Kholat Syakhl, que é considerada uma passagem de dificuldade extrema, e alcançar Otorten, outra montanha a 10 quilômetros de Kholat Syakhl. Essa expedição tem alguma coisa a ver com os estudos do instituto politécnico de Ural, onde vários dos exploradores trabalham. Eu não sou um perito em emboscadas, mas esse parece um bom lugar para se pegar os dois.

– Mas você havia dito que o Filho de Nero lhe disse que já estavam com os herdeiros. – Isis tentava acompanhar a história.

– Acho que ele estava blefando, não vi nada suspeito com os dois ou com algum dos membros do grupo.

– Quando vai ser essa tal expedição?

– Eles vão começar a subida daqui a dois dias.

– Então não temos tempo a perder – Aamu finalizou. – Precisamos nos preparar para qualquer coisa. Por sorte, vocês têm a mim, eu estive trabalhando em algo para nós.

Aamu saiu por um instante e voltou com uma grande mala, colocou-a sobre a mesa e a abriu com um clique. Dentro, havia três placas de armadura que reluziam uma coloração azul-turquesa e cintilavam com o reflexo da luz.

– Depois de enfrentar Loki, voltei para a mansão do conde De Castro, peguei algumas armaduras e usei alguns encantamentos para transformá-las.

Elas são leves como pluma, embora sejam feitas de ferro; também são muito mais resistentes que qualquer metal que exista. Eu até coloquei alguns encantos para que elas não aqueçam, além de serem extremamente seguras e terem a capacidade de se moldar ao corpo.

Aamu vestiu uma das armaduras e a placa imediatamente fixou-se em seu corpo, criando uma forte couraça protetora.

– E estão repletas de encantamentos de proteção mágica, esses tais Filhos de Nero vão precisar de um feitiço muito forte para conseguir ferir quem estiver usando-as.

Para testar, Isis conjurou uma grande bola de fogo e disparou no peito de Aamu. A armadura recebeu o impacto, absorveu-o e disparou de volta, contra a feiticeira, que desviou para não ser atingida.

– Como eu disse – Aamu anunciava como um vendedor –, é totalmente segura.

– Gostei desse negócio. – Ferrer parecia uma criança pegando um brinquedo novo, um grande sorriso estampava seu rosto enquanto o mago provava a armadura. – Bem prático, funcional e muito bonito também. Bom trabalho, Aamu.

Isis mostrava-se relutante em admitir o acerto do lendário, mas pôs a armadura. Imediatamente ela sentiu a energia, era realmente uma magia muito poderosa, em nada semelhante aos fracos feitiços de Aamu em Alexandria, quando o mago tratava seu dom levianamente e vivia uma vida de devassidões desmedidas. O lendário então pegou uma segunda mala contendo as peças adjacentes das armaduras: braçadeiras, botas e elmos.

– Não iremos usar o resto da armadura ainda, pois não há necessidade, mas tenham em mente seus efeitos: as braçadeiras têm a capacidade de ampliar a energia disparada em seus feitiços, sem que vocês precisem conjurar magia adicional para isso; as botas interferem na gravidade ao seu redor, isso permite que saltem mais alto, corram mais rápido e também que corram pelas paredes ou teto; o elmo amplia suas faculdades mentais e os cinco sentidos, quando o usarem, vocês serão capazes de pensar com mais lucidez, enxergar, ouvir, cheirar e sentir melhor. São efeitos básicos, mas podem nos dar uma vantagem, caso haja conflitos.

– Incrível, meu irmão! – Ferrer agora sorria ainda mais. – Isso vai ser muito útil, com certeza.

– É... – Isis ainda relutava. – Muito bem, agora vamos parar de brincar e nos mover? Estudar? Planejar?

Aamu sentou-se novamente e se espreguiçou na cadeira.

– Pensando bem, eu estou mais interessado em tomar uma concha de sopa quente e dormir, estou morrendo de sono e amanhã será um longo dia...

– Aamu tem razão, Isis – Ferrer falou enquanto esfregava os olhos. – Já é tarde, temos que dormir.

– Vocês vão, eu tenho que me preparar.

– Bem, você quem sabe...

Os dois irmãos se retiraram cada um para o seu quarto na pousada, um cômodo simples com uma cama de solteiro, um pequeno guarda-roupa e um baú de cada lado. Depois, foram para a pequena cozinha da pousada, onde, após alguns minutos, uma pequena lareira crepitava abaixo de uma grande panela, fazendo sair uma fumaça com um cheiro agradável. Aamu tirou a tampa da panela e, com uma concha de madeira, agitou a sopa que borbulhava, pegou duas tigelas de barro e despejou o caldo quente. Entregou uma das tigelas para Ferrer, tirou da bolsa duas colheres e os dois sentaram-se no chão em volta da lareira para comer.

Era a primeira vez em mais de mil anos que os dois irmãos se viam e as circunstâncias ainda não permitiram que eles tivessem um momento íntimo de reencontro. Os dois se entreolharam sob a fraca luz da lareira e sorriram um para o outro; o ódio e a rixa que existia entre eles havia ficado em Roma e os dois sabiam que, além de Isis, só poderiam confiar um no outro. Aamu, o mais novo, olhava para Ferrer com um olhar forte, determinado, enquanto Ferrer ainda mantinha seu olhar sereno, pacífico e amigável, o mesmo olhar que havia conquistado a admiração da maior capital da história.

Naquele momento, enquanto observava o irmão saborear sua tigela de sopa, Aamu pensou sobre como seria fácil para Ferrer abrir mão de sua vida eterna para defender os herdeiros. O lendário sabia que os poderes deveriam ser passados ao mesmo tempo e olhava com pesar para o fato de ter que perder sua vida eterna. Porém, sabia que, por todos esses anos, a sua benção foi a maldição de seu irmão, sabia o quanto Ferrer queria estar novamente com Allegra. Nesse momento, um calafrio lhe percorreu a espinha. Ferrer tinha Allegra o aguardando do outro lado, mas ele não tinha ninguém. Após mil e duzentos anos, Aamu não tinha ninguém. Havia traído o único amigo que poderia aguardá-lo do outro lado, o conde De Castro, por simples prazer carnal, nem mesmo Miriam De Castro lhe esperaria, já que ele foi totalmente indiferente à sua morte. Isis poderia encontrá-lo, mas ele havia estragado tudo com ela ao fugir de Alexandria. Aamu sentiu um pouco de inveja de seu irmão, tentou pensar por outro ângulo e percebeu que, se ele não tinha ninguém após a vida, Ferrer não tinha ninguém durante a vida. A única pessoa que ele havia amado de verdade estava morta e ele sabia que jamais poderia estar com ela enquanto vivesse.

Quantas vezes Ferrer havia buscado uma solução mais fácil? Quantas vezes na calada da noite não havia tentado ceifar sua própria vida? Quantas dessas vezes ele ficou dividido entre seu dever como guardião e seu amor? O que Allegra pensaria dele se ele abandonasse a tarefa que ela mesma lhe concebeu? Aamu imaginava que a vida de Ferrer era tão sofrida quanto a sua, talvez até pior. Lembrou-se de Adrien, a quem Isis amou e foi tirado dela abruptamente, imaginou o quanto ela sofreu com isso também. Ele pegou-se imaginando se Isis ansiava ver Adrien do outro lado; se ela, em algum momento, também tentou buscar uma saída. Aamu sabia que Isis havia voltado sua solidão para os conhecimentos mágicos e por isso tornou-se a feiticeira mais poderosa dos três, enquanto ele tinha seu show itinerante e isso fez com que conseguisse todo o reconhecimento e a adulação do povo, além de ter boa parte de seu tempo livre, que dividia entre manter o alto nível de seus feitiços e ir para a cama com as mais belas mulheres de cada cidade que passava, apagando sempre suas memórias no dia seguinte para manter sua reputação misteriosa.

Apesar de tudo, ele viu-se feliz por não ter formado nenhum laço com o passar dos anos e concluiu que, em relação aos amigos, ele era o menos atacado pela maldição da imortalidade. Então pensou em Ferrer novamente. O que seu irmão havia feito por mil e novecentos anos? Como vivia? O que pensava? E, principalmente, qual era a extensão de seus poderes...

– É doloroso, não é? – A voz de Ferrer acordou Aamu do transe.

– Desculpe! O que é doloroso?

– Esse dom que nós temos.

– Como você sabia...

– Eu posso ler mentes, Aamu – disse o irmão, relembrando os seus poderes. – Eu não gosto de fazer isso, mas seus pensamentos estão explodindo para fora da sua mente.

– Eu sinto muito...

– Não tem problema. É parte da nossa sina.

– O que você quer, Ferrer?

– Não entendi sua pergunta.

– De toda essa situação, dos herdeiros, do poder…

– O que eu quero? – Ferrer sorveu um gole grande de sopa enquanto pensava na resposta. – Quero que tudo acabe da melhor maneira.

– Melhor maneira para quem?

– Essa… é uma boa pergunta…

13 ✕ Tempo e sonho

— Eu estou falando sério, senhor macaco, devolva o meu chá agora!

Ferrer gargalhou, o irmão costumava falar enquanto dormia, mas jamais havia dito tamanha bobagem. Vendo aquela situação, ele se deu conta de que invejava a facilidade com que Aamu conseguia dormir, independente das situações. Pensou isso porque ele próprio já havia tentado adormecer, mas o iminente conflito fazia com que seu corpo desejasse se levantar e treinar seus feitiços até a exaustão. Após muito tempo lutando contra suas vontades, decidiu se levantar e praticar um pouco; desceu as escadas e encontrou Isis levitando sentada no centro da sala, com as três armaduras de Aamu completas flutuando a sua frente. A feiticeira recitava um antigo feitiço de amplificação de magia e o mago aguardou que ela terminasse sua invocação para falar que aquilo era uma perda de tempo.

– Sabe tão bem quanto eu que não vai funcionar, não é, Isis?

Isis bufou.

– Aamu é muito poderoso agora, Isis. Aceite. Eu não sei como, mas ele é. Seus poderes estão equiparados, você não conseguirá amplificar além do que ele já fez.

– Acho que tem razão...

Isis pousou suavemente no chão e levantou-se, as armaduras copiaram seu movimento e se montaram como se vestissem um manequim.

– E então, Ferrer, quer me contar por onde esteve nesses mil e novecentos anos?

– É uma longa história...

– Nós temos tempo.

– Não, não temos. Eu preciso da sua ajuda.

– Para o que exatamente?

– Sinto que uma grande batalha virá pela frente e devemos estar preparados. Quero fazer um feitiço de transfusão mágica com você.

– Tem certeza?

– Sim.

– Tudo bem. Acho que podemos tentar.

Isis pegou em sua bolsa um pequeno vidro contendo um sal de propriedades mágicas. Em seguida, com ele, desenhou duas setas no chão, uma apontando para ela e outra para Ferrer. O mago colocou sua mão na base da seta que apontava para Isis, enquanto a feiticeira pousou sua mão na base da outra seta. Imediatamente, uma energia de coloração dourada e arroxeada começou a correr, respectivamente, pelos braços de Ferrer e Isis, percorrendo o corpo da seta até alcançar a ponta e dispersando-se na direção do mago oposto. Assim, eles absorveram as energias enviadas pelo outro, assumindo uma fração de suas capacidades mágicas. Em outras palavras, Ferrer e Isis trocaram parte do conhecimento mágico que adquiriram durante mil e novecentos anos. Agora os dois tinham pleno controle de alguns feitiços mais simples criados pelo outro. Infelizmente, a magia se limitava a transmitir apenas feitiços básicos ou intermediários; por algum motivo desconhecido, as propriedades mágicas de feitiços mais avançados só podiam ser ensinados, jamais transferidos. O grande problema era que aprender um feitiço avançado levava um tempo, que eles não tinham.

Isis havia aprendido sobre os feitiços de transferência em livros de magia datados de muitos anos antes de Cristo, na época em que Xylon e Iverna viviam em harmonia entre os homens e dividiam com eles sua magia. Os livros estavam ocultos nos subterrâneos do planeta e suas energias podiam ser sentidas por um mago, caso este se encontrasse próximo do local onde o livro estava. Isis, Aamu e Ferrer haviam encontrado livros em suas aventuras e sempre os consultavam para aprender mais sobre seus feitiços. A feiticeira sabia que a magia de transferência também podia ser usada em objetos de propriedades mágicas, com a diferença de que, nesse caso, o mago apenas enviava ou recebia energias. Ela já havia praticado a transferência com objetos poderosos antes, mas assim que a energia de Ferrer penetrou seu corpo, sentiu um disparo de poder tão forte dentro de si que por um momento achou que seu corpo fosse ser desintegrado por completo.

Mesmo tendo feito isso antes com objetos mágicos, ela jamais havia sentido tanta energia percorrer seu corpo e se perguntava se isso era devido ao simples fato de ser uma transferência com outro mago ou se realmente Ferrer tinha muito mais poder do que ela. Mas, se ele realmente tivesse mais poder que ela, por que precisaria fazer uma troca? Será que Ferrer queria o reforço dos poderes de Isis? Ou talvez não confiasse em seus poderes e acreditava que ele precisava ampliá-los?

O poder de Ferrer disparava da ponta da flecha para dentro de seu corpo em doses cavalares e ela sentiu-se momentaneamente tonta e cansada. Olhou para Ferrer e constatou que o mago não parecia estar sofrendo dos mesmos efeitos, seus olhos pareciam serenos e imaginativos como sempre, com uma feição amigável.

– Algo está incomodando você, Isis? – Ferrer perguntou.

– Não, é que... – Isis se envergonhou por um segundo. – Eu nunca senti tanta energia percorrendo o meu corpo antes. Isso está me deixando um pouco tonta.

– Quer parar?

– Não, eu aguento.

– Tudo bem. Enquanto isso, diga-me – era Ferrer quem parecia envergonhado agora –, o que houve entre você e Aamu?

Isis contou a Ferrer tudo o que houve em Alexandria e concluiu dizendo que não teve notícias de Aamu desde então.

– Então não sabe o que houve na Terra de Vera Cruz?

– Terra de Vera Cruz? Não.

Ferrer não perdeu tempo e contou para Isis tudo o que havia acontecido entre Aamu e Loki, história que havia sido contada para Ferrer há pouco pelo próprio Aamu enquanto os dois tomavam sua sopa. Ela ficou chocada ao saber que Aamu, fraco como havia saído de Alexandria, fora capaz de invocar a deusa hindu da destruição, uma entidade de poderes imensuráveis e ferocidade extrema. Por um momento, ela até pensou na possibilidade de ser uma mentira contada por Aamu, mas se lembrou de que as armaduras estavam encantadas com maestria e alguém capaz de encantar uma armadura a tal nível de poder muito provavelmente conseguiria realizar tal invocação. Assim, ficou mais tranquila ao saber também que a pedra estava a salvo no fundo das cataratas, em um lugar que, mesmo com auxílio de magia, seria de dificílimo acesso.

– Ferrer, eu estou muito curiosa em relação a uma coisa...

– Ora, pergunte.

– Como você fez para lidar com a morte da Allegra? Digo, com a transformação dela.

– Bem... – Ferrer levou um tempo para formular sua resposta – acho que isso aconteceu sem eu notar em algum momento. No começo, eu tinha um pouco de medo, não sabia ao certo como lidar com isso; aliás, não sabia como lidar com nada do que aconteceu em Roma. Eu tentei fazer de tudo para trazê-la de volta. Pensei em chamá-la... fiz isso por dias; tentei invocá-la magicamente, tentei atraí-la e fiz alguns rituais, mas nada aconteceu. Cheguei até a utilizar o tal Kairós, o tempo oportuno ao qual Iverna disse que o colar responderia. Eu me joguei de um penhasco para ver se encontrava Allegra na queda e tive que salvar a mim mesmo a apenas alguns centímetros do chão. Tentei de tudo, mas nada a trouxe de volta. Foi então que eu entendi...

– Entendeu o quê?

– Que o Kairós não significa o tempo oportuno para a situação, mas sim o tempo do universo como um todo. O colar não responde a algo, mas sua onisciência permite que ele saiba quando uma possível situação apocalíptica pode ser revertida sem sua interferência, e, se houver essa possibilidade, ele não aparecerá. Eu poderia ter morrido na queda daquela montanha se não tivesse feito nada, mas o colar sabia que eu poderia fazê-lo. Ele só não sabia se eu de fato faria, mas sabia que essa possibilidade existia, por isso não veio ao meu auxílio.

– Mas, se o colar é onisciente, como não saberia se você iria se salvar ou não?

– O colar é capaz de enxergar o tempo e o espaço em linha, mas essas linhas podem ser alteradas a qualquer momento por uma ação indeterminada. Serve de exemplo a própria criação do colar e qualquer mudança que tenha ocorrido para que isso fosse possível.

– Eu não entendo – disse Isis, confusa.

– Pense, o que teria acontecido se os guardas de Nero não tivessem capturado a pedra quando seu pai entrou em Roma? Xylon não teria sido liberto, eu não teria sido atacado pelos bersekers e não teria cambaleado até a casa de Allegra. Talvez nós não tivéssemos ficado juntos, pois o espírito de Xylon não teria se apossado do meu corpo, o que faria com que você e Aamu não tivessem que voltar do Egito para nos resgatar. Consequentemente, nós não teríamos que invadir o castelo de Nero, o grande incêndio jamais teria acontecido, não teríamos poderes e Allegra jamais teria se fundido a Iverna, ou seja, o Colar da Luz jamais teria sido criado. De alguma forma, o colar já sabia disso e permitiu a faísca que causou toda a mudança.

– Mas como o colar poderia saber antes mesmo de existir?

– O Colar da Luz não responde ao tempo normal, ele é o portador da onisciência do universo, exerce domínio sobre o tempo e espaço. Ele pode existir em todos os lugares ao mesmo tempo, em todos os segundos do tempo. É certo afirmar que o colar existia antes mesmo de existir, ele vive desde o início do tempo e espaço.

– Como sabe disso?

– Porque em um dos meus rituais eu tive uma visão. Meu espírito foi levado para a pré-história, mais ou menos 7.000 a.C. Eu vi o colar entre os *Homo erectus*. O artefato mostrava a eles o fogo.

Isis deu um salto e seu fluxo de magia se cortou por um instante, voltando logo em seguida.

– Está me dizendo que o Colar da Luz ensinou o homem a usar o fogo?

– Sim, foi exatamente o que aconteceu. O colar fez uma pequena alteração na história que mudou todo o rumo da humanidade, antes mesmo de o *Homo sapiens* povoar o planeta com suas civilizações. Mais de sete mil anos antes da criação do colar, ele já existia, porque seu tempo e espaço não correspondem ao nosso tempo e espaço. Por isso, jamais responderá a uma situação que acreditamos ser urgente, mas sim a uma situação que se apresente como urgente perante todo o universo.

– Isso faz sentido, mas o que significa?

– Significa que eu não verei Allegra a não ser que seja vitalmente necessário para o bem de todo o universo e tudo que vive nele.

– Entendo... É uma pena.

– Quer saber? Eu não acho. Espero de verdade não ter que ver Allegra nesse mundo.

– Como assim?

– Se eu a encontrar nesse mundo, significa que o universo está morrendo ou morto. Eu esperei mil e novecentos anos para vê-la, posso aguardar mais tempo.

– E nunca desistiu de vê-la? Digo, nunca pensou em seguir sua vida, encontrar outra pessoa, outro propósito?

– Nem um único dia sequer.

– Ao menos sabe que a encontrará do outro lado, já eu não sei se verei Adrien de novo.

– Sabe o que eu acho, Isis? Você e Adrien podem ter tido um belo momento, mas não foram feitos um para o outro.

– Como assim, Ferrer?

– Não sei ao certo, mas não consigo me imaginar sentado nesta sala com Adrien em vez de você. Isis, você ia passar seus poderes para ele, não ia? E como faria para se manter longe da ação? Você é uma de nós, uma guardiã, uma feiticeira, não conseguiria se colocar abaixo disso.

– Entendo. Mas e você, Ferrer, conseguiria se colocar abaixo de seu status de mago?

– Eu já me coloquei abaixo do meu status de centurião romano. Eu vi minha cidade queimar, perdi minha amada, perdi meu lar. Hoje, status e títulos não significam nada para mim, apenas uma coisa me cabe ainda: a virtude.

– A virtude?

– Sim. Eu existo neste mundo há milênios para defendê-lo das forças da escuridão, essa é minha missão e é por ela que eu existo. Não há mais nada para mim, além disso.

– E sua missão está prestes a se completar.

– Sim, mas eu não sei ao certo como me sinto a respeito disso...

– Devia se sentir bem.

– Devia, mas não me sinto.

– Por que não?

– Isis, sejamos francos, o que sabemos sobre a outra vida?

– Bem... Nada.

– Exatamente! Allegra me disse que nos veríamos do outro lado, mas não sei se isso é verdade. Toda essa teoria sobre o Kairós é invenção minha, eu jamais encontrei algo que provasse isso, nem mesmo nos livros antigos.

– Pois é! Eu também nunca vi nada parecido em nenhum dos livros que encontrei.

– Às vezes, fico pensando que isso é apenas um conto de fadas como qualquer outro. Eu não consigo mais ter fé em algo do gênero.

– E no que tem fé então?

– Esse é o problema, Isis. Eu não tenho fé em absolutamente nada. Não consigo acreditar em Allegra, não acredito em Iverna, não acredito no colar, não acho que haverá um tempo em que seus espíritos surgirão para nos mostrar o caminho. Não acredito nas pessoas, nem sequer me importo mais. Eu estive com uma garota chamada Anastasiya, passei alguns meses com ela, fingindo amá-la, para que ela me colocasse aqui dentro. Depois, descartei-a como lixo. Eu jamais seria capaz disso há mil e novecentos anos, mas eu fiz. Eu não me orgulho disso, mas eu fiz...

– E qual é o problema disso? Vivemos há mil e novecentos anos, Ferrer. Somos como deuses entre os homens. As pessoas desse mundo são bebês em nossos braços e nada mais. Devemos usá-los para nossos fins, é o mínimo que fazemos por protegê-los nas sombras.

– Você fala como Aamu. O que você não entende é que o mundo não é nosso só porque nós cuidamos dele. Os homens têm tanto direito ao mundo como nós; na verdade, penso que têm até mais direito que nós, já que acabaram de conhecê-lo. Eu vivia em uma Roma forte, sólida, com imperadores icônicos e um exército majestoso. Você viveu no Egito dos faraós, das pirâmides e hieróglifos. Você tem ido ao Egito recentemente?

– Eu vivo lá...

– E o reconhece como seu lar?

– Bem...

– Não minta para mim, Isis.

– Não, não reconheço. Tudo está... tão diferente.

– O mundo está diferente. Tudo mudou a nossa volta e, por mais que tentemos nos adaptar, jamais conseguiremos alcançar aqueles que nasceram aqui. Isso não é um simples fator de costume, é a evolução. Somos seres humanos obsoletos, não deuses. E nosso trabalho está prestes a chegar ao fim. A pergunta é: você está preparada para voltar a ser uma humana?

– Eu tenho medo, Ferrer.

– Medo da morte?

– Não. Medo da vida. Sempre que tentei viver, acabei magoada. Foi assim em Roma quando deixei você e Aamu, foi assim no Egito quando tentei me reintegrar, foi assim em Alexandria quando Adrien morreu. Parece que jamais aprendi a ter uma vida feliz.

– Por isso não dorme?

– O quê?

– É isso que aflige você toda vez que encosta a cabeça em um travesseiro? Ou pensa que acredito na conversa do feitiço de privação de sono?

– Eu... – Isis foi pega de surpresa pela verdade. – Sim, é isso...

– Sabe por que eu sei disso? Porque, às vezes, eu tenho o mesmo problema.

– Tem?

– Sim, tenho. Não sei mais como é uma vida feliz. Desde que Allegra se foi, eu tenho vagado pelo mundo sozinho buscando uma forma de trazer minha amada para mim. Evoluí meus poderes ao limite para tentar encontrá-la, mas isso não foi possível. Minha vida é uma missão fracassada e um amor perdido.

Ferrer deu um sorriso otimista e continuou:

– Mas tudo vai mudar agora quando salvarmos os herdeiros e o mundo. Daremos a eles nossos poderes e, finalmente, encerraremos nossas vidas tão longas!

Isis deu um sorriso caloroso, receptivo, amistoso, sincero. A transferência de energia já chegava ao fim, os dois magos já enviavam pouquíssimas quantias de energia em cada disparo, por isso optaram por encerrar o ritual. Despediram-se. Ferrer subiu para o quarto e dormiu tranquilamente, também Isis, no quarto ao lado, fechou os olhos e visitou o mundo dos sonhos pela primeira vez depois de muito tempo.

Isis abriu a porta no final do longo corredor. Ainda cambaleante, a feiticeira adentrou o grande jardim, repleto de lírios até onde os olhos podiam enxergar. Sob um forte sol brilhando sozinho no céu perfeitamente azul, as flores dividiam espaço com enormes colunas de pedra dos dois lados, enfileiradas e unidas por um arco no topo. Parado no centro do jardim, sentado em uma pequena fonte de água, estava Aamu, vestindo uma belíssima túnica branca com detalhes em dourado, com seus longos cabelos castanhos escorridos pelo ombro esquerdo, a barba milimetricamente aparada e os olhos dourados como sua túnica. Assim que avistou a feiticeira, o mago se levantou e, com um sorriso amigável, disse:

– Então você finalmente veio me visitar, Isis. Faz muito tempo desde a última vez...

– Aamu?

O mago riu com leveza.

– Não, minha cara. Após todos esses anos, você não se lembra... mas eu compreendo. Pois bem, meu nome é Morfeu, o deus dos sonhos, filho de Hypnos, o deus do sono.

– Morfeu...

– Eu lhe trouxe aqui hoje porque quero falar com você.

– Você se parece com Aamu...

– Eu assumo as feições de pessoas próximas à pessoa cujo sonho eu crio. Dessa forma, meu pai ou os outros deuses não podem me encontrar.

– E o que quer de mim, Morfeu?

– Essa é uma ocasião importante, Isis. Veja bem, você está sonhando agora, está dormindo pela primeira vez em mil e novecentos anos, por isso eu irei recompensá-la. Acredite ou não, eu tenho preparado sonhos para você por todo esse tempo.

– Por que fez isso?

– No começo, era apenas minha função, dar sonhos aos homens. Mas, quando percebi que você não vinha mais me visitar, me senti ofendido.

– Peço desculpas.

– Não precisa, sua falta de sono me motivou a aguardá-la. Eu sabia que em algum momento você viria até mim e, quando isso acontecesse, queria que você sentisse vontade de voltar sempre. Esse é o motivo de ter me dedicado tanto a criar um sonho perfeito para você.

– E você conseguiu?

– No começo, foi muito difícil, mas então criei algo que, para ser sincero, eu nem mesmo poderia fazer. Os outros deuses vão me banir se descobrirem, nem imagino o que meu pai faria se soubesse. Eu criei para você algo maior que um sonho, criei uma premonição.

– Uma premonição?

– Existem relatos de pessoas que previram o futuro nos sonhos, e a verdade é que a maioria dessas pessoas se confundiu, se enganou ou apenas está mentindo. Porém, eu tenho o poder de criar premonições em meus sonhos, mas só em raríssimas exceções o faço.

– Isso é incrível!

– Meu pai discorda. Ele me proibiu de fazer isso, mas eu gosto de fazer escondido às vezes...

– É um dom incrível, Morfeu.

– Obrigado. Foi um prazer falar com você, Isis, espero vê-la novamente.

– Você vai embora?

– Sim, devo voltar para junto de meu pai e você precisa sonhar...

– Até logo, Morfeu.

– Eu espero que sim, Isis. E bons sonhos.

Um forte clarão cobriu todo o jardim e cegou a feiticeira, que foi forçada a cobrir os olhos com a mão direita. Um forte som e um intenso calor surgiram e, por instinto, ela se ajoelhou, fechou os olhos e cobriu os ouvidos, ficou algum tempo nessa posição até que sentiu uma sensação de paz e segurança. Abriu os olhos e viu um chão de pedras. À sua frente, o clarão de luz seguia fortíssimo e a feiticeira não conseguia enxergar nada além de duas silhuetas no meio da luz, que estavam de mãos dadas, pareciam confusos, com medo, duvidosos, mas ao mesmo tempo unidos e esperançosos. Nesse momento, Isis sentiu um toque quente apertar sua mão, do seu lado surgiu o rosto de Aamu. O mago ergueu o seu queixo e depois apontou para o clarão, dizendo:

– É lindo, não?

Isis saltou da cama com um susto. Foi apenas um sonho.

14 O incidente

Leningrado, Rússia – 31 de janeiro de 1952

Isis acordou de seu sono sentindo-se renovada e com ótimo humor. Ela se lembrava de ter sonhado com Aamu, um clarão de luz e duas silhuetas que ela não havido sido capaz de distinguir. A feiticeira não sabia, mas seu encontro com Morfeu fora totalmente apagado de sua memória, um procedimento padrão de quando o deus dos sonhos se revelava a um sonhador.

Ela desceu enrolada em um grande cobertor para a cozinha da pensão russa e encontrou Ferrer e Aamu saboreando mais uma tigela de sopa e chá quente, a melhor opção para afastar o frio, além da magia, é claro.

Pouco foi dito durante o café da manhã. O grupo de exploradores com o qual os herdeiros estavam já estava acampado e se preparava para adentrar a passagem de Kholat Syakhl no dia seguinte. Com isso, os magos tinham pouco tempo para encontrar uma forma segura de observá-los em segredo e sem o uso de magia, já que não sabiam onde os Filhos de Nero estavam nem como ou onde pretendiam atacar. Seus movimentos deviam ser muito bem pensados, senão poderiam colocar em risco seu segredo e até mesmo suas próprias vidas.

– Acho que resolvi nossos problemas. – Aamu saltou de sua cadeira, derrubando seu chá no chão. – Tenho a ideia perfeita!

– Então nos diga, irmão! – Ferrer, sempre sorridente, afirmou.

– E se nós disséssemos o que está acontecendo para o tal Dyatlov, o líder da expedição? Ele com certeza iria entender, e nossos problemas estariam resolvidos!

O silêncio pairou por um minuto na cozinha enquanto Aamu, todo sorridente, aguardava uma resposta dos dois magos, que o observavam boquiabertos.

– Essa foi, com certeza, a ideia mais idiota que eu já ouvi – Isis exclamou implacável. – E eu já ouvi muitas ideias idiotas.

– Eu sou obrigado a concordar... – Ferrer murmurou, tomando mais um gole de chá. – Foi bastante imbecil.

– E o que vocês propõem então?

– Para começo de conversa, que você cale a boca, irmão. – Ferrer sorriu. – Deixe que eu e Isis cuidamos da parte da estratégia.

– Então tá, seus caretas, mas não venham me pedir ajuda quando a coisa ficar quente e vocês precisarem do mais poderoso dos magos. Tenham isso em mente.

– Espera, mente! – Desta vez foi Ferrer quem saltou da cadeira. – Aamu, você é um gênio!

– Eu sou? Quer dizer, é claro que sou.

– Espera aí! – Isis exclamou. – Qual é a grande ideia agora?

– Podemos usar um feitiço de desvio de mente, isso vai impedir que os membros da equipe nos vejam ou ouçam enquanto estivermos perto deles.

– Isso é interessante... mas tem um problema: se os Filhos de Nero estiverem infiltrados entre o grupo, irão nos descobrir.

– Isso não será um problema – Aamu interveio. – Podemos levar alguns dos meus pergaminhos de isolamento conosco para disfarçar a magia que usarmos.

– Não vejo como poderia dar errado – Ferrer decretou. – Vamos fazer isso então.

Estava decidido. Ao cair da noite, os três se aproximaram do acampamento de Igor Dyatlov e seu grupo de exploradores. Entre eles estavam Alexander e Lyudmila, os herdeiros dos espíritos de Xylon e Iverna. Os magos observaram atentamente cada um dos membros da expedição até encontrarem seus protegidos, em seguida fizeram uma ronda no perímetro do acampamento em busca dos Filhos de Nero, sem encontrar nada.

Depois de montarem as tendas, Isis decidiu se recolher para ler livros de ficção, enquanto Ferrer e Aamu tentavam inutilmente acender uma fogueira de modo convencional, desistindo algum tempo depois e apelando para a magia.

– Como acha que eles vão atacar, Ferrer? – Aamu perguntou. – Os tais Filhos de Nero...

– Não sei dizer. Não posso sequer afirmar que o ataque ocorrerá aqui. Não sei o que esses espectros têm em mente.

– Qual será a extensão de seus poderes?

– Não acho que sejam mais poderosos que nós, uma vez que nós recebemos energia direto da pedra; diferente deles, que receberam a energia de forma secundária.

– Mas não acha que isso pode torná-los mais adaptados ao poder e, portanto, mais poderosos?

– É uma possibilidade...

– Então a questão aqui não vai ser quem tem mais poder, mas quem os usa da melhor forma.

– Talvez.

– Espero de verdade que você não tenha passado todo esse tempo choramingando, Ferrer. Não vou segurar sua mão como fazia em Roma...

– Claro, afinal foi você quem se tornou um centurião romano, não é?

– Você não muda nada, não é mesmo? – Aamu sorriu. – Sempre o mesmo cabeça-dura regrado de sempre.

– E você, Aamu... – Ferrer retribuiu o sorriso – continua o mesmo falastrão.

Nesse momento, um galho caiu ao lado dos dois; parecia ter se quebrado e despencado da árvore acima deles, mas o formato indicava que havia sido forçado para baixo por algo pesado. Os dois irmãos se mantiveram em silêncio, reunindo energias mágicas para uma possível batalha. Entretanto, o silêncio se manteve e os dois concluíram que havia sido alguma ave que pousou em um galho já fragilizado.

Leningrado, Rússia – 2 de fevereiro de 1952

Dois dias haviam se passado desde que a expedição de Dyatlov havia adentrado a passagem de Kholat Syakhl, e os magos, que seguiam em seu encalço, não tinham nenhum sinal dos Filhos de Nero. Porém, a intuição de Ferrer dizia que eles deviam continuar a seguir o grupo. Não somente a intuição, mas também a capacidade de sentir energias místicas estava disparada desde que entraram na passagem.

O lugar parecia todo repleto de uma energia mágica, diferente de tudo que eles já haviam visto. A natureza da energia lembrava a que eles sentiram nos antigos santuários subterrâneos, onde se escondiam os livros que continham os segredos do poder da Penumbra Primeva. A diferença era que essa sensação era muito mais forte, mais real, era como se os magos sentissem a magia a tocar-lhe o rosto ou vissem flutuando pelo ar. Tal sensação preocupava cada vez mais Aamu, que sentia que o conflito era inevitável, mas talvez o adversário fosse em maior número ou poder do que eles imaginavam. Ele até se imaginou enfrentando o próprio Xylon novamente e sentiu um arrepio correr por sua espinha.

Em Roma, eles foram salvos pela intervenção de Allegra, que se fundiu a Iverna e criou o Colar da Luz, o portador da onisciência do universo. Porém, desta vez, Allegra não estaria ao seu lado caso o combate ocorresse. Lembrou-se de seu combate com Loki, o que fez com que ele se acalmasse ao lembrar que já havia vencido um deus antes e, com certeza, poderia repetir o feito, caso fosse necessário; além do mais, era muito mais poderoso do que era na Terra de Vera Cruz.

O grupo continuou normalmente seu caminho, alheio às propriedades mágicas misteriosas do lugar em que transitavam. Durante a noite, encontraram um lugar apropriado e armaram suas barracas para descansar, os magos fizeram o mesmo. Ferrer, assim como na noite anterior, ficou do lado de fora da cabana, sentado, imóvel na neve, apenas meditando e vigiando o acampamento dos exploradores. Diferente de antes, nessa noite, Ferrer foi acometido por um sono sobrenatural, quase hipnótico, que fez com que o mago adormecesse na neve, enquanto Aamu e Isis dormiam confortavelmente em suas barracas...

Algumas horas depois, ele acordou e seu relógio marcava 3 horas da manhã. Ele virou-se para o acampamento de Dyatlov e soltou um grito de pavor ao ver todas as barracas destruídas, como se tivessem sido rasgadas de dentro para fora, sem nenhum sinal dos exploradores, inclusive dos herdeiros. Correu para o acampamento, sendo alcançado depois por Isis e Aamu, que acordaram com o grito do amigo e já trajavam suas armaduras mágicas e traziam nas mãos a armadura de Ferrer. Enquanto ele vestia sua proteção, Aamu e Isis disparavam feitiços de rastreamento em todas as direções em busca de qualquer pista do grupo, conseguiram um rastro e correram freneticamente em sua direção, deixando para trás o acampamento destruído.

Os magos correram pela densa neve, deixando suas pegadas para trás. Ferrer, que ainda se vestia enquanto corria, deixou algumas pegadas descalças no caminho. A aproximadamente 500 metros da cabana, os magos desistiram de correr sob a resistência da neve e utilizaram feitiços de levitação para se moverem com mais agilidade, correram sob o ar por mais alguns metros até pararem diante de um grande altar em forma de zigurate, uma construção que jamais poderia pertencer àquelas montanhas e muito provavelmente havia sido invocada de outro lugar com uma grande quantidade de magia. Em seus degraus, jaziam seis dos exploradores mortos e congelados.

Os magos subiram as escadas, desviando dos cadáveres, até chegarem ao topo e encontrarem uma cena que parecia ter sido tirada de um filme de terror. Amarrado a uma coluna de pedra, com os braços suspensos, estava Alexander, o herdeiro de Xylon, e do lado oposto da plataforma, também suspenso em uma coluna de pedra, estava Dyatlov, o líder do grupo. Os dois pareciam estar ilesos e acordados, mas não pareciam ter resistido à prisão. Entre os dois havia uma mesa de pedra, e sobre o objeto, amarrada pelos pulsos, tornozelos e pescoço, estava Lyudmila, a herdeira de Iverna, também acordada e inerte à situação. Nesse momento, um riso ecoou pelo lugar, enquanto de trás da coluna em que Alexander estava preso surgia uma figura encapuzada que parou em frente à mesa de pedra.

– Vejam só, meus irmãos. Quem temos aqui se não os guardiões de Iverna?

– Quem é você? – Aamu adiantou, as mãos em posição de conjuração, pronto para atacar.

A figura retirou seu capuz, revelando um rosto de pele marrom, com horrendas cicatrizes sob os olhos negros deformados e nas bochechas. Seu lábio havia sido queimado do lado esquerdo, deixando uma ferida permanente; uma faixa de cabelo cinza caía para o lado direito da cabeça calva nas laterais, as quais estavam repletas de cicatrizes de faca na forma de escritos antigos que não remetiam a nenhum idioma conhecido pelo homem, mas sim a um idioma muito anterior ao surgimento da própria escrita. A feição era carrancuda e ameaçadora e sua voz transmitia ódio e violência.

– Muita calma, amiguinho, permita que eu me apresente. Eu sou Adiemus, líder dos Filhos de Nero.

– Eu não dou a mínima para o seu pequeno culto, o que está acontecendo aqui? Diga-me!

– Ora, parece que o rapaz aqui não gosta muito de filmes, senhores.

Adiemus riu, e mais risadas se fizeram ouvir pelo zigurate. Foi então que Isis e Ferrer olharam em volta e perceberam que estavam cercados por dezenas de figuras encapuzadas que, assim como Adiemus, riam com ironia da piada que seu líder acabara de fazer.

– Veja bem, meu caro mago. Como devo chamá-lo? – Adiemus parecia cortês ao perguntar. – Quer dizer, vocês têm nomes, não?

– Meu nome é Aamu, esses são Isis e Ferrer, contente? Agora me diga o que está acontecendo aqui para que eu possa bater na sua cara.

– Achei que a cena fosse óbvia. Pois bem, apenas estamos fazendo um pequeno ritual e estávamos chegando ao clímax, então agradeceria se vocês fossem embora.

Desta vez foi Aamu quem riu com ironia.

– Esse cara é um completo piadista! Ir embora? Você realmente acredita que iremos embora só porque você pediu com jeitinho? Pode esquecer.

– O azar é todo de vocês – Adiemus suspirou e deu de ombros. – Veja bem, já que vocês vão morrer aqui, vou ao menos dizer a vocês o porquê. Alexander é o herdeiro de Xylon, como vocês bem sabem. Agora, Xylon nos contou exatamente o que houve em Roma e sabemos que a herdeira de Iverna da época se fundiu ao poder da pedra, correto? Iverna é um espírito benevolente que jamais feriria outra alma, além daquela que fora preparada para ela. Já Xylon trabalha de forma diferente, o deus do tempo e da noite não se importa em ferir a única outra alma que pode capacitar seus poderes.

– A herdeira de Iverna... – Ferrer pensou alto.

– Exatamente, Ferrer. A herdeira de Iverna deve morrer para que Xylon possa absorver seu poder e colocá-lo no corpo de seu herdeiro. Dessa forma, Xylon voltará a caminhar e governar entre os homens e nós, seus herdeiros, seremos recompensados de forma justa.

– E que recompensa seria essa, se me permite perguntar?

– Poder para governar e imunidade aos efeitos do tempo. Seremos imortais e serviremos Xylon pela eternidade em seu reino, na outra dimensão.

– Outra dimensão? – Isis se inseriu na conversa, curiosa.

– Sim, Xylon governa uma dimensão inteira muito longe da Terra. Esse ritual abrirá um portal entre as dimensões e permitirá que o nosso senhor surja diante de seus olhos. Como presente especial por seu retorno, daremos a ele os três magos que cooperaram para seu banimento há mil e novecentos anos.

– Não se eu puder evitar. – Aamu conjurou sua lança de chamas. – Venham para mim, imbecis!

– Aamu, poupe-nos – Adiemus falou, erguendo a mão direita.

Aamu, em desafio, jogou sua lança em direção ao líder dos Filhos de Nero, mirando sua testa. Porém, assim que alcançou o alvo, a lança parou, as chamas se dissiparam no ar e a arma simplesmente sumiu. Adiemus riu novamente do olhar espantado de Aamu.

– O que houve, lutador? Foi seu melhor truque? Sinto muito. Infelizmente não estou com tempo para brincadeiras, tenho uma herdeira para matar... Mas vocês podem se divertir com meus espectros enquanto isso.

Adiemus estalou os dedos e dezenas de espectros investiram contra os magos em ritmo desenfreado. Para cada um dos três guardiões, havia vinte espectros. Por sorte, a magia deles era muito básica, já que eram de muitas gerações após Nero. Isis, Ferrer e Aamu, por outro lado, receberam a magia da própria Iverna, portanto, eram infinitamente mais poderosos; além disso, também contavam com a amplificação de seus poderes realizada pelas armaduras encantadas por Aamu.

Ainda assim, os números começavam a fazer seus efeitos. Aamu levou seus vinte adversários para o campo aberto, onde poderia utilizar de seu feitiço favorito. Fez alguns sinais de mão e pressionou os cinco dedos sobre a neve, debaixo de si um enorme Golem de pedra surgiu e pisoteou três espectros, matando-os instantaneamente. Os adversários se recompuseram a fim de cercar o enorme colosso de pedra e neve, mas, de seu ombro esquerdo, Aamu disparava raios poderosos que perfuravam o corpo de seus adversários, causando ferimentos em suas almas. Porém, apenas um dos dezessete homens fora realmente derrotado, os outros levaram apenas alguns segundos para se recuperarem das visões horríveis, causadas pelas ilusões de Aamu, de suas próprias mortes.

Mais uma vez, o mago agora se via ameaçado por uma série de rajadas mágicas poderosas disparadas em sequência no ombro esquerdo do Golem, o ponto que unia as pedras da conjuração e também onde estava Aamu. Não demorou muito para que o gigante desabasse e seu conjurador fosse levado ao chão, amparado no último segundo por um par de asas mágicas de fogo verde que o suspenderam no ar e depois suavemente o colocaram no chão, extinguindo-se em seguida. Agora o lendário deveria enfrentar dezesseis oponentes sozinho. Ele olhou para trás e viu Isis, com uma grande espada longa conjurada em mãos, batalhando contra dezoito inimigos que, seguindo o exemplo de sua adversária, conjuraram pequenos punhais com os quais tentavam acertá-la. A dificuldade dos adversários da feiticeira era que ela se movia na velocidade da luz e só era vista por Aamu graças às propriedades do elmo de batalha encantado que melhorava a visão de quem o usasse.

Isis brandia sua arma em todas as direções praticamente ao mesmo tempo, impedindo que sequer a neve conseguisse tocar seu corpo. Os inimigos saltavam e imediatamente eram expelidos para longe como se houvessem sido jogados para trás por um campo de força marcado pelo vulto roxo da luz da espada que Isis brandia com maestria. Em menos de cinco segundos ela havia reduzido seus inimigos a nove, mas, mesmo movendo-se acima da velocidade da luz, Aamu percebeu que um dos espectros havia penetrado nas defesas da feiticeira e atiçava seu punhal contra o peito da maga, que se defendia de seis espectros que atacavam por cima e não havia percebido o furtivo oponente. Aamu gritou o nome da amiga, que percebeu a ameaça, mas já não havia mais tempo para bloquear o ataque.

Inesperadamente, uma flecha dourada cortou o ar com velocidade e força imensas e rasgou o corpo do espectro ao meio, acertando o chão e cintilando com seu brilho mágico dourado antes de desaparecer no ar. Do outro lado do campo de batalha, distante demais para ser visto mesmo pelo elmo encantado, Ferrer usava seu arco dourado conjurado, uma arma tão poderosa que poderia rivalizar com o Arco da Visão, a arma divina criada por Iverna em Roma. Diferente do Arco da Visão, a arma de Ferrer não possuía a capacidade de acerto perfeito, mas ele era um exímio guerreiro e sabia usar com inigualável maestria a arma que havia conjurado. Ele flutuava com suas gigantescas asas douradas sobre seus adversários, que jaziam mortos, então soltou seu arco dourado, que desapareceu no ar antes de acertar o chão, respirou fundo e foi em direção a Aamu, que o olhava abismado.

– Aamu, vá com a Isis impedir Adiemus, deixe que eu acabo com os outros.

– Mas, irmão, são quase quarenta e você é só um.

– Vá logo!

– Você quem sabe, mas trate de não morrer!

Aamu conjurou suas asas de fogo esverdeado, consideravelmente menores que as de Ferrer. As chamas crepitaram e o mago lendário subiu, mergulhando novamente para retirar Isis do meio de seus adversários e carregando-a para o topo do zigurate, onde Adiemus recitava cânticos de ritual e preparava uma adaga cerimonial para o sacrifício, completamente alheio à batalha que ocorria.

– Acabou, Adiemus! – Aamu gritou. E pousou em terra firme. – Você está sozinho...

– Eu não preciso de mais do que isso...

Adiemus olhou para Aamu e retirou sua capa, revelando o corpo musculoso, repleto de cicatrizes feitas à faca, com a mesma escrita milenar que carregava na cabeça. Levantou as mãos e as cruzou acima da cabeça, criando um orbe negro de energia que ele jogou na direção dos magos. Aamu desviou a tempo enquanto Isis optou por conjurar uma barreira protetora, porém o orbe de energia atravessou a barreira com facilidade e lançou a feiticeira contra uma pedra, fazendo-a bater a cabeça. Ainda que a maior parte do impacto tenha sido amortecida pelo elmo, que se rachou e partiu com a força descomunal do impacto, isso fez com que a feiticeira desmaiasse e ficasse fora de combate.

Aamu correu em sua direção e conjurou alguns feitiços de cura, apenas para constatar que a pancada havia sido não apenas física, mas também espiritual, pois atingira também a alma de Isis, fazendo com que a mera recuperação física não fosse suficiente para que ela voltasse para a luta.

– O que houve, Aamu? – Adiemus riu com escárnio. – Não consegue lutar sem sua amiguinha patética e insignificante? A essa altura ela deve estar morta e não há absolutamente nada que você possa fazer a respeito. Eu a matei, guardião de Iverna. E você terá que conviver o resto da vida com isso, ajoelhe-se agora e eu o matarei de forma rápida para livrá-lo do sofrimento e do luto, verme.

Aamu pousou Isis confortavelmente na neve, levantou-se e, sem dizer uma única palavra, caminhou até Adiemus, que ainda ria dele e de seus sentimentos tolos por sua aliada. O mago parou, o rosto a meros centímetros do rosto do adversário, com os olhos semicerrados fixos no líder dos Filhos de Nero. Ele cerrou o punho direito e acertou um soco no rosto de Adiemus, que fez com que toda a terra tremesse. Adiemus foi arremessado a uma grande distância, atingindo a base de uma montanha e afundando entre as rochas. Aamu ascendeu aos céus com suas asas de fogo e gritou:

– COMO VOCÊ OUSA FALAR ASSIM COMIGO? COMO VOCÊ OUSA FERIR ISIS DESSA MANEIRA? EU VOU MATÁ-LO AQUI E AGORA, ADIEMUS!

De dentro do buraco, um novo orbe negro surgiu, voando rapidamente em direção ao mago, que, ao invés de desviar novamente, manteve-se firme no ar e com apenas um tapa arremessou-o para longe. Logo em seguida, Adiemus veio em sua direção, preparado para golpeá-lo, mas Aamu conseguiu se esquivar e agarrou o ser obscuro pela fina linha de cabelos longos, fez um círculo no ar e arremessou novamente o oponente contra as rochas. Sem perder tempo, mergulhou na direção das pedras e, com a palma da mão sob as rochas, recitou um feitiço de conjuração, invocando mais uma vez seu Golem de pedras. O monstro se levantou e agarrou Adiemus, que se debatia e gritava. Preso entre as rochas, o líder foi obrigado a assistir com horror enquanto Aamu preparava mais uma vez sua lança de fogo.

– Vai se arrepender de ter ferido a Isis. Morra, Adiemus!

Aamu disparou a lança de fogo, que perfurou o peito do Golem de pedra, acertando em cheio o mago das trevas. O gigante despencou, mas entre as pedras não se via o cadáver de Adiemus. Em vez disso, surgiu uma horrenda criatura com um corpo de leão muito maior que o normal, sua juba negra como a noite e seus olhos como esmeraldas, com asas de morcego e cauda de escorpião. Era a lendária Mantícora, que saltou na direção de Aamu, abraçou-o com suas patas, levou o mago ao chão e desferiu uma série de golpes contra o rosto do mago, que estava protegido pelo elmo encantado. Ao perceber que seu ataque era ineficiente, a besta saltou novamente. Dessa vez, aterrissando no zigurate ao lado de Lyudmila. A fera apoiou as duas patas dianteiras na mesa e transformou-se novamente em Adiemus.

– O que houve, Aamu? Tem medo de bichinhos?

– Feitiços de transformação? Você é bem poderoso, pelo visto.

– Ainda não viu nada. – Adiemus sorriu com malícia. – Boa noite, Aamu...

A visão de Aamu começou a ficar turva. Enquanto buscava descobrir o motivo, encontrou em seu rosto um pequeno orifício e uma gota de sangue; era o lugar onde a picada venenosa da cauda do escorpião havia lhe acertado. O veneno já se espalhava por seu corpo. Mesmo quase desmaiando, Aamu reconheceu as habilidades e o sadismo de Adiemus, pois, em vez de usar um veneno letal, o líder dos espectros ejetou-lhe um veneno paralisante, para que sua vítima pudesse ser torturada sem reagir. Em questão de poucos segundos, o mago já estava no chão, incapaz de mexer um único músculo, completamente fora de combate.

Entretanto, Aamu ainda estava consciente para ver o que acontecia na mesa de sacrifício a sua frente.

Adiemus deslizou a mão esquerda pelo corpo de Lyudmila enquanto na mão direita carregava um pequeno punhal coberto de ferrugem, dado a ele por Xylon para matar a vítima e liberar sua alma. Ele encostou o punhal na altura do peito da moça, ergueu-o e baixou novamente, perfurando o coração da herdeira de Iverna. O punhal atravessou o corpo da vítima como se ele fosse feito de papel. Ao retirar sua arma, a lâmina estava coberta do sangue, mas nenhuma marca havia ficado em seu corpo para comprovar a injúria. Adiemus levou a lâmina ensanguentada até Alexander, o herdeiro de Xylon, e a cravou em seu crânio, mais uma vez atravessando a pele. A lâmina então perdeu sua ferrugem e reluziu com um brilho negro, obscuro.

– O ritual está completo, meus irmãos! – Adiemus anunciou. – Venham até mim e vamos receber o mestre Xylon.

Entretanto, a resposta que Adiemus teve foi uma flecha dourada riscando o ar bem ao lado de sua bochecha esquerda, dando-lhe uma nova cicatriz. Ferrer se aproximava do líder com suas asas douradas em altíssima velocidade, mergulhando na direção de Adiemus, que se esquivou com um rolamento. Então o mago girou no ar e pousou a apenas alguns metros do adversário.

– Ora, parece que meus soldados foram derrotados.

– Sim – Ferrer preparou um novo ataque com o arco –, e agora seu tempo acabou, Adiemus.

– Interessante que tenha falado em tempo, Ferrer. Veja bem, seu amiguinho está paralisado e não vai se mover por algumas horas, já a namoradinha dele provavelmente está morta depois de ser atingida por um dos meus impulsos negros. Isso deixa você sozinho comigo por alguns minutos, mas, como pode ver, eu já completei o ritual e o novo governante desse mundo se aproxima. As barreiras de Iverna e as cortinas do espaço se quebrarão e Xylon caminhará entre nós novamente. Você representará o sacrifício e a vingança!

– Disse que tenho alguns minutos? É tudo o que eu preciso.

– Não está pensando em me enfrentar agora, está?

– O que mais eu posso fazer?

– Você pode aceitar seu destino e morrer, seu verme!

Adiemus saltou, planando no ar, novamente transformando-se na temível Mantícora.

– Contemple a poderosa Mantícora, a criatura da noite, dada pelo próprio Xylon para seu servo mais poderoso. Vai morrer, Ferrer! – A voz de Adiemus nessa forma era bestial e violenta. – E ninguém sentirá sua falta. Morra em nome do grande deus Xylon!

Ferrer sorriu e soltou seu arco, o que fez com que o enorme demônio recuasse no ar observando seu adversário que, embora nobre em aparência, exalava um poder jamais sentido antes pelo líder dos espectros.

– Então você pretende me assustar com essa Mantícora, Adiemus? Sinto muito, mas estive esperando por esse momento por toda a minha vida, não serei intimidado agora!

Ferrer se ajoelhou e as densas asas douradas surgiram e envolveram seu corpo como se o abraçassem, escondendo dentro de si o corpo do mago. A energia no ar começou a aumentar assombrosamente, a ponto de tornar-se visível na forma de raios que surgiam do céu, do chão e também das pedras próximas e acertavam as asas douradas de Ferrer, que permanecia imóvel. Adiemus decidiu atacar antes que o adversário reunisse ainda mais energia, investiu violentamente com suas garras, presas e ferrão, mas todas as vezes foi impedido pelas asas douradas que protegiam Ferrer como o mais poderoso dos escudos. A grande Mantícora abriu a boca e cuspiu uma bola de energia das trevas, mas esta também foi repelida ao atingir as asas douradas. Sem mais opções, a criatura pousou e aguardou. De dentro das asas, a voz de Ferrer trovejou e parecia reverberar pelos quatro cantos do mundo.

– Bateu suas asas negras pela última vez, Adiemus. Eu não pretendia usar esse poder em alguém ignóbil como você, mas vejo que seus poderes estão além da magia básica de Xylon; portanto terei que apelar para este último recurso. Deseja lutar na forma lendária da Mantícora? Sem problemas!

As asas se abriram e seu simples movimento causou uma onda de ar que fez com que a Mantícora fosse empurrada alguns centímetros. Dentro das grandes asas douradas, surgiu um corpo humano de músculos fortes, vestindo apenas a parte inferior da armadura. Da cintura para cima, o corpo agora possuía quatro braços poderosos e, sobre o peito descoberto, a pele havia esbranquiçado e exibia os músculos do abdômen e peito, agora saltados. As mãos haviam ganhado garras poderosas, quatro delas em cada uma das quatro mãos, e o rosto de Ferrer agora dava lugar a uma imponente cabeça de águia, com seu bico curvado e as penas impecavelmente brancas. Nos pulsos, trajava braçadeiras prateadas com um rosto de águia em alto relevo, sobre os ombros era possível ver uma pequena placa de ferro com espinhos curvados para trás, acompanhando o movimento das penas da cabeça da águia. As asas douradas de chamas bateram forte e se materializaram como majestosas asas de águia branca com algumas manchas marrons espalhadas pela envergadura.

A mudança não havia sido apenas visual, mas a quantidade de energia mágica que se dissipava do corpo de Ferrer também havia aumentado exponencialmente e beirava os limites do poder que um corpo humano poderia receber. Mais uma vez, o mago falou:

– Mantícora, prepare-se para sentir na pele os limites da magia de luz de Iverna, sinta a força da justiça a percorrer-lhe o ser e tema o poder da virtude. Agora, Adiemus, conheça a poderosa e imponente Garuda!

– Garuda? Não é possível! Essa é...

– A transformação mais poderosa que um mago pode receber de Iverna, é verdade.

– Nenhum mago deveria ser capaz de invocar a poderosa Garuda de Iverna, ela nem sequer deveria existir!

– Também é verdade. De acordo com os escritos antigos, apenas o mago entre os magos pode se tornar a Garuda e apenas uma vez em toda a sua vida, como dizia a profecia. Pois bem, Adiemus, eu sou o mago entre os magos e meu poder é inigualável. Mesmo entre os mais poderosos magos da história, eu me tornei a poderosa Garuda e agora posso fazer uso do controle do espaço-tempo de Iverna para invocar ao campo de batalha a sagrada espada...

Ferrer não finalizou sua fala, apenas ergueu a mão direita e imediatamente um sabre se materializou. Seu cabo era feito de um tipo mitológico de chumbo, infinitamente mais poderoso e resistente que seu correspondente terreno, e a lâmina era feita de oricalco, um metal raríssimo visto pela última vez na cidade perdida de Atlântida.

– Observe, Adiemus, o que tenho em minha mão direita é o infame sabre Asa da Garuda, a espada divina com a qual o mago mais leal de Iverna fez justiça nas eras mitológicas. Aposto que um homem tão intelectual e versado nos escritos antigos como você já sabia disso, não é mesmo?

Adiemus estava mudo, seus instintos diziam para que ele fugisse diante de tal ameaça, embora tivesse em mente que os olhos da Garuda podem enxergar mesmo um minúsculo grão de areia a milhares de quilômetros de distância. Por outro lado, não podia abandonar o zigurate ou o ritual seria interrompido, tinha que encontrar uma forma de atrasar a poderosa Garuda o suficiente para a chegada de Xylon. Ferrer era poderoso na forma de besta divina, mas ainda assim não poderia enfrentar um deus primevo.

Enquanto pensava, Adiemus encarava fixamente a Garuda, evitando até mesmo piscar os olhos, aguentou o quanto pode, mas, quando piscou, o que não durou mais que um milésimo de segundo, ao abrir novamente os olhos, a Garuda havia desaparecido e uma grande corrente de ar se aproximava em alta velocidade, arremessando tudo em sua volta. Não havia mais tempo de reação, a grande Mantícora já havia sido arremessada pelos ventos e em suas costas a Garuda terminava um simples voo para frente, cuja velocidade e deslocamento de ar ocasionaram a poderosa ventania. Porém, a Mantícora ainda não havia sido vencida, ela abriu suas asas de morcego, planou contra o vento na direção da águia sagrada e acometeu com uma poderosa patada que acertou a espada Asa de Garuda, que fora derrubada.

A patada da Mantícora continuou a descer na direção do rosto, mas fora segurada por uma das mãos da Garuda enquanto as outras três desferiam poderosos socos nas costelas de seu oponente, que gemia e se contorcia a cada pancada. Enquanto era alvo das pancadas, a Mantícora acertava diversas ferroadas no braço em que era segurada e, após sete ferroadas, a poderosa mão se abriu e a Mantícora deslizou para baixo, enrolou sua cauda no tornozelo do adversário e, com um bater de asas, subiu novamente para as costas, cravando as garras de uma pata no peito e outra na asa da besta divina. Em seguida, abriu sua boca gigante e tentou abocanhar de uma só vez a cabeça da águia, mas a ave segurou cada uma das fileiras de dentes afiados com duas mãos. A mordida da Mantícora tinha uma força descomunal e começava a fechar-se na cabeça da Garuda, que tentava manter-se estável no ar e não ser devorada. As mãos sangravam com os dentes da fera cravando-se cada vez mais, então em um movimento desesperado a Garuda fechou as asas e despencou.

As duas bestas caíam em altíssima velocidade e, quando se aproximavam do chão, a Garuda soltou uma de suas mãos da boca da Mantícora, com um impulso para lançar a cabeça da fera para longe da sua, mas Adiemus percebeu que o movimento aliviara a pressão sobre a mordida e abocanhou com toda a força, fazendo com que os dentes se encontrassem e arrancassem um dos quatro braços da ave divina.

Satisfeito com seu ataque, Adiemus se soltou da ave e permitiu que o adversário arrebentasse no chão em sua descida enquanto ele pousava suavemente, ainda com o braço da Garuda pendurado entre os dentes.

– Parece que as lendas superestimavam a poderosa Garuda – Adiemus falou, ainda na forma de Mantícora, enquanto engolia o braço decepado. – Você não é tão onipotente assim...

Ele saltou novamente e mergulhou de cabeça no buraco aberto pela queda de seu oponente, mas, ao olhar para o fundo, viu apenas o brilho laranja das chamas emitidas pela Asa de Garuda. Tentou recuar, mas já era tarde demais, pois em apenas alguns segundos o brilho laranja sumiu da cratera, logo depois a mesma onda de ventos indicavam que a Garuda já se encontrava atrás dele. A Mantícora preparou-se para o impacto fatal, mas ele não veio; imaginava que o corte ardente do sabre a queimaria viva, mas nada aconteceu, e por dois segundos ainda planou normalmente no meio da cratera, confusa com o que fazer. Levaram apenas mais dois segundos para que suas asas de morcego fossem rasgadas completamente de seu corpo e deixassem o grande leão à deriva no ar. Sem nada para ampará-la, a fera atingiu com violência o chão, abrindo uma segunda cratera e, revertendo a transformação, a Mantícora voltou a sua forma humana.

– O que houve? – Adiemus gritou. – Minhas asas...

– Eu as cortei.

– Como? Quando?

– Você estava preparado para um ataque da Asa de Garuda, mas se esqueceu de que não dependo de meu sabre para combater. As minhas asas também são armas poderosas, sabia? Elas são afiadas como navalha, foi muito fácil cortar suas frágeis asas de morcego com um simples encontro com minhas poderosas asas de águia.

– Seu maldito!

– E agora... o golpe final!

A besta divina ergueu a Asa de Garuda, com os dois braços acima da cabeça e a ponta do sabre apontando para o céu, encheu o peito de ar e preparou-se para a acometida derradeira, mas sentiu uma forte pancada nas costas seguida de uma dor lancinante que fez com que caísse longe de seu adversário, desta vez conseguindo mais uma batida de asas pouco antes de aterrissar, garantindo um pouso suave. A Garuda levou as duas mãos esquerdas às costas, mas não sentia mais suas asas, depois perdeu a sensibilidade de um dos braços esquerdos. Olhou para seus braços, mas só via um de cada lado com mãos humanas. A transformação da Garuda estava regredindo também, o sabre Asa de Garuda evaporou no ar e Ferrer voltou à forma humana. Um grande ferimento havia se aberto no ombro direito, provavelmente do braço que a Mantícora arrancou, o que tornava o braço direito inútil, e não havia tempo para conjurar um feitiço de cura.

Ferrer estava fraco e esperava pelo ataque de Adiemus, mas, ao olhar para o outro lado, viu o espectro saindo da neve e arrastando-se no chão, com dois ferimentos enormes abertos nas costas, onde ficavam as asas da Mantícora, além de uma costela quebrada e o crânio trincado. Adiemus não tinha mais nenhuma condição de combater e sabia plenamente disso. Virou-se para o lado oposto a Ferrer e começou a arrastar seu corpo moribundo, incapaz de ficar de pé. O mago fez menção de correr atrás de seu adversário quando uma voz familiar em suas costas fez com que sentisse um arrepio correr por sua espinha.

– Ora, se não é o pequeno Ferrer... Como cresceu, não é mesmo? De um mísero rato para um mago digno do poder da Garuda. Entretanto, não quero enfrentar esse periquito, então desativei sua forma máxima... E pensar que treinou por todo esse tempo aguardando esse momento só para morrer aqui... Que desperdício!

Ferrer se virou para o zigurate e viu, acima da pilastra de Alexander, um grande portal aberto, de onde era possível ver o rosto em chamas de Xylon, o deus primevo do tempo e da escuridão.

– Você! – Ferrer exclamou. – Como desativou o poder da Garuda?

Xylon gargalhou.

– Sou um deus, Ferrer, faço o que eu quiser; inclusive, sair desta prisão e governar seu mundo.

– Não permitirei que faça isso.

– E o que vai fazer? Matar o meu herdeiro? Sabe que não pode, jamais ficará com sua namoradinha se fizer isso.

– Farei o que for necessário para detê-lo, Xylon.

– Que assim seja...

Xylon esticou o portal e atravessou seu braço e a cabeça. O gigantesco corpo em chamas se esticou para fora do vórtice e disparou uma bola de chamas negras na direção de Ferrer, que conjurou um escudo poderoso e o arremessou na direção da bola. Isso deu tempo suficiente para ele conjurar suas asas douradas e fugir para longe da área de impacto do ataque de Xylon, que arrebentou com facilidade a barreira e acertou o solo com uma grande explosão.

– Sabe que não pode fugir, Ferrer. É o seu fim.

Xylon tinha razão. A energia de Ferrer havia sido drenada pela transformação em Garuda e o ataque que reverteu sua transformação o debilitou ainda mais, o próximo ataque seria o último.

O deus do tempo armou uma nova bola de fogo, essa seria a última chance de Ferrer fazer algo. Pensou o que Aamu ou Isis fariam nessa situação. Aamu, sempre destemido e engenhoso, com certeza teria alguma solução; entretanto, o irmão havia desmaiado ou adormecido pela ação do veneno e não poderia ajudar Ferrer, nem mesmo com ideias para um contra-ataque. Fez então a única coisa em que conseguiu pensar: ergueu a mão esquerda e, reunindo o pouco de magia que ainda lhe restava, conjurou uma grande lança de chamas douradas, similar à usada pelo irmão, e a disparou na direção do deus. A lança cortou o ar da tundra e voou na direção do zigurate, acertando o portal e reduzindo-o um pouco, mas ainda assim Xylon conseguiu completar sua magia e disparar sua bola de fogo negro.

Enquanto via a morte se aproximando, Ferrer tirou um segundo para despedir-se de tudo que conheceu: viveu uma vida no anonimato e sua recompensa seria morrer no anonimato, uma morte heroica da qual ninguém jamais saberia e que não faria diferença, já que Xylon venceria a batalha e teria o mundo para si. Em sua mente, sua vida passou como um filme, mas de trás para a frente, cada noite sozinho, cada dia treinando, cada pensamento, cada visão levando a um fatídico momento. Viu a imagem de Allegra reluzindo após derrotar Xylon, um abraço e a frase que ficaria gravada para sempre em sua memória: *Nos vemos do outro lado*.

Ferrer fechou os olhos e se imaginou novamente nos braços de Allegra.

Nos vemos do outro lado.

Por um momento, a ameaça da morte não parecia mais assustá-lo.

Nos vemos do outro lado.

Mas ainda havia uma missão para ele neste lado.

– Nos vemos do outro lado... Mas ainda não...

Ferrer abriu novamente os olhos e viu a escuridão da bola de fogo negro de Xylon sendo devorada por uma luz que ofuscou a vista do mago. Quando a luz finalmente sumiu, ele a viu diante de si, de frente para Xylon, os longos cabelos negros inconfundíveis. Não havia dúvida, era Allegra.

– Allegra? É você?

Nenhuma resposta.

– Allegra?

Silêncio.

Ferrer andou até a frente de sua amada, olhou-a fixamente nos olhos. Ela continuava do mesmo jeito, com o rosto angelical perfeitamente desenhado, como se houvesse sido esculpido pelo melhor dos artistas. A única coisa que a diferenciava de sua amada eram os olhos, que mostravam outra coisa, outra motivação, algo maior, mais forte. O corpo era de Allegra, mas a alma era de Iverna.

Nesse momento, Ferrer ouviu o som de uma nova explosão às suas costas, Xylon havia disparado uma nova rajada. Iverna ficou em sua frente, ergueu a mão esquerda e, mais uma vez, uma luz ofuscante surgiu da palma de sua mão. A explosão foi absorvida pela dobra do espaço-tempo, criada pela junção dos poderes temporais de Xylon e dos poderes espaciais de Iverna e foi enviada por diversas dobras temporais até ser detonada no dia 30 de julho de 1908, próximo ao rio Tunguska, na Sibéria. Foi uma explosão que devastou uma área de 2.150 quilômetros quadrados, queimou 60 milhões de árvores, estilhaçou todas as janelas em um raio de 650 quilômetros e registrou 15 megatons, aproximadamente mil vezes mais que a bomba atômica disparada sobre Hiroshima.

– Iverna? – Xylon gritou. – O que faz aqui, desgraçada?

Iverna não respondeu, seu corpo desapareceu no ar e, em seu lugar, um belíssimo colar branco de pedras negras surgiu, o Colar da Luz, detentor da onisciência do universo. Prendeu-se ao pescoço de Ferrer e fixou-se como uma gargantilha no pescoço do mago. A mente dele foi então preenchida com todas as respostas para todas as perguntas, até mesmo as perguntas que ainda não haviam sido feitas. Ele havia revisto o passado e enxergado o futuro e sabia exatamente o que devia ser feito para derrotar Xylon, embora não soubesse ao certo se conseguiria o resultado previsto, já que a sabedoria do universo é capaz de prever cursos de ação, mas jamais seus resultados, estando estes à mercê da execução daqueles que pertencem ao momento.

Ele também sabia dizer o nome de todas as pessoas que nasceram ou morreram desde que se inventou o costume de dar nomes e podia se lembrar dos rostos de todos que morreram antes, além de ser capaz de contar quantas pessoas iriam nascer daquele momento até o fim dos tempos, mas não sabia dizer se conseguiria derrotar Xylon, só lhe restava tentar...

– Não se preocupe, você vai conseguir, eu sei.

O rosto sempre angelical de Allegra surgiu novamente ao seu lado.

– Iverna?

– Não, bobinho, sou eu, a Allegra...

Ferrer desabou, abraçou o mais forte que conseguiu sua amada e ia beijá-la quando foi parado pelo indicador de Allegra em seus lábios.

– Eu sei que está com saudade, mas deus malvado primeiro, beijo depois.

– Você e seu senso de dever...

– Olha quem fala... Vou te dar uma ajuda, espero que resolva.

Ferrer sentiu uma onda de poder partindo do colar e tomando conta de seu corpo, recarregando suas energias mágicas além dos limites anteriores de seu corpo.

– Está pronto, Ferrer?

– Sim, Allegra, vamos – disse o mago, estendendo-lhe a mão.

Com os dedos entrelaçados, os magos ergueram suas mãos na direção de Xylon. As energias fluindo entre um corpo e outro e o poder combinado dos herdeiros de Xylon e Iverna da última época fizeram disparar uma rajada de luz e energia poderosa que se chocou com a rajada de energia de Xylon no meio da tundra deserta. Entretanto, mesmo com o Colar da Luz, eles viram seu poder somente equiparado ao de Xylon. Percebendo que eram incapazes de ter a vantagem, Allegra declarou:

– Vá, Ferrer, entregue seu poder ao herdeiro para que Xylon não possa possuir seu corpo, rápido!

– Sim, Allegra.

Ferrer correu em direção ao herdeiro sabendo que estava seguro, já que Xylon não poderia desviar sua atenção do embate de poderes com Allegra ou seria derrotado. Subiu as escadas do zigurate apenas para encontrar uma cena grotesca: Aamu, com a Espada da Força em mãos, cravava sua lâmina no peito de Alexander, o herdeiro de Xylon.

– Missão cumprida, irmão. Os herdeiros se foram, Xylon não pode reencarnar.

– Aamu...

– O que houve? Acabou!

Ferrer emudeceu. A intenção do irmão havia sido correta e ele tinha razão, Xylon não poderia mais reencarnar, mas tal ato havia lhe custado a chance de se reencontrar com Allegra no pós-vida, já que seus deveres como guardiões se manteriam. O mago voltou em busca de Allegra e olhou bem para seu rosto antes de juntar-se novamente ao ataque. A morte do herdeiro enfraqueceu Xylon o suficiente para que o ataque conjunto do casal atingisse o portal, causando sua implosão e o desaparecimento do espírito de Xylon dessa dimensão. A Terra estava a salvo novamente, mas havia custado um preço caríssimo para Ferrer.

Aamu então correu para Isis, que alternava entre estados de consciência e inconsciência, mas estava acordada quando os magos chegaram.

– Isis, você está bem? – Aamu amparou sua cabeça. – Aquele treco pegou você de jeito... Como se sente?

– Horrível. Nós ganhamos?

– Sim, Ferrer e Allegra venceram Xylon.

– Allegra?

– Não me pergunte...

Aamu pousou a cabeça de Isis no chão e se levantou, virou sua atenção para Ferrer e Allegra, que se abraçavam com lágrimas nos olhos, e pensou que sua ação imprudente havia levado à ruína dos dois, que tiveram seu encontro definitivo adiado por mais um fracasso patético daquele que chamavam de "O Lendário". Sentiu ódio de si mesmo e perguntou aos céus porque jamais conseguia acertar nos momentos críticos. Falhou em Roma ao ser incapaz de impedir que Nero libertasse Xylon, falhou em Alexandria ao ser enganado por Loki e falhou novamente agora ao impedir que Ferrer se juntasse a Allegra e Isis a Adrien.

Sem dizer uma só palavra a ninguém, Aamu saiu de Kholat Syakhl para jamais ser visto novamente em quase mil anos. Deixando para trás seu irmão, com o qual jamais fora capaz de desenvolver um laço, e Isis, que ainda se deliciava com a visão de Aamu socando o rosto de Adiemus para defendê-la, ao mesmo tempo sabendo que, mais uma vez, não conseguia definir seus sentimentos pelo mago... Deixou também para trás a Espada da Força, que havia roubado de Loki alguns anos após a batalha na Ilha de Vera Cruz e mantido em segredo como um trunfo na batalha. Carregou-a consigo por toda a descida da montanha com o objetivo de ceifar sua própria vida miserável com ela, mas a deixou em um beco ao decidir que devia exilar-se e viver em penitência por seus repetidos fracassos. A espada fora encontrada no beco pelo deus Loki no dia seguinte e levada para Asgard.

A batalha foi sangrenta, mas no final nunca foi descoberta. Todo resquício de magia foi levado pelo ar, os espectros mortos desapareceram, assim como o zigurate, restando apenas os corpos dos nove esquiadores mortos em lugares diferentes da passagem. No dia 20 de fevereiro, uma expedição foi enviada em busca dos esquiadores desaparecidos. Investigadores da época determinaram que os esquiadores rasgaram suas barracas de dentro para fora, leigos à hipnose usada pelos filhos de Nero para fazer com que os exploradores saíssem de suas barracas violentamente. Apesar de os corpos não demonstrarem sinais de luta, duas vítimas apresentavam o crânio fraturado e duas tinham costelas partidas (resultados da faca cerimonial de Adiemus que atravessava a pele, ferindo apenas o interior), além de um dos corpos, o de Alexander Sergeievich Kolevatov, ter apresentado altos sinais de radiação em seu corpo.

As autoridades soviéticas determinaram que uma "força desconhecida" provocara as mortes, sem terem conseguido apontar nenhuma causa natural; o acesso à região foi, consequentemente, bloqueado para esquiadores e aventureiros por um período de três anos após o incidente. Já que não houve relato de sobreviventes, a cronologia dos eventos e a causa das mortes permanecem incertas até os dias de hoje.

A passagem onde os exploradores morreram recebeu o nome de Passagem Dyatlov, em homenagem ao líder da expedição.

Ilha de Gyaros, Grécia – 3 de fevereiro de 1952

– Estou muito feliz que tenha passado esse dia comigo, Allegra.

– É bom estar de volta a esse lugar que traz tantas memórias.

– Não sei dizer se essas memórias são boas ou ruins...

– Por quê?

– Foi aqui que descobrimos nossa sina.

– Eu sei, mas, ainda assim, passamos um tempo maravilhoso nesta ilha afastada de tudo e todos. É bom estar neste lugar com você, ainda que só por um dia.

– Por enquanto, meu amor. Em breve estaremos juntos pela eternidade.

– Isso pode demorar muito, Ferrer, sabe disso.

– Eu tenho muito tempo pra esperar.

– Seu conceito de tempo me soa tão abstrato agora...

– Por que diz isso?

– Estar fora do tempo-espaço é estranho. Não sei explicar, embora ache que você tenha sentido isso quando usou o Colar da Luz.

– Para ser sincero, eu não me lembro de nada que o colar me disse.

– O que quer dizer?

– Que, qualquer que seja a sabedoria dada àquele que veste o colar, é tirada assim que a pessoa e o colar se separam, eu acho.

– Há tanto sobre o colar que eu ainda não sei. Mesmo sendo a herdeira de Iverna, eu sinto que, mesmo sabendo de tudo, não sei de nada...

– Nenhum de nós sabe de nada.

– Isso não é verdade.

– Não?

– Eu sei que, por mais que eu não tenha mais tempo e espaço para me guiar, irei amar você por toda a eternidade.

– A onisciência do universo disse isso?

– Não, bobinho, meu coração me disse isso. Me disse isso dois mil anos atrás... e ainda diz o mesmo hoje.

15 ✕ EMBARCAÇÃO

Os primeiros raios de sol começavam a surgir no horizonte quando Hunter, Aylin, Isis e Aamu desceram novamente em plataformas mágicas para o meio das cataratas. O cheiro da manhã já penetrava nas narinas de Hunter, especialmente adaptadas, assim como o resto de seu corpo, para captar as essências da natureza e entender seus desejos e necessidades. Mais algumas horas e a ronda matinal dos guardas pelo parque começaria, o tempo era curto e deviam ser ainda mais discretos agora, escolheram, então, a opção mais simples: Aamu voluntariou-se para mergulhar em busca da pedra ou ao menos para ver o que havia no fundo. Isis recitou alguns encantamentos e, em seguida, explicou-o calmamente, mais para Hunter e Aylin que para Aamu, que já sabia do que se tratava apenas por ouvir as palavras ditas.

– Feitiço de ar, é uma carga extra para os seus pulmões, vai durar uma hora e trinta minutos. Depois disso, terá que subir para buscar ar. O feitiço de transmutação para criar membranas que o ajudarão a nadar. – Isis tirou da pequena mochila encantada, com a mesma magia do santuário que tornava seu interior muito maior que seu exterior, o capacete mágico que Aamu havia deixado na neve, na Rússia. – E o seu capacete ampliado, que vai permitir que você enxergue debaixo da água sem problemas.

Aamu acenou, vestiu o capacete e mergulhou nas cataratas, agora muito mais longas, já que a quimera de Adiemus movimentara as pedras no fundo. O nível da água havia baixado muito e Isis sabia que aquilo seria notícia nos jornais do mundo todo, por isso preferia não ter seu nome ou rosto envolvidos com o caso. O que quer que fizessem, tinham que fazer logo. Na penumbra do amanhecer, asas de chamas verdes se fizeram enxergar no fundo das cataratas, Aamu finalmente chegava ao fundo e abrira suas asas para diminuir a velocidade da queda. Alguns segundos depois, as asas sumiram e em seu lugar viu-se uma movimentação, indicando que o mago havia caído suavemente e estava bem. Agora tudo que poderiam fazer era aguardar seu retorno. Não levou mais que um minuto até que o mago emergisse das negras águas com um sorriso no rosto. Hunter, Isis e Aylin mergulharam em plataformas mágicas até o fundo na esperança de encontrar Aamu com a pedra nas mãos, mas, ao chegarem próximos, foram pegos de surpresa pelos gritos empolgados do mago lendário:

– Vocês não vão acreditar no que tem aqui embaixo. Pulem todos vocês, não vão precisar de feitiço nenhum, apenas pulem.

A ideia soava estúpida, mas foi acatada com uma confiança cega, do tipo que pode salvar ou condenar alguém. Assim que acertaram a água e afundaram, os três não sentiram a água ao seu redor; era como se não houvesse nada, nenhum som, nenhuma gota sequer. Hunter tocou seu rosto e percebeu que não estava molhado. Aamu descia para o fundo com eles, mas não era uma descida comum, era como se o solo estivesse atraindo os corpos dos quatro, puxando irresistivelmente para o fundo das águas ou o que quer que fosse aquilo. Aylin prendia a respiração, mas logo foi forçada por seu pulmão a puxar o ar, mesmo sabendo que tudo o que puxaria seria água. Não aguentando mais ficar sem ar, ela respirou e se assustou ao perceber que era ar, podia respirar normalmente ali, mesmo sem o uso de nenhum feitiço. Enquanto seguiam descendo como torpedos para o fundo que jamais chegava, Hunter lembrou-se da sensação de vertigem que a viagem pela ponte Bifrost lhe causara e concluiu que a sensação era similar.

– Não é divertido? – Aamu falou, e sua voz foi ouvida normalmente pelos demais, algo que jamais seria possível no fundo da água. – Podem abrir os olhos também, se quiserem.

Os três obedeceram e, mesmo sem nenhum feitiço, conseguiram enxergar perfeitamente ao redor, mesmo com a escuridão. Encontravam-se formando um pequeno círculo, todos virados para o centro enquanto desciam como balas.

– Aonde estamos indo? – Isis perguntou.

– Não faço a mínima ideia! – Aamu respondeu prontamente.

– Como voltaremos?

– Também não sei.

– Falta muito? – Hunter parecia irritado. – Isso está me deixando incomodado.

– Se for vomitar, vire para o outro lado, garotinho – Aamu zombou. – Não quero sujar minha roupa.

Hunter lançou um olhar de desdém para Aamu, mas logo foi tomado novamente pela vertigem e voltou a se concentrar apenas no fundo.

– Não pode faltar muito agora – Aylin exclamou, tímida. – Devemos estar perto do centro da Terra, não é possível que vamos descer mais.

Alguns segundos de silêncio se sucederam. Todos olhavam pacientemente (impacientemente, no caso de Hunter) para o fundo, até que uma pequena esfera de luz prateada surgiu entre a escuridão e foi crescendo lentamente, enquanto se aproximava deles, ou eles se aproximavam dela, aumentando em dois centímetros a cada vinte segundos. Apesar de lenta, a luz prateada começava a engolir as trevas. Quanto mais a luz aumentava, menos brilhante parecia; pelo contrário, começava a adquirir um tom frio, opaco de cinza, com leves ondulações e tremulante. A cada segundo parecia mais certo de que aquilo seria a superfície e Aylin teorizava sobre chegar a uma caverna no centro da Terra, como sugeria Júlio Verne, um de seus autores favoritos durante a infância na abadia, ou talvez que tivessem cruzado todo o globo terrestre só para sair no mar do outro lado.

Uma nova espera tomou conta do grupo enquanto eles aguardavam o cinza cobrir todo o fundo. Isso não demorou a acontecer e causou desespero e claustrofobia em Isis. O fundo cinza, que agora cobria quase tudo o que podiam ver, começou a regredir rapidamente, voltando ao tamanho original duas vezes mais rapidamente do que no processo de expansão, enquanto os quatro seguiam caindo mais rápidos do que nunca. Em um momento de desespero, Isis disparou uma rajada de chamas mágicas na direção do buraco, e as chamas desapareceram antes de atingir seu objetivo, indicando que ainda havia uma grande distância entre ambos.

O ritmo desenfreado da descida começou a diminuir e eles caíam com menos velocidade agora; o buraco, outrora do tamanho de uma pequena moeda, então do tamanho do oceano infinito, agora estacara em um tamanho pelo qual uma única pessoa poderia atravessar. Mas não havia como acelerar ou retardar a descida para garantir isso. As asas de Aamu se abriram, mas não foram capazes de alterar em nada a velocidade da descida. Um pensamento nefasto passou pela mente de Isis: eles jamais sairiam daquela queda, estavam fadados a cair pelo resto da eternidade sem jamais chegar a lugar algum, incapazes de subir ou realmente descer. Enquanto a mente da feiticeira vagava em pesadelos, Hunter rolou para frente, executando uma cambalhota e ficando de cabeça para baixo, sacou da bainha a espada Daggry e apontou para o fundo. Com um impulso do corpo, começou a girar sobre a lâmina. Após alguns segundos de giro, o sabre começou a produzir um chiado e espirrar água, até então invisível, para os lados. O corpo do aesir então começou a descer ligeiramente mais rápido que os outros na direção do buraco que ainda mantinha o mesmo tamanho e a mesma distância. Levou quase dois minutos para que Hunter, agora com os joelhos na altura dos pés dos demais, parasse abruptamente o giro, jogando o tronco para cima e embainhando Daggry novamente. Ele parecia tonto e quase inconsciente, estava insignificantemente mais próximo do fundo que seus companheiros e parecia orgulhoso de seu feito irrisório; entretanto, subitamente seu corpo foi empurrado por uma forte corrente de água que acertou seus pés até seu corpo voltar ao nível inicial, ao lado dos outros, que agora já dividiam olhares desolados e entendiam a sina que haviam trazido para si: uma eternidade caindo para o nada nas águas amaldiçoadas formadas do corpo de gigantes de gelo de Niflheim e pelo poder destrutivo da deusa Kali.

O cinza cresceu num piscar de olhos e os engoliu; a água então os cuspiu fora com um estalo.

Aamu e Isis caíram sobre rocha firme e seus corpos sentiram o impacto. Eles finalmente passaram pelo buraco, saíram das infinitas águas e agora estavam em uma caverna.

– Cacete, isso doeu! – Aamu praguejou. – Afinal, que merda de lugar é esse? Não se parece em nada com o que quer que eu tenha visto antes.

– O que você viu antes? – Isis perguntou.

– Nada. Eu mergulhei, nadei um pouco, vi que a água tinha aquelas características doidas, mas não fui puxado nem nada. Isso foi totalmente diferente.

– E essa caverna, o que é? Você sabe?

– Eu não faço a mínima ideia...

Aamu então olhou em volta da caverna, era completamente redonda, como uma cúpula, com água em uma borda, por onde eles haviam entrado, e uma única passagem formada por uma abertura no grande muro de pedras. A caverna não tinha mais que quatro metros de altura por oito de largura e não era um local confortável, chegando a causar uma sensação de claustrofobia para quem estava dentro. Do fundo da água, uma forte luz se projetava no teto da caverna, sacolejando conforme a água se movimentava. Foi então que Aamu e Isis deram falta de um detalhe muito importante.

– Onde diabos estão o Hunter e a Aylin?

Hunter acordou em uma caverna similar àquela em que Aamu e Isis estavam. Deitada sobre seu peito, desacordada, estava Aylin, com o rosto doce e angelical pousado desconfortavelmente sobre o peitoral dourado da armadura. Hunter precisava acordá-la agora para seguirem em frente, mas hesitou diante da imagem inocente que seu rosto transmitia. Tendo sido criado pelo pai, sem a presença da mãe, o deus das florestas fora treinado como um exímio guerreiro, mas não lhe havia sido ensinada a ternura que o momento pedia. Seu pai provavelmente agarraria o rosto da garota e o jogaria de lado para se levantar, mas o aesir optou por não o fazê-lo. Em vez disso, passou suas mãos pelo cabelo castanho da garota, que estava banhado pela luz prateada que surgia da água e ricocheteava no teto. O prendedor que o mantinha em uma trança se perdeu quando saíam da água e agora seus cabelos caíam sobre o olho esquerdo com um harmonioso ondulado que realçava o tom claro de sua pele. O aesir desceu a mão pelas ondas douradas de cabelo e alcançou o pescoço, suspendeu o rosto da moça e tirou seu corpo debaixo dela, com um clique soltou o tasset da armadura e pousou a cabeça da garota sobre sua coxa. Afagou mais uma vez seu rosto e, com uma suavidade forçada na voz, chamou o nome da garota, que sorriu e ainda de olhos fechados respondeu:

– Pai?

– Não, sou eu, Hunter.

– Hunter?

– Sim, sou eu.

– Você não deveria estar aqui, eu acho...

– Aqui onde?

– Iltatähti. Não é onde estamos?

– Não.

– Onde estamos então?

Hunter olhou em volta, pela primeira vez contemplando a caverna.

– Eu não sei.

– Meu pai está aqui conosco?

– Seu pai? – perguntou Hunter.

– Ferrer.

– Não.

O rosto de Aylin se contorceu em uma careta, ainda sem abrir os olhos.

– Aylin, precisa acordar.

– Eu estava tendo um ótimo sonho.

– Eu imagino que sim, mas não temos tempo para isso, precisamos encontrar a Isis e o Aamu.

– Minha mãe estava nele...

– Sua mãe?

Então, como quem emerge do fundo do mar, Aylin saltou do colo de Hunter com o coração disparado, a respiração ofegante, os olhos arregalados em uma expressão de medo, totalmente oposta à expressão de conforto que havia em seu rosto há um segundo.

– Está tudo bem? – perguntou Hunter, prendendo novamente o tasset da armadura.

– Eu tive um pesadelo – lembrou-se.

– O que você viu?

– Você estava nele, o Aamu e a Isis, e meu pai, e um cara, não sei quem era. Tinha fogo, muito fogo, por toda parte...

Hunter pousou a mão esquerda em seu ombro e a olhou com um olhar gentil, amistoso, incomum na feição do guerreiro.

– Fique calma, ok? Foi só um sonho ruim.

Aylin então saltou sobre o guerreiro; de joelhos, ela o abraçou, um movimento que não durou mais que dois segundos. Depois se levantou, espanou a roupa, apertou o cinto em que levava as adagas, respirou fundo e disse:

– E então, vamos?

Hunter congelou por um segundo, era a segunda vez que Aylin o abraçava de forma súbita e em ambas as vezes o aesir sentiu uma onda de choque percorrer seu corpo, como se aquele contato desse ao corpo de Hunter vida própria e em resposta seu corpo ansiava por mais. O aesir se perguntava se a garota sentia o mesmo quando o abraçava e, enquanto observava Aylin se distanciar na direção do caminho de pedras, reparou bem no corpo da moça. Sabia que Aylin era treinada em combate por muitos anos, por isso seu corpo era uma arma letal, mas ainda assim era de uma beleza estonteante, tal como apenas as mais belas deusas de Asgard podiam alcançar. Ele lembrou-se das Valquírias, as filhas de Odin, nobres guerreiras que eram enviadas pelo pai de todos aos campos de batalha para recuperar as almas daqueles que morreram com honra em combate e levá-los ao palácio do Valhalla até que tivessem que sair para combater ao lado de Odin no dia do Ragnarök. Ele pensou que em Asgard apenas as Valquírias poderiam equilibrar tamanha habilidade de combate com tanta beleza e ternura, mas

Aylin era completamente capaz de manter seu corpo tão belo quanto mortal, e isso tudo sem nem se importar com a aparência física.

– Hunter, você vem? – A voz de Aylin quebrou o encanto em que o aesir se encontrava. – Não quero ficar parada neste lugar esquisito.

Sem dizer uma única palavra, o guerreiro se levantou, fixou Heir às costas e seguiu a garota pela estreita passagem entre as pedras.

ᛟ ᛟ ᛟ

Isis e Aamu caminhavam há algum tempo e o caminho ainda não os tinha levado a lugar nenhum, mas a ideia de voltar já havia sido há muito descartada; afinal, eles não desejavam andar todo o caminho de volta e muito menos saltar no lago e correr o risco de ficarem presos na queda novamente. Tinham que ao menos encontrar Hunter e Aylin, mas dentro daquele lugar toda a magia de seus corpos parecia ter sido sugada pelas paredes e tudo o que conseguiram conjurar foram pequenos orbes de luz para ajudar a enxergar. O silêncio era cortante e, por isso, até o discreto som da corrente de ar que passava pela fenda era perfeitamente audível. Então, com um bocejo alto e forçado, Aamu quebrou o silêncio.

– Isso na época de Roma seria o paraíso para nós, um lugar isolado, escuro e sem risco de sermos interrompidos.

– Não sei se você está falando sobre sexo ou sobre os rituais que fazíamos em Roma. – Isis riu. – Ambos poderiam se beneficiar de um lugar como esse.

– O que acha de descobrirmos qual dos dois se beneficia mais? – Aamu estalou os dedos e seu orbe de luz desapareceu no ar. Aproximou-se de Isis, que o conteve com o braço esticado.

– Não acho que seja uma boa ideia.

– E por que não seria?

– Bom, vejamos: não sabemos onde estamos, não sabemos como viemos parar aqui, não sabemos se estamos sozinhos, não sabemos onde estão Hunter e Aylin e precisamos encontrá-los. Como se não pudesse piorar, não sabemos o porquê de a nossa magia não funcionar direito, o que pode significar algum problema. Sem falar que...

A fala de Isis foi interrompida por um beijo de Aamu, um beijo longo, que foi sucedido por outro beijo longo e mais outro. As mãos do mago correram pela cintura da feiticeira, que retribuiu colocando seus braços em torno do pescoço dele. O orbe de luz de Isis, a última fonte de luz no longo corredor, se apagou enquanto os dois corpos entrelaçados deitavam-se no chão do longo corredor da caverna.

ᛟ ᛟ ᛟ

Hunter e Aylin percorreram o corredor seguindo apenas o brilho esmeralda que o aesir mantinha aceso com a lança Heir, a única fonte de luz no obscuro e infindável corredor. Hunter fincou a ponta da lança no chão de pedra diversas vezes, mas não foi capaz de sentir as vibrações de seres vivos em lugar nenhum, indicando que não havia plantas na região e aumentando ainda mais a dúvida sobre onde estavam.

– Hunter, acho que devemos nos separar – Aylin se manifestou, após mais uma tentativa frustrada de encontrar vida com a lança. – Isis e Aamu podem ter ficado para trás, você deve seguir em frente e eu vou voltar para tentar encontrá-los.

– Se nos separarmos, você fica sem nenhuma luz, porque a lança Heir só funciona em minhas mãos. Você nem sequer poderia tirá-la do chão com o peso descomunal que assume sempre que alguém a toca, além de mim.

– Isso não seria um problema, posso andar tateando as paredes até alcançar aquele lugar onde acordamos, ou posso acabar encontrando a Isis e Aamu antes.

– É claro que não! É perigoso andar por aí no escuro, não posso deixar que vá.

– É mesmo? Mas eu vou mesmo assim – Aylin bufou. – Veja só.

Aylin se virou e caminhou, Hunter observava enquanto os contornos da garota eram rapidamente engolidos pela escuridão. Ela andou até que a luz esmeralda em suas costas se tornasse fraca e então se virou com uma expressão de orgulho próprio e disse:

– Viu só, Hunter? Sou perfeitamente capaz de me movimentar na escuridão.

Ao se virar, a luz esmeralda havia desaparecido e nenhuma resposta para seu disparate foi ouvida, nenhum som era ouvido na escuridão. Aylin não estava realmente contente com a ideia de ter que se movimentar sozinha por uma caverna escura, mas, nesses dez passos que deu na direção oposta, Hunter havia sumido. Ela correu na escuridão, cambaleando e tropeçando enquanto gritava o nome do aesir, correu o suficiente para ter certeza de que já havia passado o lugar em que ele estava, mas ela não conseguia encontrá-lo em lugar algum e sequer sabia que direção seguir.

⯌ ⯌ ⯌

Aamu estava exausto. Embora seu corpo não sentisse os efeitos da velhice, era totalmente suscetível aos efeitos do sedentarismo e do álcool. Após ele e Isis se vestirem novamente, o mago teve que retornar até a caverna para beber um pouco de água enquanto Isis tentava, com a ajuda de um pente conjurado, desembaraçar o intrincado emaranhado de nós que seu cabelo havia se tornado. Após muitos séculos explorando cavernas, Aamu contava com alguns truques para não se perder, um deles era caminhar contando cada passo. Ele chegou ao lago após 578 passos, encheu um pequeno cantil com água, bebendo uma grande quantidade, e retornou, contando novamente os 578 passos apenas para não encontrar nenhum rastro de Isis. Caminhou mais 200 e retornou, mas ainda não encontrou nada, por isso decidiu voltar para a caverna, caminhou novamente 578 passos, mas, para sua surpresa, não encontrou mais a entrada, apenas a continuação do túnel, como se o mago não houvesse saído do lugar ou estivesse andando em círculos.

⯌ ⯌ ⯌

Hunter não havia dado um passo sequer desde que Aylin fora engolida pela escuridão, ele aguardava que ela retornasse, desejando que ela só estivesse escondida para tentar assustá-lo. Apesar de não concordar em deixá-la andar pelo corredor sozinha, sabia que a garota tinha razão, eles poderiam estar se distanciando de Aamu e Isis e sequer sabiam onde estavam, a caverna também não parecia estar próxima de seu fim ou de seu começo. Sentiu-se mais uma vez nauseado e então finalmente entendeu o que estava acontecendo, desembainhou o sabre Daggry que, ao sentir o toque de seu espadachim, reluziu com o brilho do sol.

Ele aproximou a lâmina de seus lábios e recitou um antigo feitiço dos vanires, o povo de Vanaheim, e arremessou o sabre na escuridão com toda a força que conseguiu reunir. Com o tempo e a distância crescentes, o brilho do sol foi engolido pelas sombras e alguns segundos depois se ouviu o eco do som da lâmina caindo no chão. Hunter se virou e seguiu pelo caminho oposto, ciente de que seria capaz de encontrar a saída da caverna agora.

⯌ ⯌ ⯌

Isis se cansou de esperar por Aamu e decidiu segui-lo, imaginava que o lendário havia parado para descansar em algum lugar e já se irritava com a ideia de encontrá-lo relaxando em algum ponto do túnel. Andou até ter a impressão de que já deveria ter chegado à caverna, mas ainda assim só enxergava o interminável túnel. Sua claustrofobia tornou-se mais forte e, por alguns segundos, ficou levemente tonta, prestes a desmaiar. Sentiu que as paredes estavam encolhendo, embora tivesse noção de que não estavam, e viu-se novamente com seis anos trancada dentro de um pequeno baú por dois dias enquanto seu pai tentava cruzar todas as fronteiras impostas pelo império até chegar em Roma. Na época, era uma forma de não ter que pagar o imposto pela passagem da menina, custo com o qual não seria capaz de arcar, pois era somente um explorador de tumbas no Egito.

A sensação se tornou mais forte e Isis buscou apoio na parede, mas suas pernas bambearam e cederam, a feiticeira caiu no chão frio da caverna, desmaiada.

⁂

Os olhos de Aylin estavam marejados e a garota não sabia exatamente o porquê. Havia tateado a escuridão por muito tempo e não parecia que acabaria tão cedo. Tentou correr apenas para tropeçar e cair no chão frio, tentou gritar, mas recebeu como resposta seu próprio eco seguido de silêncio. Agora, perdendo o controle de si, estava prestes a ceder a uma vontade súbita de chorar.

A garota reuniu forças para levantar e continuar e, após o que imaginava ser aproximadamente dez minutos de caminhada, ouviu o primeiro som além de sua própria respiração: algo sólido batendo no chão. Pensou que o túnel estava desmoronando, mas não parecia ser de uma pedra. Caminhou mais alguns metros e começou a enxergar uma luz alaranjada no final; mais uma vez voltou a correr, imaginando ter encontrado a saída do túnel. Ao chegar até a luz, encontrou fincado no chão o sabre Daggry, sua luz ofuscante iluminando toda a área em que se encontrava. Aylin agarrou o cabo e o puxou, o sabre acompanhou o movimento de seu braço com a leveza que somente uma arma de um deus poderia oferecer. A garota ergueu o pulso e o sabre começou a vibrar e emitir um som baixo, uma baixa frequência que ressoava com outro objeto próximo.

⁂

Heir começou a vibrar, a magia estava completa. Hunter havia utilizado um feitiço ensinado a ele por seu pai, o mesmo feitiço que lhe fora ensinado pelos anões e permitia que sua arma sempre retornasse a ele, seu dono, não importava o quão distante fosse atirada. Entretanto, a magia usada por Hunter era uma versão ainda mais poderosa. A partir de um encantamento, o aesir estendeu uma linha de magia que fixou suas pontas em Daggry e Heir, o que as manteria ligadas enquanto a magia existisse. Dessa forma, ele sempre saberia onde suas armas estavam, um feitiço bastante útil para os campos de batalha, onde era comum que os guerreiros trocassem armas com seus companheiros a fim de ter melhor aproveitamento em um determinado momento da luta, por exemplo. No calor da batalha, armas costumavam ser perdidas e, para evitar isso, Hunter havia desenvolvido tal encanto, mas agora ele o utilizava para outra causa: encontrar Aylin novamente.

Assim que se sentiu nauseado, o aesir soube exatamente do que se tratava aquele interminável corredor. Assim como a Bifrost ou a queda sem fim nas cataratas, estava atravessando uma dobra dimensional, um portal entre dimensões, e estavam presos em suas infindáveis dobras, sendo pegos a todo momento por ramificações diferentes. Ele caminhou até a fonte da ressonância, em sua mão a lança Heir vibrava a ponto de ter que ser segurada com força para que não caísse no chão; no meio da escuridão, Hunter via minúsculas fagulhas douradas cortando o ar, remanescentes do fulgor de Daggry, que se encontrava exatamente no mesmo lugar, mas não na mesma dimensão.

Ele bateu mais uma vez a ponta da lança no chão e buscou vida ao seu redor. Do outro lado, Daggry titubeava na mão de Aylin como um guerreiro se projetando antes de um grande combate. De alguma forma, a garota parecia entender a arma, parecia ouvir sua voz dentro de si. Para ela, Daggry gritava como deveria ser usada e a garota prontamente obedeceu, elevou a lâmina acima da cabeça e desenhou um corte vertical no ar, um rastro dourado de luz seguiu a ponta do sabre, desenhando uma meia-lua e rasgando o ar com um assovio. A meia-lua reluziu e se expandiu, e do meio de seu brilho surgiu uma mão, depois um pé e, por fim, o corpo robusto de Hunter coberto pela armadura. Com a lança Heir nas mãos, não mais vibrando. Ambas as armas se encontraram e, como que em um cumprimento, brilharam ainda mais forte, tornando todo o corredor um misto de luzes verdes e douradas e deixando ainda mais belo o largo sorriso no rosto angelical de Aylin enquanto ela enxugava as lágrimas causadas pela solidão.

Assim que a luz do portal se apagou, a garota se jogou nos braços de Hunter, que, desta vez, retribuiu o gesto com o mesmo afinco. Os dois se mantiveram imóveis por alguns segundos, envoltos nos braços um do outro em um momento que poderia ter durado a eternidade, se não fosse a voz de Aamu a atrapalhar o momento.

– Opa! Acho que eu cheguei na hora errada.

– Aamu? – Hunter se virou. – Como chegou aqui?

– Eu estava andando por esse túnel idiota quando vi um pequeno show de luzes verdes e douradas dançando no ar. Entendi qual é a desse lugar desgraçado.

– Cadê a Isis? – Aylin perguntou. – Ela está com você? Estávamos procurando por ela.

– Eu posso ver que sim. – Aamu fez um olhar malicioso para Hunter, que o ignorou. – Não, querida, Isis não está comigo, não faço ideia de onde esteja.

– Aamu, sabe algo sobre esses portais? – Hunter perguntou. – Eu já vi muitos portais, mas esse é diferente de tudo que eu conheço.

– Eu li algo sobre isso em um dos livros primevos que encontrei em minhas expedições. Parece que o poder da pedra é capaz de criar portais de distorção do espaço-tempo. Não sei como funcionam nem por que são criados, mas acontecem como consequência do desequilíbrio entre o poder de Xylon e Iverna armazenados dentro dela. Esses portais eram chamados de "embarcações", e dizem que é quase impossível encontrar sua saída, porque estão sempre mudando.

– Embarcações? – Aylin pensava alto, sempre o ponto de vista de maior inocência do grupo. – Por que tem esse nome?

– Os antigos sacerdotes faziam analogias do tempo-espaço com o mar, um emaranhado de caminhos, distâncias e possibilidades, e os portais eram o que os permitiam atravessar esse mar. Logo, eram as embarcações dos magos que desejavam viajar entre os enigmas do tempo e do espaço.

– Como se caminhassem... – Hunter fez uma pausa dramática – sobre os galhos de uma árvore gigante.

– É, pode-se encarar assim também. É quase a mesma coisa, mas... – Aamu assentiu levianamente para só então entender a analogia que Hunter desenvolvia – como os gigantes galhos da Yggdrasil, você diz?

– Exatamente! Parece que temos mais em comum do que imaginávamos...

– Espera, estamos falando da mesma coisa, correto? – Aylin tentava acompanhar com dificuldade o raciocínio de um deus e de um mago de dois mil anos. – Quer dizer que a Yggdrasil e essa tal Embarcação têm o mesmo significado?

– Acredito que sim, Aylin – Hunter olhava para Daggry na mão da garota como se esperasse que o sabre desse sua opinião na discussão. – Acredito que os sacerdotes antigos tenham encontrado um jeito de viajar pela Yggdrasil sem que precisassem utilizar a Bifrost, mas...

– O quê? – Aamu começava a se incomodar com as pausas que Hunter fazia em suas falas.

– Eu li praticamente todos os livros de magia da coleção de meu avô Odin e não havia uma única menção a esses portais. Entendo que estavam escondidos, mas Heimdall, o vigia, observa os nove reinos desde a criação de Asgard até o Ragnarök e jamais viu nada do tipo, meu avô o havia encarregado de cuidar de todas as portas do universo, não seria possível que ele não conhecesse essas tais embarcações.

Aamu coçou o queixo, pensativo, assimilava todo o conhecimento que Hunter lhe passava e tentava encontrar combinações, coincidências, contradições ou qualquer outra coisa em sua memória que pudesse ajudá-los a contemplar o mistério das embarcações e dar-lhes uma saída daquela armadilha. Após algum tempo, estalou o dedo e disse:

– Espere um pouco, Hunter, você diz que Heimdall é o vigia desde a fundação de Asgard, correto?

– Sim.

– Isso significa que Asgard não surgiu junto com o universo ou o tempo e o espaço?

– Penso que não.

– Entretanto, Xylon e Iverna são o próprio tempo e espaço; logo, eles existem antes de Asgard, assim como seu culto.

– Então... – Hunter já havia compreendido o raciocínio de Aamu – as embarcações existem desde antes de Asgard e, quando a cidade dourada surgiu, já haviam sido extintas, assim como o culto de Xylon e Iverna, por isso não temos nenhum conhecimento sobre seu poder.

– Isso também explicaria o porquê de os livros de magia estarem enterrados tão fundo no planeta. Eles não foram enterrados, o planeta que se desenvolveu acima deles.

– Faz muito sentido, Aamu. Então, nesse momento, estamos muito longe de Midgard, não somente em distância, mas também em tempo.

– Acho que entendi! – Aylin se manifestou. – E tudo isso é muito lindo, mas como vamos achar a Isis e sair daqui?

– Esse é o maior problema, garota – Aamu afirmou com uma nota de desapontamento em sua voz. – Não faço a mínima ideia.

– E se fizermos como Hunter fez para me encontrar? Eu não sei exatamente como fez, mas ele me lançou Daggry mesmo de outra dimensão.

– Você fez isso, garoto? – Aamu estava verdadeiramente impressionado com a destreza do aesir.

– Sim, ou você achou que eu era só uma pilha de músculos sem nenhum truque?

– Pra falar a verdade, achei...

ᛟ ᛟ ᛟ

Isis ouviu um assovio bem acima de seu rosto e finalmente reuniu forças suficientes para abrir os olhos, levantou-se lentamente – ainda fraca e nauseada – e olhou em frente em busca de alguma novidade, mas só encontrou escuridão. Foi então que ouviu uma voz familiar:

– Não posso dizer que é bom vê-la aqui, mas é bom vê-la, minha querida.

– Adrien?

– Sim.

– Como é possível? Não deveria estar aqui.

Do meio da escuridão surgiu o cruzado, a barba e os cabelos ruivos contrastavam com a pele e os olhos claros, sob o peito ainda estampava o emblema da cruz, seu sorriso era tão amável e cativante quanto em Alexandria, e Isis imaginou estar delirando. Assim que o militar a abraçou, a feiticeira soube que aquilo era real e, aos prantos, desabou no ombro forte do cavaleiro.

– É bom saber que não se esqueceu de mim, Isis.

Isis não respondeu, a verdade é que não pensava em Adrien há muitos anos, embora de fato jamais o tivesse esquecido completamente.

– Como pode estar aqui, Adrien?

– Sinceramente, eu não sei, mas me escute com atenção, Isis. Você precisa parar sua jornada imediatamente.

– Como assim? Que jornada?

– Essa busca pela pedra, a forma como está ajudando esses garotos, a forma como está ajudando aquele deus...

– Como sabe o que estou fazendo?

– Assim que caiu nesse buraco, eu soube, vi vocês chegarem, vi vocês no túnel. Precisa parar agora ou vai morrer.

– Não posso parar, Adrien, o mundo está em risco.

Ele abaixou a cabeça e suspirou, parecia entender que não conseguiria convencer Isis ou talvez estivesse pensando em um novo apelo. O militar agarrou os pulsos da feiticeira e olhou fundo em seus olhos em uma última súplica desesperada.

– Por favor, Isis, me escute. Não quero ter que assistir a sua morte, não desejo que fique presa aqui como eu.

Isis afagou os cabelos ruivos de Adrien carinhosamente, sua mão correu pela barba até o queixo do cavaleiro, e o puxou, beijou-lhe a testa e sorriu. Em seguida, disse-lhe calmamente:

– Adrien, meu querido, eu entendo sua preocupação, mas não posso acatar seu pedido. Sou a guardiã e é meu dever e meu destino. Além do mais, já vivi por dois mil anos, já evitei a morte por tempo demais, não tenho medo dela; na verdade, sinto que serei acolhida por ela...

Adrien sorriu.

– Entendo. Vejo que não serei capaz de convencê-la e, por mais que quisesse pará-la à força, não há como minhas mãos de homem comum deterem uma poderosa feiticeira de dois mil anos. Só o que posso fazer nesse caso é desejar-lhe sorte.

– Sinto muito, Adrien...

Adrien forçou um sorriso e fez menção de beijá-la; ela fechou os olhos e não se opôs. Porém, o cruzado se deteve no meio do movimento e se virou rapidamente, quando Isis abriu seus olhos novamente ele já se encontrava parado de costas a cinco passos de distância com a escuridão já desejosa em engolir-lhe a silhueta.

– Sabe, Isis, não há um dia em que eu não me arrependa por não poder ter ficado no seu lugar, por não poder ter tomado de você o poder e tê-la livrado do fardo que são tais responsabilidades. Eu fiquei todo esse tempo desejando uma única oportunidade de me redimir e, agora que você está na minha frente, novamente não sou capaz de salvá-la. Por isso, eu sinto muito. Espero que algum dia possa me perdoar.

Isis ensaiou uma resposta, queria dizer que o entendia e que o amava. Também desejava dizer que gostaria de ter passado seus últimos dias em Alexandria com ele, de que foi a Kholat Syakhl com um único objetivo – o de viabilizar o reencontro dos dois –, queria dizer que em outros tempos teria sonhado com uma vida feliz ao lado do cruzado, queria dizer o quanto o amava, o quanto sempre o amou, mas, enquanto escolhia o que dizer, a silhueta de Adrien foi novamente engolida pela escuridão. Isis fez menção de correr em sua direção, mas, nessa hora, o sabre Daggry cortou o ar e fincou-se no chão ao seu lado, emitindo uma luz dourada que iluminou todo o corredor, mostrando a Isis que Adrien já não estava mais ali.

16 Pertencimento

Assim que Daggry cruzou as dimensões e alcançou a feiticeira, trouxe consigo um pouco da magia de Aamu, com a qual o lendário foi capaz de comunicar-se com a amiga e instruí-la a abrir uma fenda dimensional com a ponta do sabre.

Ao ver o rosto de Aamu cruzando o portal, Isis sentiu seu estômago revirar. Ela tinha acabado de encontrar-se com Adrien graças a alguma propriedade mística das embarcações e tinha algo a contar para eles, mas ainda assim tinha medo de contar e despertar a fúria de Aamu da mesma forma que fez em Alexandria. A feiticeira ponderou rapidamente as consequências de falar sobre o encontro e concluiu que preferia que os quatro trabalhassem juntos para sair daquele lugar e só depois falaria da aparição. Ao mesmo tempo, sentia-se confusa em relação a seus sentimentos com Aamu e Adrien. Ela tinha uma relação complexa com Aamu, ora de amizade, ora de paixão, ora de ódio. E o que sentia por Adrien era muito mais intenso, havia se apaixonado perdidamente pelo cruzado desde o primeiro momento em que seus olhos se cruzaram. Na época, era uma paixão inocente, quase platônica e indefesa, mas que depois tornou-se algo maior, um sentimento de admiração pela pessoa que Adrien era, seu jeito afável e compreensível, seu olhar forte e ao mesmo tempo acolhedor, a forma como lidava com as palavras, sempre como se tentasse ocultar seu lado de bárbaro, ignorar o fato de que matava em nome de uma fé que ela sequer partilhava totalmente.

Isis lembrou-se de cada manhã no santuário, momento em que ela lhe ensinava sobre as mais diferentes fés. Percebia que Adrien, apesar de ter sido educado pelo catolicismo, era totalmente aberto a aprender sobre as diferentes culturas, sempre se empolgando mais ao ouvir sobre uma batalha como o bom guerreiro que era. Sempre que se lembrava de tais dias, sua memória involuntariamente a levava a Roma, quando recebia Aamu em sua porta sempre com uma nova história sobre brigas em casa. Lembrava-se de que conheceu o mago quando o ouviu praguejar enquanto se sentava à sua porta. Em um primeiro momento, acreditou que fosse um mendigo e o espantou, apenas para ser reconhecida por ele três dias depois em uma apresentação do teatro. Depois disso, tornaram-se bons amigos e se viram enamorados culminando no dia em que Aamu apareceu em sua porta com um corte na cabeça causado pela caneca de seu pai, que o atacou após este ter desejado a morte do irmão.

Divertiu-se por um segundo com o pensamento de que fora naqueles dias que sua vida mudou completamente, passando de uma aventura romântica na adolescência para tornar-se a guardiã do poder de Iverna e a mentora de um deus nórdico dois mil anos depois. Sua vida fora conturbada em todos os momentos, exceto quando esteve com Adrien, mas aquele momento fora tirado de si de forma brutal e traumática. Isis entendia perfeitamente toda a história que a havia levado até aquele momento, mas era incapaz de dizer qual desses rostos lhe trazia mais paz: se era o tipo desleixado e imprevisível de Aamu, com o qual sempre se preocupou e esperou a próxima vez que apareceria em sua porta com a cabeça ou o coração ferido; ou o tipo seguro e responsável de Adrien, cujo tempo fora pouco, mas muito mais aproveitado que o gasto em brigas com Aamu. Adrien havia feito de alguns meses os mais agradáveis que Isis conseguia se lembrar. Se não fosse pela interrupção de Loki, tal momento haveria durado até o fim de sua vida, onde descansaria sabendo que havia deixado alguém igualmente competente para cuidar da pedra.

Isis foi roubada de seu descanso, assim como a pedra naquela tarde, só para saber mil anos depois que fora Aamu quem impediu que o poder caísse em mãos erradas. Isis via que a vida do lendário parecia ligada a sua por algo além do dever; por outro lado, sabia que o fato de um cruzado francês ter surgido em seu caminho no Egito só poderia ser obra do destino. Confusa pelas coincidências, a feiticeira entendia que o universo não havia lhe indicado um preferido, mas sim delegado a ela a escolha daquele que ocuparia seu coração.

Não parecia plausível para ela que ambos tivessem seu espaço delimitado, como se vivessem em constante luta para serem os únicos donos de seus sentimentos. No mundo real, Aamu demonstrava desinteresse no assunto na maior parte do tempo e Adrien estava morto, era nesse detalhe, inclusive, que Isis se agarrava com firmeza. Adrien podia ser tudo o que Aamu não era, mas o lendário estava vivo; o cruzado, não.

– Isis, você está bem? – Aylin perguntou. – Esse lugar é estranho, aconteceu algo com você?

– Não, querida, estou bem.

– Ótimo, então temos que sair daqui. – Hunter olhava em volta como se buscasse algo entre as paredes. – Esse lugar não me agrada nem um pouco.

– Muito bem, todos vocês, me escutem – Aamu, com seu melhor tom de comandante, disse: – Dentro das embarcações, é muito fácil se perder, então temos que estipular algumas regras: jamais se distanciem um do outro, nunca deixem que um de nós fique fora do seu campo de visão, porque qualquer coisa que faça com que não tenhamos o outro à vista irá fragmentar as dimensões novamente. Vamos agir da seguinte forma: eu irei na frente, Isis andará atrás de mim com a mão em meu ombro o tempo todo. A outra mão deve segurar a mão de Aylin, que andará de costas para que enxergue Hunter, que protegerá nossa retaguarda o tempo todo. Quero todos atentos a qualquer perigo, entenderam?

– Com que tipo de perigo estamos lidando, velhote? – Hunter se precipitava com a possibilidade de uma batalha.

– Qualquer tipo de perigo: dobras dimensionais, monstros, demônios, ilusões, fantasmas, qualquer coisa que tenha caído em uma embarcação em algum momento e lugar do espaço-tempo.

Isis engoliu em seco.

– Gostei, espero que tenhamos uma luta. – Hunter puxou Heir das costas, a lança reluziu em verde. – Vamos logo.

– E para onde vamos? – Isis perguntou.

– Essa é uma pergunta importante. Se o que eu li sobre esses túneis estiver correto, em algum momento as alterações dimensionais irão nos levar ao nosso objetivo.

– E qual é exatamente o nosso objetivo?

– Estamos procurando a Pedra da Penumbra Primeva, que provavelmente foi a responsável pela criação dessa abertura dimensional. Em algum tempo e com minhas habilidades sensitivas, seremos levados direto pra ela e então usaremos seu poder para sair desse lugar.

– Então será rápido e simples?

– Não exatamente, as dobras dimensionais que nos afetarem irão mudar a nossa localização em relação à pedra, ou seja, daremos muitas voltas antes de encontrar o que estamos procurando.

– Isso parece entediante – Hunter resmungou. – Espero que as tais batalhas aconteçam.

– Eu acho melhor você se preocupar em achar a saída, moleque.

Hunter assentiu, cada um assumiu a posição indicada e puseram-se a andar pelos escuros túneis. Apesar de não conseguirem averiguar o tempo exato que decorrera – nenhum dispositivo eletrônico funcionava dentro das embarcações –, eles acreditavam que já devia fazer mais de uma hora desde que entraram em formação e ainda não tinham a mínima ideia de onde estavam. Aamu utilizava de suas habilidades sensitivas para tentar captar resquícios de energia do artefato mágico, mas só era capaz de encontrar qualquer sinal de poder no ar por pouco mais do que alguns segundos até as dobras dimensionais mudarem novamente.

– Como é possível sentir a energia dessa pedra desgraçada do outro lado do oceano, mas agora que estou perto não sentir nada concreto? – Aamu resmungava para si mesmo. – Isso é uma idiotice sem fim, maldição...

Mais alguns minutos se passaram até que o lendário chegou ao seu limite. Com um grito enfurecido, conjurou uma enorme bola de fogo e a disparou na direção do túnel. A chama seguiu pelo ar até ser engolida pela escuridão, sendo seguida por mais três bolas disparadas pelo mago. O mago bufava e praguejava com os braços crepitando enquanto os outros três mantinham a formação até que Hunter gritou:

– Abaixem-se todos!

Os quatro se jogaram no chão e, no instante seguinte, uma bola de fogo zuniu pelo ar, vindo pela direção oposta à que caminhavam, seguida de perto por mais três globos flamejantes iguais. Aamu se levantou e sorriu para Hunter, que assentiu com a cabeça, indicando que também havia entendido. Os dois ficaram um de costas para o outro, e dispararam seus feitiços. A poderosa lança de chamas cortou o ar com um zunido forte enquanto Hunter disparou da ponta de Heir uma rajada de energia na cor esmeralda. Então os dois se encostaram nas paredes da caverna e puxaram as garotas para si. Hunter agarrou o pulso de Isis, enquanto Aamu arrastava Aylin para o lado oposto. Após alguns segundos, o feixe esmeralda e a lança de chamas surgiram novamente, mas, desta vez, do lado oposto ao que foram invocados, e se chocaram na frente dos quatro, causando uma explosão de luz e som que iluminou e fez tremer a caverna.

Nesse momento, Hunter e Aamu pularam dentro da explosão, arrastando Isis e Aylin consigo. A luz desapareceu, assim como o som, e, ao se encerrar a explosão, os quatro haviam desaparecido.

Os quatro saíram da água juntos, estavam novamente na caverna em que começaram o caminho pelas embarcações, mas, desta vez, estavam todos juntos. Essa tinha sido a única mudança, pois o teto em forma de cúpula refletindo a luz que saía do pequeno lago no fundo se mantinha, assim como a entrada para os corredores escuros da caverna. Aamu e Hunter sabiam exatamente para onde iam e como fariam para chegar até lá. O lendário conjurou novamente a lança de fogo e o aesir armou a lança Heir em posição de arremesso. As lanças foram miradas para o teto e arremessadas simultaneamente, atingindo quase exatamente o mesmo alvo, o centro da cúpula.

O chão tremeu e algumas pedras se soltaram do teto, caindo e quebrando no chão, apenas uma delas não se partiu com a queda: uma pequena gema de coloração negra como a própria noite. Ela emitia um brilho arroxeado que parecia circular por seu interior, era a Pedra da Penumbra Primeva, o artefato mágico que havia causado conflitos secretos no mundo desde 62 d.C., quando seu poder foi ativado pela primeira vez.

Hunter e Aylin olhavam com admiração para a gema mais bela que já haviam visto enquanto Isis e Aamu admiravam com pesarosa nostalgia a pedra que lhes havia causado tantos problemas. Gostariam de destruí-la e acabar para sempre com seu poder, mas não havia como, já tinham tentado das mais diversas maneiras e sabiam que estavam fadados a protegê-la.

– Temos a pedra, e agora? Como vamos sair daqui? – Aylin perguntou.

– Bem, criança, essa é a parte complicada... – Aamu respondeu com um tom de preocupação em sua voz. – Entrar na embarcação significa sair da linha que define o tempo-espaço, ou seja, ao sair, podemos parar em qualquer lugar e em qualquer tempo.

– Está dizendo que não há como precisar aonde sairemos?

– Exatamente.

– Existe alguma forma de saber?

– Não sei dizer se é verdade, mas alguns escritos que encontrei dizem que a saída da embarcação se define pelo que existe em seu coração. Assim que o poder da pedra fluir por seus corpos, devem se concentrar em nosso objetivo: encontrar uma forma de impedir os Filhos de Nero de trazer Xylon de volta ou encontrar os tais filhos do Ragnarök que o Hunter está buscando. Qualquer um dos dois deve ser útil, mas precisam se concentrar. Agora não é hora de pensar no sofá de casa.

Aamu recitou um feitiço e a pedra começou a brilhar. Uma luz arroxeada inundou a caverna e Hunter preparou o estômago para mais uma viagem interdimensional. Ele torcia para que essa não fosse tão desagradável quanto a travessia da ponte Bifrost. Enquanto se concentrava, sentiu a mão de Aylin apertar a sua; a garota ao seu lado estava visivelmente nervosa e buscava no gesto um pouco de conforto na confiança sempre inabalável do aesir. Com um último comando, Aamu fez com que uma nova rajada de luz surgisse e engolisse seus corpos, desaparecendo em seguida e levando os quatro consigo.

Isis e Aamu abriram os olhos, mas uma forte luz os obrigou a fechá-los novamente.

Hunter e Aylin respiraram fundo e sentiram o agradável cheiro das flores e do orvalho da manhã.

Em sua segunda tentativa, Isis e Aamu abriram novamente os olhos e enxergaram apenas a escuridão, um lampejo de luz intenso como o flash de uma máquina fotográfica afrontou suas retinas, o lugar então se tornou escuridão novamente.

Hunter e Aylin ouviam o som das cigarras e seu canto era hipnotizante, calmante, e parecia pedir que ambos se mantivessem imóveis e de olhos fechados, pedido sutil ao qual os dois foram incapazes de recusar.

Aamu pisava forte no chão, tateava a frente em busca de algo sólido. Embora estivessem de pé, era como se não houvesse chão debaixo de seus pés. Um novo clarão iluminou a penumbra e revelou um rosto cujas feições não puderam ser identificadas antes de ele ser engolido pela escuridão novamente.

ᛟ ᛟ ᛟ

Hunter abriu os olhos e se levantou após ouvir um grito forte ao seu lado, o que viu inicialmente foi a floresta mais bela que seus olhos esmeraldinos já tiveram o prazer de vislumbrar. O verde das árvores parecia mais verde que qualquer qualidade de plantas que sua lança era capaz de criar, as flores mais vivas, seus odores mais fortes, o orvalho reluzia como pequenos pingos de prata dando à grama um aspecto de raridade, como se aquela grama jamais pudesse ser encontrada em nenhum outro lugar no planeta. Um casal de rouxinóis passava pela clareira, pareciam se divertir entrelaçando seus voos em uma dança estonteante de cores e bater de asas. A paz que aquele lugar injetou no coração de Hunter fez com que o fervoroso combatente tomasse um minuto de sua vida para permitir que a calma e a harmonia invadissem seu corpo e alma, inundando seu ser com plenitude e exalando uma felicidade como jamais havia sentido antes. Diante daquela clareira, Hunter sentiu pela primeira vez a alegria de viver. A lança Heir emitia um brilho mais forte do que nunca, mostrando que também sentia as energias da clareira e o aesir a fincou no chão e deixou que a arma interagisse com a vegetação, aprendendo e tornando-se um com os organismos vivos daquela clareira. Foi apenas após mais um minuto de contemplação que o aesir foi atingido com toda a força e jogado novamente no chão por Aylin, que se arremessou em cima de seu corpo com um abraço apertado.

– Hunter, Hunter! Lembra desse lugar?

– Não, já estivemos aqui?

Aylin sorriu, seu sorriso tão radiante quanto o sol acima de seus cabelos cor de mel.

– Isso é Iltatähti! A ilha em que nasci e cresci.

– Como pode ter tanta certeza?

– Eu reconheceria essas plantas em qualquer lugar, o seu cheiro, o gosto do ar, a forma como o sol se espreme entre as folhas para alcançar o solo. Não tenho a menor dúvida, estamos de volta a Iltatähti.

Hunter ainda estava surpreso.

– Entendo... Esse lugar realmente é maravilhoso. Nem mesmo o bosque mais glorioso de Asgard pode chegar próximo à beleza desta ilha.

Hunter sorriu para Aylin, ainda deitada em cima de seu peito. A garota devolveu o sorriso e afagou o rosto do deus das florestas. Naquele lugar, cercada do ambiente em que havia crescido, as feições de Aylin tornavam-se ainda mais angelicais, seu sorriso era sincero, leve e apaixonado, seus olhos cor de âmbar estavam fixos no olhar do aesir, o que contribuiu para a sensação de paz e inocência. Seus cabelos banhados pela luz do sol reluziam em dourado e caíam soltos sobre os ombros, tocando-lhe o rosto. As mãos de Hunter correram pela cintura da garota até alcançar sua nuca, puxando-a para baixo e selando o momento com um beijo, um beijo saudado pelo vento, que mergulhou pela clareira e fez com que as árvores chacoalhassem seus galhos como se comemorassem o surgimento de uma nova paixão.

A estrela vespertina de Iltatähti finalmente havia encontrado o amor sob as copas das árvores de sua terra natal. Hunter, por sua vez, era um ótimo amante, tendo toda sua rudeza e intransigência desaparecido e em seu lugar mostrava-se agora o fervor apaixonado de um bardo. O corpo do aesir movia-se em perfeita sintonia com o de Aylin enquanto os dois rolavam pela grama sem se importar com o orvalho a lhes encharcar as roupas e os cabelos.

Diferente do que se espera de um aesir, ele beijava a garota com ternura, sua mão corria levemente pelo rosto de Aylin e, quando o guerreiro descia seu rosto para beijar-lhe o pescoço, sua mão acompanhava o movimento até o meio de sua coxa, subindo novamente a seguir. O casal de rouxinóis passava novamente pela clareira, ainda se dedicando a seguir um ao outro em voos que desafiavam a visão de qualquer espectador, tantos eram os giros, subidas, rasantes e mergulhos. Em dado momento, os pássaros se acomodaram em um dos muitos galhos e se aconchegaram um ao lado do outro para assistir também à cena que se desenvolvia no solo abaixo.

Qualquer um que observasse aquela cena poderia sentir a sintonia entre o aesir e a estrela vespertina, o deus das florestas e a filha da floresta, que estavam abraçados, com os corpos colados. Eles não se beijavam mais, apenas olhavam fundo nos olhos um do outro como uma conversa sem palavras. De fato, as palavras não se faziam necessárias naquela ocasião, em troca seus olhares sinceros de paixão e admiração faziam o trabalho de dizer ao outro tudo o que sentiam. Fora naquela mesma ilha que se conheceram, quando cruzaram espadas em uma batalha motivada apenas pelo desespero diante do desconhecido. Desde então haviam tido belos momentos juntos no quarto no santuário de Isis, na noite seguinte no quarto de hotel no Brasil, dentro da embarcação quando Hunter encontrou Aylin através das dobras dimensionais e fora recebido por um abraço caloroso... Todos esses momentos haviam contribuído para a criação do sentimento que desabrochava sob as copas das árvores.

Enquanto fitava os hipnóticos olhos cor de âmbar de Aylin, Hunter esqueceu-se de sua missão, de Surtr, de seu pai, da destruição, da Pedra da Penumbra Primeva e até mesmo de Aamu e Isis. Tudo o que desejava era que aquele momento durasse para sempre, que Aylin durasse para sempre. Hunter pensava que, se o mundo tivesse que acabar, que fosse naquele momento. Assim, ele partiria feliz, tendo conhecido o amor e visto dentro dos olhos de Aylin a reciprocidade que às vezes não enxergava no olhar vazio de seu pai, ora tão próximo, ora preso no passado. Hunter sabia que Thor jamais havia superado as perdas do Ragnarök. A morte dos amigos de batalha e até mesmo a de Odin poderiam ser superadas pelo guerreiro, mas a morte de sua esposa, Syf, fora um fardo pesado demais para o deus do trovão suportar. Às vezes, Hunter imaginava que, se não fosse sua chegada em Asgard, era possível que seu pai tivesse ceifado a própria vida. Esses pensamentos tiravam-lhe o sono e o impediam de dormir, e a única maneira de ficar tranquilo era indo até o quarto de seu pai apenas para observá-lo dormir, depois ia até a sacada do palácio e assistia à cidade dormir, apenas seus vigias permaneciam acordados. Às vezes eles acenavam para Hunter, e eram sempre retribuídos com um sorriso e um aceno. Pensava se seu pai também não se sentia assim, sozinho em meio a toda a multidão. Ele recebia diversos presentes e agradecimentos todos os dias, orações e copos de hidromel eram erguidos em sua honra, ainda assim não sabia dizer se o novo rei de Asgard via em tais atos conforto ou apenas mais solidão.

O fato era que naquele momento nada disso importava a Hunter. Ele havia encontrado nos olhos de Aylin o amor que jamais havia visto nos olhos de ninguém, divertiu-se por um segundo imaginando o que pensariam seus irmãos de batalha. Tyfar, o bruto, diria que ele havia se tornado frouxo e que não o seguiria mais em batalha, autoproclamando-se o novo líder das forças de Asgard. Em seguida, agarraria Hunter pelo peito e o abraçaria parabenizando-o por finalmente se interessar por uma mulher. Myglor, o arqueiro, o parabenizaria como se fosse uma ocasião comum, como um aniversário, mas não antes de fazer mil perguntas sobre a moça. Já Nyffr, o galante, encontraria uma forma de contar vantagem com todas as moças de Asgard usando o nome do amigo. Hunter tinha bons amigos, os seguiria em batalha até com os olhos vendados e confiava sua vida a cada um deles sem pensar duas vezes. Entretanto, mesmo com a bravura de seus amigos e seus inestimáveis momentos em batalha, o aesir os dispensaria em troca daquele momento majestoso com Aylin, com seus olhos cor de âmbar que ele só podia imaginar o que escondiam, e o que se passava pela mente da jovem.

Aylin observava os olhos verdes de Hunter adquirirem um brilho dourado por causa do sol, sua pele albina parecia refratar a luz que se esgueirava pelas folhas e galhos até alcançar-lhe o rosto, dando-lhe o aspecto de uma criatura divina, feita de luz pura. Os cabelos dourados também reluziam e sua trança, o único tufo do longo cabelo que um dia ostentou, havia se soltado durante o beijo e agora uma longa mecha lhe caía sobre o rosto. O seu sorriso era indecifrável como o cofre de um grande banco e a garota tinha a plena noção de que não seria capaz de decifrá-lo nem em milhões de anos. Nunca imaginou como seria capaz de se relacionar com um deus sendo apenas uma mortal, seria capaz de vislumbrar Asgard, a terra dourada que Hunter habitava? O que pensaria Thor ao saber que seu filho estaria se atrelando a uma mortal? Será que era comum que os deuses nórdicos, assim como os gregos, copulassem com humanos apenas para abandoná-los depois? Não, o beijo de Hunter não deixava dúvidas, ele não iria abandoná-la, ela sabia disso, seu coração sabia. Ela também não pretendia deixá-lo ir tão cedo.

Envolta pelo abraço caloroso do aesir, a garota deitou-se sobre seu peito forte e se permitiu sonhar, a mente vagando pelas árvores, percorrendo o bosque e alcançando o campo aberto até enxergar a simplória abadia de Iltatähti, sua pequena edificação de tijolos brancos com pequenas janelas de vidro, uma pequena chaminé sempre soltando fumaça. Na frente, Aylin viu os frades regando as plantas, cuidando de seus pequenos cercados, alimentando os pássaros, alguns deles conversando sentados à varanda. Por fim, ela viu Ferrer, com seu rosto sempre jovial, mas que ostentava um olhar de falsa alegria, como se forçasse a si mesmo a assumir uma postura de paz enquanto travava um conflito dentro de si.

Aylin agora sabia que conflito era esse: a saudade de sua amada, que o afligia há dois mil anos. Sabia que ninguém devia sofrer dessa forma por tanto tempo, especialmente Ferrer, cuja pureza de alma era tão forte que havia lhe permitido até mesmo transformar-se na poderosa Garuda, o espírito guardião de Iverna. Ao saber de sua história milenar, Aylin passou a sentir ainda mais respeito pelo homem que Ferrer era, mas também sentia remorso por não ter tido a chance de ajudá-lo a enfrentar seus demônios. Talvez pudesse tê-lo proporcionado momentos felizes antes de partir. Talvez até mesmo pudesse tê-lo protegido se tivesse enxergado os motivos que levaram à sua morte.

– Hunter?

– Sim?

– Tem algum arrependimento?

– Que tipo de arrependimento?

– Algo que faça você pensar todos os dias, algo que podia... deveria ter feito, mas não fez.

– Bem, sim. E essa trança existe para me lembrar disso. Jamais permitir que meu ego interfira em meu julgamento.

– Entendo... – Aylin saltou, apoiou os antebraços no peito do aesir e o olhou de cima. – E tem algum momento feliz?

– Tenho vários momentos felizes...

– Bem, qual foi o momento mais feliz da sua vida?

O aesir sorriu, olhou em volta para todas as árvores, voltou seu olhar para o sorriso de Aylin antes de encarar novamente a infinidade âmbar de seus olhos. Com a mão esquerda, afagou-lhe o rosto e o pescoço e afirmou:

– Esse. Esse é o momento mais feliz da minha vida.

17 Renascimento

Mais um flash, o rosto se iluminou mais uma vez, ainda indistinguível na escuridão que reinava entre cada um dos clarões. Aamu e Isis tentavam sem sucesso identificar aquele que se opunha a eles, mas apenas os misteriosos disparos de luz do lugar não seriam suficientes. Tentaram conjurar orbes de luz, porém, por algum motivo, os poderes mágicos falharam. A silhueta então falou e sua voz ecoou pela escuridão com a força de um trovão.

– Seus poderes não são reais aqui. Nada é.

– Quem é você? – Aamu se precipitou à frente de Isis.

– Paciência, Aamu, as suas perguntas serão respondidas em breve.

– Eu não vou me incomodar com o fato de você saber meu nome, apenas vou perguntar uma última vez: quem é você?

– Contanto que faça as perguntas corretas, é claro, você saberá em breve.

Aamu cerrou os punhos e se preparava para disparar na direção em que estava a silhueta pela última vez em um ataque cego, motivado apenas pelo medo e a ansiedade, mas Isis o impediu, tomando-lhe a dianteira e se dirigindo às sombras.

– Escute. Quem quer que seja... não sabemos onde estamos, nossos amigos aparentemente sumiram e também não sabemos o que aconteceu com a pedra que estávamos carregando. Temos uma missão muito importante e precisamos de ajuda para entender o que está acontecendo, pode nos ajudar?

– Sempre a voz da razão, não é mesmo, Isis? – Mais um flash revelou o rosto agora mais próximo, suas feições eram masculinas. – Direi o mesmo que disse a Aamu: suas perguntas serão respondidas em breve.

ᛟ ᛟ ᛟ

Hunter acordou sob o brilho das estrelas. Durante o dia, a clareira era aconchegante, mas à noite seu conforto era duplicado. A suave luz do luar banhava cada espaço do bosque, que as inúmeras árvores lhe cediam com feixes prateados de luz que tornavam o ambiente um lugar mágico. O aesir se virou e observou o rosto de Aylin, que dormia ao seu lado, iluminado pela luz da lua enquanto sua pele clara reluzia e parecia emitir sua própria luz em resposta. Ele afagou os cabelos de sua amada e viu um breve sorriso aparecer no rosto da garota. Nenhum som se fazia ouvir no bosque e por isso foi fácil distinguir o som do farfalhar de folhas às suas costas. Em um movimento veloz, o aesir se levantou e retirou Heir do chão e, ao fazê-lo, sentiu uma gigantesca onda de poder que subiu pelo braço do guerreiro, deixando-o ligeiramente dormente por um momento.

Heir havia assimilado aquela vegetação tão mais viva que a de Asgard e agora estava preparada para combater a sombra que surgia por trás das árvores e se aproximava vagarosamente dos dois. Pensou em acordar Aylin, mas concluiu que poderia enfrentar aquela ameaça sozinho. A mexa de cabelos longos foi jogada pelo vento em seu rosto como um lembrete divino de que jamais deveria subestimar nenhuma ameaça, ainda assim concluiu que deveria proteger a garota. Se isso significasse sua morte, o aesir a aceitaria de bom grado, mas não permitiria que aquela sombra encostasse um único dedo na garota. Heir brilhou intensamente com o prospecto de um novo combate enquanto a sombra entrava finalmente na clareira. Com a luz da lua banhando seu rosto, Hunter apontou a lança e preparava-se para um disparo mágico, mas fora interrompido por Aylin, que saltou em sua frente, correndo a passos largos na direção do homem. Ela desabou em prantos nos braços da sombra e Hunter observou atônito a cena em que a garota e o homem se abraçavam fortemente. Então, ainda com um sorriso no rosto, Aylin se virou e exclamou:

– Hunter, esse é meu pai, Ferrer!

Hunter manteve-se em silêncio, a guarda alta, ainda processando a informação.

– Aylin, como você mudou! Agora, me diga... – o homem perguntou, olhando para Hunter. – Quem é esse rapaz?

– Esse é o Hunter, ele é o filho de Thor e o futuro rei de Asgard. Nós estávamos em busca da Pedra da Penumbra Primeva e...

– Espere um pouco, Aylin, como sabe sobre a pedra? Digo, o que sabe sobre ela?

Só então Aylin conseguiu ver através da emoção e entendeu a estranheza da situação. Em um movimento brusco, desvencilhou-se dos braços do homem e caminhou de costas até estar atrás da ponta da lança Heir, ainda apontada para o estranho que fora reconhecido como Ferrer.

– Aamu e Isis nos contaram tudo sobre a pedra depois que... – uma lágrima escorreu de seu rosto – depois que você morreu.

– Mas, Aylin, como eu posso ter morrido se eu estou bem aqui?

– Eu não sei, pai, é tão confuso. Esse lugar está exatamente como era na minha infância, você também está mais jovem do que quando o vi morrer.

– Calma, Aylin, vamos entender o que está acontecendo. Se encontraram Isis e Aamu, imagino que não há nada mais a dizer sobre meu passado, certo?

– Sim, já sabemos de tudo...

– Eu sinto muito por ter escondido isso de você todos esses anos, mas acho que posso ajudar a descobrir o motivo de terem vindo para cá.

– Você, Ferrer... – Hunter se pronunciou pela primeira vez, dispensando qualquer cortesia como o bom aesir que era – em que ano estamos?

– Dois mil e trinta e dois.

– Em que ano disse que nasceu mesmo, Aylin?

– Segundo meu pai, 2021...

– Então a pedra nos trouxe para antes da morte de seu pai, mas por quê? Faz alguma ideia, Ferrer?

– Absolutamente não.

– Espere, eu tive uma ideia! – Aylin saltou. – Será que se voltarmos no tempo seria possível evitar que a abadia seja destruída?

– Infelizmente eu devo dizer que não, minha querida... – Ferrer interveio calmamente. – Veja, eu não sei como vieram para cá, mas se foi a Pedra da Penumbra Primeva que os trouxe, então posso afirmar que não estão realmente em Iltatähti.

– O que quer dizer?

– A pedra não os transporta para algum lugar no tempo-espaço, mas sim em um simulacro dele. Posso lhes assegurar que, embora minha existência nesse espaço seja real, o espaço em si não é. Vocês não estão em nenhum lugar e em nenhum momento, estão além disso.

– E como saímos daqui?

– Essa não é a pergunta importante agora. O que devem se perguntar é: como entraram?

– Isis e Aamu estavam prestes a nos transportar para fora de uma embarcação. – Hunter fuçava o chão com a ponta da lança. – Eles disseram que tínhamos que nos focar em nossa missão para nos movermos corretamente.

– Entendo... – Ferrer se aproximou e abraçou novamente Aylin, que retribuiu o carinho do pai adotivo. – Então me diga, Hunter, qual é sua missão?

– Eu não sei ao certo. Digo, devo derrotar Surtr e proteger Asgard, mas para isso preciso da Pedra da Penumbra Primeva e também devo encontrar o que meu pai chamou de gêmeos do Ragnarök, embora não saiba ao certo quem ou o que são.

– Entendo... E você, Aylin, qual é sua missão?

– Só queria poder voltar para casa, como sempre foi, antes de todas essas mudanças...

– Bem, já sei o que aconteceu então.

– E o que houve, Ferrer?

– Quando pediram que vocês focassem em sua missão, Hunter não focalizou lugar nenhum, já Aylin focou sua vida antes dos acontecimentos recentes, por isso a pedra lhes trouxe para a única diretriz que lhe foi dada. Imagino que estavam mantendo contato físico no momento do transporte.

– Estávamos de mãos dadas... – Aylin ficou visivelmente envergonhada pela afirmação.

Ferrer caminhou em círculo pela clareira, então afirmou:

– Bem, agora que sabemos como chegaram aqui, vamos focar em tirá-los daqui.

– Mas, pai, se eu sair, jamais vou vê-lo de novo, não?

– É verdade, Aylin, mas é o certo a se fazer.

– Como assim, pai?

– Você saberá no momento correto, minha querida, até lá quero que ajude Hunter e os outros a salvarem o mundo dessa ameaça, está bem?

– Mas, pai, eu não tenho como ajudar, ele é um deus, os outros são magos, eu sou apenas uma garota comum.

– Aylin, minha amada... Você é uma garota, mas não há absolutamente nada de comum em você, minha pequena estrela.

A garota sorriu e voltou a afundar o rosto no peito de Ferrer, o mago retribuiu o afago e, quando virou seu olhar para Hunter, o que o aesir viu em seus olhos não era mais o pai de Aylin, mas sim o protetor supremo da Pedra da Penumbra Primeva. Hunter viu no olhar de Ferrer os olhos poderosos da Garuda e, quando o mago falou, sua voz ecoou pela clareira com uma intensidade totalmente nova.

– Meu garoto, você parece forte e tem boas intenções no seu coração, mas precisa encontrar seu caminho, seu rumo, sua estrela-guia.

Hunter olhou carinhosamente para Aylin, ainda afundada no abraço de Ferrer, depois olhou novamente para o mago. Desta vez, foi Ferrer quem viu a intensidade do filho de Asgard e deus das florestas no olhar de Hunter quando o aesir afirmou categórico:

– Eu encontrei minha estrela-guia. Agora meu dever será protegê-la até o fim, seja ele qual for.

Os dois guerreiros trocaram um caloroso sorriso, os olhares faiscando pelo ar, dizendo tudo que as palavras não diziam: Hunter admirava Ferrer; Ferrer confiava em Hunter. O mago lendário cedia a tarefa de proteger e amar Aylin ao deus das florestas.

Naquele momento, Hunter tornou-se o herdeiro da vontade de Ferrer.

ᛟ ᛟ ᛟ

Aamu sorriu como não fazia desde antes de herdar os poderes da pedra, a verdadeira felicidade invadiu seu corpo pela primeira vez em dois milênios quando do meio da escuridão um orbe de luz surgiu, revelando o rosto de Ferrer entre as sombras. A expressão sempre serena do irmão esboçava também um sorriso sincero e seus olhos eram de pura nostalgia. Pela primeira vez desde Kholat Syakhl, os três guardiões da Pedra da Penumbra Primeva estavam reunidos.

– Inacreditável! O que os anos fizeram com você, Aamu? Você está acabado.

– Ao menos estou vivo, não é mesmo, irmão?

– O mesmo Aamu de sempre, jogando baixo...

Os dois se abraçaram por alguns segundos. Isis observava a cena com um sorriso em seu rosto, pesarosa em arruinar a cena, porém tinha diversas perguntas e pouco tempo.

– Ferrer... desculpe atrapalhar, mas precisamos de algumas respostas.

– Entendo. – A expressão do mago se enrijeceu novamente. – Querem saber onde estão, que lugar é esse e como é possível que eu esteja aqui.

– Bem, sim... E mais algumas coisas, claro.

– Bem, vocês se focaram em sua missão e saíram da embarcação, agora estão em seu destino final.

– Estamos mortos?

– Não, apenas estão onde devem estar.

– E que lugar é esse?

– A mera compreensão desse lugar seria impossível para as mentes de vocês.

– Ora, Ferrer – Aamu precipitou-se, irritado. – Temos mais de dois mil anos, vivemos nas maiores civilizações, nada do que você disser é tão absurdo assim, apenas pare de enrolação e diga logo!

Ferrer assentiu com um sorriso, como se já soubesse exatamente o que Aamu diria. Nesse momento, um novo orbe de luz surgiu ao lado, revelando os inconfundíveis cabelos negros de Allegra.

– Muito bem. Vocês estão no objetivo final de sua missão, estão dentro do Colar da Luz.

ᛟ ᛟ ᛟ

A noite correu confortavelmente na abadia de Iltatähti, na companhia do frade Ferrer. Hunter e Aylin deixaram suas armas na entrada do salão principal e sentaram-se à mesa para conversar sobre tudo que lhes havia sido contado nos últimos dias. Hunter estava fascinado com as descrições das mais poderosas magias que Ferrer lhe contava enquanto Aylin apenas observava mais uma vez o rosto do homem que por dezoito anos ela chamou de pai. A guerreira sentia-se uma garotinha novamente na presença de Ferrer, e saber de todo o seu poder e suas experiências tornava tudo aquilo mais real, como se todo o tempo passado juntos não houvesse sido completo até agora.

Ela não sabia exatamente o que era aquela ilusão e tinha consciência de que em algum momento isso acabaria, mas pretendia absorver ao máximo cada momento que lhe era dado. Depois de um tempo, era Ferrer quem se impressionava com as histórias majestosas que Hunter contava sobre Asgard, seu pai Thor, seu avô Odin, a batalha do Ragnarök e todos os combates que enfrentou desde muito jovem. O mago sempre soube da existência de deuses e já conhecia as histórias que antecediam ao Ragnarök, uma vez que estavam previstas no livro dos volvas, mas ouvir a história da perspectiva de um aesir tornava tudo diferente.

Ao fim do assunto, as atenções voltaram-se para Aylin, seu olhar ainda fixo em Ferrer. Os olhares de ambos se encontraram e, com todo o afeto do mundo, ele abraçou-a e beijou sua bochecha num ato paternal. Os dois foram alimentados pelos frades da abadia e depois se retiraram para seus quartos, Aylin encontrou novamente seu antigo quarto e deitou-se em sua antiga cama enquanto Hunter fora alocado em um quarto de hóspedes ao lado.

Estar em seu quarto novamente fez com que Aylin se sentisse maravilhosa, mas sentiu falta de algo que não teria ali. Silenciosamente, ela caminhou pelo corredor evitando fazer barulho, bateu duas vezes na porta de Hunter e, ao não obter respostas, entrou. O aesir estava dormindo confortavelmente enquanto, no meio do quarto, fincada no chão estava o que Aylin desejava, a lança Heir, que criava uma réplica perfeita da floresta em que haviam se deitado na noite anterior, as plantas mais vivas do que nunca, com feixes dourados de magia pura correndo pelos troncos. Aylin deitou-se na cama ao lado de Hunter, espremendo-se no pequeno espaço que havia ao lado do corpulento aesir, que mesmo dormindo reconheceu seu corpo e a abraçou inconscientemente. A garota sorriu e, sob a floresta mágica de Heir e protegida pelos braços de Hunter, adormeceu.

ᛟ ᛟ ᛟ

– Dentro do Colar da Luz? – Isis estava fascinada. – Como isso é possível?

– O Colar da Luz não é limitado pelo espaço. Embora vocês sejam muito maiores que ele, ainda cabem dentro dele. – Allegra mantinha seu rosto jovial e sua fala serena.

– Ora, Allegra, mas isso não faz o menor sentido.

– Não faz sentido para as limitadas concepções de tempo e espaço que vocês, mortais, têm.

– Eu avisei que não havia explicação para isso... – Ferrer sorria cinicamente com a prova de sua razão. – Não para vocês.

– Fala como se fôssemos macacos; e vocês, deuses. – Aamu já se preparava para uma nova discussão com o irmão. – O que faz de você tão especial?

– Simples, meu irmão, depois que morri, a magia de Iverna me recolheu para dentro do colar, para viver a eternidade ao lado de Allegra. Nesse momento, recebi também a sabedoria suprema do universo, assim como ela. Agora sou uma entidade dentro do colar.

– E por que nos trouxe aqui?

– Vocês estão aqui porque sua missão está aqui.

– Nossa missão?

Nesse momento, Allegra e Ferrer desativaram seus orbes de luz e o ambiente mergulhou novamente na escuridão. Uma respiração forte surgiu no meio dos quatro, começou baixa e pausada, mas seu ritmo foi aumentando assim como seu volume, preenchendo a sala com um ofegar animalesco. Um par de olhos surgiu na escuridão, pouco antes de um rugido fazer tremer os corações de Aamu e Isis. Os orbes de luz novamente surgiram, revelando as expressões taciturnas de Ferrer e Allegra. Não havia nada entre eles e tanto o par de olhos como a respiração desapareceram com a luz.

– É mais grave do que pensamos – Aamu afirmou categórico, ciente do que acabara de ver. – Quanto tempo ainda temos?

– Muito pouco. – A voz de Ferrer era pesarosa. – Menos do que precisamos.

– Vocês podem nos ajudar?

– Não.

– Não é a hora?

– Não.

– Isso significa que podemos resolver essa situação sozinhos?

– Não podemos afirmar com certeza.

– E quando poderão?

– Essa é a pergunta certa...

Aamu praguejou, gerando um olhar repreensivo involuntário de Isis. Os quatro sabiam bem o problema que enfrentariam e que os magos não estavam preparados para o que havia na escuridão. Além disso, tinham certeza de que Xylon era uma ameaça real e seus espectros rondavam prontos para atacar, que Adiemus estava vivo e ainda os liderava em batalha e que deveriam proteger a pedra mais do que nunca. Mas, acima de tudo, sabiam que havia algo novo surgindo nas sombras, algo que se aproveitava do foco que Xylon recebia para arquitetar algo novo, mais diabólico, algo que parecia se prolongar por muito tempo, remanescente de uma era perdida, em que o medo e a incerteza residiam. Essa nova ameaça aguardaria nas sombras como fizera por anos, talvez décadas, séculos ou até mesmo milênios.

O futuro era incerto mesmo para a onisciência do colar, um evento jamais previsto que daria início a um perigo maior. Isso surgiria em breve e os herdeiros de Iverna tinham plena noção de que não teriam poder para enfrentá-lo sozinhos.

18 CAINDO NA ARMADILHA

Um impasse havia caído sobre a cabeça dos quatro herdeiros de Iverna, Aamu e Isis deviam se preparar para um inimigo que não sabiam nem quem era nem qual a extensão de seu poder, e Ferrer e Allegra que, em sua onisciência, sabiam das consequências em permitir que seus amigos tivessem as respostas antes da hora prevista pelo destino, mantinham uma face sóbria, sisuda, como juízes diante dos réus, mas seus olhares eram amigáveis e sua vontade de ajudar transbordava seus seres. Isis observava o casal e percebia nitidamente a divindade em seus semblantes, os herdeiros dos deuses primevos, os deuses mais poderosos da história do universo, anteriores à feitura do mundo, sobreviventes da mais ferrenha batalha da qual o homem jamais teve notícia, hospedados nas almas de Allegra e Ferrer, que agora exibiam suas auras mágicas soberanas.

– Isso é uma grande merda, sabia? – Aamu quebrou o silêncio. – Não devíamos ter que nos preocupar com o fim do mundo; afinal, já o salvamos antes, em situações de maior despreparo também, o que muda?

Isis não admitiu em voz alta, mas concordava com o lendário.

– A mudança é simples, meu caro Aamu – Allegra explicou. – Antes, lidamos com as forças para as quais nossa magia é antagonista, enfrentamos trevas com luz, tempo com espaço, mas agora estamos lidando com um novo tipo de poder, um poder que foge de nosso controle.

– E que poder viria a ser esse?

– Ressentimento – assentiu Ferrer.

– E por que nos disseram que nossa missão estava aqui?

– Sinto muito, Aamu. – Ferrer abaixou a cabeça e o ambiente começou a ser novamente engolido pelas trevas. – Essa não é a pergunta correta...

Ferrer e Allegra se viraram e, lentamente, caminharam na direção da escuridão sob os protestos de Aamu, que exigia respostas concretas. Os dois desapareceram em meio ao negrume e os seus orbes de luz acompanhavam-nos. Aamu e Isis tentaram alcançá-los, mas tinham a sensação de que seus corpos não estavam realmente se movendo, não importando o quanto corressem. Foram interrompidos por uma respiração ofegante, monstruosa, que se aproximava aos poucos, começando baixo, quase inaudível, e tornando-se mais alta a cada segundo até o momento em que o lugar foi preenchido por ela. Aamu e Isis temeram o início de um combate naquele exato instante e, como mágica, adormeceram.

Acordaram embaixo de uma árvore e ouviram o som de água correndo, sentaram-se sobre a grama e esfregaram os olhos. No céu, a lua brilhava forte e havia apenas algumas poucas estrelas. Um pouco mais à frente, a grama desembocava nas terríveis, porém majestosas, Cataratas do Iguaçu, uma fonte de águas mágicas, inesgotáveis, que caíam sobre uma depressão causada por magia antiga. Os dois estavam de volta ao Brasil, na entrada da embarcação, onde começaram sua jornada. O mago sentiu uma pontada na coxa e pôs a mão no bolso esquerdo para verificar, retirou uma pequena gema de coloração negra com reflexos arroxeados, parecia uma joia comum, mas havia algo de atrativo em seu interior, como se não fosse apenas uma pedra comum, mas algo mais. Aquela era a Pedra da Penumbra Primeva que havia retornado consigo da embarcação.

Ele olhou para o lado oposto das cataratas e foi capaz de discernir o brilho áureo da armadura de Hunter, com seu fulgor dourado e suas inscrições rúnicas em baixo relevo. O aesir dormia confortavelmente sobre a relva, seu rosto era sereno e estava esparramado sobre a grama alta, sua trança loira pendia solitária da cabeça do guerreiro e conservava em seus braços o corpo da jovem Aylin, também adormecida com um grande sorriso em seu rosto. Os dois estavam abraçados. Ao lado dos dois, Heir e Daggry estavam jogadas na grama. Aamu saltou e expandiu suas asas de fogo, deu um breve rasante, aterrissou do lado oposto do buraco e acordou com um cutucão o aesir, que saltou de joelhos, pronto a se defender.

– Eu perdi alguma coisa, garotão? – Aamu apontou para Aylin com o olhar, um sorriso malicioso estampado em sua boca.

– Você tem a pedra?

Hunter desconversou, não tanto por timidez ou vergonha, mas por seu senso de dever elevado. Ele sabia de sua demanda e a priorizaria acima de qualquer assunto secundário. Aamu ergueu novamente a pedra e seu reflexo contra a luz da lua formou um feixe arroxeado, que pousou entre o ouro da armadura aesir.

– Bem aqui, Romeu.

– Quem é Romeu?

– Ele é... – Aamu ensaiou uma explicação, mas desistiu. – Esqueça...

– Perfeito, e agora?

– Agora – olhou para as estrelas – é só cairmos na armadilha...

Nesse momento, uma horrenda revoada de espectros surgiu no céu, centenas de corpos envoltos em mantos negros voavam em espiral e deslizavam em direção ao chão. Pressentindo o perigo, Isis saltou para o fundo das cataratas, aparando sua queda com uma plataforma mágica, Aamu e Hunter pularam logo em seguida, carregando Aylin, que acordou durante o movimento e já pousava em pé e com suas adagas em punho. Todos estavam na mesma plataforma colados costas com costas, repelindo de todas as direções o enxame de zangões furiosos que acometiam sem pausa, formando cordões humanos no ar que dançavam e serpenteavam em movimentos organizados e sem ceder em nenhum momento para que os guerreiros ao menos respirassem.

– Isis, espaço! – gritou Aamu enquanto movimentava freneticamente os cordões de magia atados à ponta de seus dedos.

Com um movimento de Isis, a plataforma deslizou pelo ar, movendo-se a uma alta velocidade até aproximar-se de uma ilha completamente desnivelada e tomada pela vegetação.

– Hunter, arena! – Aamu disparou uma nova ordem e o aesir saltou para fora da formação, disparando no ar como uma estrela dourada na direção da ilha.

Ele girou no ar e a lança Heir deixou um rastro de luz verde. Enquanto o aesir começava sua descida, o formato da ilha se modificou; primeiramente ela emergiu do mar, tornando-se mais alta, depois se achatou, tornando sua superfície plana; por fim, algumas árvores se fecharam e recolheram-se ao solo, deixando apenas as árvores das laterais intactas. O meio da ilha tornara-se uma planície ampla e aberta que favorecia o combate, diferente do campo desnivelado das cataratas, onde poderiam ser facilmente surpreendidos, além de ser inviável lutar em uma plataforma de magia, já que iriam precisar de bastante concentração de Isis. Era impossível continuar nas plataformas, pois, caso a feiticeira fosse nocauteada, esvaída de suas forças ou simplesmente perdesse o foco por um segundo, eles despencariam novamente nas águas traiçoeiras.

Ao sinal de Aamu, Isis e Aylin saltaram da plataforma para a ilha, seguidos pelo contingente de espectros negros. Foi somente quando aterrissaram na ilha que tiveram a noção de quanto inimigos enfrentavam. Os espectros não pousaram como seus adversários, em vez disso flutuaram no ar, centenas deles em diversas distâncias e alturas, cercando seus adversários por todos os ângulos. Eles tinham uma estratégia, pois, ainda no ar, criaram uma formação, originalmente feita pelos romanos, chamada de Coliseu, um posicionamento que parecia com um funil acima de seus adversários, incapacitando qualquer reação e permitindo uma área de escoamento para os espectros feridos. A formação estava fechada e não parecia haver escapatória para os heróis. Com isso, os espectros, seguros de sua vitória, mantiveram-se imóveis em suas posições enquanto um novo elemento adentrava no campo de batalha.

Adiemus, pousando à frente dos quatro, inseria-se na luta, com seu típico olhar cínico. O capitão dos espectros tinha plena certeza de sua vitória, mas pretendia vangloriar-se sobre seus rivais antes de prosseguir com a chacina.

– E então, Aamu, percebe agora sua derrota? Por que não facilita para todos nós e entrega a pedra? Nem você pode enfrentar tantos espectros juntos. Lembre-se de que sabemos a fraqueza do seu feitiço mais poderoso, seu Golem é inútil contra nós. Entregue a pedra e eu garantirei que morram agora, uma morte rápida e indolor. É isso ou ser torturado pela eternidade pelo grande deus Xylon.

– Você é sempre tão cheio de compaixão, não é, Adiemus? O que espera, que eu entregue a pedra e lhe agradeça?

Adiemus se aproximou e pousou a mão sobre o ombro de Aamu em uma tentativa de evocar nostalgia entre os dois rivais de séculos.

– Escute bem, camarada – falou com voz suave, notavelmente forçada –, esse mundo passou por muita coisa nos últimos anos. Se lutarmos aqui, tudo o que vai conseguir é causar uma enorme destruição, possivelmente alguns inocentes morrerão, e para quê? Não podem deter todos nós, pegaremos a pedra e, no final, nosso contingente esmagará a todos do mesmo jeito. Não seja tão egoísta, velho amigo. Além do mais, você conhece a mitologia tão bem quanto eu, sabe que o mago mais poderoso de Iverna é eleito para se transformar na Garuda, que é a única criatura que pode derrotar a Mantícora, a criatura entregue por Xylon para seu mago mais poderoso. Você não é Garuda, Aamu, mas eu...

Adiemus riu e seus dentes agora eram presas de leão, seu corpo se retraiu e tomou o aspecto de um grotesco leão negro. Uma juba negra cresceu em seu pescoço, duas asas de morcego saltaram de suas costas e uma grotesca cauda de escorpião pingava gotas de veneno. A Mantícora rugiu e mesmo o mais corajoso espectro temeu ante sua presença.

– Eu, pequeno Aamu, sou a Mantícora, o mago mais poderoso a servir o deus Xylon. – A voz de Adiemus, já agressiva em sua forma humana, agora tinha um tom bestial que denunciava o instinto assassino do espectro elevado à última potência. – Não vou dizer isso outra vez: entregue a pedra!

A cauda serpenteava de um lado para o outro, batia no chão, espirrando veneno. Antes mesmo que Aamu tivesse tempo de responder, o leão mitológico saltou em direção ao mago, cravando suas garras no chão, na posição em que o mago estava há um segundo. Aamu conjurou suas asas de chamas esverdeadas e arremessou a sua lança para baixo, mirando a cabeça da besta, mas, com uma batida das asas de morcego, Adiemus mudou a trajetória da lança.

– Quer mesmo lutar, Aamu? – Adiemus zombava.

– Você me dá outra opção?

Aamu mergulhou, mas antes de tocar o chão deu um rasante na direção do demônio. Foi então que algo bizarro aconteceu. No momento exato em que Adiemus e Aamu iriam colidir, um brilho dourado percorreu a arena. No instante seguinte, ambos voavam em direções opostas, visivelmente feridos. Aamu foi jogado para o chão, o que lhe causou um arranhão no rosto, mas bateu as asas e recompôs-se de maior parte do impacto; já Adiemus foi lançado com violência ainda maior contra as árvores na lateral da ilha, acertando em cheio um tronco de carvalho e perdendo sua transformação.

Todos os presentes, chocados, voltaram suas atenções ao centro da ilha, onde Hunter se encontrava sereno, respirando fundo, com os olhos fechados, os braços esticados em direções opostas e as mãos abertas. Da palma de suas mãos pequenas folhas caíam, a única pista da poderosa explosão que criara há um segundo, que arremessou ambos os combatentes em direções opostas.

– Não quero parecer arrogante, mas vocês dois cultivam essa rixa há séculos, e eu estou há dias esperando desesperadamente por uma batalha de verdade. – Hunter abriu os olhos e o brilho esmeralda era mais forte do que nunca, virou-se para Adiemus e decretou: – Você, espectro, sei que não está morto nem próximo disso, levante-se, você lutará comigo.

Adiemus conseguiu tirar o rosto do chão e imediatamente cuspiu uma enorme bola de sangue na terra. A pancada na árvore devia ter quebrado uma costela e até perfurado o pulmão. Colocou-se em quatro apoios e, quando finalmente conseguiu erguer o rosto, foi prontamente acometido por um raio dourado que se aproximou rápido demais para que sequer fosse visto. Adiemus sentiu o contato brutal de um punho em seu rosto, ouviu seu nariz se despedaçar e foi arremessado para fora da ilha, caindo no mar.

Os espectros observavam atônitos o espaço onde seu líder caiu, imaginando que ele sairia de lá, mas alguns segundos se passaram e nenhum movimento se fez notar. Então voltaram suas atenções a Hunter, que parecia um búfalo raivoso. Engolindo o medo, eles atacaram, um contingente enorme de espectros saltou sobre o aesir, que em resposta apenas buscou suas armas sagradas Heir e Daggry e as esfregou, lâmina de uma contra cabo de outra, gerando uma faísca de luz solar que queimou cerca de 40 espectros de uma só vez, restando apenas os mantos jogados no chão. Os que vinham logo atrás pararam, assustados, e o solo sob seus pés abriu-se como uma grande boca e fechou-se sobre suas cabeças, voltando a sua posição original e levando consigo mais 70 espectros.

Nesse momento, muitos debandaram, abandonando seus companheiros e ignorando Isis, Aamu e Aylin, que assistiam boquiabertos ao massacre promovido pelo aesir, imóvel no centro da planície com Heir e Daggry em mãos. Com o olhar fervilhando na direção onde Adiemus naufragou, um espectro errante mergulhou sozinho sobre o aesir com uma faca em mãos, mas um segundo depois seu corpo deslizava pelo chão enquanto sua cabeça zunia pelo ar, mais três espectros fizeram o mesmo e também encontraram seu fim na ponta de Daggry. Hunter fazia apenas movimentos mínimos e não tirava os olhos do mar enquanto repelia diversas ondas de ataques. Um espectro veio atacá-lo por cima, mas o aesir ergueu a Daggry e apontou para o céu, enquanto o adversário descia a toda velocidade. O inimigo viu a ponta dourada a cintilar e tentou parar, mas não teve tempo suficiente e acabou empalado pelo sabre místico. Mais dois pularam pelas costas, mirando ambos na nuca do guerreiro, mas, num breve movimento de punho com Heir, ele desenhou um arco no ar de baixo para cima e a lâmina de sua ponta inferior rasgou ambos. Daggry então zuniu sobre a cabeça de Hunter, arremessada para trás, e finalizou ambos os espectros antes de ser rebatida pela ponta de Heir e arremessada de volta à frente do deus, que a agarrou, mas continuou seu movimento de descida para ceifar mais três espectros que se aproximavam pela frente. Uma falange inteira mergulhou da formação para atacar o aesir, decididos a acabar com o combate, mas, antes que suas armas alcançassem o alvo, uma parede de troncos surgiu do chão e cercou Hunter. Os troncos giraram a fim de ficar na horizontal e se abriram, imitando o movimento da hélice de um helicóptero, atingindo toda a falange de uma só vez e arremessando os espectros em todas as direções, logo os corpos vencidos já se amontoavam por toda a ilha; centenas de espectros eram massacrados pelo deus das florestas sem que este sequer os olhasse no rosto antes de lhes ceifar a vida.

Enfim, ocorreu o que o aesir aguardava. Do fundo do mar, Adiemus saltou como uma bala e aterrissou sobre a pilha de corpos, ele não pareceu se importar com a chacina, olhou para o céu e contou cinco falanges de aproximadamente cem espectros cada, número suficiente para render os magos, mas nem sequer próximo do necessário para deter o deus. Ele parecia reunir suas energias e assumiu novamente a forma de Mantícora, mas, em vez de saltar para o ataque, disparou com o ferrão uma rajada de veneno da qual o aesir facilmente se esquivou.

– O verdadeiro combate vai começar agora, Adiemus.

– Não se preocupe, garoto, você em breve conhecerá o terror dos Filhos de Nero.

Os dois se encararam por um segundo. Ambas as mentes traçavam estratégias de combate em um ritmo frenético, aguardando que o outro fizesse o primeiro movimento. Mais que um combate, a disputa entre eles parecia se transformar em uma justa, prática medieval em que dois cavaleiros brandem suas lanças enquanto cavalgam ao encontro um do outro com o objetivo de finalizar seu oponente em um único golpe. Não era possível definir se o final do combate se daria pela força, pela destreza ou pela velocidade dos golpes desferidos. A Mantícora moveu as patas traseiras e preparou-se para saltar. E Hunter deixou o cabo da lança correr pela mão até que a maior das pontas bifurcadas atingisse o chão, fazendo crescer grama na área de contato. Ele estava pronto para atacar, mas foi surpreendido por uma atitude inesperada de seu oponente, a Mantícora saltou, mas em vez de investir em sua direção, abriu as asas de morcego e subiu até emparelhar-se com a lua. Então voltou à forma humana e começou a reunir uma quantidade abissal de sua magia negra para lançar um terrível feitiço.

Levou alguns segundos até que Isis entendesse que o espectro não reunia magia para um ataque, mas sim para uma convocação. Imediatamente, gritou para que Hunter o impedisse, mas, antes que conseguisse terminar a frase, um som demoníaco ecoou pelos céus enquanto um gigantesco portal negro surgia impedindo a visão da lua, apagando totalmente seu brilho e trazendo a escuridão. De dentro do portal, uma gigantesca serpente surgiu, sua pele escamosa era negra e seus olhos acompanhavam o negrume, tornando-se quase indistinguíveis. O rosto do réptil apresentava uma maldade inata e seu corpo demorou alguns minutos para se arrastar completamente para fora do portal, tendo sua fronte encostada no chão enquanto a ponta de sua cauda ainda jazia deslizando para fora do portal.

Adiemus havia convocado para essa dimensão o terror dos deuses do Egito, inimigo jurado de Rá, o deus sol, a serpente do caos, que busca a morte de tudo o que vê. Apófis, a personificação da destruição. Tal invocação por si só significava a morte para os herdeiros e toda a raça humana, o planeta seria devastado e não havia a mínima possibilidade de Hunter, um deus, enfrentar a sinistra serpente.

Quando todo o corpo de Apófis atravessou o portal, sua cauda caiu no rio, levantando ondas gigantescas. Lendas antigas diziam que Apófis tinha 30 metros de comprimento, mas, ao ver o monstro ao vivo, Aamu era capaz de dar-lhe ao menos o dobro disso.

O portal se fechou, mas a lua ainda não podia ser vista em virtude da escuridão que a serpente carregava consigo. A cobra ergueu seu rosto e mostrou as presas afiadas como agulhas, preparava-se para abocanhar a pequena ilha e todos que se encontravam nela quando de repente os céus se abriram e um majestoso barco dourado surgiu, carregando consigo o brilho do sol. Era Rá, o deus mais poderoso do Egito, responsável por batalhar com Apófis todas as manhãs, quando o sol nascia, para impedir que o mundo fosse engolido pelas trevas, mas a serpente renascia todas as noites para batalhar novamente.

Rá disparou sua magia em Apófis, que se contorceu e moveu a cabeça na direção do barco, tentando abocanhá-lo. Acima do monstro, Adiemus amaldiçoava o deus sol pela aparição inoportuna. Sabia que Rá não havia sido convocado pelos magos, mas sim fora puxado pelo portal junto com Apófis, já que ambos se enfrentavam no reino das sombras no momento do chamado. Ele amaldiçoou sua escolha, pois, enquanto batalhasse com Rá, ela não lhe seria útil. Pensava que deveria ter convocado o demônio japonês Oni ou Djinn, um demônio muçulmano. Não tinha poder suficiente para mais uma conjuração, então depositou suas últimas energias em Apófis, caindo logo em seguida, desacordado.

Enquanto caía, viu a serpente crescer ainda mais com o novo aumento de poder e sobrepujar o barco de Rá, agora claramente em desvantagem no combate. Ele sorriu e espatifou-se no chão, sendo protegido do impacto por seus poderes. Acordaria em breve, quando recuperasse suas energias, e encontraria a Terra devastada por Apófis, seus adversários mortos, e não se preocupava porque sabia que nem mesmo a serpente do caos seria capaz de destruir a pedra. Seus espectros haviam fugido diante da convocação do monstro, mas Apófis destruiria os traidores, assim como todo o resto. Por ser o elo da serpente com o portal, ele era o único a salvo da devastação.

Adiemus havia cumprido sua missão e, quando acordasse, despertaria Xylon, tornando-se o único humano vivo para assistir à coroação de seu senhor.

ᛟ ᛟ ᛟ

Aamu claramente não sabia o que fazer e desejou que Ferrer estivesse com eles. Era um excelente estrategista e com certeza encontraria alguma saída, talvez pudesse até bater de frente com Apófis na forma da Garuda... Com a ajuda de Rá, era quase certo que venceriam a serpente. Reuniu energia diversas vezes, tentando se tornar a Garuda, mas fracassou em todas elas.

Hunter havia saltado em direção à batalha e disparava da proa do barco de Rá rajadas de energia que saíam do meio das pontas de Heir e atingiam Apófis sem efeito algum. Rá não era um deus de natureza guerreira, portanto os raios de luz que disparava causavam apenas ferimentos leves na pele da cobra.

No chão, Isis atacava a serpente com sua magia enquanto Aylin tentava cortar a pele com suas lâminas, ambas sem sucesso. A cada minuto, o combate parecia pender mais a favor de Apófis, que tentava sem sucesso abocanhar o barco solar e devorar Rá, seu arqui-inimigo, e Hunter, a quem o deus sol não aceitou prontamente em seu barco até perceber sua divindade e sua intenção de ajudar. Em circunstâncias normais, Rá poderia banir Apófis sozinho para as trevas, mas, com a infusão do poder de Xylon, o demônio tornou-se muito mais poderoso, por isso Rá era incapaz de derrotá-lo. Vendo o fracasso da batalha, Rá lamentou-se para Hunter.

– Bem, filho de Asgard, acho que ambos morreremos nesse combate.

– Eu entendo, deus sol, parece que não há esperança para o universo.

– Eu falhei como protetor, devo ser o primeiro a morrer, mas enquanto isso vou atrasá-la. Fuja! Leve seus amigos mortais para longe e busque uma nova forma de enfrentar esse mal.

– Sabe que não posso fazer isso, Rá.

– Por seu sangue de guerreiro, não é?

– Meu avô foi marcado para morrer diante do lobo Fenrir e mesmo assim foi ao combate por Asgard. Meu pai enfrentou a morte certa diante da Jormungandr e conseguiu enganar o destino e sair com vida. Enquanto estivermos vivos, não serei eu a manchar o nome e a reputação da casa de Odin; se estamos respirando, ainda deve haver uma chance de vencer. Além do mais...

Hunter não queria exprimir o pensamento que lhe vinha à mente. Equilibrado no mastro do navio, olhou para baixo, mas não encontrou Aylin. Sabia que iria morrer e gostaria de poder vê-la uma última vez. Nesse momento, a serpente atacou mais uma vez e Rá manobrou o navio com força, quase derrubando Hunter da proa e interrompendo seus pensamentos. A cabeça da cobra passou a centímetros do barco, mas, antes de retornar a posição original, um corpo saltou de cima dela para o meio do deque. Era Aylin, que havia escalado a cobra gigante e agora se juntava a Rá e Hunter no barco.

A garota rolou para dentro com agilidade, mas deteve-se quando seus olhos âmbar encontraram o olhar dourado de Rá. Hunter tinha uma presença forte, mas não se comparava ao deus sol. Sendo o mais poderoso de seu panteão, Rá tinha a aparência de um sábio, com uma longa barba branca, vestia uma túnica branca e sobre a cabeça trazia um ornamento dourado que imitava a cabeça de um falcão, também dispunha de grandes asas de falcão e seu olhar era dourado e incandescente como o sol. Carregava em uma mão seu cajado e na outra uma espada similar a Daggry, mas com um brilho ainda mais intenso. A lâmina também era maior e seu cabo aumentado em forma de Ankh sugeria que era uma espada longa e deveria ser manuseada com ambas as mãos, embora o deus a manejasse usando apenas a mão esquerda.

– Quem é essa garota? Como ousa invadir meu barco, mortal?

Hunter correu ao encontro de Aylin e a abraçou, então virou-se para Rá e preparou para apresentá-la quando a garota o interrompeu:

– Senhor, meu nome é Aylin, sou apenas uma mortal, mas estou aqui para ajudar a derrotar essa serpente.

– Ela está comigo – Hunter completou. – É uma guerreira valiosa.

Rá desconsiderou a afirmação de Hunter. Claro que já tinha visto mortais de grande valia, mas não acreditaria cegamente em tal afirmação até que tivesse provas disso. Entretanto, logo percebeu o sentimento entre ambos. Sabendo que eles iriam morrer, não viu sentido em não permitir que os amantes morressem nos braços um do outro.

– Maldição! Eu passei toda a minha existência enfrentando esse monstro. Depois de tanto tempo, jamais imaginei que seria ele a me derrotar. Eu dei a Terra aos meus filhos e netos e me ocupei apenas de me manter no céu, dando a luz ao mundo dia após dia.

Hunter soltou Aylin, o olhar esmeralda ainda queimando, correu em direção a Rá e exclamou:

– Filhos e netos, é claro! Eu já sei como podemos vencer!

Então voltou para Aylin:

– Fique com Rá no barco, eu já volto.

Correu novamente para o mastro e mergulhou, fechou os olhos e se permitiu aproveitar o momento. O som horrendo da cobra fora engolido pelo som do ar, que passava em altíssima velocidade por seu rosto enquanto mergulhava na direção do chão. Desceu por aproximadamente 70 metros e, durante o percurso, fez crescer uma grande árvore repleta de folhas largas e densas, onde aterrissou, aparando a queda. Correu na direção de Aamu e Isis, que disparavam toda sorte de feitiços contra a pele da serpente sem efeito.

– Vocês dois, escutem! Conseguem fazer uma invocação?

– Claro – Isis respondeu. – Mas o que poderíamos invocar que seria capaz de enfrentar essa coisa?

Nesse momento, as folhas da árvore de Hunter chacoalharam de novo e Aylin surgiu entre elas.

– Eu sei o que podem invocar.

– Você saltou atrás de mim? – Hunter estava genuinamente surpreso.

– Li sobre diversas mitologias e sei o que fazer, mas precisamos de tempo. – Aylin ignorou a pergunta do aesir. – Hunter, volte ao barco de Rá e ganhe tempo para nós!

Hunter tocou no chão com Heir e um tronco que surgira do chão sob seus pés o elevou novamente até o barco, onde por aproximadamente dez minutos o deus das florestas e o deus sol batalharam contra Apófis sem nenhum sinal de melhora na situação. De repente, os céus foram rasgados por um relâmpago, então um segundo e um terceiro até que o céu noturno foi totalmente iluminado pela luz de uma centena de relâmpagos que caíam simultaneamente, desafiando a escuridão que Apófis trazia. Todo o campo de batalha parou por um segundo e o som dos trovões que se sucedeu fora ensurdecedor, tão altos que acordaram Adiemus, que, por ainda estar sem seus poderes, apenas se escondeu entre as árvores da lateral da ilha, bem longe do confronto, e assistiu ao espetáculo.

Uma nova rajada de raios caiu dos céus enquanto Isis e Aamu pousavam no barco de Rá, carregando consigo Aylin. Aamu tinha conjurado novamente suas asas de fogo, que se desfez assim que eles entraram no barco.

– O que está acontecendo? – Hunter teve que gritar para se fazer ouvir por cima dos trovões. – O que é tudo isso?

– O ritual está completo! – Aamu respondeu também gritando. – Nossa invocação se aproxima.

– Chamaram meu pai, Thor? Esses trovões...

– Não, Hunter, não chamamos seu pai. Chamamos alguém que... digamos... conhece melhor as terras brasileiras.

– O que quer dizer com isso?

Nesse momento, as descargas elétricas agora caíam próximas ao barco e atingiam o chão, mas não causavam nenhum dano à terra. Quando Apófis tentou abocanhar um dos raios, teve parte do rosto gravemente queimado, perdeu um dos olhos e sua mandíbula se soltou, agora pendendo presa de um só lado. A serpente gritou de dor, mas seu som foi abafado pelo som ensurdecedor das descargas elétricas que se fechavam na direção do barco solar. Os raios tocaram as bordas, mas nenhum dano foi causado à embarcação.

Os presentes abriram espaço e formaram um círculo em volta do ponto onde os raios iriam convergir. Quando todos os feixes se encontraram e tornaram-se um, desceu com eles um vulto de luz, inicialmente agachado, apoiado sobre um joelho, então se ergueu e foi possível enxergar a silhueta de seu corpo, mas nenhum detalhe era visível. A entidade era formada pura e unicamente de trovões, faíscas elétricas e pequenos feixes de luz tamborilavam por toda a extensão de seu corpo. Ele não tinha rosto, nenhuma peça de roupa ou nenhum outro detalhe. Falou em uma língua desconhecida por todos no barco e sua voz não parecia ser emitida pelo corpo elétrico, mas sim por todo o firmamento em um eco profundo. Em seguida, traduziu o que dissera.

– Meu nome é Tupã, o criador do universo, deus dos céus, da terra, do mar e dos trovões. Vejo que são aliados e defendem a Terra, por isso não lhes farei mal. – Virou-se para Apófis e onde ficariam os olhos da entidade os raios se agitaram e adquiriram uma coloração alaranjada. – A essa besta que destrói a Terra e corrompe os céus, não demonstrarei piedade. Ela conhecerá a fúria de Tupã e amaldiçoará o dia em que ousou devastar as minhas terras.

Dito isso, Tupã subiu aos céus da mesma forma que veio, como um trovão, e espalhou-se por todo o firmamento na forma de uma intrincada teia de raios que dançavam ininterruptamente pelo céu. A serpente cessou os ataques e apenas assistia ao show de luzes, seu rosto agora deformado não apresentava mais os olhares maliciosos; em vez disso, seus olhos estavam arreganhados e claramente assustados com a tempestade de raios que se formava no céu. Até mesmo Rá estava maravilhado com a extensão do poder do deus tupi-guarani.

Hunter já tinha ouvido histórias sobre as proezas de seu pai com os trovões, mas nada do que ouvira se comparava a tão majestosa tempestade. O evento durou mais alguns segundos e, por um momento, todos se esqueceram da batalha e apenas apreciaram o espetáculo até que subitamente os raios desapareceram e o céu voltou a apresentar o luar escuro. Apófis se virou novamente para o barco e, com deuses e magos ainda desprevenidos, armou seu ataque, e foi quando do céu desceu um novo raio, de medidas colossais. Mais que um feixe de luz contorcido, o que desabou das nuvens mais parecia uma torre de luz e eletricidade, que desintegrou completamente a cabeça da serpente ao mínimo contato. Outros super-raios surgiram, desintegrando todo o corpo da besta, mesmo a parte submersa. Os raios mergulhavam no mar e atingiam o corpo sem eletrocutar a água ou ferir nenhum animal marinho.

Do barco dourado de Rá, todos observavam atônitos a demonstração de poder descomunal de Tupã. Apófis havia sido completamente aniquilada e o deus Tupi descia novamente como um raio ao barco do deus sol.

– Não permitirei que ninguém fira a minha terra ou meu povo. Deus do sol, deus da floresta, têm minha gratidão por protegê-la. – Voltou sua atenção a Isis, Aamu e Aylin. – Aos magos, ofereço-lhes minha gratidão por me convocarem a este lugar. E à garota, minha gratidão por completar o que eu comecei. Estarei vigiando dos céus.

Dito isso, antes que Aylin pudesse questionar sua afirmação, Tupã ascendeu novamente aos céus, desaparecendo em um último raio solitário que, em vez de cair sobre a terra, disparou para cima, para o reino dos deuses tupis-guaranis, onde nenhum homem jamais contemplou.

Rá sentou-se sobre o deque e largou a espada e o cajado, estava visivelmente exausto e fora amparado por Hunter e Aamu enquanto dizia:

– Eu os subestimei, mortais, e peço desculpas. Jamais imaginaria que vocês venceriam uma escaramuça em que fui inútil.

Isis abaixou-se também para conversar com o deus sol, apenas Aylin manteve-se alheia, assistindo à cena. Sentia que algo diferente chamava sua atenção, desde que subira ao barco pela primeira vez, a espada longa de Rá causava-lhe uma estranha atração. Ao vê-la jogada no deque, imaginou se Rá se importaria em deixá-la testar o sabre divino, mas não era só isso: também estava ocupada com o que Tupã havia lhe dito, que ela terminaria o que ele começou, mas o que exatamente isso significava? Aylin tinha muitas dúvidas desde que começara aquela jornada e não havia respondido quase nenhuma desde então, mas novas perguntas continuavam a surgir.

Mesmo imersa em pensamentos, ela foi a única a pressentir o perigo: 70 metros abaixo, no chão, Adiemus estava parcialmente recuperado e utilizava sua magia temporal nos restos mortais de Apófis. Ele jamais teria poder para ressuscitar um ser de tamanho poder, mas a serpente do caos já era imortal naturalmente, só precisava de tempo para se recompor. Tempo estava sob o governo do deus Xylon e Adiemus sabia usar magias de distorção do tempo, quando necessário. Ele não viajava pelo tempo, pois tal poder era reservado apenas para o próprio Xylon, mas podia fazer com que o tempo passasse mais depressa ou mais lentamente para algo ou alguém, e assim o fez com Apófis, acelerando o tempo de reanimação.

Em poucos segundos, a gigantesca serpente estava viva e pronta para atacar novamente, Rá não estava recuperado ainda e era claro que os magos não podiam bater de frente com o demônio. Então Hunter adiantou-se até a proa, mas o inesperado mais uma vez aconteceu.

Correndo pelo deque, Aylin agarrou o cabo da espada de Rá e, passando pelo aesir, saltou na direção da bocarra da serpente. Ela envergou o corpo no ar, manobrou a espada acima da cabeça e aguardou até que fosse quase totalmente engolida pela cobra para desenhar uma meia-lua com a espada e cortar a parte de baixo da boca do monstro na metade. Caindo pela ferida da serpente, estava em queda livre ao lado do corpo do monstro, quando decidiu girar o sabre e o colocar entre os pés, pisando no cabo e na guarda da arma. Com um movimento dos calcanhares, cravou o sabre no corpo de Apófis, que imediatamente começou a ser dilacerada pelo corte fervente da arma do deus sol.

Aylin descia em alta velocidade, equilibrando-se no sabre. Acima de sua cabeça, a pele da serpente se abria em duas e jorrava sangue, entranhas e órgãos internos sobre ela, fazendo com que nos primeiros dez metros de descida a guerreira já estivesse totalmente coberta do sangue escuro de Apófis. Os guerreiros a bordo do barco solar observavam em choque enquanto a garota descia toda a extensão do monstro, rasgando-o de ponta a ponta. Quando a garota já se aproximava de 20 metros do chão, trocou de posição em cima do sabre, saltando para trás e girando no ar. O sabre acabou sendo desviado de sua rota pelo impulso e foi do corte vertical que fazia para um giro rápido na diagonal, girando por toda a circunferência do corpo da cobra e sendo aparado novamente por Aylin, que o agarrou com a mão esquerda. Depois apoiou os dois pés no corpo do monstro e puxou a arma, girando novamente para trás e levando consigo o sabre. Quando chegava no chão, fincou o sabre e caiu de pé, perfeitamente equilibrada, em um movimento que deixou até mesmo Rá embasbacado e de queixo caído.

A sua frente, o corpo da serpente era dividido em três partes: da boca para baixo via-se um rasgo vertical, e a área em que a garota cortara com o manejo dos pés, antes de terminar o corte, desconectava-se do resto do corpo, que tombava para o lado oposto. Aylin havia terminado o trabalho de Tupã, Apófis estava morta. Adiemus se prontificou a revivê-la novamente, mas desta vez a garota se colocou em seu caminho, para não permitir que ele o fizesse.

– Pobre de você, garotinha, teve um golpe de sorte e acha que pode me enfrentar só por isso? Pegue todas as suas armas de uma só vez, não fará a mínima diferença!

Adiemus transformou-se novamente na odiosa Mantícora e saltou, esperava que Aylin fugisse ou que alguém chegasse para salvá-la, porque sozinha com certeza seria presa fácil. A garota simplesmente abriu o fecho do cinto que usava para carregar sua espada nas costas, depois soltou das pernas os porretes e as adagas e pegou do chão a espada de Rá, erguendo-a com as duas mãos, deitando-a paralela ao ombro direito, usando o antebraço esquerdo como apoio. A lâmina da espada de Rá era reta, tinha dois gumes e seu cabo tinha o formato de um Ankh, o símbolo egípcio da vida. Por toda a lâmina, hieróglifos antigos contavam sobre o surgimento do mundo e como a arma do deus sol dava e ceifava a vida, representada como uma lâmina simples, sem o cabo de Ankh, muito diferente da peça original.

Quando Aylin fechou seus dedos sobre a arma, foi acometida pelo fulgor do sol e seu poder fluiu pelo corpo com uma intensidade que lhe dera a sensação de poder infinito, seus olhos reluziram a luz do sol que queimava na arma. Agora ativada pela energia de sua espadachim, a lâmina crepitava como o próprio astro rei e seu calor fez queimar o chão e esquentar as águas. Adiemus sentiu o calor da arma, mas já havia lidado com artefatos místicos antes e não os temia mais. Como tinha sido nocauteado no começo da briga, não sabia que a espada pertencia a Rá, tendo até a confundido com Daggry, o sabre que viu matar seus espectros há pouco. O líder dos espectros não compartilhava da fraqueza dos espectros ante a luz e, portanto, não se preocupava com os poderes solares de Daggry. Claro que, se soubesse de fato o que estava enfrentando naquele momento, ele teria batido em retirada imediatamente.

O barco solar de Rá alcançou o solo, seus tripulantes desmontaram e Hunter saltou na direção de Aylin, mas foi interrompido pela garota.

– Fique onde está, Hunter, essa é minha luta agora.

Hunter não protestou, fora ensinado a não se meter em um duelo alheio, mas também estava preocupado. Mesmo com a espada de Rá, Aylin era apenas uma mortal, não sabia sequer como ela poderia erguer a arma de um deus, tampouco lutar contra um dos magos mais poderosos da história em sua forma de besta lendária, mas teria que confiar na garota e isso ele sempre fazia.

Os momentos que antecederam o confronto foram tensos – e quentes, graças ao sabre de Rá. Ambos os lutadores aguardavam um movimento. Adiemus estava confiante de início, mas algo na postura da garota não lhe agradava; ela parecia confiante demais e dava a impressão de ser capaz de bater de frente com ele em igualdade. Isso não fazia o menor sentido, mas por algum motivo era exatamente assim que Adiemus se sentia. Rosnou e bateu as asas, chacoalhou a cauda e respingou veneno para tentar intimidar a garota, que, por sua vez, nem sequer piscou diante da ameaça. Ele enfureceu-se e disparou uma série de insultos, mas também não obteve nenhuma resposta. A concentração de Aylin era sobre-humana, inerte a qualquer estímulo, apenas aguardando o início do combate, o sabre crepitante se aquecia mais e mais a cada segundo.

A fera ficou totalmente frustrada, lançou-se em ataque motivado unicamente pelo ódio. Adiemus era o mago mais poderoso entre os Filhos de Nero, era mais poderoso que Aamu e fazia frente a Isis, talvez até mesmo sendo mais poderoso que ela, por isso estava acostumado a ser temido até mesmo pelos seus aliados e respeitado pelos adversários. Porém, aquela garota ousava não temer diante da aparição da lendária Mantícora, o monstro que fez frente à Garuda de Iverna nos tempos primevos, que havia batalhado novamente com a Garuda em Kholat Syakhl, o braço direito de Xylon. Aquela garota ousava não mostrar respeito a ele, aos Filhos de Nero e à magia lendária, por isso devia morrer dolorosamente, não havia necessidade de planejar ou se preparar, só o que Adiemus desejava era ver aquele rosto bonito despedaçado debaixo de sua pata, diante dos amigos dela. O que ele desejava era matá-la e se alimentar de sua carne, e o faria agora.

Finalmente, ele saltou em desenfreada carreira na direção da guerreira e, quanto mais se aproximava, mais tinha certeza de que ela havia congelado de medo, incapaz de fugir, defender-se ou contra-atacar, seria presa fácil.

Foi somente quando a cauda venenosa passou pelo sabre e estava a um centímetro do rosto de Aylin, mirando o olho esquerdo, que ela fez seu primeiro movimento: girou o rosto para a direita e o corpo acompanhou, escapando da ferroada e saindo da frente da besta. O sabre de Rá girou na direção oposta e desceu sobre o ombro esquerdo de Aylin para decepar a cauda com um único golpe. Adiemus gritou de dor e caiu atordoado a alguns metros da garota. O veneno escorria da cauda decepada e corroía-lhe a carne das costas continuamente, uma dor agonizante que não pararia até que todo o veneno fosse limpo. Ele mergulhou na direção do mar para lavar a cauda, mas nesse momento sentiu a pata traseira puxada para trás, o corpo acompanhou o movimento e arrebentou com força no chão, sentiu uma nova dor e muito calor. Depois de puxá-lo, Aylin saltou sobre sua cabeça a tempo de escapar de um ataque com a cauda, que mesmo decepada ainda podia ser usada como arma.

Ele tentou levantar-se e percebeu o motivo de seu incômodo. Com um golpe certeiro da espada, Aylin arrancara-lhe a pata traseira esquerda, mas o calor extremo da arma havia cauterizado imediatamente o ferimento e impedido que a fera sentisse a dor da amputação. Se voltasse a sua forma normal, a pata arrancada seria transformada em uma perna decepada, o que o deixaria incapaz de lutar. Se queria ter alguma chance contra a garota, teria que permanecer como Mantícora, já que com essa forma tinha outras opções. Então ele moveu as asas de morcego e passou a planar pelo ar. Em um primeiro momento, parecia aos espectadores que Adiemus agora tentava ser criativo com sua locomoção, mas, assim que o monstro investiu na direção da garota desferindo golpes poderosos, viu-se que aquele movimento já havia sido usado em batalha antes. Os golpes com as patas eram lentos e de fácil esquiva para a ágil Aylin, que agora via diversas oportunidades de atacá-lo, mas aguardava pelo cansaço de seu adversário enquanto girava em círculos, fazendo com que a grande besta parecesse um completo idiota, socando o ar por tanto tempo sem conseguir sequer um mísero acerto. O ódio do monstro nesse período só fez aumentar e, em um determinado momento, ele girou o corpo para tentar acertar Aylin com suas asas, uma armadilha para distraí-la enquanto armava um soco poderoso. Imaginava que a garota se abaixaria ou pularia para se esquivar de seu golpe e poderia pegá-la por baixo com os punhos ou por cima com a cauda.

Assim que se virou novamente, só teve tempo de discernir diante de seu rosto a ponta do sabre dourado antes de sentir o calor da ponta penetrando-lhe o ombro, rompendo seu bíceps e destruindo completamente seu braço. Mais uma vez, a fera gritou e praguejou, mas Aylin não aguardou nova investida. Em vez disso, prendeu a espada ao cinto das costas e foi diretamente ao ataque, acertando um chute na mandíbula do monstro, que por pouco não partiu o osso ao meio, disparou sua própria sequência de socos no corpo da fera, atingindo a costela quebrada por Hunter, que estava parcialmente recuperada pela magia, partindo-a novamente e dessa vez perfurando o pulmão. Agarrou a besta pela juba e a arremessou nas árvores, correndo em sua direção e alcançando os troncos antes, saltando sobre um deles e impulsionando-se na direção oposta, ao encontro do monstro. Sacou novamente o sabre de Rá e voou como uma lança incandescente na direção da fera atordoada. O encontro dos dois no ar produziu um som apavorante quando Aylin ergueu o sabre à frente do rosto e rasgou no meio o corpo da Mantícora. Agora, Adiemus, o mago supremo das trevas, o herdeiro direto de Nero, o líder de sua armada nefasta, a fera lendária, imediato de Xylon, estava morto. Depois de dois milênios e inúmeros oponentes poderosos, o espectro encontrou seu fim no corpo de uma jovem e delicada mortal, de olhar inocente e rosto de menina, mas dotada de uma ferocidade e proeza sem igual.

Coberta pelo sangue de Apófis e com a grande Mantícora destroçada a seus pés, Aylin poderia fazer frente a qualquer deus em termos de presença ou imponência. Antes dela, Isis, Aamu, Hunter e até mesmo Ferrer, na forma de Garuda, falharam na tarefa de silenciar Adiemus, mas a garota fora a derrocada do demônio. Por um longo minuto, nada se ouviu na arena, tamanho foi o silêncio do choque e da surpresa de todos os presentes. Aylin era a mais reservada do grupo e não havia tomado grande parte nos combates até então. É claro que seus amigos sabiam de sua competência como lutadora, mas jamais imaginariam tanta habilidade e fervor na garota. Rá, por sua vez, não compreendia como uma mortal poderia derrotar Apófis ou brandir sua arma, e foi justamente o deus sol quem quebrou o silêncio.

Agora fora do barco, ele caminhou até a garota, pousou uma mão em seu ombro e a outra sobre a espada, que perdeu um pouco de suas chamas com o toque.

– Me escute bem, criança. Eu estou velho e cansado, claro que ainda tenho muito poder dentro de mim, mas sei que, assim como todas as coisas neste mundo, não vou viver para sempre. Essa espada chama-se *Shararat'iitun*, Fagulha de Íten, em sua língua. Tem me servido bem desde a feitura do mundo, mas, aparentemente, a *Shararat'iitun* escolheu um novo caminho para si. Aylin, você deve empunhá-la de agora em diante.

– Mas, Rá, eu não posso aceitar seu sabre. – Passado o torpor do combate, Aylin voltou a ser a garota inocente de sempre. – Quer dizer, você precisa dele para enfrentar Apófis noite após noite, não é?

O velho deus riu enquanto subia com alguma dificuldade em seu barco dourado.

– Não se preocupe, minha cara. Apófis não é problema para mim, eu tenho muitos que sempre me ajudaram nessa tarefa! Além do mais, é o desejo da Fagulha de Íten, não há como dizer não para a espada.

– Então pode ter certeza de que irei honrar seu sabre!

Rá então se voltou aos outros.

– E vocês, para onde vão?

A pergunta de Rá ficou sem resposta por alguns segundos, nenhum deles sabia exatamente para onde ir, até que Aamu deu uma direção ao grupo de errantes.

– Com a morte de Adiemus, os Filhos de Nero se dissiparão, além disso, já matamos a esmagadora maioria deles hoje mesmo. Os outros não nos farão mal e poderemos caçá-los e derrotá-los com o tempo. A pedra está segura e o risco de Xylon voltar para esse plano acabou. Graças a Aylin, a terra está salva e não teremos mais que nos preocupar com isso. Agora a única coisa que nos resta é salvar Asgard.

Hunter arregalou os olhos. Ele estava tão envolvido na trama de Xylon que até tinha esquecido do seu próprio confronto em Asgard, onde o deus das chamas, Surtr, havia despertado após o Ragnarök e ameaçava destruir a cidade dos deuses e incendiar a Yggdrasil. A terra havia sido liberta da ameaça de Xylon, mas ainda não estava em segurança, nenhum mundo do universo estava.

– Então, para Asgard, você diz? – Rá perguntou. – Subam a bordo, meu barco solar pode levá-los até lá!

Os guerreiros navegaram pelos céus do planeta, levando a luz para onde havia apenas as trevas, acompanhando o ofício de Rá. Era como se o mundo renascesse diante de seus olhos. Quem visse da terra o nascer do sol poderia até afirmar, em tom jocoso, que ele parecia ter nascido especialmente feliz hoje, talvez o que vissem fosse o reflexo dos olhos cor de âmbar de Aylin. Agora banhada, limpa de todo o sangue, sentada sobre o mastro da proa, recostada enquanto a embarcação era guiada em direção a um novo dia, um dia dedicado a celebrar a salvação do planeta Terra pelas mãos de uma simples jovem da abadia de Iltatähti, filha adotiva de Ferrer, o mago mais poderoso que já caminhou sobre a terra, a estrela vespertina de uma pequena comunidade de frades em uma ilha ao sul de Helsinque, capital da Finlândia. Ela assistia ao nascer do sol, pensando que jamais poderia imaginar que ela própria faria parte dele um dia. Sentada sozinha com seus pensamentos, não percebeu quando Hunter se aproximou e a envolveu em um caloroso abraço.

Agora desarmado e despido de sua armadura, o aesir voltava a demonstrar seu lado gentil, juntou seu corpo ao de sua amada, sentando-se ao seu lado enquanto assistiam o navio alcançar uma nova praia, passavam por cima do Rio de Janeiro, viram a baía de Guanabara, olharam por cima do Cristo Redentor, o ponto mais alto da cidade, que parecia tão pequeno quanto todo o resto visto de tão acima. Passaram por muitas paisagens depois, mas nenhuma delas os fascinara tanto quanto essa. Enquanto viajavam pelo planeta, os dois evitavam pensar no conflito que viria e não comentavam sobre o duelo que havia terminado, não falavam absolutamente nada. Mesmo assim, os dois sabiam exatamente tudo o que o outro pensava. Ali, envoltos naquele abraço, Hunter e Aylin cruzaram o planeta em uma viagem silenciosa, marcada apenas por carícias, olhares, sorrisos e beijos naquele que se tornaria um novo momento favorito para se lembrarem para o resto da vida.

Aamu estava no deque, apoiado na lateral do barco, observando a paisagem e evitando espiar o casal. No fundo, estava contente por ambos, principalmente por Hunter, em quem via muito de si quando jovem e temia que seguisse o caminho de solidão que ele mesmo havia seguido há muitos anos. Isis estudava com Rá mapas antigos e havia até convencido o deus sol a mostrar-lhe sua coleção de artefatos mágicos. Após isso, aproximou-se de Aamu, que estava na borda do barco.

– Eles formam um belo casal...

– Eles formam um casal.

– Nós também.

– Não, Isis. Nós nunca formamos...

– Tem razão, Aamu. Mas temos muito tempo a nossa frente...

– Você acha?

– Eu tenho certeza.

– E como pode ter tanta certeza? Se me lembro bem, ontem à noite você temia que nosso tempo estivesse acabando.

– E ontem à noite você se considerava o homem mais poderoso do mundo. Depois de ver Rá e Tupã em ação, ainda pensa assim?

– Definitivamente não – respondeu, com um sorriso no canto da boca.

– Sabe, esse barco me mostrou algo.

– O quê?

– Não importa quantas vezes o sol se ponha, ele sempre nasce de novo no dia seguinte.

– E o que isso tem a ver conosco?

– Se o sol sobrevive àquela serpente monstruosa só para nascer de novo no dia seguinte, nós podemos sobreviver e tentar de novo.

– Você está me dando uma segunda chance?

– É exatamente o que estou fazendo.

Aamu nada disse. Assim como Hunter e Aylin, os dois tinham uma sincronia forte e não precisavam de telepatia para ler os pensamentos um do outro. Desde o reencontro na saída do aeroporto, no Egito, quando botaram os olhos um no outro, sabiam que iriam acabar assim, lutaram com todas as forças para não se envolverem novamente, temiam as consequências de um novo envolvimento sob a perspectiva do fim do mundo, mas, passada toda a ameaça, os dois se permitiram um momento para amar sem temer. Aamu e Isis selaram o acordo com um longo beijo no deque enquanto Hunter e Aylin celebravam com um longo beijo na proa. Dois beijos que selavam o último momento de paz antes de um novo confronto. Dois beijos que foram assistidos do timão do navio por Rá, que se sentia regozijado em saber que poderia confiar a proteção do universo a nobres mãos, que não o desapontariam.

Olhava, do outro lado do barco, para *Shararat'iitun*, a Fagulha de Íten, sua antiga espada, que agora jazia em repouso ao lado de Aylin, sua nova dona. É verdade que Rá empunhava a arma há centenas de milênios e não gostava da ideia de separar-se dela agora, mas via que essa era a vontade de sua espada, enxergava através do deque que a arma egípcia parecia feliz ao lado de suas correspondentes nórdicas, Daggry e Heir, como se tivessem vida própria e trocassem experiências em mais uma conversa silenciosa.

Por algum motivo, a Fagulha decidiu que deveria seguir caminho com aquela mortal. Se seu sabre de confiança havia tomado tal decisão, então o deus sol a aceitaria. Não somente Rá observava o casal no deque, mas também, de muito além, em um lugar além do conceito geográfico, outro casal observava. Ferrer e Allegra, as entidades residentes no Colar da Luz, acompanhavam o ocorrido. Os dois já sabiam a possibilidade do que iria acontecer até então, mas ver a cena entre Hunter e Aylin se concretizando fez com que uma lágrima surgisse no rosto do mago.

– Chorando de novo, Ferrer?

– O que eu posso fazer? – Abriu os braços e deu um sorriso alegre. – É minha filha...

Allegra sorriu, aquele sorriso inocente que Aylin também tinha, esse que era um dos motivos pelo qual o mago se apaixonou por ambas.

– Você sempre chora nessa parte, não é?

– E você sempre ri disso, mas tudo bem... Estou feliz por ela. Desta vez, por ela mesmo, e não por uma projeção do futuro dela.

Allegra abraçou Ferrer e, embora o momento fosse de alegria, os dois não conseguiam se sentir plenamente felizes como os que navegavam no barco solar. Sentiam-se preocupados porque viam toda a história de uma vez, viam todo o tempo e todo o espaço de uma única vez, mas ainda assim eram incapazes de decifrar o mistério que os cercava. E eles sabiam que havia algo de errado no ar, algum momento da história não fazia sentido, como uma peça de quebra-cabeça defeituosa que não se encaixa no lugar que lhe fora designado. Isso preocupava as entidades não por não saberem como resolver, mas por não saberem onde exatamente na história se encontrava esse ponto. Uma coisa era certa e assustadora, isso ocorreu em um momento em que a onisciência do tempo e do espaço não fora capaz de enxergar.

19 ✕ DIVERSÃO

O barco deu uma guinada e mergulhou na escuridão, a noite começava a surgir e, em circunstâncias normais, aquilo significaria que Rá se veria em breve iniciando o combate com a terrível Apófis. Entretanto, tendo a serpente sido destruída duas vezes e em sequência, levaria mais tempo para se recuperar, não surgindo naquela noite. Assim, o barco de Rá completou sua volta e partiu em direção ao reino de Asgard no topo da árvore da Yggdrasil.

Hunter agora estava sozinho com Rá ao lado do timão, conversando sobre assuntos cuja compreensão fugia aos homens mortais. Rá, sendo muito mais velho que Hunter, agia como um mentor, ensinando-lhe tudo sobre a natureza divina. Contou ao aesir sobre como já tinha contemplado a face de Odin uma vez, o antigo senhor de guerra de Asgard, governante da cidade dourada do dia de sua criação até o Ragnarök; confidenciou que a presença do pai de todos era intimidante mesmo para o poderoso deus sol, embora acreditasse que ambos possuíssem poder similar; e, por fim, ensinou ao garoto uma forma de potencializar seus poderes da natureza através do sol, que agora estaria com ele carregando em sua jornada com a espada Fagulha de Íten, de Aylin.

– Me diga, aesir, o que sabe sobre Surtr?

– Muito pouco. Por algum motivo, meu pai jamais entrou em detalhes sobre os acontecimentos do Ragnarök.

– Ainda assim, me conte... O que sabe?

– Bem, ele é um gigante de fogo, seu domínio são as chamas, é obcecado por destruição e seu desejo é queimar a árvore da vida até tornar-se cinzas. Tentou durante o Ragnarök e teria sucesso se meu pai não tivesse escapado da morte que lhe fora premeditada e alterado o futuro ao derrotar Surtr com um golpe certeiro do martelo Mjölnir.

– O martelo Mjölnir... Ouvi histórias sobre essa arma. Dizem que é indestrutível.

– É indestrutível! Quando arremessada, sempre retorna à mão de seu atirador, jamais erra um alvo e só pode ser erguida por aqueles com um coração puro. Jamais vi meu pai brandir o Mjölnir antes, mas...

Hunter se lembrou da descoberta que fez antes de sair de Asgard, da sala secreta abaixo do trono de Odin. Lembrou-se do Mjölnir cravado sobre a pedra na caverna, então sua mente foi às duas criptas com dizeres enigmáticos gravados. Lembrava-se de quando se perguntava o que havia dentro dela quando fora surpreendido por seu pai no momento em que puxava a tranca para abri-la. Foi nessa hora que Surtr começou seu ataque e o aesir imediatamente deixou aquilo de lado para executar sua função como o chefe da guarda de Asgard.

Naquele momento, Thor utilizou o Cajado do Tempo, uma das cinco armas criadas por Ferrer, Aamu, Isis, Allegra e a própria Iverna para enfrentar Xylon na Roma antiga. Hunter agora sabia que o cajado, assim como os outros artefatos de Iverna, fora roubado do santuário de Isis por Loki, disfarçado de rei Luís IX da França, à custa da vida de Adrien. Mais uma vez, Hunter se perguntou por que Thor não derrotou Surtr novamente com o martelo Mjölnir e lembrou-se da missão que lhe fora dada: encontrar o Colar da Luz, o artefato mágico de poderes supremos criado pela fusão de Iverna com seu poder adormecido no corpo de Allegra, ou os gêmeos do Ragnarök, os dois irmãos que, segundo as antigas profecias, nasceriam em Midgard e levariam consigo todos os rastros do Ragnarök para criar um novo ciclo para o mundo.

Hunter não teve nenhuma pista dos tais gêmeos, mas imaginou que talvez Ferrer e Aamu pudessem sê-los. As profecias dos volvas, os antigos profetas nórdicos, às vezes tinham enigmas que dificultavam a compreensão. Ele não tinha certeza se os gêmeos deveriam nascer antes ou depois do Ragnarök, mas a ideia de que alguém que tivesse sobrevivido àquilo fosse o responsável por destruir seus resquícios fazia mais sentido do que dar tal responsabilidade a alguém que sequer soubera o que foi o Ragnarök. Além disso, Aamu detinha consigo a Pedra da Penumbra Primeva e seu poder imensurável enquanto Ferrer era parte do Colar da Luz, o artefato que o aesir necessitava para vencer o duelo com Surtr. Ferrer era a luz; e Aamu, as trevas, como jazia inscrito nas criptas, provavelmente escritas pelos próprios volvas.

A hipótese tornava-se cada vez mais óbvia. Aamu e Ferrer, nascidos na Roma antiga, eram os gêmeos da profecia, embora não fossem de fato gêmeos. Hunter explicou sua teoria para Rá e o deus sol concordou, pensou em contar a Aamu, mas não viu necessidade de informá-lo ainda. O guerreiro agora encontrava-se feliz por carregar para a batalha os dois meios de vitória que lhe foram pedidos. Ele finalmente estava confiante.

– Então, como exatamente você pretende derrotar Surtr? – Rá parecia realmente interessado nas batalhas de um reino que não era o seu.

– Eu não faço ideia. Meu pai ou meu avô apenas saltariam na direção do oponente gritando e brandindo sua arma, mas eu não consigo agir dessa forma. Acho que puxei à minha mãe.

– Sua mãe?

– Syf, cabelos de trigo. Era uma das maiores guerreiras de Asgard e uma exímia estrategista. Ao menos foi o que eu meu pai me disse. Não cheguei a conhecê-la, pois desapareceu logo depois do meu nascimento, durante o Ragnarök.

– Sinto muito.

– Eu nunca realmente senti falta dela, meu pai sempre foi bastante distante, sempre envolto em seus pensamentos, mas sempre cuidou de mim.

– Pensamentos, você diz... No que o rei de Asgard tanto pensa?

– Jamais soube dizer, meu caro Rá. Acredito que... bem, esqueça...

– Ora, me diga.

– É apenas uma hipótese que formulei.

– Eu desejo ouvi-la, aesir.

– Acho que, no fundo, meu pai se culpa por ter alterado o Ragnarök.

– E por que ele faria isso? Ele salvou seu mundo, não?

– Em meu mundo, as coisas seguem uma ordem cíclica em que o fim é o começo e vice-versa. Era escrito que, após o Ragnarök, um período de bonança viria aos reinos, meu pai acreditava que essa benção seria aproveitada pelos sobreviventes, mas, ao término do combate, tudo o que sobrou foram ruínas e famílias devastadas.

– E seu pai se culpa por impedir que os tempos de bonança venham?

– Exato. A casa de Odin ruiu, seus filhos foram mortos durante o conflito: Vidar, Týr, Heimdall, Frigg, Frey, Freya e o próprio Odin. Deuses, anões aliados, amigos de longa data tombaram diante dos olhos de meu pai. Ele lutou em diversas batalhas, mas jamais perdera tantos companheiros valiosos de uma única vez. Quando a batalha do Ragnarök acabou, ele sentiu-se sozinho... Mas agora o destino lhe oferece uma segunda chance, derrotar Surtr novamente poderia resgatar meu pai de tal melancolia. E, além do mais, estou ansioso para lutar ao seu lado pela primeira vez, ele me levou em diversas caçadas e até mesmo algumas batalhas, mas jamais enfrentamos algo realmente poderoso juntos.

– Seu pai sabe da extensão de seus poderes?

– Nem eu mesmo sei... – Hunter olhou para o céu, ergueu a mão e tocou um pedaço de nuvem, que se desfez. – Digo, a forma como enfrentei aqueles espectros foi algo totalmente novo para mim, era como se meus sentidos se desligassem e meus instintos guiassem meus movimentos. Eu posso dizer que estava apenas sentindo e assistindo ao combate. Além disso, a sincronia de Heir e Daggry jamais fora tão forte quanto naquele momento. Eu sinto que minhas habilidades melhoraram muito desde que cheguei a Midgard.

– Você é um grande guerreiro, Hunter, um dos melhores que conheci, mas ainda é muito jovem, tem muito a aprender. Esse instinto para a batalha que diz ter é comum aos maiores, a aqueles que fazem seu legado no campo de batalha. Agarre-se a ele e escute-o, assim seu nome será escrito nas estrelas como um verdadeiro filho de Asgard, herdeiro da casa de Odin.

– Farei isso, Rá. Agradeço por todos os conselhos.

Rá girou o leme e suspirou, deixou o barco velejar à própria sorte, empurrado pelos ventos do crepúsculo. Com um suspiro, sentou-se em um banco logo atrás do timão e sinalizou para que Hunter fizesse o mesmo.

– Me escute, garoto, quando se vive tanto quanto eu, é normal que todos pareçam extremamente tolos. Seus amigos, por exemplo... – Apontou para Isis e Aamu, que se entretiam lendo um livro velho. – Pelo que Isis me contou, eles têm mais de dois mil anos de idade. Ainda assim são impulsivos, agem seguindo o primeiro pensamento que lhes vêm à mente e causam mais problemas do que o necessário. Do outro lado da moeda, você e a garota são extremamente focados e convictos do que deve ser feito, são bravos e seguem seu coração, mas sem abandonar regras e táticas. Se me perguntassem, eu diria que são vocês os sábios de dois mil anos; e os dois magos, os jovens tolos.

Hunter sorriu e parou para refletir sobre o comentário do deus sol. De fato, Aamu era extremamente jocoso e beirava a imbecilidade em alguns momentos, mas não conseguia concordar com o comentário em relação a Isis, também não era capaz de discordar. Pela primeira vez desde que começara a jornada, Hunter percebeu que não conhecia absolutamente nada de Isis, exceto sua história.

– Então me diga, Hunter. – A voz do deus sol fez o aesir emergir de seus pensamentos. – Já que mencionei a garota... Aylin... o que ela tem que fez com que meu sabre se apegasse tanto a ela?

Hunter, que ainda tentava entender o que sentia por ela, limitou-se a responder:

– Eu não faço a mínima ideia...

Allegra e Ferrer já tinham visto cada cena da humanidade mais vezes que alguém seria capaz de contar. De dentro da sabedoria suprema do Colar da Luz, eles assistiam freneticamente a cada momento importante que criara aquela situação. Desde a primeira aparição do colar na história, durante a pré-história, apresentando ao neandertal o fogo, passando pelos intensos conflitos entre os seguidores de Iverna e os espectros de Xylon, ainda antes de a história ser registrada, a criação da pedra, sua descoberta centenas de milhares de anos depois realizada pelo pai de Isis, a invenção da roda, seus olhares vigilantes viajavam na direção de Roma, em 62 d.C., quando o colar fora criado segundo a linha do tempo humana. Viram os acontecimentos de Alexandria que culminaram no roubo da Pedra da Penumbra Primeva, a batalha na Ilha de Vera Cruz, quando Aamu enterrou a pedra sob as águas místicas das Cataratas do Iguaçu, a batalha majestosa que ocorreu em Kholat Syakhl e a fatídica noite em que Aylin, ainda um bebê, fora deixada na porta da abadia de Iltatähti e acolhida pelo frade Ferrer.

Mesmo depois de tanto tempo, ainda surpreendia a Allegra a forma como Ferrer abandonou sua busca por ela para criar a pequena congregação. Após seu reencontro com a amada em Kholat Syakhl, a alma atormentada de Ferrer finalmente encontrou o conforto necessário para continuar vivendo e aguardando seu grande propósito na Terra. Com isso em mente, ele tomou o mesmo rumo dos outros herdeiros: isolou-se e decidiu aguardar o dia em que fosse necessário novamente. Entretanto, sendo um homem de ação, decidiu fazer algo de útil ao mundo enquanto aguardava, encontrou a pequena ilha em uma de suas viagens e considerou o lugar perfeito, ergueu a abadia e dedicou-se a vagar pelo mundo recolhendo garotos órfãos por todo o globo e os abrigando, ensinando-os os caminhos da bondade e da virtude que haviam lhe guiado por seus dois mil anos.

No começo, considerou ensiná-los a arte da magia, mas, sabendo que o mundo não tinha uma exibição de poderes mágicos desde 62 d.C., e mesmo naquela época jamais atribuíram o incêndio à magia. Concluiu que o mundo não precisava dos poderes que ele tinha para oferecer, assim, focou apenas em criar jovens de bem que pudessem seguir seus passos, jamais esperaria que alguém como Aylin surgisse naquela ilha remota.

Os dois também assistiam à vida de Hunter, encontrado na Terra por batedores de Asgard em busca de Syf e levado à cidade dourada para viver como o príncipe de um reino devastado pela guerra e assombrado pelo passado, uma luz brilhante de esperança em meio ao negrume da tristeza e do luto. Era exatamente quando se tratava do reino dos deuses nórdicos que a visão do colar se tornava embaçada. Allegra e Ferrer assistiram centenas de milhares de vezes aos volvas escrevendo as profecias que ditavam o fim do povo de Asgard, todas elas sendo levadas a cabo exatamente como foram escritas; exceto uma, a que dizia que Thor sucumbiria diante da serpente de Midgard, a Jormungandr, em um combate que inundaria todo o planeta e findaria a vida de ambos os combatentes. Porém, isso não aconteceu.

Thor sobreviveu à grande serpente, por isso foi capaz de impedir que as chamas de Surtr condenassem os nove planos e causassem a destruição total. Teriam os volvas errado em sua profecia? Claro que era uma hipótese, mas, se esse fosse o caso, Ferrer e Allegra saberiam. Eles sabiam de tudo, ainda assim eram incapazes de determinar como aquela mudança ocorreu. Estavam cegos naquele momento, e era exatamente aquela cegueira que os impedia de saber o que iria acontecer a seguir.

E, claro, ainda havia aquela coisa que ofegava em suas nucas toda vez que apagavam as luzes.

ᛟ ᛟ ᛟ

O barco contornou a escuridão do vazio, chamada pelos nórdicos de Ginnungagap, e já apontava para Asgard, cruzando o caminho conhecido como ponte Bifrost, ou ponte do arco-íris. Hunter estava na parte de dentro do barco, sentado no chão, em sua cabine. Era verdade que o barco de Rá não dispunha de cabines extras para viajantes, contando apenas com seu convés, a proa e a popa, dois mastros com uma vela branca em cada um, um amplo salão com alguns mantimentos e uma cabine onde Rá repousava, mas o deus sol usou de seus poderes de criação para aumentar a embarcação o suficiente para receber dois quartos com uma cama de casal em cada um dos aposentos. A viagem era longa e os guerreiros deveriam estar bem descansados se quisessem ter alguma chance contra Surtr.

Enquanto afiava a espada e limpava sua lança, a mente do aesir era bombardeada pelos mais diversos pensamentos sobre inúmeros assuntos. Fora uma longa jornada até aquele momento, mas finalmente iria cumprir sua missão e proteger Asgard. Ele viu-se, então, ponderando se era realmente Asgard que ele queria defender, sua mente o levou ao rosto de Ferrer naquela clareira, logo após sair da embarcação, e da promessa que havia feito ao mago: proteger Aylin a todo custo. *Mas e se o custo de manter tal promessa fosse Asgard?*, pensou ele.

Depois de um calafrio, o aesir afastou aquele pensamento, tinha a pedra e acreditava poder contar com os gêmeos do Ragnarök, Aamu e Ferrer, caso o primeiro plano não funcionasse. Não importava o que acontecesse, cumpriria ambas as missões. Nesse momento, a porta se abriu e Aylin entrou, carregando consigo a Fagulha de Íten. O sabre era ligeiramente maior que a garota e estava preso às costas na diagonal para que não tocasse o chão; visto assim, sem as chamas, até poderia ser confundido com um sabre normal, se não fosse o cabo em forma de Ankh.

– Vou conhecer sua casa? – ela perguntou, sorrindo.

Ele apenas assentiu, ainda envolto em pensamentos.

– Sabe, eu estava pensando... – Ela pousou a espada no chão e sentou-se ao lado dele. – O que seu pai vai pensar de mim? Digo, de você e eu estarmos juntos. Você é um deus e eu sou mortal...

– Acho que meu pai vai estar mais preocupado em impedir que Surtr destrua o universo do que com isso...

Os dois sorriram, Aylin se deitou e pousou a cabeça na coxa de Hunter. A garota esticou o braço e puxou a lança Heir do chão, mas não conseguiu sequer arrastá-la. Mesmo empenhando toda sua força, a lança permaneceu imóvel.

– Os anões que forjaram a lança colocaram um feitiço – Hunter falava sem desviar a atenção do sabre que afiava. – Ela só pode ser levantada pelo estímulo do poder de quem a brande, somente alguém com uma ligação muito poderosa com seu elemento interno é capaz de erguê-la.

– Que chato... – Aylin ensaiou uma careta e cruzou os braços. – Sabe, nós ficamos no barco todo esse tempo, eu estou começando a ficar entediada...

– E o que sugere?

Aylin nada disse, apenas se levantou, fixou seu sabre às costas e virou-se para sair da cabine, mas antes disso tomou da mão do aesir o sabre Daggry e disparou pelo corredor, com Hunter correndo atrás dela.

– Não tem graça, Aylin, devolva Daggry!

Os dois irromperam pelo convés. Aylin rindo, Hunter bufando. Do timão, Rá observava a correria e mentalmente retirava seu comentário sobre a maturidade de ambos. Aylin girou no lugar para encarar Hunter, que parou a três passos dela. Ela levou a mão às costas e puxou a Fagulha de Íten para si, depois lançou Daggry no ar. O aesir agarrou a arma segundos antes de ter que bloquear uma acometida furiosa de Aylin, que descia descrevendo um arco vertical com sua arma.

– Você enlouqueceu, Aylin?

– Considere isso um aquecimento, bonitão. Vamos!

Aylin chutou a coxa de Hunter e o aesir sentiu um formigamento correr por toda a perna, desequilibrou-se e sentiu o fio quente da Fagulha de Íten tocar-lhe a nuca.

– Um a zero, superguerreiro.

Hunter sorriu, esticou o braço e puxou a panturrilha da garota com força, ela caiu no chão e logo sentiu a ponta afiada de Daggry a tocar-lhe a garganta, fazendo com que uma gota de sangue saísse do pequeno furo.

– Um a um – respondeu ele, sorrindo.

Hunter saltou para trás, Aylin fez o mesmo para a direção oposta. Os dois se encararam com um sorriso no rosto, estavam agora totalmente focados no combate amistoso que travariam. Isis e Aamu saíram para o convés e pararam ao ver a cena. Nenhum dos dois guerreiros trajava armadura ou carregava outra arma, a não ser a Fagulha de Íten, de Aylin, e a Daggry, de Hunter. Aquele seria de fato um combate de espadas. Do timão, Rá temia pela integridade do barco.

Aylin ergueu sua espada para o ar e gritou. Nesse momento, chamas explodiram para fora da arma e iluminaram o breu infinito do Ginnungagap, depois regrediram, formando uma fina camada em volta da lâmina, que se aqueceu muito menos do que quando foi utilizada contra Apófis, refletindo o desejo de sua espadachim de não ferir o adversário. Por sua vez, Hunter esticou o braço, a ponta de Daggry estava perfeitamente alinhada na direção do rosto de Aylin. Entre o cabo e a lâmina da arma, seu núcleo brilhante disparou como um flash e a luz cegou a todos por um instante, iluminando mais uma vez o Ginnungagap.

O navio passava próximo a Vanaheim, o mundo dos vanires, e o brilho de Daggry foi visto por todos naquele mundo. Aylin foi a mais afetada por estar olhando diretamente para o sabre e teve de fechar os olhos e, quando o fez, sentiu mais uma vez a lâmina a tocar-lhe a garganta.

– De virada, dois a um.

– Melhor de cinco.

– Que assim seja...

Hunter saltou por cima da garota para golpeá-la. Daggry era muito menor que a Fagulha de Íten e, portanto, muito mais ágil em seu manuseio. O sabre de Rá, por sua vez, permitia uma defesa muito mais sólida apenas girando sua enorme lâmina de um lado para o outro, além de disparar pequenas labaredas a cada impacto, o que mantinha o adversário a uma distância segura a fim de evitar que se queimasse. Apesar de ter que se preocupar em evitar as chamas, o aesir atacava impiedosamente, disparando dois ataques por segundo e empurrando a garota cada vez mais para a borda do barco. Em circunstâncias normais, Hunter continuaria atacando até derrubar o oponente, mas, nesse caso, apenas aproveitou o impulso para deslizar pelo chão do convés, passando por baixo das pernas da garota e levantando-se novamente do outro lado, disparando uma nova rajada de ataques, e afastando Aylin da ponta. Algumas labaredas atingiam seu próprio braço, fazendo com que um forte cheiro de pelos e carne queimada começasse a exalar pelo barco, Aylin estava sendo vencida no combate de espadas, principalmente pela falta de costume ao novo sabre. Então optou por duelar com as armas que tinha a sua disposição, empurrou com força a arma de Hunter e o estalo fez com que ambas voassem em direções opostas. Em seguida, disparou contra o aesir com um chute na altura do rosto, que foi desviado no último segundo.

A lutadora girou o corpo e chutou novamente, acertando-lhe o queixo e arremessando-o para trás. Os dois se boxearam por alguns segundos, acertando socos poderosos um no outro enquanto sorriam e trocavam olhares desejosos. Em um momento, Hunter pegou Aylin com o rosto descoberto, mas, em vez de socá-lo, beijou de leve a bochecha da garota, desviando imediatamente de um soco que vinha na direção de seu rim.

Em outro momento, a garota passou por baixo de um soco do aesir, saltou sobre suas costas e travou-o, mas não finalizou a gravata no pescoço, apenas mordeu a orelha direita de Hunter, que rolou com força no chão, prensando a garota entre seu corpo e as tábuas do convés. Antes mesmo que pudesse se levantar, ela foi agarrada pela nuca por Hunter, que a ergueu no ar e a arremessou de costas no chão novamente, caindo junto com ela para aumentar o impacto do golpe. Aylin ficou imóvel no chão e Hunter temeu ter exagerado, mas, quando encostou dois dedos no pescoço da garota para checar os batimentos, foi surpreendido por um golpe do tipo triângulo perfeito. A garota pressionava a garganta do aesir contra sua canela e aguardava que Hunter desse sinais de desistência. Porém, o deus das florestas firmou os pés no chão e, puxando com toda a força de seu tronco, ergueu a garota no ar, depois lançou-a mais uma vez de costas no chão.

O golpe dado por ela foi ligeiramente afrouxado, mas Hunter ainda sentia a perna da garota pressionar-lhe o pescoço. Então ele repetiu o movimento mais duas vezes até que conseguiu se soltar totalmente, caiu ao lado quase desacordado e puxou o ar com força. Seu peito se encheu de ar e sua condição de deus guerreiro permitiu que se recuperasse rapidamente. Aylin, por sua vez, estava entre diversas tábuas quebradas, todas envergando para o fundo e segurando com dificuldade o peso de seu corpo. O guerreiro buscou a amurada do barco para se apoiar e levantar-se enquanto a garota fazia o mesmo do lado oposto. Embora fosse versado no combate corpo a corpo, o guerreiro não tinha muita prática em tal tipo de combate e queria abreviar aquela disputa ou alcançar sua arma, que se encontrava do outro lado do convés, separada dele por Aylin, que se posicionava ainda desnorteada entre espada e espadachim.

Hunter puxou mais uma vez o ar e disparou com o punho fechado, o braço esticado na frente do corpo, ele pretendia acertar Aylin com a força de um tronco de carvalho batendo em direção ao rosto para derrubá-la e manter a corrida até sua arma. Porém, a garota não desviou ou se abaixou, em vez disso correu de encontro ao aesir, ou talvez para o seu sabre, que estava a alguns metros na frente dele. Quando os dois se encontraram no meio do convés, ela saltou, saindo mais de um metro do chão, seu corpo pendeu para trás e suas pernas se encaixaram acima dos ombros, fechando-se nas costas do adversário. Depois, girou o corpo, arremessando o aesir violentamente para frente enquanto a garota caiu graciosamente em pé. O movimento não demorou mais que uma fração de segundo e, quando terminou, foi possível ver apenas a mão de Hunter agarrada à amurada do navio, seu corpo balançava pendurado do lado de fora. Enquanto Aylin se recompunha dos golpes anteriores, o guerreiro colocou os dois pés no costado e se impulsionou para dentro do barco, saltando como um tigre na direção da garota, que em resposta rolou para frente.

Os dois agarraram suas armas ao mesmo tempo e um segundo depois as lâminas se cruzaram, faíscas e labaredas disparando para todos os lados enquanto os dois mediam forças, matéria na qual o aesir levava imensa vantagem. Novamente a garota optou pela destreza, moveu o cabo de seu sabre para frente, pressionando contra o corpo de Hunter enquanto com seu pé direito travou a coxa esquerda do guerreiro, impossibilitando-o de fugir. As chamas consumiram rapidamente sua camisa, revelando o peito forte repleto de cicatrizes e algumas tatuagens de runas antigas, os pelos antes loiros agora estavam chamuscados. A carne começou a arder e o guerreiro gritou, afrouxou a pegada da espada e tombou para um joelho, foi atingido no rosto por uma joelhada que quase o nocauteou, caiu no chão e sentiu a bota de Aylin pressionando seu rosto contra o chão.

– Dois a dois.

Hunter agarrou com as duas mãos o pé de Aylin e empurrou para cima com toda a força que conseguiu reunir. A garota voou para cima e agarrou-se à verga do mastro, salvando-se de cair no vazio. Então, agarrou a vela solitária e se impulsionou para baixo, mergulhando com a espada em mãos contra Hunter, que recuperara Daggry do chão e já se via pronto para continuar a disputa. O golpe veio com bastante força e a batida de lâminas desestabilizou os dois. O barco tremeu com o impacto e eles se desvencilharam rapidamente. De costas um para o outro, dividiam-se entre o fogo da batalha que crescia a cada segundo e o desejo de preservar o outro; naquele momento, o combate já havia deixado de ser uma brincadeira e tornara-se uma disputa. Hunter tinha o nariz quebrado e um olho inchado; Aylin sentia muitas dores na coluna e costelas, além de ainda não enxergar perfeitamente bem. O maxilar da garota também parecia ligeiramente solto. Isis temia que, se a disputa se alongasse, um dos dois morresse.

Quando o barco finalmente parou de tremer, os dois firmaram suas bases e se prepararam para o próximo ataque, giraram ao mesmo tempo, os sabres buscando a frente, cortando o ar, encostando simultaneamente no pescoço do adversário.

Empate.

Os dois sorriram um para o outro e miraram novamente as espadas para mais um ataque quando um clarão cegou os dois.

– Já chega! – Rá deixava o timão e se aproximava do convés, reluzindo com a luz do sol. – Essa disputa acabou. Vocês vão se matar aqui, que coisa mais estúpida! Agora entrem os dois e cuidem dos ferimentos um do outro e torçam para que estejam recuperados quando chegarmos a Asgard!

Ambos bufaram, mas, eventualmente, todo o fogo do combate se apagou e só então perceberam os danos que causaram um ao outro. Hunter passou o braço em volta da cintura de Aylin e os dois se dirigiram para as cabines, antes de saírem do convés, porém a garota sentiu a perna ceder e caiu no chão, sendo amparada por Hunter.

– Três a dois?

A garota o afastou e seguiu sozinha para as cabines.

– Dois a dois. Estamos empatados.

Hunter deu de ombros e a seguiu, e Isis, enfim, foi capaz de respirar fundo.

20 TERRA EM CHAMAS

A viagem perdurou por mais algumas horas, todas gastas dentro da cabine. Enquanto Aamu e Isis preparavam diversos tratamentos – humanos e mágicos – para os ferimentos de Hunter e Aylin, os dois jovens, por sua vez, mantinham-se deitados se recuperando, mas sempre que os olhares se cruzavam e um constatava o quão machucado o outro estava, explodiam em risos e juravam terminar o combate em breve. Isis fazia um curativo ao lado do nariz quebrado de Hunter, agora consertado pela magia. De repente, o aesir puxou a feiticeira para perto de si e sussurrou:

– Isis, o que eu faço agora que sei que amo essa garota?

Isis não soube responder.

Do lado de fora do barco, Rá e Aamu conversavam.

– Gêmeos do Ragnarök? Eu e Ferrer? Isso não faz o menor sentido! – Aamu exclamou com ímpeto, mas logo parou para pensar sobre os pontos apontados pelo deus sol. – Embora sua história, digo, a história de Hunter tenha lógica.

– Você tem a pedra nesse momento, é o detentor da escuridão. Seu irmão, segundo Hunter, está no colar, que representa a luz. Eu não entendo como seus poderes funcionam, mas sei que luz e trevas são a base de toda criação.

– E por que ele não me disse isso antes?

– Isso você deve perguntar a ele...

Aamu retirou-se e dirigiu-se à sua cabine. Ao entrar, parou perto de uma pequena janela, encarou o céu azul e lançou no ar a pergunta:

– Esse lance de gêmeos do Ragnarök não é verdade, é?

– Não, Aamu, não é.

A voz de Ferrer era sempre dotada de uma paz invejável. Sentado na cama, o mago supremo olhava também para a pequena janela quadrada. Sua materialização ali havia sido silenciosa e ninguém, nem mesmo Rá, sabia de sua presença no barco. Ferrer pretendia que ninguém soubesse que ele estava ali; afinal, era onipresente como o colar, estava em todos os lugares o tempo todo, embora não estivesse em lugar nenhum em momento algum.

– Por que decidiu aparecer agora, irmão? Por que para mim?

– Porque existem coisas que você, e somente você, precisa saber. Deve me prometer guardar tais coisas em segredo.

– Eu guardo diversos segredos, o que seria mais um?

– Ótimo, escute bem. Existe algo ruim cercando a viagem de vocês.

– Se você se refere ao que quer que esteja cercando vocês no colar, você disse que aquilo era ressentimento, o que quer dizer?

– Esse é precisamente o problema, irmão. Sabemos que aquele rancor foi criado em algum momento da história, mas, mesmo com a onisciência do universo, sou incapaz de dizer quando e onde aquilo surgiu.

– O colar que pode enxergar tudo não consegue ver isso?

– Exatamente.

– E por que acha que eu poderia ajudá-lo?

– Porque... – Ferrer hesitou por um segundo – nós perdemos vocês de vista por um momento também.

– O que quer dizer?

– No Brasil, quando vocês saltaram nas cataratas, no instante seguinte estavam novamente acima da queda, deitados na grama, dormindo. Sabemos que falamos com vocês naquele momento, mas é como se aquilo não tivesse acontecido, vocês sempre estiveram deitados lá e não tenho a menor ideia do que aconteceu nesse meio-tempo...

– Está dizendo que não sabe o que aconteceu nas cavernas?

– Que cavernas?

Aamu surpreendeu-se, ensaiava uma resposta quando a porta se abriu, revelando o rosto consternado de Isis. Ela olhou para dentro do quarto e viu apenas Aamu em pé no centro, tagarelando sozinho para a cama vazia.

– Falando sozinho? Não está bêbado de novo, está?

– Até que não é má ideia, mas, por mais absurdo que isso possa soar, Rá não tem uísque nessa bodega.

Isis riu e fez menção de sair, mas Aamu a segurou pelo braço.

– Espere. O que se lembra de quando pulamos nas cataratas?

– Bem, nós ficamos um bom tempo caindo na água, fomos para aquela caverna, andamos, nos perdemos. – A imagem de Adrien surgiu-lhe na mente e a fez corar. – E é isso... Encontramos Ferrer e Allegra, eles nos mostraram aquela coisa estranha e depois acordamos no Brasil de novo.

– Entendo.

– Por que a pergunta?

– Nada, só estou meio enjoado da viagem.

– Desde quando você fica enjoado em barcos?

– Esse barco é diferente.

– E qual seria a diferença dele?

– Bem, todos os barcos que eu viajei até hoje navegavam no mar e não no vazio, também não eram pilotados pelo sol em pessoa.

Isis riu novamente. Aamu amava aquele sorriso, a feiticeira o encarou por alguns segundos, tentando decifrar seus pensamentos, literalmente com a ajuda de telepatia. Mas Aamu havia há muito aprendido a bloquear a feiticeira quando queria, isso a irritava profundamente, mas não havia nada a ser feito.

– Eu preciso voltar a cuidar dos dois pombinhos arrebentados no outro quarto, Aamu.

– Entendo... – Aamu soltou o braço de Isis. – Vejo você mais tarde.

Os dois pensaram em dizer "eu te amo", mas ambos optaram por guardar isso para um momento mais apropriado, muitos desses momentos viriam a seguir, tinham certeza disso. Ela saiu da cabine, deixando-o sozinho.

– Vai dar tudo certo? Digo, entre mim e ela?

– Que resposta espera ouvir, irmão?

Aamu se virou e encarou Ferrer, novamente sentado na cama.

– Não sei... Diga que eu vou bater a cabeça com força e esquecer até o nome dela.

– Isso não vai acontecer.

– Imaginei que não.

Ferrer sorriu, assentindo com a cabeça.

– Entendo perfeitamente seus sentimentos conflitantes por Isis.

– O que você entende de mulher, mano? Passou a vida caçando o planeta inteiro por uma que estava fora do universo.

Aamu permitiu-se rir à custa do irmão, era tão satisfatório agora quanto era há dois mil anos.

– Tem razão, ao menos eu a procurei por todo o planeta, não no fundo de uma garrafa de uísque qualquer, não é mesmo? Por que não se transforma de novo naquele velhinho que ficava cuidando do bar?

Desta vez, era Ferrer quem ria. Aamu ainda não gostava de ser o motivo da piada.

– E por que você não se transforma naquele periquito nervosinho?

– Ora, irmão, não pense que eu não vi você tentando se transformar no periquito nervosinho durante a luta com Apófis.

– Que seja...

– De qualquer forma, peço que tome cuidado na batalha contra Surtr. Eu sinto um grande mal crescendo além dele.

– Como se um alienígena louco de fogo de um reino distante não fosse problema suficiente.

– Tecnicamente, ele não é um alienígena, embora o conceito de uma entidade não terrestre possa causar...

– Cala a boca, ok? Eu definitivamente não quero ouvir essa baboseira.

Ferrer assentiu.

– Sabe, Ferrer, todos esses anos desde Kholat Syakhl eu estive buscando uma forma de me aproximar de você novamente, instalei-me na Finlândia porque sabia que você estava próximo, mas, depois do fiasco russo, eu simplesmente não pude criar culhões de aparecer na sua frente e me desculpar pelo que fiz – falou Aamu.

– O que aconteceu na Rússia é passado, irmão.

– Não. Não apenas na Rússia. Sei que nunca fui o irmão que gostaria. E se eu não sobreviver a essa batalha, só quero que saiba que sinto muito.

– Todos nós temos algo do qual nos arrependemos.

– E todos nós temos que nos responsabilizar por algo em algum momento.

– Você agora é responsável pelos três na outra cabine. O filho de Asgard, a herdeira de Iverna e minha filha.

– E o que faz com que você acredite que eu sou mais apto a cuidar deles do que Isis?

– Muito simples, você é o mago lendário. E meu irmão.

Aamu se levantou e dirigiu-se novamente à janela, inspirou fundo o ar do vazio, voltou-se então para a cama, mas ela já estava completamente vazia.

ᛟ ᛟ ᛟ

– TERRA À VISTA! – Rá gritou com um sorriso no rosto. – Eu sempre quis dizer isso... Parecia ser mais interessante na minha imaginação, isso foi muito sem graça.

Aamu e Isis dispararam do convés, Hunter e Aylin surgiram logo depois, com novas cicatrizes e quase recuperados pela magia, se não fossem alguns arranhões. À frente do barco, os contornos dourados de Asgard se erguiam, seu muro cercando os prédios e seus imensos portões abertos. Hunter finalmente estava em casa e não podia conter a emoção de estar de volta. Ele abriu um largo sorriso e sentiu uma vontade imensa de saltar do barco e correr pelo vazio na direção da cidade. Estranhou o fato de não enxergar Surtr pairando sobre o céu, ele deveria estar congelado pelos efeitos do Cajado do Tempo, mas evitou se preocupar com isso, era possível até mesmo que seu pai tivesse encontrado uma forma de derrotar a ameaça enquanto ele estava fora, talvez tivesse novamente usado o martelo Mjölnir como nas lendas antigas.

Aylin olhava com apreensão para os portões dourados. Ela temia que Thor a menosprezasse por ser uma mortal e que o deus do trovão impedisse Hunter de vê-la por esse motivo. Aamu estava fascinado, Isis encantada e até mesmo Rá, em seus muitos milênios de existência, jamais havia vislumbrado a cidade dourada dos aesires. Percebeu que Asgard dispunha de um sol falso, criado por magia, era similar a um sol comum, mas seu brilho era muito mais fraco e suas energias eram quase nulas, não era sequer capaz de alimentar vida, servindo apenas como uma grande tocha a queimar no céu. Rá lamentou pela vida de Sunna, a deusa sol dos aesires, morta durante o Ragnarök por Skol, filho de Fenrir.

Não demorou muito para o barco alcançar o cais mais próximo e aportar, seus tripulantes saltaram e apenas seu capitão manteve-se na embarcação:

– A partir daqui, não posso mais ajudá-los. Um novo dia está prestes a começar e o mundo precisa do sol; além disso, não tenho permissão para entrar no território de Asgard.

– Obrigado novamente, Rá – Hunter assentiu com a cabeça. – Devemos muito a você.

– E eu a vocês, guerreiros. Boa sorte em sua jornada.

O barco deu meia-volta e dirigiu-se para o vazio do Ginnungagap novamente, seu brilho dourado diminuía até tornar-se um pequeno foco de luz áurea entre as sombras sem fim. Rá retornava para seu mundo, Midgard, onde diversos deuses foram cultuados através dos séculos em diversas regiões do planeta, cada um deles responsável por um povo que os adorava, existiam de diversas formas, com os mais variados intentos, tendo sido criados nos mais diversos períodos da história, sendo muitos deles anteriores ao surgimento da própria humanidade. Alguns haviam caído no esquecimento, devido ao desaparecimento do povo que os cultuava; outros mantinham-se vivos no imaginário do povo, ainda que não fossem mais cultuados; e uma parcela privilegiada continuava a receber as preces dos mortais. Por toda a terra, deuses de todos os tipos, raças e credos mantinham o funcionamento do mundo, mas nenhum deles dispunha de função mais gloriosa que o eterno deus egípcio do sol, responsável por dar ao mundo a luz e o calor. Rá era responsável por dar ao planeta uma nova vida toda vez que a noite acabava e sua luz surgia no céu, iluminando todo o firmamento. Ele jamais falhou em sua missão desde a aurora dos tempos e não falharia agora.

ᛟ ᛟ ᛟ

Assim que a luz do barco de Rá desapareceu no Ginnungagap, os quatro se voltaram à cidade dourada, em seus rostos era visível a apreensão que sentiam, nem mesmo Hunter se sentia plenamente confortável em estar em Asgard.

– Está tudo muito silencioso – Aamu afirmou. – Não gosto disso...

– Meu pai usou o Cajado do Tempo para congelar Asgard, isso deve explicar a calmaria.

– Se quer saber, garoto, não explica...

– O que quer dizer, Aamu? – Isis interveio. – É claro que explica. Se Asgard está congelada, então o silêncio é perfeitamente normal.

– Seria, mas isso não é silêncio. É algo diferente... Me cheira a emboscada. Onde está seu pai?

– Eu não sei.

Os quatro cruzaram algumas vielas e chegaram a uma praça central, um lugar amplo, de formato retangular, cercado por alguns arbustos menores. O chão era de cor bege e havia por todo o contorno casas de diversos tamanhos, seguindo o modelo que se assemelhava às moradias dos antigos Vikings: paredes de blocos de concreto cortadas pelo telhado que subiam em diagonal até se encontrarem no topo em perfeita simetria, com portas altas, em formato de arco, feitas de tábuas de madeira clara com argolas no lugar das maçanetas. Sua estrutura era sustentada por grossos troncos de diversas árvores diferentes, provavelmente arrancadas do solo com as próprias mãos dos poderosos aesires. Acima da praça, o céu era azul e apenas algumas poucas nuvens tentavam inutilmente cobrir a bola de energia criada para substituir o sol, destruído no Ragnarök.

– Hunter, onde estão as pessoas? – Aamu estava em alerta, seus dedos tamborilavam o ar e pequenos feixes de energia verde saíam deles e dançavam no ar.

– Devem ter entrado nas casas quando Surtr surgiu.

Aamu chutou a porta de uma casa e saltou para dentro, voltou alguns segundos depois com uma expressão sombria.

– Hunter, deve entrar e ver, os outros esperem aqui.

Hunter engoliu em seco e entrou na casa. O interior parecia normal: um banco pequeno do lado direito e algumas cadeiras na parede esquerda rodeavam uma pequena fogueira, que estava acesa. Ali, a armação de ferro segurava uma panela com um caldo borbulhante de cheiro aprazível. Mais à frente, uma mesa com taças e algumas cadeiras indicavam a área social. A estrutura da casa formava uma curva em L e, ao fundo, havia uma cama de casal e uma de solteiro, uma mesa de cabeceira, um aparador e um grande guarda-roupa de mogno preto. Tudo parecia normal, exceto pela cena que se sucedia em cima da cama de casal: três corpos, um homem, uma mulher e uma criança jaziam mortos. Eles estavam queimados e tinham cortes feitos por arma branca, e suas expressões não pareciam de horror, mas sim de desapontamento.

Aquelas eram pessoas simples de Asgard, aldeões, cidadãos da cidade dourada, mortos a sangue frio e deixados ali sem propósito algum. Hunter era um guerreiro experiente e sabia diferenciar um cadáver deixado como recado de um cadáver sem significado. Quem quer que tenha matado aquelas pessoas, apenas os deixou sobre a cama para diminuir a bagunça no ambiente.

O deus das florestas encontrou alguns pingos de sangue no chão, muito menos do que se esperava de uma cena de assassinato. As paredes e o teto não dispunham de nenhuma marca de luta nem manchas de sangue, a casa estava perfeitamente arrumada.

– Não houve luta, foi uma execução.

Aamu se aproximava do aesir, que apertava o cabo de Daggry com força, pousou-lhe a mão sobre o ombro e baixou a cabeça em respeito.

– Eu sinto muito.

– Eu sou o líder da guarda de Asgard. Deveria tê-los protegido.

– Você estava fazendo exatamente isso.

Hunter não respondeu.

– Eu verifiquei outras casas... – Aamu buscou as palavras mais apropriadas. – Aconteceu a mesma coisa em todas elas...

Hunter apertou ainda mais o cabo de Daggry e, se não fosse o sabre uma arma mística forjada pelos anões, teria esmigalhado a peça.

– Vamos embora.

Os dois saíram da casa e voltaram para a praça, onde Isis e Aylin aguardavam. As duas ajudaram Aamu a conferir as outras casas que cercavam o local e o que viram não era bom também.

– Hunter... – Isis também parecia sem palavras. – Eu sinto muito...

Aylin o abraçou. Em um primeiro momento, o aesir ignorou o afeto da garota, ainda tomado pela fúria silenciosa, mas, em seguida, cedeu e a envolveu em seu braço esquerdo, a mão direita ainda firme sobre o cabo de Daggry.

– Tudo bem, vamos nos dividir – ele anunciou, sua face transmutada no general e estrategista que era. – Já que não sabemos o que estamos enfrentando, vamos manter um mago e um guerreiro juntos e, como eu não suporto esse velho imbecil, Isis, você vem comigo. Aylin, você vai com Aamu...

– Fico lisonjeado, garoto – Aamu provocou. Hunter ignorou-o e prosseguiu com as instruções.

– Encontrem o que quer que matou essas pessoas, meu pai ou Surtr, e não entrem em combate com o que quer que seja sem avisar aos outros antes, entenderam? Aamu, dispare fumaça azul para o ar para sinalizar se tiverem problemas, faremos o mesmo sinal, se precisarmos. Aamu e Aylin, vocês vão para o Leste, na direção da praça dos heróis, onde Surtr apareceu; eu e Isis, para o palácio de Odin, para tentar encontrar meu pai. Todos entenderam?

Os três assentiram e as duplas se dividiram.

Aamu e Aylin chegaram rapidamente à praça dos heróis, o monumento à frente era gigantesco. Uma torre de basalto se estendia aos céus. Sobre a torre, havia uma gigantesca estátua de Odin montado em Sleipnir, seu cavalo de oito patas. A torre continha os nomes de todos os heróis que pereceram durante a batalha do Ragnarök, além dos nomes daqueles que morreram anteriormente de forma honrada em batalha e foram levados para o palácio Valhalla, encravados em baixo relevo no basalto. Aamu passou a mão pela pedra e sentiu com as pontas dos dedos cada uma das runas, as marcas de poder descobertas por Odin, que também serviam como alfabeto. Embora não fosse fluente em rúnico, era capaz de sentir as energias místicas de que o monumento dispunha, tudo na cidade dourada havia sido erguido com a magia ancestral de Asgard. Foi através dessa energia que Aamu conseguiu identificar cada um dos nomes cravados na pedra, fazendo uma reverência a cada um deles. Mesmo Aylin, que não era versada nas artes místicas, era capaz de sentir a energia ancestral ao tocar na pedra.

Saindo do transe e voltando à missão, ambos começaram a procurar sinais de Surtr ou de qualquer aesir nas redondezas, mas não encontraram. Intimamente, torciam para que Isis e Hunter tivessem maior sorte em sua busca.

Chegando ao Valaskjálf, o palácio de Odin, Hunter e Isis sentiam uma palpitação estranha. Aamu e Aylin foram na direção do inimigo, ainda assim o guerreiro e a feiticeira sentiam que os amigos estavam em posição mais confortável que a deles. Havia algo sombrio cercando a cidade dourada, e essa sensação de mau presságio se intensificava dentro dos limites do grande castelo dos deuses. Os dois penetraram nos jardins reais com extrema cautela sem sequer saber o motivo de tão súbito agouro, não se falavam, não pediram um ao outro que tomasse cuidado, apenas o fizeram simultaneamente.

Os instintos de guerreiro de Hunter não lhe davam pista alguma do que lhe aguardava, já Isis tinha o problema oposto, uma vez que suas habilidades como sensitiva lhe davam as mais variadas leituras mágicas, como uma bússola quebrada que falha em apontar o norte. Os dois cruzaram o jardim criado por Odin e cultivado após sua morte pelo próprio Hunter, e Isis mantinha-se sempre em alerta, mas permitiu-se parar para admirar as plantas exóticas que o aesir havia criado. Ela também não pôde deixar de perceber que o formato das plantas era um reflexo do homem que as criou. Em algumas seções, as flores eram coloridas, cheias, bonitas e pareciam em plena saúde; em outras partes, galhos retorcidos tentavam tomar formas harmoniosas enquanto se camuflavam em torno de flores perfeitas e manchavam o equilíbrio do jardim. Isis enxergou no jardim uma analogia à mente do próprio Hunter, um guerreiro honesto que acreditava no bem maior para si e para aqueles que defendia, mas perturbado por dúvidas cruéis e fantasmas do passado que jamais conseguira exorcizar.

Sua reflexão fez com que ela, tão conhecedora de todos os fatos que marcaram seus mais de dois mil anos de existência, sentisse pena do garoto que a liderava, tão jovem e já tão castigado pelos problemas que ela mesma levara séculos para conhecer tão profundamente. Hunter era o filho de uma grande guerra, a maior que o mundo havia conhecido. O guerreiro não tinha mãe, seu pai era distante e ele desconhecia os detalhes sobre o passado de seu lar. Mesmo assim, era do tipo otimista, que tentava enxergar o melhor em cada situação, mas isso nem sempre seria possível.

Os dois saltaram pelo portão desprotegido e Hunter empurrou um dos lados de uma pesada porta dupla de madeira que tinha aproximadamente cinco metros de altura. Eles entraram no grande palácio. Se o lugar era majestoso por fora, com suas paredes douradas e cerca de vinte torres que subiam por quase quinze metros de altura; por dentro, seu luxo era presente na forma que os aesires melhor conheciam: troféus de batalhas, cabeças de gigantes de gelo e diversas outras feras penduradas na parede, peles de animais fantásticos esticadas sobre o chão, estantes repletas de peças de porcelana de povoados saqueados por todos os reinos e sabres de inimigos derrotados. Em uma parede, uma longa fila de manequins trajava as mais variadas armaduras, cujas energias ressoavam com a energia da armadura de Isis. Diante da porta dupla, uma longa mesa vazia se estendia por todo o comprimento da grande sala, rodeada por belas cadeiras. Atrás da mesa erguia-se o grande e vazio trono de Hlidskialf, o trono do rei de Asgard, de onde Odin e, mais recentemente, Thor eram capazes de enxergar tudo o que acontecia nos nove reinos. O silêncio era cortante.

– Hunter, você sente? – Isis tocou o ombro do aesir, intimidada pela visão do grande trono.

– Sim. Tem algo muito errado nesse lugar.

– Mas o que poderia ser?

Hunter olhou em volta como se farejasse o ar e sussurrou, como se quisesse evitar que algo ou alguém os ouvisse:

– Vá até o trono vazio. Em sua lateral, há uma alavanca que abrirá uma passagem secreta. Entre nessa passagem e encontre as armas de Iverna. Tome muito cuidado com as armadilhas.

Isis tremeu diante da tarefa de invadir o trono de Asgard.

– E o que você vai fazer?

– Correrei pelo resto do castelo em busca de meu pai.

– Por que não deixa que eu faço isso e você vai em busca das armas?

– As armas não são minhas, são?

Isis não respondeu. Hunter disparou em direção às escadas, seria dela o trabalho de invadir o trono de Odin. Respirou fundo e decidiu acabar logo com aquilo. Passou pela grande mesa, escalou os degraus e alcançou o assento, resistiu à tentação de sentar-se, puxou a alavanca e o alçapão no chão se abriu. Ela desceu lentamente os degraus, assustando-se quando a tampa bateu sobre sua cabeça. Chegando até o fim da escada, foi surpreendida pela imagem galante e imponente de um cavaleiro com uma armadura completa, o traje coberto por tecidos azuis e vermelhos nas costas, ostentando a imagem da flor de lis, e seu cabelo ruivo, amarrado em uma trança que repousava sobre seu ombro esquerdo. A luz fraca de uma tocha iluminava metade do rosto do cavaleiro e revelava sua barba ruiva, com expressão afável.

– Adrien? – Isis perguntou, chocada. – Que diabos você faz aqui?

O olhar do cavaleiro mudou, sua feição agora era séria.

– Isis, não tenho muito tempo até que me descubram.

– Quem vai te descobrir?

– Você precisa deixar Asgard, Isis! Vá e nunca mais retorne.

– Do que está falando?

– Esta cidade está condenada, o mal habita nela. Você deve fugir antes que ele te alcance.

– Adrien, eu não estou entendendo...

– Eu te amo, Isis.

– Adrien!

– Vá...

A luz da tocha oscilou e se apagou e a feiticeira rapidamente conjurou uma bola de fogo e disparou contra a tocha, acendendo-a novamente, porém Adrien já havia desaparecido, e ela estava novamente sozinha na sala. Por um momento, pensou em seguir o conselho de Adrien, mas não poderia abandonar seus amigos, percebeu que estava assustada com a situação. Após dois mil anos de vida, imaginava que conhecia tudo que havia para conhecer, mas agora, em um lugar que ela jamais havia pisado antes, sentiu novamente o medo do desconhecido. Em uma pequena alcova ao lado, quatro objetos brancos reluziam contra a luz.

ᛟ ᛟ ᛟ

Hunter chutou uma porta e saltou para dentro do quarto. O cômodo estava vazio. Com pressa, ele voltou ao corredor e repetiu o processo em outro quarto, que estava novamente vazio. Correu então para o último quarto do corredor, saltou para dentro apenas para encontrar mais um quarto vazio. Bufou. Saindo do quarto, fez a curva, mas, assim que virou, bateu a cabeça em algo duro e caiu sentado no chão.

– Sem correria nos corredores, garoto! Já disse isso antes!

O rosto amigável de Thor surgia. O sorriso orgulhoso estava de volta na feição do deus do trovão, a felicidade em ver novamente o filho estava transbordando em seu olhar. Sua capa enganchou-se na espada que carregava quando o rei de Asgard puxou Hunter com uma mão, quase arrancando o braço do filho com sua força descomunal. Abraçou-o com força e o deus das florestas sentiu todos os ossos do corpo estalarem enquanto Thor soltava uma estrondosa risada.

– Estou tão feliz que tenha retornado, meu filho!

Hunter estava feliz em ver o pai novamente, mas não entendia o motivo de tamanha felicidade, principalmente depois de ver a chacina nas casas e o desaparecimento da guarda de Asgard e de Surtr. Portanto, não fora capaz de retribuir a alegria do pai, que o colocou no chão e passou a observá-lo com cautela.

– Aconteceu algo, filho?

Hunter suspirou como forma de ganhar tempo para pensar e optou por uma abordagem sutil com o pai.

– Nada de mais. Foi uma viagem cansativa.

– Bem, descanse um pouco, mas antes preciso contar o que houve depois que saiu.

Thor então pousou o braço sobre os ombros de Hunter, que sentiu o peso do braço musculoso do deus do trovão.

– Venha, vamos andar até o terraço enquanto conto o que aconteceu.

Nesse momento, um pensamento cruzou a mente de Hunter. Para irem ao terraço, deveriam passar pela sala do trono; logo, ele se lembrou de Isis. E se a feiticeira tivesse o azar de ser encontrada por Thor? O deus do trovão era conhecido por sua impulsividade e, antes que Hunter pudesse explicar que a garota estava com ele, poderia não haver tempo de salvá-la da fúria do rei de Asgard.

– Não podemos conversar aqui mesmo, pai?

– É claro que sim, mas quero ir ao terraço para relembrar da batalha enquanto a narro para você!

Thor puxou Hunter e o levou na direção do corredor de onde vinha.

– Onde está Surtr? – Já que a abordagem sutil não teve efeito, Hunter decidiu ser direto.

– Você tinha que ver, garoto, seu velho pai o derrotou sozinho!

– Eu não acredito em você.

Thor arregalou os olhos. Sua expressão era uma mistura de surpresa e raiva por ter sua honra questionada pelo seu próprio filho. Hunter nem sequer virou o rosto, estava convicto de cada palavra, sua mente ocupada em não encontrar Isis no salão principal.

– Como ousa, seu moleque?

– Você mesmo disse que Surtr era imbatível. Não me explicou o motivo, apenas disse. Mandou-me em uma missão suicida na Terra sem me informar sobre o poder dos espectros que buscavam o mesmo que eu.

– Mas, Hunter, eu não fazia ideia desses tais espectros.

Os dois desceram a escada que desembocava no Salão Principal, os temores de Hunter cresciam a cada degrau, fazendo com que ele nem se importasse com o deus do trovão bufando em seu ombro esquerdo.

– Hunter, me escute com atenção, eu sou seu pai e seu rei. Você me deve mais respeito.

– Por que não conta logo o que está acontecendo aqui? – Hunter explodiu no meio da escada, buscando respostas e também retardando a chegada ao salão. – Eu vi os corpos empilhados nas casas, vi minha cidade desolada. Antes de sair para Midgard, vi esta cidade prestes a ser engolida por uma bola de fogo. Vi muita coisa nessa viagem, aprendi muito e sei o suficiente para ter certeza de que está mentindo para mim.

Thor sorriu, um meio sorriso que fez gelar a espinha de Hunter. O deus do trovão olhou para o chão e ergueu uma sobrancelha.

– Pequeno Hunter, é normal nessa idade achar que sabemos de tudo, eu já fui um jovem como você antes, entendo e não guardo rancor de sua pequena explosão. E estamos todos uma pilha de nervos, é normal, mas existem coisas que você ainda não sabe. Vou explicar a você duas delas.

Thor pousou a mão sobre as costas de Hunter e empurrou suavemente, compelindo-o a descer as escadas e chegar ao salão.

– A primeira é que, mesmo sendo apenas um garoto, existem momentos na vida em que devemos tomar atitudes de homens, devemos definir nosso caráter e, acima de tudo, proteger aqueles que amamos. Eu não era rei quando fiz essa escolha, mas Asgard sempre viveu em meu coração. Quando chegou o momento de protegê-la, eu fiz o que devia ser feito e agi como um homem, sacrificando tudo que eu acreditava e desejava pelo bem de Asgard.

Os dois finalmente terminaram a longa escadaria e chegaram ao salão.

– E a segunda...

ᛟ ᛟ ᛟ

As quatro armas de Iverna caíram no chão com um baque enquanto Isis observava, chocada em frente ao trono, a figura que terminava de descer as escadas acompanhada de Hunter. Sua barba e cabelos ruivos estavam soltos, sua armadura havia mudado e seu olhar cinzento, antes caloroso e receptivo, agora mostrava apenas o vazio. Não havia dúvida, Adrien havia aparecido novamente diante de seus olhos. O francês apontava para ela, que se mantinha estática, e anunciava para Hunter.

– A segunda coisa, meu filho, é que você não sabe de absolutamente nada...

Quando Hunter olhou fundo nos olhos perplexos de Isis e encontrou aqueles orbes negros voltados aos seus, o aesir e a feiticeira descobriram um dos truques mais bem orquestrados da história da humanidade.

– Adrien! – Isis berrou com ódio. – Você é Thor?

– Bravo, Isis, bravo! – A voz de Thor estava repleta de ironia. – Você finalmente descobriu!

– Você não morreu em Alexandria.

– Mais uma resposta correta! Vamos lá, minha amada, só falta mais uma resposta e você vence o nosso joguinho.

Isis se manteve em silêncio, pensava a fundo enquanto o deus do trovão se aproximava lentamente. Ela tentava ligar os pontos e descobrir qual era a última resposta que Thor mencionara quando foi interrompida pela voz firme do deus do trovão.

– Tempo esgotado.

Thor ergueu o indicador na direção da cintura de Isis e um pequeno raio disparou como uma arma, atingindo sua bacia e queimando a carne. A feiticeira nem sequer teve tempo de ver o projétil e caiu de joelhos assim que sentiu o impacto. O deus do trovão fez a pontaria de novo, mas, desta vez, mirava no rosto. Inesperadamente, foi impedido por um flash dourado que tomou o salão por um milésimo de segundo e atrapalhou sua pontaria, fazendo-o errar o raio, que causou um furo no chão. Quando pôde se concentrar novamente, Hunter se colocou entre seu pai e a feiticeira, com os braços abertos e o olhar resoluto.

– Não permitirei que a machuque.

– Que adorável da sua parte. Muito nobre, meu filho! Mas escute o que eu lhe digo: posso ver tudo do meu trono e sei que seu objetivo nunca foi proteger essa feiticeira.

– O que quer dizer?

– Escute bem, eu lhe disse há pouco que fiz o que era necessário para defender Asgard, não é mesmo?

– Disse.

– Durante o Ragnarök, meu destino era morrer após o combate com a serpente Jormungandr, encerrando minha vida e permitindo que a guerra seguisse até o fim de Asgard. Entretanto, não poderia permitir que Asgard fosse devastada, então ouvi a única pessoa que dispunha de uma solução...

Nesse momento Hunter sentiu uma forte pontada em sua panturrilha direita; um pequeno punhal havia sido cravado na parte de trás da sua perna, a ponta projetando-se ao lado de sua canela. Segurando a adaga e forçando-a cada vez mais, ao lado de Isis, um homem segurava o cabo da arma com um sorriso maligno. Ele levantou-se e caminhou lentamente até Thor, trajando uma túnica verde e um elmo com dois chifres curvados para cima, seu corpo era pálido e esguio, seu olhar era sedutor e seu sorriso intrigante.

– Hunter, conheça seu tio Loki, deus da trapaça, do fogo e da decepção, filho adotado de Odin, traidor de Asgard, morto por Heimdall no Ragnarök... ou foi o que eles disseram.

Loki fez uma reverência.

– É um prazer conhecê-lo, meu caro sobrinho. Bem, é um prazer que você me conheça – disse, com um olhar maligno.

– Não é um ótimo ator esse meu irmão? Acredita que todos acreditavam que ele havia morrido? Todos nós desempenhamos muito bem nossos papéis.

– Obrigado, obrigado, vocês são muito gentis – Loki agradecia e distribuía acenos como se houvesse um grande público o aplaudindo. O escárnio revirou o estômago de Hunter.

– Enfim – Thor retomou a palavra. – Eu então decidi escutar Loki. Ele havia encontrado uma grande fonte de poder em Midgard, mais especificamente no santuário da nossa querida Isis.

– Como encontraram meu santuário? – Isis ofegava por causa do ferimento, de sua cintura subia um cheiro de queimado. – Ele devia ser oculto a qualquer tipo de magia.

– E é, minha cara, mas não se lembra o que você estava fazendo naquela época?

Isis forçou a memória de volta e fechou a cara em uma careta quando encontrou a resposta.

– Eu estava enviando um chamado aos deuses de Asgard enquanto testava meus poderes de invocação.

– Boa menina! – Thor se aproximou dela e tocou-lhe o rosto, a feiticeira se esquivou. – Odin recebeu o chamado e nos enviou para averiguar, Loki invadiu seu santuário em forma de mosca e descobriu o poder da Pedra da Penumbra Primeva. Então armou o plano perfeito: viajamos até a França e matamos o rei Luís IX e seu comandante, Adrien. Depois, assumimos seus lugares. Levou muito tempo para conseguir ganhar sua confiança e separar você e Aamu, também foi insuportável ter que agir de forma afável e carinhosa por todo aquele tempo, mas finalmente conseguimos e, assim que o mago estava fora do caminho, só precisei ficar no santuário com você tempo suficiente para aprender todos os segredos da pedra antes de roubá-la.

Hunter se levantava. Sua perna doía bastante, mas por sorte o aesir tinha uma carta na manga: pressionou discretamente o núcleo brilhante de Heir sobre o ferimento e um emplastro de ervas surgiu no espaço ferido, cobrindo o corte e dando-lhe uma imediata sensação de alívio, ainda teria que ter cuidado com seus movimentos enquanto as ervas mágicas recuperavam o tecido e a musculatura destruída, teve sorte de a adaga não ter perfurado o osso ou precisaria ficar de cama por alguns dias, mesmo com o uso de magia.

– E o que fizeram com a pedra? – Hunter perguntou.

– Essa é a melhor parte, meu filho. Vocês sabem que Aamu enfrentou Loki na Ilha de Vera Cruz, em 1500, certo? No final do combate, o mago, após derrotar Loki, acabou abrindo a embarcação por onde vocês entraram para pegar a pedra. Aquele portal ficou aberto desde que fora criado e foi lá, nos túneis obscuros da embarcação, que eu fiz um acordo que mudaria o destino para sempre...

ᛟ ᛟ ᛟ

O Colar da Luz oscilou e brilhou com intensidade jamais vista antes. A história finalmente se completava diante de Ferrer e Allegra, a peça que não se encaixava sobre Asgard havia sido revelada e agora o temor do desconhecido tornou-se um verdadeiro pavor para ambos.

ᛟ ᛟ ᛟ

– Acordo? – Hunter sentia que a perna já estava quase completamente recuperada, mas precisava ganhar tempo. – Que acordo poderia ter sido feito naquele lugar?

– O acordo que salvou Asgard e o mundo. Eu fiz um acordo com Xylon!

Isis e Hunter arregalaram os olhos simultaneamente.

– Um acordo com Xylon? Que tipo de acordo?

– Xylon me protegeu durante o Ragnarök, ampliou meu poder e me garantiu a vitória contra Jormungandr e Surtr, além de garantir que eu salvasse Asgard e o mundo!

– E o que ele pediu em troca? – Isis perguntou.

Pela primeira vez, Thor demonstrou tristeza e arrependimento em seus atos, mas logo retomou a postura confiante.

– Eu entreguei a Xylon minha esposa, Syf.

– Você entregou minha mãe àquele demônio? – Hunter deu um passo à frente com ódio, quase entregando aos oponentes o estado pleno de sua perna, mas se conteve.

– Foi doloroso ter que mandar sua mãe para uma armadilha, ainda mais estando grávida. Eu realmente a amava, não era como essa mortal que eu apenas enganei, mas foi um preço justo a se pagar pelo futuro dos nove reinos.

– DESGRAÇADO! – Hunter se alterou, o ódio tomou conta de seu corpo e seus olhos brilharam com um intenso fogo na cor esmeralda. – EU VOU MATAR VOCÊ!

– Mas nem tudo se perdeu, eu devo dizer.

– O que quer dizer com isso? – Hunter perguntou, tentando ganhar um pouco mais de tempo.

– Digo, um por dois ainda é uma boa barganha.

– Do que você está falando?

Thor riu, um riso alto, forçado e falso.

– Você é tão tolo, meu filho? Acha mesmo que eu me colocaria em combate contra você, sendo tão importante para nosso trato?

– Do que diabos você está falando, Thor? Finalmente enlouqueceu?

– Você é o herdeiro de Xylon, Hunter!

A notícia saiu da boca de Thor e atingiu Hunter no peito como uma flecha. O aesir desesperou-se. Finalmente entendia por que havia sido mandado para a Terra ao mesmo tempo em que os espectros fugiram de sua prisão. O plano era entregar a Xylon o corpo que ele habitaria. Thor já esperava que o filho encontrasse os magos e fosse levado diretamente para uma armadilha, Hunter pensou então na única coisa que Thor não poderia controlar, a única variável que poderia ter estragado o plano perfeito arquitetado por séculos.

– E quanto a Aylin? Qual é o papel dela nessa história?

– Sabe, Hunter, sua mãe sempre foi surpreendente em batalha. Isso é verdade. Porém jamais poderia imaginar que ela fizesse o que fez. Não apenas deu à luz você sozinha na Terra, quando te carregava no ventre, mas ainda conseguiu fugir dos Filhos de Nero com seus dois filhos. Pois é, sua mãe enganou a todos nós e teve gêmeos. Um deles ela acabou perdendo durante a fuga. Por sorte, nós o encontramos depois da guerra, ele foi trazido de volta a Asgard, batizado de Hunter. E imagino que você saiba o resto da história...

– E quanto ao outro bebê?

– O outro bebê, que é uma garota, foi levado por sua mãe até uma pequena abadia e deixado sob os cuidados do mago mais poderoso da Terra. Ela estava tão fraca que só conseguiu dizer a eles o nome da garota, Aylin.

Mais uma flechada no peito de Hunter.

– Aylin... é minha irmã?

– Sim, sua irmã e sua amante. Não é fofo? Prometo que mandarei lembranças suas antes de matá-la.

– Vai matá-la?

– Veja bem, Hunter, eu não gostaria de ter que fazer isso com sangue do meu sangue, mas não acho que ela vá aceitar essa história de você morrer para trazer de volta o poder completo de Xylon. Talvez ela fique irritada.

Era verdade. Hunter sabia que Aylin nem sequer ouviria a história de Thor por completo antes de partir para um ataque desenfreado contra o deus do trovão.

– Tem mais alguma pergunta ou deseja se entregar logo, Hunter? – Loki interrompeu seus pensamentos.

– Na verdade, tenho uma dúvida: onde Surtr entra nesse plano mirabolante?

Thor riu novamente. As pertinentes dúvidas de Hunter pareciam burrice a ele, que conhecia cada detalhe da trama.

– Surtr está morto desde o Ragnarök, Hunter. O que "invadiu" Asgard – disse ele, sinalizando aspas com as mãos –, na verdade, era Xylon.

– Xylon invadindo Asgard? Isso não faz sentido.

– Hunter, seu tolo... Xylon veio reclamar seu corpo, é claro.

– E por que me mandou para a Terra então?

– Durante o ritual em Kholat Syakhl, Adiemus percebeu que a transfusão não funcionava corretamente sem a Pedra da Penumbra Primeva, precisávamos dela.

– E me mandaram para encontrá-la para vocês...

– Exatamente. E depois seria capturado pelos espectros, mas você fez um ótimo trabalho, até conseguiu matar Adiemus para nós, incrível! Ele era apenas um humano, não teria utilidade para nós depois que você fosse capturado, tarefa na qual ele falhou miseravelmente.

– Eu não matei Adiemus, Aylin matou.

O semblante confiante de Thor se alterou, uma falha havia aparecido em seu plano perfeito, mais uma delas.

– Aylin é uma grande falha desde que nasceu. Mesmo quando Loki se disfarçou de Rachel e fez amizade com a garota, com o intuito de libertar os espectros e matá-la, não pôde evitar que ela fugisse da abadia na noite em que tudo fora destruído. Agora ela matou Adiemus e quem sabe o que mais essa fedelha pode fazer, especialmente com aquele sabre que ela herdou de Rá. Acho que não tenho escolha senão matá-la antes da cerimônia. Melhor, farei isso agora mesmo.

Thor se virou para a porta e, no exato instante em que completou a meia-volta, faíscas voaram pelos lados de seu rosto, tocando seu cabelo. Hunter saltara como um búfalo raivoso contra seu pai, mas a espada Daggry, mais afiada do que nunca, foi travada no ar pela adaga de Loki, que, embora menor, tinha um toque excepcional e resistia ao ataque da arma de Hunter.

– Não lute, Hunter. – Havia um tom paternal na voz de Thor. – Será melhor para todos assim...

O aesir fingiu não ouvir, saltou, apoiou o pé direito no ombro de Loki e deu um novo salto, aterrissando em frente a Thor, com a espada reluzindo.

– Agora entendo por que não pode mais erguer o Mjölnir... – Hunter o provocou com um meio sorriso no rosto. – Você não é digno, meu rei.

– Eu salvei Asgard. Se o martelo não compreende o verdadeiro significado de meus atos, nada posso fazer.

– Pode se render.

Hunter saltou, girando no ar. Seu sabre despejou rajadas de energia para todos os lados como um tornado e colidiu com o cabo da espada de Thor, que agora estava com a arma nas mãos.

– Acho que nunca lhe apresentei minha espada. Essa é a Incumbência de Behemoth, um presente de Xylon após o Ragnarök, uma arma terrível que queima com a mais poderosa chama negra primeva do deus da escuridão. Seu corte é capaz de rasgar o próprio tempo.

– Isso é realmente fascinante, mas talvez devesse arrumar uma arma que cuidasse melhor de sua retaguarda.

Thor olhou para trás e viu Loki caído, recuperando-se de um corte raso no peito. Isis, agora recuperada, após Hunter utilizar do mesmo feitiço de cura de Heir na área atingida pelo raio, disparava a toda velocidade pelo salão, brandindo a poderosa Espada da Força, uma das armas de luz de Iverna, criadas em 62 d.C. na Roma antiga. A arma permitia que seu usuário fosse capaz de brandi-la com maestria e tivesse êxito em seus combates. Mesmo assim, a Incumbência de Behemoth, por ser também uma arma primeva, podia rivalizar com sua adversária.

Hunter saltou para trás quando o pai brandiu a espada em sua direção, tentando acabar com o duelo antes de Isis atacá-lo, mas ele ainda combatia com seu filho quando Isis, com um chute voador, o arremessou com força descomunal na direção da porta dupla de entrada. O corpo de Thor atravessou a madeira e parou na escadaria do templo.

– De onde tirou tanta força? – Ele se levantava e alongava o corpo despreparado para tal impacto. – Você andou treinando?

– Esse sabre é feito com a magia espacial de Iverna, me permite alterar o espaço ao meu redor, movimentar meu centro de gravidade, efetuar golpes mais fortes, mais rápidos.

– Impressionante. – A Incumbência de Behemoth cuspiu chamas arroxeadas. – Vamos dançar, amorzinho.

– Claro, meu caro Adrien. Como em Alexandria.

– Não, meu anjo... – Piscou e jogou um beijo antes de decretar. – Você não corria risco de vida em Alexandria.

Dentro do palácio, Hunter atacava Loki, agora recuperado, e os dois saltavam pelas paredes e brandiam seus sabres em encontros que geravam uma explosão de faíscas pelo enorme cômodo. O aesir acreditou ter acertado Loki em um momento, quando o deus da trapaça caiu, mas logo depois o garoto sentiu o fio da navalha descer-lhe a nuca enquanto olhava o corpo no chão desaparecer diante de seus olhos. Ele desviou no último instante, mas o golpe atingiu o ombro, danificando sua armadura dourada. Então girou rápido com o sabre, mas Loki já não estava mais lá. Hunter respirou fundo e percebeu que aquele combate seria longo.

ᛟ ᛟ ᛟ

Aamu e Aylin avistaram o sinal, Isis havia disparado fumaça azul e solicitava ajuda. Já corriam da praça em direção de Asgard quando foram surpreendidos por uma torre de chamas vermelhas que surgira bem à frente deles, bloqueando a passagem. O fogo rapidamente se alastrou e consumiu algumas árvores próximas, Aamu não sabia da trama que os envolvia, mas imediatamente reconheceu o padrão daquelas chamas.

– Eu estava mesmo duvidando da facilidade que foi lidar com você, Xylon.

As chamas giraram e mudaram de cor, assumindo uma coloração arroxeada, braços e pernas surgiram e um corpo se formou. Por fim, em meio às chamas, uma constante negra formou dois olhos curvados para cima e uma boca com dentes pontiagudos.

– Aamu, você novamente...

– É, eu tenho um péssimo hábito de atrapalhar supervilões... Já me disseram isso.

– E quanto à garota? Eu não a conheço...

– Meu nome é Aylin, da Terra, e vou destruí-lo!

– Aylin... da Terra?

Xylon riu, expelindo chamas de seu corpo a cada risada. A imagem de seu rosto, entretanto, continuava assustadora.

– Você realmente não faz ideia de quem seja, não é mesmo, criança?

– E você sabe, monstrengo?

– Se sei? Fui eu quem disparou as chamas que mataram sua mãe, sua fedelha.

Aylin congelou, Aamu permanecia calado e Xylon se divertia com a confusão causada.

– Uma pena ela ter conseguido esconder você naquela abadia antes de eu encontrá-la. O maldito Ferrer levantou proteções poderosas naquele lugar. Mesmo com ele destruído, não sou capaz de me aproximar, mas graças a Thor, consegui escapar do meu selo por algumas horas durante o Ragnarök. É um bom amigo seu pai...

– Meu pai? Thor?

– Exatamente, criança. Seu pai, o Thor.

– Isso faz de Hunter...

– Seu irmão.

O choque desabilitou totalmente as defesas de Aylin, Xylon viu a oportunidade e atacou, mas suas chamas foram repelidas por Aamu, que ergueu um escudo sobre suas cabeças, também realizou alguns selos mágicos com as mãos e a terra ao redor de seus pés começou a se mover, formando um centauro de pedra. O centauro gigante disparou pelas ruas pisoteando as casas e avenidas na direção do templo de Odin, fugindo de Xylon e ao mesmo tempo correndo para o auxílio de Hunter e Isis. Sobre as pedras, Aylin estava estática, com o olhar perdido no vazio, tudo o que acreditou por toda uma vida havia desmoronado diante de seus olhos, queria não acreditar nas palavras de Xylon, mas, no fundo de seu coração, sabia que era verdade.

– Se quer saber, você sempre me pareceu um pouco com o esquentadinho – Aamu brincou, tentando consolar a garota, sem sucesso. – De qualquer forma, pelo que entendi, Thor é nosso inimigo, precisamos ter cuidado com ele, Hunter pode estar em perigo.

Apenas a última frase tirou a garota do transe, mas ela ainda se manteve em silêncio. O centauro gigante galopava rapidamente pelas ruas, após alguns segundos Aamu agarrou a garota pela cintura.

– Vamos sair com estilo.

As pedras no corpo do centauro se moveram novamente, formando em suas mãos um arco, o galope se manteve enquanto o arco foi puxado até o limite, ao disparar, porém, Aamu e Aylin foram atirados como projéteis, o corpo em horizontal, olhando para frente, mirando a queda no pátio à frente, onde Isis e Thor travavam uma batalha feroz.

No palácio, espadas se cruzavam três vezes por segundo enquanto a feiticeira usava de magia antiga para evitar e contra-atacar os trovões que Thor disparava. Os dois pousaram na escadaria e fizeram menção de ajudar Isis, mas a feiticeira os repeliu.

– Ajude Hunter, ele está lá dentro com Loki e está ferido.

Aylin não questionou e disparou escadaria acima, Aamu deteve-se por um momento e observou Thor, sorriu involuntariamente ao reconhecer Adrien. Aamu não precisava de uma explicação detalhada sobre o que acontecera em Alexandria, apenas ao ver o velho cruzado ali, trajando sua armadura de Asgard e carregando a Incumbência de Behemoth, o mago lendário já entendera como havia sido usado pelos deuses, enganado para deixar o caminho livre até a pedra. Todos naquele momento sabiam que nem mesmo os dois deuses poderiam garantir a vitória contra os dois magos de Iverna. Também entendera o que era aquilo que perturbava a ordem do Colar da Luz, o monstro do ressentimento que vivia no lugar conceituado de espaço onde o irmão e sua amada habitavam. Sabia agora que aquele monstro traiçoeiro era Thor, e sabia também que Loki havia descoberto a embarcação quando caiu nas cataratas e que fora dentro da embarcação, onde não há o conceito de tempo e espaço, longe da visão do colar, que Thor havia selado o pacto que levara Xylon a atacar Syf no dia do nascimento de Hunter e Aylin.

Aamu sorria porque já havia entendido perfeitamente o plano que corria à sua volta. Apesar de ser tarde demais, entendera tudo antes mesmo de seu irmão onisciente e sua namorada estudiosa. Isis era a feiticeira com maior conhecimento de feitiços e história antiga, mas ele ainda podia ostentar o título de mago mais inteligente. No fundo, ainda considerava benéfica a competição que ambos sustentaram através dos anos. Uma nova explosão atrás do mago fez com que Aylin parasse sua subida para o templo, Xylon se materializava no campo de batalha, bloqueando o caminho.

Com a porta entreaberta, Aamu conseguia enxergar Hunter e Loki trocando socos e chutes entre cada golpe de lâmina e a sua frente Aylin brandia a Fagulha de Íten e se preparava para o desafio absurdo de enfrentar Xylon. Atrás do mago, a Espada da Força e a Incumbência de Behemoth rasgavam o ar em um duelo frenético tão belo que poderia ser confundido com uma dança, de tão precisos que eram os movimentos de seus participantes. Aamu olhou novamente para Aylin, lembrou-se de Hunter e soube na hora que ele e Ferrer não eram os gêmeos do Ragnarök. Esse título estava reservado aos gêmeos que nasceram durante o Ragnarök, tiveram que lutar para sobreviver à guerra antes mesmo de terem capacidade de se lembrarem disso.

A verdade é que Hunter e Aylin eram os irmãos da profecia, destinados a acabar com todas as marcas de um mundo que não devia mais existir, escolhidos para serem os predecessores de uma nova era de paz e prosperidade.

O mago inspirou fundo e sentiu o cheiro de sangue e morte que preenchia a cidade, ouviu o tilintar do aço, concentrou-se na respiração de cada um dos presentes e sentiu suas auras vibrando no combate. Todos convictos do motivo pelo qual estavam lá, dispostos a matar e morrer por suas convicções. Ele fechou os olhos, soltando o ar lentamente pela boca, pausou por um segundo, e então abriu os olhos para encarar o céu azul.

A batalha final começava agora.

21 ✕ RAGNARÖK

O caos havia tomado conta de Asgard. As chamas de Xylon consumiam aos poucos todo o ouro da cidade mágica. Thor gritava com ódio enquanto acertava repetidamente com a Incumbência de Behemoth o fio sagrado da Espada da Força de Isis. E, dentro do castelo, Loki havia desaparecido entre os muitos corredores e promovia uma caçada contra Hunter, que se esgueirava com destreza pelos corredores em busca de seu adversário. Enquanto isso, Aylin percebera que a Fagulha de Íten era capaz de ferir Xylon com a luz do sol que continha, o dano causado era ínfimo, mas a garota era paciente e pretendia acumular pequenos cortes até causar algo maior. E, por fim, Aamu analisava friamente a situação enquanto decidia em qual das batalhas poderia ser mais útil e qual de seus amigos precisava mais de sua ajuda. No fim, concluiu que Aylin era a mais despreparada e também enfrentava o adversário mais poderoso, resistiu à tentação de socar a cara de Thor pelos acontecimentos de Alexandria e partiu em direção à entrada do templo, onde a garota ainda utilizava de toda sua agilidade para desviar da chuva de fogo que Xylon ordenava enquanto brandia sua arma solar contra as pernas do deus, fazendo cortes nas chamas que após alguns segundos se recompunham novamente.

Aamu saltou pelas escadas e conjurou sua lança de fogo, disparando contra o rosto de Xylon. O ataque oriundo da magia de luz de Iverna causou muito mais dano e o monstro acocorou-se sobre o arco de entrada do castelo. Era verdade que em tempos primevos nenhum mago poderia sequer tocar Xylon, mas seu poder havia sido cortado em três pelo ritual dos magos primevos de Iverna: um terço vivia dentro dos herdeiros – sendo Hunter o mais recente – e outra parte estava selada na Pedra da Penumbra Primeva que Aamu possuía. Apenas um terço do verdadeiro poder de Xylon residia em seu corpo e, ainda assim, derrotá-lo era uma tarefa quase impossível. Isis gritou, ao perceber que o mago interferia na batalha entre Aylin e Xylon.

– Aamu, Hunter é o herdeiro de Xylon!

Um novo universo de possibilidades se abriu para o mago lendário ao ouvir aquela frase e imediatamente um plano surgiu.

– Aylin, entre no castelo e encontre Hunter. Eu cuido de Xylon. Volte para cá quando terminarem.

Aylin assentiu e correu, passou rapidamente por baixo das pernas de Xylon e entrou no palácio. O deus tentou impedi-la, mas Aamu o mantinha ocupado com a lança de chamas rodopiando pelo ar controlada por ele com fios mágicos atados em seus dedos. Ainda assim, o mago achou por bem conjurar um escudo de chamas brancas que acompanhou Aylin por todo o caminho acima de sua cabeça, protegendo-a dos possíveis ataques furiosos do deus. Mais abaixo, Isis e Thor ainda buscavam um veredito em seu duelo de espadas. Sendo conhecido por utilizar o martelo Mjölnir, Isis jamais poderia imaginar que Thor fosse tão habilidoso com um sabre, e mesmo com as vantagens gravitacionais que a Espada da Força lhe oferecia, elas não eram suficientes para superar seu adversário. Tendo treinando nas mais diversas artes de combate, Isis também era muito habilidosa com a espada e creditava a tais treinamentos o simples fato de não ter sido derrotada ainda. A cada segundo que passava, ficava mais óbvio que ambos estavam igualados em suas habilidades de luta. Thor, sendo um guerreiro por natureza, foi o primeiro a perceber isso e tentou desestabilizar a adversária com uma cabeçada, mas Isis desviou para o lado e acertou uma cotovelada certeira na nuca do rei de Asgard, que foi ao chão e bateu numa árvore. Com a visão embaçada, enxergava o vulto da Espada da Força sendo erguida para o golpe final.

– Isis, espere! – Ofegante, Thor buscava forças para falar. – Antes que acabe com isso, há algo que eu preciso te contar.

– E o que poderia ser tão importante?

– O que aconteceu em Alexandria pode ter sido falso, mas meus sentimentos por você não. Eu disse no palácio que usei você, mas aquilo aconteceu apenas porque Xylon estava nos observando... se ele soubesse que tenho sentimentos reais por você, me destruiria. Você precisa acreditar em mim, Isis.

– E por que eu faria isso?

– Porque eu apareci para você na embarcação, aconselhei-a a deixar esse lugar, apareci novamente na sala secreta do palácio para tentar uma última súplica desesperada. Queria que saísse daqui antes que a batalha estourasse, tentei desesperadamente poupar você...

Isis parou. As palavras do rei faziam sentido e, embora ela não acreditasse, seus antigos sentimentos por Adrien a fizeram pensar por alguns segundos. Thor aguardava seu veredito pacientemente.

– Entendo o que sente, Adrien, digo... Thor. Entretanto, não posso perdoar todas as atrocidades que cometeu contra todos ao meu redor. Fosse há alguns séculos, eu acreditaria e fugiria com você, mas hoje... – A imagem dos cabelos dourados e do sorriso firme de Aamu surgiu-lhe à mente. – Tenho um motivo maior para ficar e lutar.

Thor parecia realmente desapontado.

– Seja como quiser então...

Thor aproveitou a distração para agarrar um punhado de terra das raízes da árvore e lançar contra os olhos da feiticeira. O golpe baixo e de força descomunal fez com que os pequenos grãos atingissem em cheio o rosto de Isis antes que ela tivesse qualquer reação. O que aconteceu a seguir foi sentido pelos poderes sensitivos de Aamu a alguns metros de distância, uma forte dor acometeu sua alma enquanto ele se virava a tempo de ver a Incumbência de Behemoth atravessando o peito de Isis, suas chamas fumegando e tamborilando sobre o corpo da feiticeira, que era protegida da desintegração total pelo poder da magia de luz que habitava seu corpo. Nesse instante, Xylon não atacou Aamu, apenas ficou olhando-o enquanto o mago assistia à dolorosa cena.

O olhar dela se dirigiu a Aamu e um último sorriso surgia em seus lábios ensanguentados, conforme a feiticeira buscava forças para formar uma última frase.

– Eu... te amo...

Thor puxou seu sabre e limpou sua lâmina na braçadeira enquanto o corpo da feiticeira caía sem vida no solo de Asgard e uma poça de sangue se alongava a seu redor. Aamu caiu de joelhos no chão, totalmente devastado com a morte da amada, tendo até mesmo o direito de correr até ela negado pela figura imponente do rei de Asgard que se mantinha diante do corpo, limpando o sangue de seu sabre profano. Após provar o sangue de Isis, a lâmina do sabre tornou-se completamente negra, assim como seu cabo, como se pedisse por mais sangue. Thor guardou sua arma e andou até Aamu, parou ao seu lado e, sem sequer olhar para o mago, colocou a mão entre os vãos de sua armadura, alcançando seu bolso e retirando a Pedra da Penumbra Primeva. O mago, atônito, nem sequer reagiu. Thor então pisou forte no chão e deu um grande salto, saindo do campo de visão de todos.

⚔ ⚔ ⚔

Aylin já começava a se desesperar, não conseguia encontrar Hunter de forma alguma nos muitos corredores do Valaskjálf, mas a cada curva imaginava que veria o aesir em batalha contra o deus da trapaça. A garota correu às cegas até o terraço, onde finalmente encontrou o que buscava. Sobre a grande área aberta no topo do palácio, Hunter e Loki lutavam com todas as forças, ambos exibiam diversos cortes em seus corpos e armaduras e pareciam bastante cansados, seus corpos pareciam prestes a sucumbir diante do esforço sobre-humano que faziam.

Hunter era um guerreiro nato e por isso parecia ligeiramente melhor que o deus da trapaça, mas o aesir sabia que seu adversário tentaria a todo o momento ludibriá-lo e, portanto, não acreditava no estado físico que Loki demonstrava. Aylin saltou ao lado de Hunter e os dois se olharam sem saber o que dizer, não porque não havia o que ser dito, era exatamente o contrário, tinham muito que conversar, mas eram aesires e estavam em batalha, qualquer outra coisa devia esperar.

Aylin armou a Fagulha de Íten e preparava-se para saltar ao lado do irmão na direção do adversário quando um som forte em suas costas a impediu. Thor aterrissava no campo de batalha, um buraco se formou onde ele pousara. Ele ergueu-se majestosamente, com os cabelos esvoaçando, e a Incumbência de Behemoth em seu negrume crepitava. O olhar antes vazio agora demonstrava um instinto assassino.

– Cheguei muito longe para permitir que nos impeçam. Entreguei minha esposa, fiz um acordo com outro deus, perdi meu martelo e fui obrigado a manter uma farsa por séculos na esperança de que pudesse manter a paz em Asgard. Matei meu povo quando eles se rebelaram contra mim enquanto você estava em Midgard, nenhum deles aceitou um rei que traiu seus princípios de honra e fugiram da morte. Chamaram-me de covarde, tentaram me depor... Nenhum deles pôde me impedir e você também não poderá, mesmo que para isso eu seja forçado a matar o sangue do meu sangue para completar minha missão.

– Não pode me matar, precisa do meu corpo vivo para completar o ritual de Xylon.

– Isso é parcialmente verdade. O poder de Xylon reside em seu corpo, mas quando um herdeiro morre, sua energia se dispersa no ar até que encontre outro corpo compatível. Como você deve saber, Iverna também tem sua herdeira e essa energia pode ser infundida em seu corpo. Por sorte, não teremos que procurar muito pela herdeira, não é mesmo? – Thor dirigiu um olhar maligno para Aylin. – Se você não colaborar e for morto, sua irmã servirá aos nossos propósitos como a indefesa herdeira de Iverna que é, não é mesmo, pequena Aylin?

Nenhum dos dois respondeu, novamente tomados pelo choque. De repente, todas as esperanças do universo caíam sobre eles e, pela primeira vez, temeram as consequências de um fracasso, mas respiraram fundo e tomaram posição de batalha, costa com costa, Hunter apontando Heir e Daggry na direção de Thor, e a Fagulha de Íten, de Aylin, reluzindo na direção de Loki. Com os punhos cerrados, olhos fixos no alvo, eles não se viam, mas sabiam que tinham um ao outro e aquilo lhes bastava para não precisar olhar para trás nenhuma vez. Sabiam que um protegeria a retaguarda do outro com sua vida e, se um dos dois caísse, o outro não teria mais nenhum motivo para continuar lutando. Nesse momento, eles depositavam toda a fé que tinham um no outro, eram as crianças da profecia, de diversas profecias, eram os irmãos do Ragnarök, eram os herdeiros de Iverna e de Xylon e deviam vencer por uma série de razões, mas no fundo só lhes interessava vencer um pelo outro.

– O fato de sermos irmãos... – O aesir pausou com medo da resposta para sua própria pergunta. – Isso muda algo entre nós?

– Cabe ao futuro dizer. Mas há algo que isso não muda...

– O que seria?

– Você ainda me deve uma última rodada do nosso combate.

– Quem sabe depois disso? – Hunter sorriu, confiante. – Não sei por que insiste em perder para mim, mas darei o que deseja.

– Eu te amo, Hunter.

– Eu também te amo, Aylin.

Os dois saltaram ao mesmo tempo. Os pés de ambos se encontraram no ar e se impulsionaram simultaneamente, lançando-se como dois projéteis contra seus oponentes. Heir movendo sua ponta bifurcada perigosamente próxima ao rosto de Thor enquanto a Fagulha de Íten cegava Loki conforme sua ponta dourada se aproximava mais e mais. Em menos de um segundo, os primeiros ataques foram disparados e os quatro já se envolviam em um glorioso combate.

ᛟ ᛟ ᛟ

Xylon tomava seu tempo e apreciava a situação. Era uma pena que três dos magos de Iverna que lhe causaram tantos problemas não estivessem vivos para serem torturados por ele, mas o deus primevo aceitaria descontar tudo no último que sobrara, ainda prostrado ao lado do corpo de Isis, segurando com a mão direita a cabeça da amada e com a mão esquerda pressionando o peito acima da área do corte.

Aamu parecia não enxergar a lenta aproximação do titã de fogo até que suas chamas se aproximaram o suficiente para chamuscar uma peça da armadura de Isis. Nesse momento, Aamu fez um curto movimento com o braço esquerdo e uma poderosíssima torrente de ar forçou o deus para trás, o impacto do vento era tão forte que as chamas de Xylon se dispersavam e desapareciam mais rápido do que se recriavam e aos poucos o deus desapareceu no ar. O vento cessou e as chamas começaram a se reunir novamente na porta do palácio. Aamu se levantou com a expressão fechada, pousou lentamente a cabeça de Isis no solo e olhou para o gigantesco deus de fogo. Ele ergueu as mãos na direção do adversário e, no mesmo instante, Xylon recuou, esperando um feitiço poderoso, mas, em vez disso, Aamu girou os punhos e fechou as mãos. Com ambos os dedos médios em riste, em sinal de provocação, deu um meio sorriso e exclamou:

– Eu vejo você no inferno, grandão.

Então a vida pareceu esvair-se de seus olhos e o mago lendário caiu inconsciente. Em sua boca, um meio sorriso estava marcado; por todo o seu braço esquerdo veias saltadas exibiam uma coloração esverdeada brilhante, onde, especificamente em seu pulso esquerdo, um pequeno furo se fechava lentamente, impedindo a circulação de um líquido verde fluorescente de textura similar ao sangue. Atrás de si, uma nuvem roxa surgiu, começou como pequenas partículas arroxeadas, mas logo se transformou em um tornado de luz que cresceu até o dobro da altura de Xylon. De dentro da luz, o demônio conseguia enxergar o corpo de Isis levitando, seus olhos tomados pelo mesmo brilho roxo, o ferimento em seu peito se fechando. O tornado explodiu e as partículas dançaram pelo ar antes de voltarem para Isis e formarem três pares de imensas asas de pura magia. O corpo da feiticeira cresceu, tomado pela energia, e transformou-se, criando um manto branco que envolvera partes de sua armadura.

Um grosso capacete de chumbo formou-se, escondendo todo o rosto com exceção dos olhos, que ainda ardiam e exibiam a mais intensa luz. Sobre a peça, a insígnia sagrada de Iverna surgiu, um símbolo indescritível formado por imagens sem similaridades no mundo contemporâneo, cravado como brasa no capacete liso. Mais dois pares de braços surgiram e em cada uma das seis mãos uma espada de pura luz surgiu. O Colar da Luz foi arrancado de seu repouso e surgiu no pescoço da figura em que Isis se transformara.

– QUE DIABOS É ISSO? – Xylon parecia apavorado.

– Isso é seu pesadelo, seu desgraçado. – Aamu era incapaz de se mover, mas ainda podia falar. – Eu infundi minha magia ao corpo de Isis, dei quase tudo que tinha para ela e, em breve, estarei morto, mas você... você vai morrer comigo!

– ESSA CRIAÇÃO JAMAIS EXISTIU ANTES? COMO PODE CRIAR ALGO ASSIM?

– A magia de Iverna nunca foi infundida tantas vezes na mesma pessoa antes. Isis recebeu a magia da pedra em Roma, de Ferrer na Rússia e agora a minha, somos todos muito poderosos, mas unidos em um... somos indestrutíveis.

– EU NÃO LHE DAREI O GOSTO DE ME VER MORRER!

Xylon surtou, disparou suas chamas na direção do indefeso Aamu, que fechou os olhos e aguardou o inevitável. Ao abrir os olhos novamente, porém, enxergou quatro espadas de luz fincadas no chão à sua frente. Quando as armas saíram de seu campo de visão, atraíram a magia e a levaram para o canto, absorvendo o ataque. Isis falou e sua voz parecia vir de uma dimensão diferente, pois tinha um eco anormal:

– Não permitirei que fira meu amado, Xylon. Por milhões de anos você ameaçou esse universo, chegou a hora do seu reinado de terror acabar.

Xylon cresceu o máximo que pôde, aumentou seu corpo e agora tinha apenas alguns metros a menos que Isis. Eles lutavam em igualdade pelo menos trinta metros acima da ponta do palácio Valaskjálf, que tinha aproximadamente vinte metros de altura.

– O que diabos é você? – o demônio perguntou.

– Vamos chamar essa transformação de Serafim, a transformação mais poderosa que a magia primeva pode oferecer, maior que a Garuda ou a Mantícora, a imagem suprema do fim dos tempos e do começo do novo mundo.

– Não comigo aqui!

Xylon ergueu suas chamas em forma de asas e ascendeu aos céus, sendo seguido pela gigantesca Serafim. No terraço, os quatro deuses pararam o combate para assistir aos dois seres titânicos ganharem o céu. As batidas das seis asas da Serafim moviam os ventos e faziam os guerreiros se desequilibrarem. Loki aproveitou a oportunidade e tentou atacar, mas Aylin se defendeu a tempo e os combates continuaram. Enquanto isso, Xylon completou sua subida quando Asgard já parecia pequena abaixo de seus pés. Agora os dois seres soberanos já ocupavam o vazio do Ginnungagap.

Ao lado do corpo mágico da Serafim, Isis tinha o corpo de Aamu junto ao dela. Quando se transformou, recolheu-o e agora ele flutuava com a magia que formava o ser gigantesco. O furo no pulso do mago deixara uma cicatriz que traduzia como ela pôde voltar à vida. Em uma tentativa desesperada de trazê-la de volta, Aamu entregou quase toda a magia de seu corpo em uma transfusão perigosa que agora levaria a vida do lendário. Isis não poderia fazer nada para impedir sua morte em circunstâncias comuns, mas, tornando-se uma com a Serafim, e portando a sabedoria do Colar da Luz, soube exatamente o que fazer: conjurou um pequeno punhal e cortou os dois pulsos de Aamu. Em seguida, reuniu um pouco da magia que a cercava e a empurrou para dentro dos cortes, a energia roxa entrou pelo espaço criado pelo punhal, percorreu as veias e alcançou o coração do mago. Então os cortes nos pulsos se fecharam e os olhos de Aamu se abriram. Ele tentou se sentar de supetão, assustado, e viu Isis novamente ao seu lado, de frente para o adversário, flutuando entre a magia, com seus braços esticados e as mãos abertas.

Ele olhou em volta e foi incapaz de discernir a grandeza da Serafim, olhou para baixo e enxergou um pequeno brilho dourado, a cidade de Asgard, reino dos aesires. Tocou no ombro de Isis e então foi acometido pelo poder do colar, experimentando também a onisciência do universo. Naquele momento, ele teve a resposta de todas as perguntas que jamais havia feito e, finalmente, foi capaz de vislumbrar a Serafim em sua forma majestosa. Isis falou de dentro da Serafim e apenas sua voz comum se fez ouvir:

– Que bom que está vivo, estava preocupada.

– Mesmo? Eu não fiquei muito preocupado quando você morreu... – Aamu brincou. – Pra falar a verdade, nem notei...

– Preciso acabar com isso, depois nos falamos.

Aamu sibilou o começo de uma fala, mas no mesmo instante foi cuspido para fora da magia da Serafim, caindo em queda livre de volta a Asgard. Durante a queda, a onisciência do colar se foi e novamente ele havia esquecido tudo que soubera durante aqueles segundos, pousou sobre os galhos da

Yggdrasil, amortecendo a queda com suas asas de fogo. Ele estava na copa da árvore gigante e agora assistia esperançoso ao início da batalha.

ᛟ ᛟ ᛟ

Loki encontrou uma brecha no duelo, percebeu que Aylin e Hunter confiavam tanto um no outro que em momento algum checavam a retaguarda. Se um dos dois tombasse, o outro morreria imediatamente apunhalado pelas costas, por isso ele manteve seu ataque na garota, mas vez ou outra buscava um espaço para saltar às costas de Hunter e matá-lo sorrateiramente. Olhou para Hunter uma vez, por um milésimo de segundo, voltando a tempo de bloquear um ataque de Aylin, girou sobre o ombro, invertendo as posições com a garota e agora estava de costas para seu verdadeiro alvo, era apenas uma questão de encontrar o momento certo para saltar. A ideia era mais difícil na prática, já que Hunter e Thor combatiam rápido demais. Seus sabres acertavam em todas as direções e a maior probabilidade era de que, se Loki errasse seu ataque, seria a própria lâmina negra da Incumbência de Behemoth a matá-lo acidentalmente, então esperou. Aylin girou a espada em um arco horizontal, Loki estava distraído com Hunter e não empenhou força suficiente no bloqueio. A Fagulha de Íten cortou ao meio a pequena adaga de Loki, isso fez com que Aylin pensasse que o combate tinha sido finalizado, mas foi surpreendida por um chute no joelho esquerdo e perdeu o equilíbrio. O golpe trouxe uma dor intensa para a garota, e Loki viu sua oportunidade perfeita, mas, quando saltou para atacar Hunter, ele sentiu uma dor lancinante no peito e deu um grito.

Caindo no chão, ele percebeu que havia duas adagas em seu corpo, que entravam pelas costas e saíam pelo esterno, atravessando o coração. Aylin continuava no chão, com o joelho flexionado e os olhos rígidos travados no alvo, os braços esticados, as bainhas das adagas abertas. Ela havia feito o arremesso mais perfeito de sua vida com suas adagas de confiança que carregava consigo desde muito jovem, as únicas armas de seu arsenal que optou por manter, mesmo após adquirir a espada divina de Rá. Atingira em cheio o coração do deus da trapaça, que lutava para ficar de pé. Ela levantou-se, pegou do chão a Fagulha de Íten e saiu em disparada. Cravou a espada na coluna de Loki. A lâmina projetou-se pelo esterno, perfurando o coração. Aylin continuou a levantar a espada e a lâmina saiu pela parte de cima do crânio de Loki, rasgando tudo no caminho. Então a garota girou o corpo e descreveu um arco na horizontal, atingindo o pescoço e decapitando o deus da trapaça. Loki estava morto. E, desta vez, para sempre.

Thor tentava enxergar o motivo do grito de seu irmão, mas a mera distração causada quase lhe custou a vida. Hunter manuseava ao mesmo tempo a lança Heir e o sabre Daggry e não parava por um segundo sequer. Quando Aylin finalizou seu golpe, a cabeça de Loki rolou entre os dois, finalmente fazendo Hunter pausar o ataque e dar a Thor o tempo necessário para respirar. O rei de Asgard olhou a cabeça decapitada do irmão e sentiu ódio pela assassina, ele saltou sobre Hunter e mirava a espada em Aylin. Vendo que ele encaminhava-se em sua direção, a garota saltou no último instante e a Incumbência de Behemoth cravou no chão do terraço, suas chamas se alastraram e o piso cedeu, engolindo os três combatentes e derrubando-os com violência no grande Salão Principal.

Hunter estava mais afastado e caiu atrás do trono de Odin, já Thor e Aylin atravessaram a mesa e o chão falso, caindo nos escombros da sala secreta, abaixo do trono. Hunter levantou em um salto e correu na direção da enorme cratera em busca de algum sinal de vida, mas os escombros do teto haviam engolido totalmente qualquer visão da sala abaixo. Um tremor balançou o chão e moveu algumas pedras. Um segundo tremor fez com que as pedras saltassem e caíssem no mesmo lugar. Na terceira batida, o corpo de Thor voou pelos escombros, subiu dois metros no ar e caiu sobre a mesa. Do meio das pedras, Aylin saiu como um míssil para o ar e pousou no centro da sala. Na mão esquerda, era possível ver a Fagulha de Íten e, na direita, ela carregava o poderoso martelo Mjölnir, a arma que conferia a Thor seu poder de voo, a arma que o deus do trovão carregava antes de trair a seus próprios princípios e aliar-se com um demônio para fugir de sua morte honrada.

O martelo havia elegido Aylin digna e se permitia ser levantado por ela, dando a habilidade do voo para a herdeira de Iverna. Thor se erguia da mesa em choque, Hunter saltou para o assento do trono de Odin, empunhava suas armas e se preparava para atacar. O deus do trovão observava a situação em que se encontrava, a Incumbência de Behemoth ainda era extremamente poderosa, mas nem mesmo ela poderia enfrentar quatro armas de caráter divino ao mesmo tempo. As lendas contam que o poderoso Thor jamais fugira de uma luta, mesmo em um combate com nenhuma possibilidade de vitória. Então ele deveria encarar essa batalha com honra e bravura. Mas isso fora há muito tempo, e Thor nem acreditava mais naquilo. Desta vez, tudo o que importava era que ele sobrevivesse, conseguisse recriar Asgard do zero, trouxesse novas pessoas para morar no lugar e, consequentemente, reconstruísse e reerguesse uma cidade ainda maior que aquela que seu pai criou. Ele poderia exercer seus domínios nos nove reinos, mas antes precisava sobreviver.

ᛟ ᛟ ᛟ

Acima das nuvens, Xylon movia suas chamas nos mais variados formatos, ele resolvera lutar de igual para igual com Isis, que estava em sua forma de Serafim. Ele criou mais quatro braços e deu espadas de fogo a todos. Quando suas armas se chocavam, o som era similar ao de uma erupção vulcânica. Quatro sabres se atingiram simultaneamente. Uma mão fechada de Xylon socou o capacete de chumbo da Serafim e moveu o gigantesco anjo para trás.

Cambaleando pelo espaço, Isis contra-atacou e moveu seu corpo com maestria para acertar uma cotovelada na barriga do monstro, que se curvou. Ela percebeu que, mesmo Xylon sendo feito de fogo, sua anatomia era similar à dos homens, pois havia tomado sua forma por muitos anos enquanto montava seu séquito de servos ao redor do mundo pré-histórico. Testou chutar a canela do monstro, que não apresentou a reação de dor que ela esperava, mas notou que o demônio sentia dor também. Assim, ela partiu para a luta corporal, fazendo desaparecer as espadas de luz em suas mãos. O monstro não era versado no combate de punhos e jamais havia usado uma forma de seis braços, o que prejudicava no combate. Isis usava do Colar da Luz e tinha a capacidade de ter sucesso em qualquer investida e realizar um ataque fantástico. Ela disparava cerca de seis socos por vez, pois, enquanto alguns punhos se retraíam, outros já partiam em direção ao alvo. Após isso, invocou novamente as seis espadas de luz, e girou as lâminas em movimentos sincronizados, atingindo muitas vezes os sabres de chama de Xylon, recriados às pressas. Em alguns momentos, era capaz de atingir o corpo do monstro, desintegrando uma parte que levava um tempo precioso para se reconstruir. Porém, Isis não conseguia ferir o rosto do adversário, que era constantemente protegido por uma das mãos, por isso invocou um de seus feitiços. Ao conjurá-lo, foi capaz de lançar contra o demônio pequenas rajadas de magia que saíam de suas asas e tomavam a forma de anjos com sabres. O feitiço começou a atingir o corpo do demônio, que tentava se defender como podia, mas nada do que fazia era capaz de contra-atacar a poderosa Serafim.

Xylon começava a ficar atordoado e sentia que estava sendo derrotado, então optou pela última alternativa que lhe restara, mergulhou de volta a Asgard, mirou no palácio, diminuiu suas chamas até o tamanho de um ser humano normal e pousou nas costas do rei de Asgard. Os olhos de Thor se arregalaram enquanto as chamas de Xylon penetravam o corpo do deus do trovão, entrando pela pele até que seu corpo foi totalmente engolido e o demônio desapareceu.

Thor ergueu a cabeça e seus olhos acinzentados agora exibiam a cor púrpura das chamas de Xylon. O deus do trovão fora possuído pelo demônio primevo. Por todo o céu, trovões dividiram o espaço com chamas que surgiam por todo o firmamento. O cabelo ruivo de Thor também mudou de cor, tornando-se negro como a noite, seu corpo enrijeceu e seu olhar era mais violento do que nunca. Ele tirou do bolso a Pedra da Penumbra Primeva e, com um simples apertão, esmigalhou a gema, algo que os magos tentaram fazer das mais variadas formas por milênios, mas não obtiveram sucesso. Da pedra, uma fumaça negra surgiu e envolveu o corpo do deus.

– Pai? – Hunter assistia horrorizado à cena.

– Seu pai não pode mais responder. – A voz era de Thor, mas a forma como ela soava não era natural, falava como Xylon.

– Então vou arrancá-lo daí, Xylon, antes de terminar a surra que eu pretendia dar nele.

Hunter saltou confiante e girou Daggry na direção do inimigo. O sabre acertou em cheio a lateral do crânio de Thor e se partiu ao meio com o impacto. Imediatamente, a luz no centro da espada se apagou enquanto sua ponta caía no chão aos seus pés. Daggry era agora uma espada morta, uma peça inútil de aço, desprovida de todo o seu poder solar. O cabelo de Thor foi cortado na altura onde o ataque acertou, mas nem sequer um arranhão foi feito em sua cabeça. Xylon puxou o aesir pela armadura e o atirou no chão com força.

– Você é muito abusado, garoto! Se eu não precisasse de você para recuperar meu poder, arrancaria seus olhos agora mesmo. Por sorte, preciso do seu corpo intacto. Mas não vou precisar disso. – Xylon alcançou a ponta quebrada da Daggry e cortou a trança de Hunter, jogando-a de lado. – Agora, vamos finalizar o ritual...

Nesse momento, uma sombra cobriu todo o interior do templo. A gigantesca Serafim surgia e em seu ombro esquerdo estava Aamu, que teve a ajuda da entidade para sair da árvore. Isis diminuiu até que ficasse no tamanho humano, ainda ostentando suas seis asas e braços e flutuando pouco acima do chão como uma figura divina. Sem dizer uma só palavra, deixou Aamu e voou na direção de Xylon, mirando todos os seis punhos no rosto do deus. Porém, ao destruir a Pedra da Penumbra Primeva, ele se reuniu com mais um terço de seu poder e absorveu-o. Xylon bloqueou os golpes da Serafim com seus punhos poderosos. Aylin voou rápido e atingiu-lhe o queixo com o martelo Mjölnir, mas mais uma vez o impacto foi abafado e o Mjölnir, sendo mais resistente que Daggry, apenas foi arremessado para o ar. Todos na sala observavam a trajetória da arma no ar até que foi agarrada e puxada com certo esforço por Aamu, o mago lendário.

Ele estava de posse da arma divina e sentia seu peso por alguns segundos, mas logo fora julgado digno e empunhou como um verdadeiro deus a arma sagrada, rodopiou no ar e invocou a magia de Iverna para cobrir o martelo. O mago acertou novamente o rosto de Xylon, mas, desta vez, o impacto o arremessou com toda a força, fazendo-o disparar contra a porta e voar com violência por cima da cidade, demolindo dois prédios sem nem sequer diminuir a velocidade. Ele tentou parar de todas as formas, mas o impacto fora fortíssimo e somente parou quando arrebentou com toda a força contra o monumento de Odin, na praça dos heróis. A grossa torre de basalto teve metade de sua estrutura perfurada, mas a poderosa rocha aguentou o projétil e parou sua trajetória, fazendo com que o corpo desfalecido de Xylon caísse no chão.

O deus se movia com dificuldade e, ao erguer o rosto, pôde observar o cerco que se formava: Aamu voava agora com o poder do Mjölnir, sem suas asas de fogo, e ao seu lado esquerdo Hunter e Aylin eram trazidos por um tronco conjurado do grande jardim, que ficava em frente ao palácio e se alongava por toda Asgard. Sob o comando da lança Heir, Hunter conseguiu trazer Aylin consigo. Do outro lado estava Isis, ainda em sua majestosa forma de Serafim.

– Quer um conselho de um velho conhecido, Xylon? – Aamu era enfático. – Renda-se!

– E liberte o corpo do meu pai para que eu possa acabar com aquele traidor. – Hunter ergueu Heir e preparava-se para o combate.

– Me render? Jamais! Eu sou o tempo, o tempo jamais se acaba, jamais para, jamais! Muito depois da morte de todos vocês, eu ainda serei o senhor do tempo e das trevas!

– Eu discordo. – Isis movia seus braços como se reunisse a energia do universo. – Você perecerá aqui e agora, para sempre...

– E o que poderiam fazer? Selar-me novamente? Eu sairei, sempre haverá uma forma de eu escapar.

– E quem disse que você será selado? – Aylin mantinha sua face sóbria durante a batalha, característica marcante de qualquer guerreiro aesir. – Você será destruído de uma vez por todas.

– VENHAM LUTAR ENTÃO!

Hunter foi o mais rápido a responder ao chamado, disparou um poderoso tronco na direção de Xylon, que o cortou ao meio com a Incumbência de Behemoth. Correndo por cima do tronco, Aylin saltou com a Fagulha de Íten e deu dois giros completos no ar antes de errar por milímetros o rosto do deus. Ela fincou a arma no chão e o deus planejava pisá-la, mas teve a perna atingida por um arremesso do Mjölnir, que voltou para a mão de Aamu.

Xylon usou o poder de Thor para convocar relâmpagos e disparou-os contra o mago, mas a rajada acabou na mão de Isis. A Serafim agarrou o relâmpago em plena queda e o arremessou novamente; desta vez, na direção de Xylon, que o conteve com a palma da mão e o arremessou de volta ao alvo original. Aamu rebateu para cima com o Mjölnir e o raio voltou ao céu. Enquanto isso, Aylin brandia a Fagulha de Íten contra o braço estendido de Xylon, errando o golpe e sentindo um choque forte no braço quando sua arma divina encontrou a lâmina bifurcada de Heir que atacava pela direção oposta. O deus saltou e atingiu com os pés os dois adversários, arremessando-os lateralmente.

Isis não perdeu tempo, correu pelo ar e mergulhou na direção de Xylon. Aamu atacava pelo outro lado com o martelo sagrado, mas ambos foram repelidos por um movimento mágico que os empurrou. Aamu tocou os dois pés no monumento de Odin e saltou novamente ao mesmo tempo em que Hunter atacava pela frente. O mago lendário brandia o Mjölnir em todas as direções, visivelmente inexperiente com a arma, fazendo com que Xylon desviasse de todos os ataques facilmente. E enquanto ele conseguia se livrar dos ataques de Aamu, fazia movimentos com a Incumbência de Behemoth para bloquear os ataques frenéticos de Heir.

Apesar de não estar tão confortável na luta, pois costumava usar Heir com uma única mão enquanto brandia Daggry com a outra, Hunter tentava não se atrapalhar no combate, passou a usar as duas mãos para movimentar--se com Heir. Na batalha, o aesir efetuava giros mais complexos, mais ágeis e poderosos, mais difíceis de contra-atacar ou até mesmo bloquear. Hunter moveu o ombro para baixo e a lâmina inferior da lança cortou de cima para baixo, acertando a espada negra de Xylon na altura da virilha e subindo com o impacto. Trazendo de baixo a ponta bifurcada ao mesmo tempo que o martelo zunia acima, Xylon se abaixou e girou sua espada da posição horizontal para a vertical, travando-a no centro da bifurcação. As duas pontas abraçavam-lhe a cintura e por muito pouco a ponta menor não lhe perfurou o quadril. Hunter girou sua arma lateralmente na tentativa de desarmar seu inimigo e o sabre negro girou no ar, mas foi agarrado pelo agressor, que aproveitava o impulso do movimento para descrever um novo movimento em horizontal na direção do rosto do deus das florestas. A lâmina descia ferozmente contra o olho direito de Hunter quando foi parada por uma lâmina dourada; Fagulha de Íten impediu a trajetória do sabre negro e serviu de apoio para que sua espadachim realizasse uma cambalhota no ar.

Sentindo o perigo, Xylon moveu a Incumbência de Behemoth para as costas a tempo de sentir o sabre encontrando o calor da Fagulha, mas, ao deixar o peito aberto, fora atingido por uma rajada roxa poderosa que puxava para fora do corpo de Thor seu espírito maligno. A Serafim disparava com as seis mãos ao mesmo tempo, e uma pancada certeira do Mjölnir no peito contribuiu para minar a resistência contra o feitiço. Em alguns segundos, o corpo chamuscado de Xylon estava parcialmente fora de Thor, seus braços agarravam o rei de Asgard pela cintura enquanto a força descomunal do feitiço arrancava-o à força do corpo do deus do trovão.

Vendo que não tinha outra escolha, Xylon se permitiu ser expulso do corpo e saltou com os dois punhos fechados na direção da Serafim, ganhando muita velocidade pelo poder de tração do feitiço. Ele acertou em cheio o elmo de chumbo e o rachou em dois. Assim que a peça da armadura se quebrou, a transformação se desfez e Isis caiu na grama, com a visão turva. Aamu rapidamente foi em sua direção e tentou reanimá-la enquanto Xylon se erguia novamente contra seus rivais. Ao se ver liberto, Thor fugiu o mais rápido que pôde na direção da ponte Bifrost, carregando consigo a

Incumbência de Behemoth. Ele pretendia fugir de Asgard e se exilar, havia aceitado a derrota, mas não aceitaria a morte, não ali, não daquele jeito.

O deus do trovão foi perseguido por Hunter e Aylin, que ainda tinham contas a acertar com ele. Os dois saltavam por prédios, escalavam paredes e apoiavam um ao outro em movimentos perfeitamente sincronizados pelos telhados de Asgard enquanto Thor executava uma série de saltos perfeitos. Quando chegaram ao enorme pátio de onde partia a Bifrost, Thor viu seu caminho bloqueado pelos filhos, que chegaram antes no destino.

– Hunter, Aylin, meus filhos, me escutem! Já chega, eu perdi, entendo isso, desejo apenas me isolar. Eu perdi tudo. – Uma lágrima escorreu do rosto de Thor. – Eu tive medo, medo de meu destino, medo do Ragnarök. Não poderia deixar Asgard morrer, eu apenas fiz o que tinha que fazer para protegê-la.

– Olhe em volta, Thor. – Hunter apontava com Heir para o ambiente ao redor, mostrando a destruição e o silêncio da cidade. – É essa a proteção que deu a Asgard? Pessoas mortas empilhadas em suas próprias camas, casas consumidas até o chão pelas chamas, uma mentira de séculos, uma aliança com o maior mal que o mundo já conheceu? E você ainda teve a audácia de se considerar rei por todos esses anos.

– Você não entende, Hunter. E jamais vai entender como é perder tudo. Eu perdi meu pai, perdi meus amigos, iria perder a vida. E agora tenho meus dois filhos a minha frente, mas sei que os perdi também. Além disso, perdi meu povo, minha cidade, minha vida, minha história, minha coroa.

– Você não tem nenhuma simpatia de minha parte, Thor.

As lágrimas rolavam do rosto do deus do trovão, um choro real de um homem que fez todas as escolhas erradas e sabia que devia aceitar e conviver com as consequências disso. Porém, no fundo, ele apenas desejava ter morrido na batalha contra a serpente Jormungandr como lhe fora prometido. Vendo que seu filho não lhe pouparia, tentou buscar empatia de seu outro carrasco.

– Aylin, por favor, minha filha. Você também perdeu tudo quando os espectros destruíram seu lar. Diga a Hunter como é a sensação, como é o desespero, a dor de não ter nada nem ninguém ao seu lado.

Aylin estava decidida a não dar ouvidos a Thor, mas ele tinha razão. Ela sabia bem como era essa sensação, a retórica do deus do trovão, aprimorada pelos anos de convívio pacífico e secreto com Loki, após o Ragnarök, finalmente abria uma brecha nas defesas emocionais da garota, e ele percebera isso. E então continuou a forçar seu caso, sabia que era sua última chance de conseguir clemência.

– Pense no que Ferrer faria, Aylin. Pense no que Ferrer fez quando abriu as portas da abadia para uma estranha ferida e seu bebê...

– Hunter... – Aylin estava visivelmente confusa. – Acho que ele tem razão...

O coração de Hunter amoleceu, não pelo discurso de Thor, mas pela empatia que sentia pela história de Aylin. Não confiava no deus do trovão e, se estivesse sozinho, mataria o pai ali mesmo, mas, em respeito à garota, concordou em levá-lo preso.

– Não irei matá-lo, mas também não permitirei que vague em liberdade sem pagar por seus crimes.

Thor sentiu-se contrariado, não considerava a prisão uma opção. Para ele, as opções seriam: fugir ou morrer. Ele viveu preso em uma mentira por séculos, não aceitaria uma nova prisão, ainda mais uma prisão física. O seu orgulho era grande demais para isso. Por seu corpo ainda corria a magia de Xylon e, com um pouco de concentração, disparou-a com as mãos, atingindo o coração de ambos os aesires quando estes já haviam baixado suas guardas. Ele não sabia o que exatamente um ataque da magia extraída diretamente da pedra faria, mas pensava que seria suficiente para criar uma janela de tempo por onde pudesse escapar. O que viu, entretanto, não foi nem perto do que gostaria, pois a magia pura de Xylon e Iverna, em contato com seus herdeiros, acordou o poder adormecido dentro de seus corpos e causou uma transformação majestosa.

Todo o corpo de Hunter foi coberto por troncos da mais poderosa árvore, formando uma estrutura humana coberta por flores negras criadas pelo poder de trevas de Xylon. Ele também carregava uma versão gigantesca da lança Heir e o brilho de seu núcleo era ora verde, ora negro. O rosto começava humano, mas logo assumia a forma de um touro, com dois grandes chifres repletos de espinhos de flores enquanto os olhos refletiam uma luz verde que contrastava com a pele totalmente coberta de rosas negras. Já Aylin tivera toda a pele transformada em luz pura, tendo apenas sua silhueta conservada. Em seu rosto, os olhos cor de âmbar tornaram-se dois focos de energia. Ela ganhou asas de borboleta feitas de luz e voou até pousar no ombro esquerdo do Minotauro. As transformações estavam completas: Hunter, o espírito da terra, herdeiro de Xylon, deus das florestas, tornara-se o poderoso Minotauro, e Aylin, o espírito do céu, herdeira de Iverna, deusa da luz, assumira a forma de uma Fada.

Unidos, os dois possuíam o poder de erradicar todo o mal do mundo cujo tempo havia muito acabara e mandariam para o abismo todo rastro do Ragnarök, como diziam as antigas profecias.

– Vocês... são majestosos... meus filhos... – Thor parecia realmente orgulhoso de ver o poder que os filhos guardavam. – A casa de Odin está em boas mãos com vocês.

– A casa de Odin está em ruínas desde o Ragnarök. – A voz de Aylin era ainda mais enfática na forma divina. – Você trouxe apenas vergonha a ela. E é a hora de isso acabar, assim como todo o rastro do velho mundo.

Thor não poderia aceitar, simplesmente não permitiria que seu legado fosse desfeito dessa forma, ainda mais por aqueles que deviam carregá-lo. Em um movimento desesperado, atirou a Incumbência de Behemoth na direção dos filhos, sem fazer pontaria, apenas para distraí-los enquanto corria em direção ao portal. Ele queria reerguer a casa de Odin, fosse em um mundo novo ou não. Enquanto corria, teve uma ideia ainda melhor: não ergueria a casa de Odin, mas sim a casa de Thor, e seria ele mesmo o deus todo-poderoso, formaria um novo reino livre da opressão da maldade que suas escolhas anteriores causaram. No momento em que correu e olhou para trás, viu o sabre viajando ao encontro do corpo de luz de Aylin e o momento em que o gigantesco Minotauro apontou sua versão da lança Heir ao mesmo tempo que a Fada erguia seu braço direito. Um segundo depois, os dois efetuaram um disparo poderoso, luz e trevas se misturavam em um raio que engoliu primeiro a Incumbência de Behemoth, desintegrando-a instantaneamente, e, em seguida, abraçou aos poucos o corpo de Thor, com energia pura e calor, derretendo cada átomo do seu ser, reduzindo seu corpo, alma e espírito a cinzas.

Antes de ir, ele fechou os olhos e se deixou perder no torpor da morte, sabia que no fundo não era mau, apenas assustado, temeroso. Não se arrependia do caminho que tomou nem das escolhas que fez, apenas gostaria de não ter feito tantos sacrifícios para chegar aonde chegou. Enquanto sumia, voltou seu olhar mais uma vez para seus filhos, seus verdadeiros filhos, as almas dentro das transformações majestosas. Amava Hunter desde que o vira pela primeira vez e diversas vezes pensou que, quando a hora chegasse, não seria capaz de entregá-lo a Xylon, mas Loki sempre o convencera de que era o correto a se fazer, e ele sabia bem disso. O deus do tempo destruiria

Asgard se fosse contrariado, por isso passou toda a infância do garoto distante, evitando ser afetuoso, evitando se apegar e evitando permitir que o garoto tivesse uma relação mais íntima com ele. Sabia que, assim que o garoto entrasse em contato com seu poder interno, seria hora de entregá-lo.

Esse foi um dos motivos de ter pedido aos anões que forjassem Heir, a arma que só funcionaria se canalizada com o poder interno de seu usuário, assim saberia quando era o momento certo. Quando soube que durante o ataque dos gigantes Hunter despertou seu poder e ativou Heir, o rei de Asgard se trancou em seu quarto e chorou copiosamente por horas. Durante o banquete naquela noite, não chorava de orgulho, como tinha dito, mas de tristeza por saber o que estava por vir. Naquele dia, descera à sala secreta para mais uma vez tentar erguer o Mjölnir e enfrentar Xylon quando este viesse buscar seu filho. Lá, encontrou o deus da floresta, também tentando retirar o Mjölnir. Ele escondeu por todo o tempo a Incumbência de Behemoth em uma das criptas misteriosas da sala secreta; à sua frente outra cripta, com escritos sobre a luz que derrotaria as trevas, jazia vazia. Era a cripta onde era guardado o sabre Daggry, a espada criada pelo próprio Thor para que fosse a espada de Hunter e pudesse ser destruída pela Incumbência de Behemoth, matando seu espadachim, caso o deus do trovão tivesse que manter sua farsa a ponto de lutar com Hunter.

Seu plano corria perfeitamente bem até que Xylon possuiu seu corpo e destruiu a arma com seu poder avassalador. Thor não sabia qual seria o fim de Xylon, não sabia o que aconteceria a Asgard, a Yggdrasil ou aos nove mundos e àqueles que neles viviam, mas ali, coberto pela luz, acolhido pelo calor, enquanto sua consciência se esvaía aos poucos, olhou pela última vez para seus filhos. Não poderia se aproximar de Aylin sem gerar suspeitas por parte de Xylon e passava a maior parte de seu tempo sentado em seu trono observando ao longe a filha que amava sem sequer conhecer pessoalmente, tirou um momento para agradecer aos três magos de Iverna: a Ferrer, por criar Aylin melhor do que ele jamais poderia ter feito, a Aamu e Isis, por guiarem seus filhos pelo caminho da luz. O calor tornava-se insuportável e agora era como se sua vida passasse diante de seus olhos.

– Me desculpe, Syf, eu falhei com você, não há perdão para o que fiz, eu sinto muito. Ao meu pai, Odin, peço desculpas por não ter sido um terço do líder que você foi, e a todos que lutaram ao meu lado, me desculpem por falhar com sua memória. Aos meus filhos... eu tenho muito orgulho do que vocês se tornaram. Sinto muito por não ter sido o pai que vocês mereciam. Eu amo vocês.

A vida se esvaiu de Thor, seu corpo foi totalmente desintegrado pela magia e, finalmente, seu desejo foi realizado. Tinha pedido desculpas por seus pecados e estava livre para partir em paz, não sabia para onde ia ou se havia algo além, mas, se fosse o caso, terminaria sua vida livre pela primeira vez em séculos.

O deus do trovão havia aberto seu coração e estava pronto para aceitar o perdão, caso ele existisse. Se houvesse julgamento e punição na outra vida, estaria disposto a pagar o que fosse necessário e acreditava pela primeira vez em um futuro brilhante guiado por Hunter e Aylin, os herdeiros de sua vontade de paz...

As transformações foram desfeitas e Hunter e Aylin voltaram às formas humanas. Diante deles, uma jovem de lindos cabelos negros e olhos gentis sorria alegremente, trajava um vestido fino branco e exibia um maravilhoso colar branco com uma pedra negra no centro.

– Eu... conheço você? – Hunter perguntou com suspeita.

– Não pessoalmente. Meu nome é Allegra.

– Eu imagino que ambos se lembrem de mim, certo?

Por trás de uma árvore, o rosto amigável de Ferrer surgia, trajava uma túnica bege, calças cinza e botas de couro pretas. Sua barba e cabelo castanhos estavam perfeitamente alinhados. Aylin correu para abraçá-lo como sempre fazia quando era criança e Ferrer retribuiu o abraço com sua ternura de sempre.

– O que fazem aqui? – Hunter se aproximou de ambos, cumprimentou-os, mas ainda mantinha uma expressão séria.

– Estamos aqui porque acreditamos que existem coisas que vocês dois precisam saber – Allegra falava com serenidade, Aylin e Ferrer ouviam a conversa ainda abraçados. – E outras que precisam de confirmação.

– Ouvimos muita coisa hoje.

– E tudo que lhes foi dito é verdade.

– Então somos mesmo irmãos?

– Em partes.

– O que quer dizer?

– Hunter, você é filho de Syf e Thor, mas Aylin...

– O que tem ela?

– Aylin não é filha de Syf, embora tenha saído de seu ventre.

– O que quer dizer com isso?

– Aylin foi dada a Syf durante o Ragnarök por sua verdadeira mãe, Iverna.

Os olhos de Hunter e Aylin se arregalaram simultaneamente. Allegra continuou sua explicação.

– As lendas dizem que o herdeiro de Xylon e a de Iverna sempre nascem simultaneamente. Você foi entregue ainda no ventre para Xylon e seu corpo foi preparado magicamente para receber a energia negra do demônio. Syf deu à luz a você enquanto se escondia de Xylon, que a caçava por toda a Terra. Vendo a tribulação de Syf, Iverna, que foi liberta temporariamente do selo pelo mesmo feitiço que libertou Xylon, aproximou-se de sua mãe enquanto ela se escondia em uma floresta na Finlândia e ofereceu-lhe ajuda em troca de um favor: dar à luz sua herdeira, que seria colocada no corpo de sua mãe naquele momento, já pronta para nascer, uma menina criada puramente da luz...

– E então Iverna instruiu que levasse a menina até mim – Ferrer retomou de onde a parceira havia parado. – E protegeu você, Hunter, de Xylon enquanto sua mãe cumpria sua tarefa. Entretanto, enquanto voltava para recolher você, sua mãe não resistiu aos ferimentos sofridos durante a fuga e os dois partos, e morreu. Quando o tempo do feitiço acabou, Xylon e Iverna retornaram para dentro da pedra e você ficou sozinho na floresta até ser encontrado pelos batedores de Asgard.

– Isso significa que você é um aesir, filho de Asgard, mas Aylin, embora também seja metade aesir, também é algo muito maior, é filha da própria luz e por isso tamanha pureza de espírito.

– Por que Thor não nos contou isso?

– Porque Thor não fazia ideia de nada disso – disse Ferrer.

– Tem mais uma coisa que vocês devem saber – Allegra anunciou. – Podem não acreditar, mas devem saber.

– E o que poderia ser?

– Seu pai, Thor, fez o que fez com a melhor das intenções.

– Você tinha razão, eu não acredito nisso.

Ferrer sorriu e Hunter se lembrou de Aamu.

– Entendo que não acredite, por isso vou lhe mostrar. Toquem no colar, vocês dois.

Hunter e Aylin obedeceram e tocaram no Colar da Luz, ganhando a onisciência do universo. Então eles enxergaram todo o caminho trilhado pelo deus do trovão desde que recebera o chamado de Isis e fora enviado a

Midgard com Loki para encontrar a fonte do poder. Quando decidiram que poderiam utilizar de alguma forma a fonte do poder para mudar o destino de Asgard, viram seu disfarce como Adrien. Eles só não foram capazes de ver o acordo sendo feito porque o colar não é capaz de enxergar dentro das embarcações, mas enxergaram o trato sendo cumprido, viram Thor trabalhando escondido ao lado de um único anão de confiança na forja do sabre Daggry, viram, com pesar, quando o deus do trovão caminhou até Sunna, a deusa sol, pouco antes do Ragnarök, para pedir que ela depositasse um pouco de seu poder na arma que deveria ceifar a vida de seu criador. Eles viram diversas vezes quando Thor afirmava a Hunter que o mundo é cíclico, que cada fim é um novo começo. Assistiram a Thor chorando de tristeza durante o banquete que celebrava a vitória de Hunter por saber que o momento de entregá-lo se aproximava. Viram Thor convencendo Xylon de permitir que ele se despedisse direito do filho antes que este fosse capturado quando voltasse a Asgard, sentiram o pesar de ter tal momento arrancado de si quando Hunter o obrigou a agir ainda na escada em direção ao salão principal. Por fim, ouviram cada um dos pensamentos do rei de Asgard antes de partir, aceitaram seu pedido de desculpas e entenderam seu desejo de livrar-se de seus pecados ainda em vida, por isso a tentativa desesperada de fuga. Porém, no fim, ele aceitou a morte como a maior redenção. Depois de verem todas as sequências de acontecimentos, ambos choravam e se arrependiam dos julgamentos precipitados que fizeram.

– Geralmente não permitimos que pessoas fiquem com conhecimentos obtidos do Colar da Luz, mas farei uma exceção para esse caso. – Allegra abraçou os dois com gosto, acompanhou a vida de ambos e devia muito aos dois, a Aylin, por cuidar de Ferrer em seus últimos anos, e a Hunter, por defender com unhas e dentes a filha adotiva de seu companheiro. – Considerem isso um presente especial, mas não contem para o Aamu e a Isis, ok?

Nesse momento, algo estalou na mente dos quatro. Aamu e Isis ainda enfrentavam Xylon, que tivera seu poder ampliado pelo poder da Pedra da Penumbra Primeva. Era possível até mesmo que o deus primevo já tivesse obtido sucesso em matá-los. Sem dizer nenhuma palavra, os quatro alçaram voo, cortesia do poder do colar, e dispararam em direção às chamas, avistando do céu Aamu e Isis esforçando-se para conjurar um poderoso escudo de diversas camadas enquanto o gigantesco Xylon disparava ininterruptamente rajadas de seu fogo sombrio.

No momento em que chegaram, Xylon acabava de rachar mais uma camada da barreira. Ao ver os novos adversários, o monstro rugiu para os céus e cresceu ainda mais, seu poder aumentava a cada segundo, quanto mais crescia, maiores eram os incêndios que seus movimentos causavam.

– Não temos tempo de bolar uma estratégia. – Hunter analisava a situação. – E, sinceramente, não acho que alguma delas vá funcionar. Apenas ataquem.

– Hunter, espere... – Allegra parecia desapontada. – Não adianta lutar...

– O que está dizendo?

– Xylon é poderoso demais até mesmo para nós.

– Como? Vocês já não o derrotaram antes!?

– Derrotamos em Roma, quando ele tinha apenas um terço de seu poder. E em Kholat Syakhl, quando só o que fizemos foi fechar novamente o selo antes que ele escapasse.

Hunter manteve-se em silêncio, aguardando uma alternativa. Ao ver que essa era a palavra final de Allegra, ele se virou, bateu com a lança Heir no chão e um tronco rompeu o piso abaixo de seus pés e o ergueu na altura do rosto de Xylon. O deus da floresta disparou diversas rajadas de energia, conjurou plantas venenosas e caules repletos de espinhos que chicoteavam o demônio, mas suas chamas consumiam todos os ataques que o aesir utilizava. Hunter concentrou sua energia e invocou uma gigantesca árvore ao redor do monstro, com o intuito de prendê-lo no interior do tronco e restringir suas chamas, a árvore era realmente poderosa e aguentou por quase dois minutos, antes que as chamas crescentes ateassem fogo em toda a sua estrutura. Xylon escapou da prisão e suas chamas acumuladas explodiram no ar, tombando para fora dos limites de Asgard, despencando pelo Ginnungagap e atingindo as raízes da Yggdrasil, a árvore que mantém firme os nove mundos.

Um grande incêndio começou e, nesse momento, todos entenderam as implicações do que estava por vir. Hunter, que tinha ido a um ponto alto no campo de batalha, saltou e pousou ao lado dos magos.

– A árvore ruirá... – Allegra declarou, virando-se para Hunter.

– Se a Yggdrasil ruir, todos os mundos deixarão de existir.

– Não há nada a se fazer...

– Tem que haver algo.

– Há uma opção... – Aamu se colocou na conversa.

– Irmão, sabe que não podemos fazer isso... – Ferrer censurou o irmão com rispidez incomum.

– Vão para o inferno! É claro que podemos, somos magos e vocês contam agora com o poder do Colar da Luz, que permite a manipulação do universo.

– Podem, por favor, me dizer de que diabos vocês estão falando? – Hunter praguejou. – Que solução milagrosa é essa?

– Escute, Hunter, temos todo o poder do universo... – Allegra foi interrompida por um disparo de fogo de Xylon, mas ergueu a mão direita e a poderosa bola deixou de existir. – Enfim, temos todo o poder sobre o universo, podemos simplesmente... apagá-lo e começar do zero.

– Como um Big Bang? – Aylin questionou.

– Sim, querida, como um Big Bang.

– E por que não o fazem?

– Além de destruir tudo e todos os mundos criados até agora, não podemos salvar nada além de duas pessoas para recriar o novo mundo.

– Isso significa...

– Que todo o resto morreria.

– Isso é impensável. – Isis baixara o escudo após ver como Allegra lidou com a bola de fogo em sua direção. – Não iremos matar todos os mundos.

– Na verdade, vamos... – Hunter era calculista como sempre.

– O que está dizendo, Hunter? – Aylin se irritou. – Não podemos matar todos os mundos dessa forma.

– Aylin, o que seu pai não quer assumir é que todos os mundos já estão fadados a morrer. É como Allegra disse, a Yggdrasil está queimando por causa de Xylon, suas chamas se espalhando por toda a árvore e até mesmo a raiz queima nesse momento... eu posso sentir. Se fizermos isso ou não, o resultado será o mesmo, a única diferença é que dessa forma salvaremos algo, por menor que seja.

– Então está decidido – Aamu finalizou e ergueu a mão aberta. Um pequeno orbe de magia verde surgiu, saindo do mesmo furo que foi aberto quando ele transferiu sua magia para Isis. – Vamos acabar logo com isso.

Ferrer se aproximou, tocou o pulso e um furo semelhante surgiu, a magia de seu corpo escorreu para a palma da mão e formou um orbe dourado, ele então guiou seu orbe até misturá-lo com o de Aamu, manteve sua mão na mesma posição enquanto o orbe exibia as duas cores.

– É o correto a se fazer... – ele afirmou, derrotado. – Pelo legado que todos nós defendemos.

Allegra se aproximou e repetiu o processo; seu orbe era branco e, quando o misturou ao orbe dos outros dois, ele reluziu e aumentou seu tamanho, forçando todos a afastarem um pouco suas mãos.

– Só peço uma coisa a vocês dois, Hunter e Aylin. Criem um mundo tão belo quanto este.

Isis se aproximou, conjurou seu orbe roxo e misturou-o ao orbe de Aamu, que tremulou e cresceu. Xylon disparava rajadas de fogo negro contra o orbe e os magos, mas seus ataques desapareciam antes de alcançar o alvo. Os magos então dispararam o orbe no chão bem à frente e uma porta branca feita de pura luz surgiu.

– Confiamos o novo mundo a vocês. Não nos decepcionem. – Isis sorriu enquanto observava os dois herdeiros.

– Agora, atravessem o portal e tudo será terminado – Allegra anunciou. – Esse é o destino reservado a vocês, herdeiros, sempre foi.

Hunter e Aylin a abraçaram com força, e Allegra retribuiu o abraço com um sorriso sincero. Então os dois se dirigiram aos três guardiões. Ferrer deu um passo à frente e abraçou ambos.

– Aylin, minha filha, eu não poderia estar mais orgulhoso de você. Você se tornou uma mulher completa, segura, inteligente, íntegra. Sei que o novo mundo será repleto de paz e harmonia, já que você vive nele.

Os dois se abraçaram por um longo tempo, as chamas consumiam a Yggdrasil e alguns terremotos em Asgard eram o resultado da queima das raízes. Os mundos inferiores já haviam sido completamente destruídos. Ferrer virou-se para Hunter:

– Hunter, eu e você somos muito diferentes, mas sempre soube de sua liderança, seus princípios, sua coragem e sua inteligência. Quando o vi com minha Aylin, sabia que ela tinha feito a escolha certa, sei que vai cuidar dela no novo mundo. Você é um líder nato, Hunter. Lidere!

Isis saltou sobre os dois, apertando-os em um longo e caloroso abraço.

– Vocês são completamente malucos, mas eu adoro vocês do fundo do coração! Eu sei que vão fazer um mundo maravilhoso, apenas não se matem brincando de lutar até que ele esteja pronto!

Os dois sorriram e prometeram não se destruírem jamais, devolveram o abraço e seguiram para se despedir de Aamu.

– Escutem bem, vocês dois. Meu irmão e minha namorada são muito felizes para contar a verdade para vocês, o mal sempre vai existir, ele vai segui-los para esse novo mundo. Ele vai encontrar um novo rosto e forma, vocês não terão falhado em sua missão quando isso acontecer, apenas se lembrem de deixar ao novo mundo a mensagem que aprenderam aqui: todos nós trilhamos nosso próprio caminho, mas apenas a verdade nos permite dormir em paz à noite.

Os dois acenaram e se prepararam para entrar na abertura quando Aamu puxou Hunter pelo braço.

– Mais uma coisa, garoto. Você fica muito menos estúpido sem aquela trança idiota.

Hunter concordava. Aquela trança servia-lhe como um lembrete para jamais permitir que seu ego se colocasse à frente de seu julgamento, mas ele não precisava mais dela, Hunter havia aprendido com Aamu os perigos do ego. A vida do lendário servia de maior lição ao aesir que um pedaço de cabelo.

– E você fica muito menos fracassado quando está sóbrio.

Os dois riram e se abraçaram, um abraço sincero de dois indivíduos que jamais admitiriam, mas haviam adquirido o respeito mútuo e carregariam para sempre consigo as memórias do que haviam aprendido um com o outro. Os gêmeos do Ragnarök pararam em frente ao portal, de mãos dadas, preparando-se para entrar em algo totalmente desconhecido. Viraram-se uma última vez para olhar para aqueles que os auxiliaram por toda a jornada, que criaram o caminho que eles agora trilhavam, que lutaram até a última gota de sangue, suor e magia para permitir que o futuro existisse. Hunter olhou uma última vez em volta e viu seu lar em chamas, sentiu uma pontada de tristeza por não poder salvá-lo. Por fim, fitou Xylon, enlouquecido, gigantesco, maligno, a imagem perfeita de tudo que ele não permitiria que existisse em seu novo mundo. Suspirou aliviado ao saber que deixaria tudo isso para trás, todas as dúvidas e intrigas, todas as tramas e traições, pensou mais uma vez em seu pai e em seu papel ora como carrasco, ora como vítima de uma situação irreversível. Se não tivesse feito aquelas escolhas, Asgard sucumbiria e Hunter jamais nasceria, mas seu pai teria a paz. Por outro lado, fora Thor quem viabilizou os eventos que culminariam na destruição do maior mal que a humanidade já presenciou. Apesar disso, depois de compreender as motivações de Thor, ele ainda via o seu pai como um herói e gostaria que o deus do trovão soubesse disso.

Deu de ombros; assim era a vida, incontrolável, imprevisível, irreparável. Aylin mantinha o olhar em Ferrer, teve seu pai tirado de si uma vez e agora o perdia novamente. Apesar de estar um pouco assustada com o fato, o sorriso daquele homem era capaz de acalmar as tempestades em seu coração. Ela apertou forte a mão de Hunter e sentiu-se ainda mais segura. O aesir sentiu a mesma segurança. Então respiraram fundo, viraram-se e caminharam na direção da luz.

Isis observava enquanto as duas silhuetas caminhavam para a luz, olhou para o chão de pedras e lembrou-se de algo, um sonho que teve muito tempo atrás, não sabia precisar exatamente quanto tempo, mas parecia já ter visto aquilo antes. Ela sentia-se segura e confortável, então percebeu que Aamu apertava sua mão direita, ela sorriu para o mago, aquilo era estranhamente familiar.

– É lindo, não? – o mago perguntou.

– Sim, é lindo.

– E nosso tempo, enfim, se acaba...

– Assim como todas as coisas boas.

– Ao menos acabarei onde sempre quis acabar...

– Em Asgard?

– Claro que não. Ao seu lado, Isis.

– Eu te amo.

– Eu também te amo.

Os dois se abraçaram e deram um longo beijo. Ferrer e Allegra seguiram o exemplo. Ao seu redor a terra queimava, o tronco da Yggdrasil, onde Midgard se encontrava, desmoronou e ardeu. A Terra foi totalmente devastada e Asgard era completamente engolida pelas chamas. O legado de milhões de anos era deixado para trás enquanto Hunter e Aylin caminhavam em direção à luz, os últimos sobreviventes de uma era esquecida seriam os primeiros seres de um novo futuro.

O portal se fechou e o Colar da Luz realizou seu feito mais majestoso, o universo parou de existir. Por alguns segundos, tudo o que restou foi o vazio infinito, não havia som, não havia luz, Xylon não existia, Aamu, Isis, Ferrer e Allegra não existiam. Então, como em um passe de mágica, a luz surgiu, o som, as formas, os planetas, os sóis, os sistemas solares, as estrelas, as galáxias, os universos, tudo surgiu de uma vez, da forma exata em que estavam antes de desaparecerem. Porém, toda a vida em todos os universos foi destruída e então, em determinado espaço do universo observável, no superaglomerado de galáxias anteriormente conhecido como superaglomerado de Virgem, dentro da Via Láctea, no Braço de Órion, em meio ao Sistema Solar, no terceiro planeta, previamente denominado Terra, uma porta de luz branca surgiu. De dentro dessa porta, dois humanos saíram: um rapaz alto, de cabelos loiros, que trajava uma armadura dourada encravada com símbolos de uma era que jamais existiu e que carregava consigo uma lança esverdeada, com sua ponta bifurcada como os ferrões de um besouro, sendo uma ponta maior e mais grossa que a outra, em seu núcleo uma forte luz verde brilhava; e uma garota, de pele branca, cabelos ruivos e lábios grossos. Ela era dona de um sorriso afável e olhos cor de âmbar que pareciam poder ler todo o universo com um simples olhar.

Os dois cruzaram a porta de mãos dadas e enxergaram o novo mundo: uma imensidão plana e sem vida, nenhuma planta, nenhum animal, nenhum humano. O planeta em que estavam era cercado de água – eles sabiam –, mas a terra era infértil e nada poderia ser criado dali. A garota temeu por seu futuro, mas o homem a consolou, beijou-lhe a testa e a convenceu de que eles saberiam o que fazer. Ele se abaixou e tocou o solo de cor cinza, arenoso e infértil, levou os dedos até o nariz e farejou, olhou as estrelas do céu noturno e lembrou-se de rostos e nomes que aquele universo jamais conheceria. Ali, prostrado sobre o céu estrelado, o jovem deus chamado Hunter fez uma prece silenciosa aos ídolos de uma era que existia apenas em sua memória.

Ele ergueu sua lança bifurcada. Seu brilho verde reluziu sobre a penumbra noturna e iluminou o rosto da garota, de nome Aylin. Então a chamou para perto e ela obedeceu, tirando da bainha em suas costas uma longa espada de fio dourado com um cabo de um formato curioso, um símbolo que em outras eras significara vida.

Os dois se entreolharam uma última vez, os olhos dourados dela fixos nos olhos esmeraldinos dele, tocaram suas armas e então as cravaram no chão ao mesmo tempo. Da área atingida no chão, um turbilhão de vida surgiu: árvores, galhos, troncos, flores, folhas, grama, ervas, frutos, raízes, caules. Em apenas alguns segundos, todo o cinza do planeta fora coberto por uma densa vegetação e o planeta cinza e azul agora se tornara azul e verde, aquela fora chamada, muitos anos depois, de Floresta da Luz. O casal retirou as armas do chão e apontaram-nas para cima, uma grande bola de energia e calor surgiu, uma lembrança de um homem idoso com um ornamento de falcão na cabeça em um barco que levava aos céus uma luz similar surgiu na mente de ambos. Ele não estava mais entre eles, mas jamais seria esquecido por sua contribuição em outras eras. O céu alumiou-se com o surgimento de um astro luminoso e deu-se início àquilo que o casal chamava de "dia".

Após isso, eles miraram em uma posição diferente no céu e criaram um orbe prateado que apareceria durante o período de escuridão que chamaram de "noite". Caminharam então entre as plantas criando a vida. Primeiro, os seres no mar, peixes, baleias, polvos, patos, tubarões e toda a fauna marinha fora reproduzida em sua excelência. Depois, eles fizeram o mesmo com os céus, criando todas as aves de que tinham conhecimento. E também criaram os seres da terra: cachorros, leões, cavalos, porcos, formigas, gatos, cervos, esquilos, macacos, ursos, linces, coelhos, aranhas, tartarugas. Um a um, eles recriaram toda a vida, e depois montaram um palácio majestoso, que recebera o nome de Ouroboros, nome que era conhecido de Hunter por significar o começo e o fim de um ciclo.

Do palácio de Ouroboros, Hunter e Aylin assistiram seu mundo prosperar, sua nova Terra era exatamente como idealizaram, um santuário para as plantas e os animais. Com o tempo, tiveram alguns filhos. O primeiro deles, um guerreiro nato como o pai desde seu primeiro suspiro, recebeu o nome daquele que fora o herói que inspirou toda a mudança do velho mundo e fez real a utópica possibilidade de um mundo ideal: Thor, o antigo rei de uma cidade dourada perdida no tempo. Thor foi o primeiro a desbravar o mundo criado pelos pais, tendo erguido um palácio para si com as próprias mãos quando ficou mais velho.

Hunter e Aylin tiveram mais quatro filhos: Ferrer, Allegra, Isis e Aamu, que futuramente viriam a ser considerados os quatro reis de quatro reinos também erguidos por eles próprios. Hunter e Aylin usaram de seus poderes supremos para criar para todos os filhos maridos e esposas e aos poucos o mundo foi se enchendo com os herdeiros daqueles que chegaram pela porta de luz. Com o crescimento da população, novas cidades surgiram, mas, ao contrário do que se poderia esperar, a humanidade no novo mundo jamais descobriu a guerra e a violência; muito pelo contrário, viveram por toda a eternidade em paz, seguindo os ensinamentos de seus antecessores. Hunter e Aylin carregavam o que aprenderam em um mundo tomado pela discórdia onde a bondade era uma flor rara crescendo em um deserto condenado.

Esse novo mundo também não conheceu o conceito do dinheiro. Tudo que precisavam estava na natureza e todos colhiam o necessário, sem ganância ou egoísmo.

Certa noite, antes de dormir, Aylin encontrou Hunter na sacada de seu quarto observando as estrelas e, sem desviar o olhar, ele perguntou:

– Já pensou neles hoje?

– Sim.

– Gostaria de saber o que aconteceu.

– Não aconteceu, eles nunca existiram.

– Existiram. Eu sei e você também sabe. Não lhes negue a existência que o universo lhes negou.

Ela concordou, arrependendo-se de suas palavras; não havia motivo para simplesmente atribuir-lhes algo tão cruel quanto o esquecimento, especialmente porque foi o sacrifício deles que permitiu o surgimento daquele mundo maravilhoso.

Hunter e Aylin tiveram uma vida longa, próspera e muito duradoura, passaram todos os seus anos remanescentes na companhia um do outro, tiveram muitos momentos felizes juntos e ao lado dos filhos e jamais tiveram que usar suas armas para matar ou destruir, apenas para criar e dar vida. Os dois viviam felizes no mundo que criaram, mas, vez ou outra, na calada da noite, quando todo mundo dormia, os dois escapavam do palácio de Ouroboros e corriam para uma pequena ilha ao sul da porção de terra, que um dia fora chamada de Finlândia.

Ali, escondidos de tudo e todos, na clareira em que um dia houve uma pequena abadia chamada Iltatähti, onde os dois pela primeira vez cruzaram armas e caminhos, divertiam-se em lutas de espada, sorrindo um para o outro enquanto o tilintar do aço cortava o silêncio e as faíscas desafiavam o brilho da lua. Ali, ocultos pelo véu da noite, inflamados pelo calor do combate, eles podiam ser eles mesmos. Claro, eram reis e deuses do novo mundo, amados e respeitados por seu povo, que agora já se assemelhava em números à população da antiga Terra. Enquanto seus sabres se chocavam, por seus rostos escorria o suor e em seus corações palpitava a vontade de vencer, Hunter e Aylin eram algo mais, algo diferente, algo que para eles superava todo e qualquer título nobre.

Entre a dor de um golpe e a excitação da batalha, Hunter e Aylin eram os herdeiros do legado de uma era de glória que jamais existiu.

Eles eram os herdeiros de Asgard.

EPÍLOGO ✕ LUZ

Eles assistiam a mais um dos combates amistosos de Hunter e Aylin, teciam comentários sobre as técnicas utilizadas e surpreendiam-se sempre com as melhorias apresentadas nas habilidades de ambos. Acreditavam que a falta de prática faria com que estagnassem como lutadores, mas era exatamente o contrário, pois a cada confronto Hunter e Aylin pareciam mais ágeis, mais fortes, mais habilidosos, mais inteligentes. E seus esforços eram calculados, nenhum movimento era feito sem motivo, mesmo que não encontrasse seu alvo, já servia como impulso para um novo ataque.

Eles também assistiam ao desenvolvimento do sonho que um dia tiveram, tornando-se realidade através dos dois herdeiros do novo mundo. Gostariam de estar presentes, mas não se sentiam arrependidos ou amargurados, estavam orgulhosos de terem a oportunidade ímpar de poder assistir a algo tão majestoso. Nem poderiam praguejar sobre o destino por não fazerem parte daquilo, já haviam tomado parte dos acontecimentos mais fantásticos, acontecimentos que nem sequer os herdeiros poderiam discorrer a respeito. Eles podiam ver e rever tudo em suas memórias. Viam tudo, ouviam tudo, sabiam tudo.

Eles detinham a habilidade de transformar, moldar, criar ou destruir qualquer coisa e em outras eras, com tal poder, teriam agido através do decorrer da história para impedir que o mundo se perdesse. Desta vez, porém, eram novamente observadores e acreditavam que jamais seria necessário interferir.

Em outras eras, eles teriam recebido diversos títulos: reis, deuses, andarilhos, enviados, anjos, demônios, ciganos, bruxos, magos, feiticeiros.

Em outros tempos, atenderam por outros nomes: Ferrer, Allegra, Isis e Aamu.

Nessa era, nesse tempo, eles eram apenas um: o Colar da Luz.

Agradecimentos

É quarta-feira, Don Broco deu uma pausa na minha playlist após quase um mês para dar espaço para algo mais calmo. Phoenix agora dita a música e eu prometo que tentarei ser sucinto em minhas palavras.

Eu não escalei o Monte Everest, não sou um piloto da Fórmula 1 conquistando o campeonato mundial nem um jogador marcando o gol da vitória na final do campeonato, mas posso dizer, sem sombra de dúvida, que entendo como cada um deles se sente e, assim como todas as trajetórias de sucesso, tive algumas pessoas que me acertaram como um meteoro na hora e local exatos para permitir que tudo fosse possível: inicialmente, preciso agradecer à verdadeira Aylin, Natália Miano, a pessoa responsável por fazer com que o processo que culminou neste livro que você segura hoje fosse iniciado. Após meses e meses de "convencimento" da parte dela para que eu desse início a uma ideia distante e meio boba de verdadeiramente ser o que eu, um jovem aspirante a qualquer coisa comum a outros jovens de 18 anos e com vontade de dominar o mundo, quisesse ser. Ela foi responsável também por ler e reler cada palavra, criar teorias e entender através de ideias mirabolantes que este livro era uma forma de eu dispensar sua companhia somente para mostrá-la, na verdade, que ele é um grande "eu te amo", frase que repito sem melindres sempre que possível até hoje. Também é digna de agradecimento por muitas outras coisas que não vou colocar aqui para não fugir do tema.

A seguir, devo agradecer a Isis, Kamila Borges, por passar incontáveis horas revisando meus textos, buscando erros e incoerências por mero gosto à história, por vibrar, se emocionar e se envolver a cada página. Agradeço também a Kátia Kuhn e Thalma Bertozzi, por tomarem a responsabilidade de ajudar um jovem escritor com um livro recém-completo e nenhuma ideia do que fazer a seguir, e não apenas auxiliarem com todo o processo de registro, mas terem a calma e a serenidade de sentar e explicar todo o processo, por permitirem que eu quebrasse o protocolo de profissionalismo e tivesse um pequeno surto ao ver a pilha de páginas impressas para rubrica pela primeira vez e por me fazerem entender que eu finalmente deixava de ser um garoto com um texto para me tornar um escritor.

Agradeço também a Diogo Teixeira, mais conhecido como Dillios, por cada gota de suor que deixamos no ringue da BWF enquanto treinávamos golpes à exaustão para que eu pudesse descrever com exatidão cada movimento de cena de ação que você encontrará neste livro, aproveito a deixa para agradecer a Bob Jr., diretor da BWF, cujo ringue serviu de palco para nossos ensaios entre shows de luta livre. Agradeço a todos aqueles que dispensaram tempo para ler meu livro conforme era escrito, dando dicas e opiniões valiosas: Thainá Lopes, representada neste livro pela Allegra, e Rebeca Alves, a quem eu conheci quando todos os personagens já haviam sido escritos, mas devidamente representada em outra história de minha autoria. Agradeço ao Cléber Vasconcelos por me acolher, a Bruna Casaroti e ao João Paulo pelo trabalho de produção e a todos da Editora Novo Século por darem uma chance a esse jovem escritor. Aos meus pais Edvaldo e Vivane, por entrarem de cabeça no processo de publicação e fazerem o máximo para permitir que um sonho – ainda que leviano como esse – seja realizado.

Por fim, agradeço a você, que chegou até aqui, desvendou o mistério e superou o deus da escuridão junto comigo. Obrigado por me oferecer seu tempo e esforço e espero te ver novamente!

fonte
chaparral

@talentoslitbr
nas redes sociais

gruponovoseculo
.com.br